예언의 시

WARRIORS 전사들

4 폭풍 전야

WARRIORS series 1: The Prophecies Begin
Book 4: Rising Storm

Copyright © 2004 by Working Partners Limited
Series created by Working Partners Limited
Map art © 2015 by Dave Stevenson
Interior art © 2015 by Owen Richardson

Korean translation copyright © 2019 by GaramChild.
Korean translation rights arranged with Working Partners Ltd.
through Rights People, London

예언의 시작

WARRIORS
전사들
4 폭풍 전야

2019년 4월 10일 1쇄 발행
2024년 3월 30일 7쇄 발행

지은이 에린 헌터 | **옮긴이** 서나연

기획 이성애 | **편집** 한명근 | **교정·교열** 권혜정
디자인 김성엽의 디자인모아 | **마케팅** 한명규

발행처 ㈜가람어린이

출판등록 2002년 9월 16일 제2002-000291호
주소 경기도 고양시 덕양구 삼원로 63, 1015호
전화 02-323-2160 | **팩스** 02-6008-2150
전자우편 garambook@garambook.com
블로그 blog.naver.com/garamchildbook
인스타그램 instagram.com/garamchildbook
트위터 twitter.com/garamchildbook **유튜브** 가람어린이tv
카카오톡 채널 가람어린이출판사

ISBN 979-11-87777-79-3 74840
ISBN 979-11-87777-68-7 (세트)

책의 내용과 그림을 출판사와 저자의 허락없이 인용하거나 발췌하는 것을 금합니다.

잘못된 책은 바꿔드립니다.
책값은 뒤표지에 있습니다.

예 언 의 시 작

WARRIORS
전사들

4 폭풍 전야 RISING STORM

에린 헌터 지음 | 서나연 옮김

가람어린이

드니스에게-하나의 노래처럼.

케이트 캐리에게 특별한 감사를 전합니다.

WARRIORS
전사들

등장하는
고양이들

천둥족

지도자

블루스타(푸른별) 청회색 암고양이로, 주둥이 주변 털에 은빛이 감돈다.

부지도자

파이어하트(불꽃심장) 적갈색 수고양이로, 용모가 수려하다. 훈련병 클라우드포를 가르친다.

치료사

옐로팽(노란송곳니) 그림자족에 속해 있던 나이 많은 진회색 암고양이로, 얼굴이 펀펀하고 넓적하다.

신더펠트(잿빛털가죽) 진회색 암고양이.

전사(수고양이와 새끼가 없는 암고양이)

화이트스톰(하얀폭풍) 흰색 얼룩무늬 수고양이로, 몸집이 크다. 훈련병 브라이트포를 가르친다.

다크스트라이프(짙은줄무늬) 암회색 얼룩무늬 수고양이로, 몸이 날렵하다. 훈련병 펀 포를 가르친다.

롱테일(긴꼬리) 진한 흑색 줄무늬가 있는 옅은 얼룩무늬 수고양이. 훈련병 스위프트 포를 가르친다.

러닝윈드(달리는바람) 재빠른 얼룩무늬 수고양이.

마우스퍼(쥐색털) 몸집이 작은 흑갈색 암고양이. 훈련병 쏜포를 가르친다.

브래큰퍼(고사리빛털) 황금빛이 도는 갈색 얼룩무늬 수고양이.

더스트펠트(흙색털가죽) 흑갈색 얼룩무늬 수고양이. 훈련병 애쉬포를 가르친다.

샌드스톰(모래폭풍) 옅은 황갈색 암고양이.

훈련병(태어난 지 6개월이 넘어 전사가 되기 위해 훈련을 받는 고양이)

스위프트포(재빠른발) 흑백 얼룩무늬 수고양이.

클라우드포(구름발) 털이 긴 흰색 수고양이.

브라이트포(빛나는발) 흰색 바탕에 황갈색 점무늬가 있는 암고양이.

쏜포(가시발) 황금빛이 도는 갈색 얼룩무늬 수고양이.

펀포(고사리발) 진회색 얼룩이 군데군데 있는 연회색 암고양이로, 눈이 연녹색이다.

애쉬포(회색발) 진회색 얼룩이 군데군데 있는 연회색 수고양이로, 눈이 짙푸른 색이다.

보육실의 어미 고양이(임신 중이거나 새끼 고양이를 기르는 암고양이)

프로스트퍼(서릿발털) 파란 눈의 아름다운 흰색 고양이.

브린들페이스(얼룩무늬얼굴) 예쁜 얼룩무늬 고양이.

골든플라워(황금꽃) 옅은 황갈색 고양이.

스페클테일(점박이꼬리) 옅은 얼룩무늬 고양이로, 보육실의 어미 고양이들 중 가장 나이가 많다.

월로펠트(버드나무가죽) 아주 옅은 회색 고양이로, 흔치 않은 푸른 눈을 가졌다.

원로(은퇴한 전사와 보육실에서 나온 암고양이)

하프테일(반쪽꼬리) 몸집이 큰 진갈색 얼룩무늬 수고양이로, 꼬리 일부가 떨어져 나갔다.

스몰이어(작은귀) 귀가 아주 작은 회색 수고양이로, 천둥족 수고양이 중 가장 나이가 많다.

패치펠트(누더기가죽) 몸집이 작은 흑백 얼룩무늬 수고양이.

원아이(하나의눈) 연회색 암고양이. 천둥족에서 가장 나이가 많은 암고양이로, 눈이 거의 보이지 않고 귀도 잘 들리지 않는다.

대플테일(얼룩꼬리) 한때 무척 예뻤던 삼색얼룩 암고양이로, 사랑스러운 얼룩무늬 털을 가졌다.

 그림자족

지도자
나이트스타(밤별) 검정색 수고양이로, 나이가 많다.

부지도자
신더퍼(잿빛털) 날씬한 회색 수고양이.

치료사
러닝노즈(흐르는코) 몸집이 작은 회백색 수고양이.

전사
스텀피테일(뭉툭꼬리) 갈색 얼룩무늬 수고양이. 훈련병 브라운포를 가르친다.

웻풋(젖은발) 회색 얼룩무늬 수고양이. 훈련병 오크포를 가르친다.

리틀클라우드(작은구름) 얼룩무늬 수고양이로, 몸집이 아주 작다.

화이트스로트(하얀목) 가슴과 발만 하얀색인 검정색 수고양이.

보육실의 어미 고양이

돈클라우드(새벽구름) 작은 얼룩무늬 고양이.

다크플라워(어두운꽃) 검정색 고양이.

톨파피(키큰양귀비) 밝은 갈색 얼룩무늬 고양이로, 다리가 길다.

 바람족

지도자

톨스타(키큰별) 흑백 얼룩무늬 수고양이로, 꼬리가 매우 길다.

부지도자

데드풋(죽은발) 검정색 수고양이로, 발이 뒤틀렸다.

치료사

바크페이스(거친얼굴) 갈색 수고양이로, 꼬리가 짧다.

전사

머드클로(진흙색발톱) 얼룩덜룩한 암갈색 수고양이. 훈련병 웹포를 가르친다.

톤이어(찢어진귀) 얼룩무늬 수고양이. 훈련병 러닝포를 가르친다.

원위스커(수염하나) 갈색 얼룩무늬 수고양이. 훈련병 화이트포를 가르친다.

러닝브룩(흐르는냇물) 연회색 얼룩무늬 암고양이.

보육실의 어미 고양이

애쉬풋(잿빛발) 회색 고양이.

모닝플라워(아침꽃) 삼색얼룩 고양이.

 강족

지도자

크룩트스타(비뚤어진별) 몸집이 큰 옅은 색 얼룩무늬 고양이로, 턱이 비뚤어져 있다.

부지도자

레퍼드퍼(표범털) 얼룩무늬 암고양이로, 보기 드문 금빛 점무늬가 있다.

치료사

머드퍼(진흙색털) 밝은 갈색 수고양이로, 털이 길다.

전사

블랙클로(검은발톱) 흐릿한 흑색 수고양이. 훈련병 헤비포를 가르친다.

스톤퍼(돌멩이색털) 회색 수고양이로, 귀에 전투의 상처가 남아 있다. 훈련병 셰이드포를 가르친다.

라우드밸리(시끄러운배) 진갈색 수고양이.

그레이스트라이프(회색줄무늬) 회색 수고양이로, 털이 길다.

보육실의 어미 고양이

미스티풋(안개낀발) 진회색 고양이.

모스펠트(이끼털가죽) 삼색얼룩 고양이.

원로

그레이풀(회색웅덩이) 털이 얼룩덜룩하고 몸이 마른 회색 암고양이로, 주둥이에 흉터가 있다.

종족에 속하지 않는 고양이

발리(보리) 흑백 얼룩무늬 수고양이로, 숲 근처의 농장에 산다.

블랙풋(검은발) 덩치가 큰 흰색 수고양이로, 커다랗고 새까만 발이 특징이다. 그림자족의 부지도자였다.

볼더(뭉우리돌) 은색 얼룩무늬 수고양이.

프린세스(공주) 애완 고양이로, 연갈색 얼룩무늬에 가슴과 발만 흰색으로 도드라져 보인다.

레이븐포(칠흑색발) 몸집이 작고 마른 검은색 수고양이. 가슴에 작은 흰색 얼룩점이 있으며, 꼬리 끝도 흰색이다.

타이거클로(호랑이발톱) 짙은 갈색 얼룩무늬 수고양이로, 몸집이 크고 앞발톱이 유난히 길다. 천둥족의 부지도자였다.

높은 돌산

발리의 농장

나무 네 그루

바람족 진영

폭포

고양이 지도

해 드는 바위

강족 진영

강

나무 쪼개는 곳

악마의 손가락
(폐광)

윈드오버 농장

윈드오버 황무지

드루이드 계곡

드루이드 폭포

두발쟁이 지도

모건 농장 야영지

모건 농장

모건 농장 길

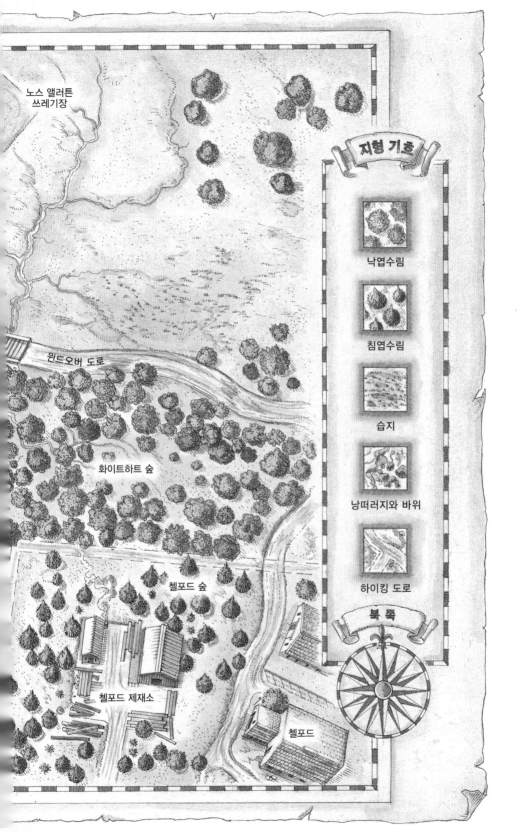

프롤로그

달빛으로 하얗게 물든 숲의 공터에 고통스러운 신음 소리가 울려 퍼졌다. 공터 가장자리에 있는 덤불 그늘 아래에 고양이 둘이 웅크리고 있었다. 그중 하나가 긴 꼬리를 이리저리 휘두르며 고통으로 몸부림쳤다. 다른 하나는 일어서서 고개를 푹 숙였다. 그는 오랫동안 치료사로 일해 왔지만, 지금은 종족 지도자가 힘겨워하는 모습을 무력하게 지켜볼 수밖에 없었다. 이미 수많은 목숨을 앗아 간 이 병은 복통과 고열을 불러왔다. 하지만 치료사는 증세를 호전시킬 어떤 약초도 알지 못했다. 지도자가 다시 한 번 경련을 일으키더니, 기진맥진한 상태로 이끼가 깔린 잠자리에 풀썩 쓰러졌다. 당황한 치료사의 얼룩덜룩한 회색 털이 곤두섰다. 치료사는 몸을 기울여 걱정스럽게 냄새를 맡아 보았다. 지도자는 아직 숨을 쉬고 있었지만, 호흡은 얕고 거칠었고 숨을 헐떡일 때마다 옆구리가 들썩였다.

그때 숲을 가르는 날카로운 울음소리가 들려왔다. 이번에는 고양이가 아니라 올빼미 소리였다. 치료사의 몸이 뻣뻣하게 굳었다. 올빼미들은 숲에 죽음을 가지고 온다. 그들은 먹잇감뿐만 아니라 어미에게서 멀리 떨어져 있는 새끼 고양이들까지 훔쳐 간다. 치료사는 올빼미 소리가 불길한 징조가 아니기를 바라며, 선대 전사들의 영혼에게 기도하는 마음으로 간절하게 하늘을 올려다보았다. 거처를 덮은 나뭇가지들 사이로 보이는 캄캄한 하늘에서 별 무리를 찾아보았지만, 별족이 사는 별 무리는 구름에 가려져 있었다. 치료사는 두려움을 느끼며 몸을 부들부들 떨었다. 선대 전사들은 진영을 황폐하게 만든 질병에 그들을 내줘 버린 것일까?

바람이 나무를 흔들고 지나가자 마른 잎사귀들이 바스락거리는 소리를 냈다. 하늘에서 구름이 움직이더니, 거처를 덮은 나뭇가지 사이로 별 하나가 한 줄기 희미한 빛을 내리비췄다. 어둠 속에서 지도자가 길고 안정된 숨을 들이쉬었다. 치료사의 가슴에 펄떡이는 물고기처럼 희망이 솟아올랐다. 별족은 그들을 떠나지 않았던 것이다.

치료사는 마음이 탁 놓이면서 맥이 풀렸다. 그는 고개를 들어, 지도자의 목숨을 살려 준 선대 전사들에게 말없이 감사를 드렸다. 눈을 가늘게 뜨고 밝은 별빛을 바라보자, 마음속 깊은 곳에서 울리는 영혼들의 목소리가 들렸다. 그 목소리는 앞으로 벌어질 영광스러운 전투와 새로운 영역들, 슬픔을 딛고 일어날 더 위대한 종족에 대해 속삭였다. 치료사의 가슴에서 발끝까지 기쁨이 넘쳐흘렀다. 이 별은 지도자가 살아남을 것이라는 예언 그 이상의 의미를 가지고 있었다.

그때였다. 갑자기 올빼미의 넓은 회색 날개가 별빛을 덮어 버렸다. 거처는 암흑에 잠겼다. 올빼미는 날카롭게 울부짖으며 내려와, 발톱으로 거처 지붕을 헤집었다. 치료사는 주춤거리며 뒤로 물러나 배를 바닥에 바짝 붙이고 엎드렸다. 쇠약해진 지도자가 풍기는 질병의 냄새를 맡고, 쉬운 사냥감을 찾아 내려온 것이 분명했다. 하지만 거처를 덮은 나뭇가지가 빽빽해서 뚫고 들어오지는 못했다.

천천히 날갯짓하는 소리가 들리더니, 올빼미는 숲으로 날아가 버렸다. 치료사는 쿵쾅거리는 가슴을 안고 일어나 앉아서 밤하늘을 다시 한 번 살폈다. 올빼미가 사라진 동시에 별도 사라져 버렸고, 그 자리에는 어둠만이 남아 있었다. 치료사의 털가죽 아래로 두려움이 스멀스멀 기어들어 심장을 꽉 움켜쥐었다.

"저 소리 들었어요?"

거처 입구에서 수고양이 하나가 놀란 목소리로 외쳤다. 치료사는 재빨리 공터로 나갔다. 종족 고양이들이 예언의 의미를 말해 주기를 기다리고 있을 것이다. 몸을 일으킬 수 있을 정도로 상태가 양호한 전사들과 어미 고양이들, 원로들이 공터 한쪽 그늘에 옹송그리고 있었다. 치료사는 잠시 걸음을 멈추고, 종족 고양이들이 걱정스럽게 웅성거리는 소리에 귀를 기울였다.

"올빼미가 여기 웬일이죠?"

얼룩덜룩한 반점이 있는 전사가 어둠 속에서 눈을 번득이며 말했다.

"올빼미가 진영에 이렇게 가까이 접근한 적은 한 번도 없었어!"

원로 고양이 하나가 울부짖듯 말했다.

"혹시 새끼 고양이를 잡아 간 건 아니겠지?"

또 다른 전사가 곁에 있는 은빛 어미 고양이에게 넓적한 머리를 돌리며 말했다.

"이번에는 아니야. 하지만 돌아올지도 몰라. 우리가 얼마나 쇠약해진 상태인지 알아차렸을 테니까."

이번 질병으로 새끼 고양이 셋을 잃은 그녀는 고통에 잠긴 목소리였다.

"죽음의 악취 때문에 가까이 오지 못할지도 모르지."

얼룩무늬 전사가 절뚝거리며 공터로 걸어 들어왔다. 털이 엉망으로 헝클어져 있었고, 발에는 진흙이 잔뜩 묻어 있었다. 그는 종족 동료들을 땅에 묻는 일을 하고 있었다. 아직도 무덤을 더 파야했지만, 계속하기에는 너무 지쳐 버렸다.

"지도자는 좀 어떤가?"

얼룩무늬 전사가 두렵고 긴장된 목소리로 물었다.

"우리도 몰라요."

반점이 있는 수고양이가 대답했다.

"치료사는 어디 있는 거죠?"

어미 고양이가 낑낑거리며 물었다.

고양이들이 공터를 둘러보았다. 치료사는 어둠 속에서 번득이는 그들의 겁에 질린 눈동자를 볼 수 있었다. 고양이들의 목소리에는 공포심이 점점 짙어져 갔다. 치료사는 그들을 진정시켜야한다는 것을 알았다. 별족이 그들을 버리지 않았다는 확신을 주

22

어야 했다. 치료사는 한 차례 심호흡을 한 뒤, 어깨에 곤두선 털을 가까스로 가라앉히며 공터를 가로질러 걸어갔다.

"올빼미 울음소리는 죽음을 뜻하지. 그건 꼭 치료사가 말해 주지 않아도 아는 거잖아."

원로 고양이 하나가 겁에 질린 눈으로 훌쩍였다.

"그걸 어떻게 압니까?"

얼룩무늬 전사가 쏘아붙였다.

"그러게 말이에요. 별족이 당신한테 말한 것도 아니잖아요!"

어미 고양이가 말했다. 그녀는 다가오는 치료사를 향해 몸을 돌렸다.

"그 올빼미는 불길한 징조였나요?"

어미 고양이가 걱정스레 물었다.

치료사는 곤란하다는 듯 발을 이리저리 움직이며 직접적인 대답을 피했다.

"오늘 밤 별족이 내게 말했습니다. 혹시 구름 사이에서 빛나는 별을 보았습니까?"

어미 고양이가 고개를 끄덕였다. 주변에 있던 다른 고양이들의 눈에 간절한 희망의 빛이 스쳤다.

"무슨 뜻인가?"

원로 고양이가 물었다.

"우리 지도자는 살 수 있습니까?"

얼룩무늬 전사가 물었다.

치료사는 머뭇거렸다.

"지금 죽을 수는 없어요!"

어미 고양이가 소리쳤다.

"아홉 목숨은 어쩌고요? 별족이 아홉 목숨을 준 것이 겨우 여섯 달 전이라고요!"

"별족이 줄 수 있는 힘은 거기까지입니다."

치료사가 대답했다.

"하지만 선대 전사들이 우리를 잊은 것은 아닙니다."

치료사는 가느다란 빛줄기마저 가로막은 올빼미의 어두운 날개를 머릿속에서 애써 떨쳐 냈다. 그리고 말을 이었다.

"별이 우리에게 희망의 메시지를 보내 주었습니다."

진영의 어두운 한쪽 구석에서 날카로운 신음 소리가 들려왔다. 삼색얼룩 어미 고양이가 벌떡 일어나, 소리가 나는 곳으로 서둘러 달려갔다. 다른 고양이들은 위안이 될 만한 소식을 간절히 기다리는 눈빛으로 치료사를 응시하고 있었다.

"별족이 비에 대해 말해 주었나요?"

어린 전사가 물었다.

"비가 내린 지 너무 오래되었잖아요. 혹시 비가 내리면 진영에 퍼진 질병이 씻겨 내려갈지도 몰라요."

치료사는 고개를 저었다.

"비 소식은 없었습니다. 하지만 우리 종족을 기다리는 새롭고 위대한 시작에 대한 이야기는 있었습니다. 빛줄기 속에서 선대 전사들이 나에게 미래를 보여 주었습니다. 영광스러운 미래를!"

"그러면 우리는 살아남을 수 있는 건가요?"

은빛 어미 고양이가 물었다.

"그냥 살아남는 정도가 아닙니다."

치료사가 장담했다.

"우리가 숲 전체를 지배하게 될 것입니다!"

안도하며 가르랑거리는 소리들이 들려왔다. 거의 한 달 만에 처음으로 들리는 기분 좋은 소리였다. 하지만 치료사는 떨리는 수염을 숨기느라 고개를 돌리고 말았다. 그는 부디 종족 고양이들이 올빼미에 대해 더 이상 물어보지 않기를 기도했다. 올빼미의 날개가 별을 가렸을 때 별족이 덧붙인 무시무시한 경고에 대해서는 감히 알릴 수가 없었던 것이다.

종족은 그 새롭고 위대한 시작을 위해 가장 값비싼 대가를 치러야 할 것이다.

1
반역자가 남긴 것

따스한 햇살이 나뭇잎 사이로 흘러들어 파이어하트의 털가죽에 어룽거렸다. 그는 짙은 초록빛 덤불 사이에서 자신의 털이 호박색으로 빛나리라는 것을 알고 몸을 더 낮게 웅크렸다.

파이어하트는 한 발짝씩 조심스럽게 고사리 아래를 기어갔다. 비둘기 냄새가 났다. 군침 도는 냄새를 향해 천천히 움직이던 그는 덤불을 쪼고 있는 통통한 새를 발견했다.

파이어하트는 발톱을 세웠다. 기대감에 발이 근질거렸다. 새벽 순찰대를 이끈 데다 아침 내내 사냥까지 했더니 배가 몹시 고팠다. 지금처럼 먹이가 한창인 시기에는 풍요로운 숲 덕분에 종족이 살을 찌울 수 있었다. 새잎 돋는 계절에 홍수가 난 뒤로 비는 거의 내리지 않았지만, 숲에는 먹잇감이 풍부했다. 일단 진영에 있는 싱싱한 먹이 더미를 채워 놓았으니 이제 자신이 먹을 것을 사냥할 차례였다. 파이어하트는 근육을 긴장시키며 뛰어오를 준비를 했다.

갑자기 또 다른 냄새가 마른바람에 실려 왔다. 파이어하트는 고개를 한쪽으로 기울이고 입을 벌렸다. 비둘기도 그 냄새를 맡았는지, 머리를 쳐들고 날개를 펼치기 시작했다. 하지만 이미 늦었다. 가시덤불 아래에서 하얀 털의 고양이가 뛰쳐나오더니 비둘기를 덮쳤다. 고양이는 놀란 새를 앞발로 꼼짝 못 하게 누른 다음, 재빨리 목을 물어 숨통을 끊었다. 파이어하트는 어안이 벙벙한 얼굴로 그 장면을 지켜보았다.

싱싱한 먹이가 풍기는 맛있는 냄새가 파이어하트의 콧구멍에 밀려들었다. 그는 몸을 일으켜 덤불에서 빠져나가, 털이 복슬복슬한 수고양이에게 다가갔다.

"잘했다, 클라우드포. 난 네가 오는지도 모르고 있었는데."

"이 멍청한 새도 눈치 못 채더라고요."

클라우드포가 꼬리를 흔들며 우쭐댔다.

파이어하트의 어깨가 굳어졌다. 클라우드포는 그가 가르치는 훈련병이자, 누이의 아들이기도 했다. 종족의 전사로서 알아야 할 기술과 전사의 규약을 가르치는 것은 파이어하트의 책임이었다. 이 어린 수고양이는 훌륭한 사냥꾼이 틀림없었지만, 좀 더 겸손해져야 했다. 파이어하트는 클라우드포가 전사의 규약이 얼마나 중요한지 이해하는 날이 오기는 할지 의심스러웠다. 전사의 규약은 숲에 사는 고양이들에게 대대로 전해 내려오며, 수많은 달이 지나는 동안 만들어진 충성심과 예절에 대한 전통이었다.

클라우드포는 파이어하트의 누이인 프린세스의 새끼로 태어났다. 두발쟁이 영역에 사는 프린세스는 갓 태어난 새끼 고양이를 천둥족으로 보냈다. 파이어하트는 종족 고양이들이 애완 고양이를 인정해 주지 않을 거라는 걸 알고 있었다. 그 역시 경험한 일이었다. 파이어하트도 애완 고양이로 태어나서 처음 여섯 달 동안은 두발쟁이들과 함께 살았다. 천둥족의 몇몇 고양이들은 그가 숲에서 태어나지 않았다는 사실을 결코 잊을 수 없게 만들었다. 파이어하트는 조급하게 귀를 움직거렸다. 그는 종족에 대한 충성심을 증명하기 위해서라면 무슨 일이든 할 수 있지만, 이 고집불통 훈련병은 그와는 달랐다. 클라우드포가 종족 동료들의 마음을 조금이라도 얻으려면 이렇게 오만한 태도를 버려야 했다.

"네가 그렇게 빨랐던 걸 다행으로 여겨. 넌 바람이 불어오는 방향에 있었어. 널 보지는 못했지만, 냄새는 맡을 수 있었다고. 그 새도 마찬가지였겠지."

파이어하트의 지적에 클라우드포는 눈처럼 하얗고 긴 털을 곤두세우고 쏘아붙였다.

"바람이 불어오는 쪽이라는 건 나도 알고 있었어요! 하지만 그 어리석은 비두리는 결국 쉽게 잡혔을걸요. 내 냄새를 맡았든 아니든, 그건 상관없어요."

어린 고양이가 반항적인 눈길로 파이어하트를 바라보았다. 파이어하트는 짜증이 분노로 바뀌는 것을 느꼈다.

"비둘기라고! 비두리가 아니라!"

파이어하트가 소리쳤다.

"그리고 진정한 전사는 종족을 먹여 살리는 먹잇감을 존중하는 태도를 보여야 한다."

"네, 네. 그렇겠죠!"

클라우드포가 대꾸했다.

"그런데 쏜포가 어제 진영으로 다람쥐를 끌고 올 때도 별로 존중하는 것 같진 않던걸요? 너무 바보 같은 다람쥐라서 새끼 고양이라도 잡았을 거라고 했단 말이에요."

"쏜포도 아직 훈련병이다. 너처럼 그 녀석도 아직 배울 게 많아."

파이어하트가 으르렁댔다.

"어쨌든 내가 먹이를 잡았잖아요!"

클라우드포가 부루퉁해서 발로 비둘기를 쿡쿡 찔렀다.

"단지 비둘기를 잘 잡는다고 전사가 되는 게 아니야!"

"난 브라이트포보다 빠르고 쏜포보다 힘도 세다고요. 더 이상 뭘 바라는 거예요?"

클라우드포가 되받아쳤다.

"전사라면 결코 바람이 부는 방향에서 공격하지 않아! 네 동료들은 그 정도는 알 거다!"

파이어하트는 이런 언쟁을 시작하지 말았어야 한다는 것을 알았지만, 훈련병의 고집이 귀에 달라붙은 진드기처럼 그를 화나게 만들었다.

"그게 무슨 대수예요? 스승님은 전사답게 바람을 맞는 방향에 있었을지는 몰라도 어쨌든 먼저 비둘기를 잡은 건 나라고요!"

클라우드포가 화가 나서 목소리를 높였다.

"조용!"

파이어하트는 주위를 살피며 말했다. 고개를 들고 공기 냄새를 맡아 보았다. 숲은 이상스러울 만큼 고요했고, 클라우드포의 목소리는 나무들 사이로 너무 크게 울려 퍼졌다.

"무슨 일이에요? 아무 냄새도 안 나는데요."

클라우드포도 주변을 둘러보며 말했다.

"그래."

"그럼 뭘 걱정하는 거예요?"

"타이거클로."

파이어하트는 직설적으로 대답했다.

반달 전에 블루스타가 타이거클로를 종족에서 내쫓은 뒤로 그는 계속해서 파이어하트의 꿈에 나타나고 있었다. 타이거클로는 천둥족 지도자를 죽이려고 시도했지만, 파이어하트가 그를 막았다. 또 종족을 오랫동안 배신해 왔다는 사실을 폭로했다. 그 후로 타이거클로는 자취를 감췄다. 하지만 고요한 숲에 귀를 기울이고 있는 지금, 차가운 발톱처럼 심장을 찌르는 두려움을 느낄 수 있었다. 숲도 숨을 멈춘 채 무언가를 듣고 있는 것 같았다. 타이거클로가 떠나며 남긴 말이 파이어하트의 머릿속에 울렸다.

'네놈은…… 눈 똑바로 뜨고 다녀라. 귀도 바짝 세워 두고. 뒤를 조심하는 게 좋을 거다. 언젠가는 내가 널 찾아서 까마귀 밥으로 만들어 버릴 테니까.'

클라우드포의 목소리가 정적을 깨뜨렸다.

"타이거클로가 왜 여기 있겠어요? 블루스타에게서 쫓겨났는데!"

클라우드포가 비웃듯이 말했다.

"나도 알아."

파이어하트가 동의했다.

"타이거클로가 어디로 갔는지는 별족만이 아시겠지. 하지만 떠나면서 마지막이 아니라고 분명히 말했잖아."

"그런 반역자는 하나도 무섭지 않아요."

"아니, 무서워해야 할 거야. 타이거클로는 다른 천둥족 고양이들처럼 이 숲을 잘 알고 있어. 기회만 있으면 널 갈기갈기 찢어 놓을 수도 있단 말이야."

클라우드포는 콧방귀를 뀌더니 잡아 놓은 먹잇감 주위를 초조하게 맴돌았다.

"스승님은 부지도자가 되더니 너무 재미가 없어졌어요. 아침 내내 옛날이야기 같은 말로 겁주실 거예요? 그럼 난 갈래요. 원로들을 위해 사냥을 해야 한단 말이에요."

클라우드포는 죽은 비둘기를 남겨 두고 가시덤불 속으로 달려가 버렸다.

"클라우드포, 돌아와!"

파이어하트는 화난 목소리로 훈련병을 불렀다. 하지만 이내 고개를 절레절레 흔들었다.

"타이거클로가 저 쥐 대가리 같은 녀석을 잡아 가게 두라지!"

파이어하트는 꼬리를 휙 휘두르고 비둘기를 집어 물었다. 클라우드포를 위해 진영으로 가져가야 할지 고민스러웠다.

'전사라면 자기가 잡은 먹이는 스스로 책임질 줄 알아야지.'

파이어하트는 이렇게 결론을 내리고 비둘기를 풀숲으로 던졌다. 그리고 풀줄기를 밟아 통통한 비둘기를 덮어 두었다. 클라우드포가 다른 먹잇감들과 함께 비둘기를 잊지 않고 가져갈지 확신이 들지 않았다.

'만약 이 비둘기를 잊어버리고 가져오지 않으면, 찾아올 때까지 굶겨야지.'

파이어하트는 결심했다. 그의 훈련병은 아무리 풍족한 계절이라도 먹잇감을 귀하게 여겨야 한다는 것을 배워야 했다.

해가 더 높이 떠올라 흙을 말리고, 나무에 달린 잎사귀들의 물기를 빨아들였다. 파이어하트는 귀를 쫑긋 세웠다. 숲은 여전히 음산할 정도로 조용했다. 생명체들은 한낮의 이글거리는 열기를 피해서 저녁 그늘이 드리워질 때까지 숨어 있는 듯했다. 정적은 파이어하트를 불안하게 만들었고, 얼핏 스치는 걱정스러운 생각이 배를 쿡쿡 쑤셨다. 아무래도 클라우드포를 찾아 나서야 할 것 같았다.

'넌 타이거클로에 대해 이미 경고했잖아!'

가장 친한 친구인 그레이스트라이프의 친숙한 목소리가 귀에 들리는 듯했다. 파이어하트는 씁쓸한 기억이 되살아나는 바람에 움찔했다. 그레이스트라이프라면 지금 그에게 그렇게 말해 주었을 것이다. 그들은 훈련병 시절을 함께 보냈고, 어깨를 나란히 하고 싸웠다. 하지만 사랑과 비극이 그들을 갈라놓고 말았다. 그레이스트라이프가 다른 종족의 암고양이 실버스트림과 사랑에 빠졌던 것이다. 실버스트림이 새끼를 낳다가 목숨을 잃지만 않았어도, 그레이스트라이프는 천둥족을 떠나지 않았을 것이다. 파이어하트는 그레이스트라이프가 새끼 고양이 둘을 데리고 강족 영역으로 가던 모습을 다시금 떠올렸다. 새끼 고양이들을 죽은 어미의 종족으로 데리고 간 것이다. 파이어하트의 어깨가 축 처졌다. 그레이스트라이프와 나누었던 우정이 그리웠고, 아직도 매일같이 마음속으로 그와 이야기를 나누었다. 그레이스트라이프에 대해 너무 잘 알았기에, 친구가 뭐라고 대꾸할지 늘 쉽게 상상할 수 있었다.

파이어하트는 귀를 씰룩거리며 추억을 떨쳐 버렸다. 진영으로 돌아갈 시간이었다. 그는 이제 천둥족의 부지도자였고, 사냥조와 순찰대를 편성해야 했다. 클라우드포는 혼자 알아서 해야 할 것이다.

숲을 지나는 동안 발밑에서 마른땅이 느껴졌다. 진영이 내려다보이는 골짜기 꼭대기에 다다른 그는 잠시 멈춰 서서, 마음속에 샘솟는 자부심과 애정을 만끽했다. 집에 가까워지면 늘 그런 기분이 들었다. 비록 새끼 고양이 시절은 두발쟁이 영역에서 보냈지만, 숲에 처음으로 조심스럽게 발을 들였을 때부터 그는 알고 있었다. 숲이야말로 그가 진정으로 속한 곳임을.

천둥족 진영은 골짜기 아래의 울창한 가시덤불에 잘 숨겨져 있었다. 파이어하트는 가파른 비탈을 성큼성큼 내려가, 진영으로 이어지는 잘 다져진 가시금작화 굴길을 따라갔다.

보육실 입구에 누워 있는 윌로펠트의 모습이 보였다. 옅은 회색 어미 고양이는 아침 햇살에 불룩한 배를 따뜻하게 데우고 있었다. 얼마 전까지만 해도 그녀는 전사들의 거처에서 지냈지만, 지금은 다른 어미 고양이들과 함께 보육실에 머물면서 첫 번째 새끼들이 태어나기를 기다리고 있었다.

그녀 옆에는 브린들페이스가 다정한 눈으로 새끼 고양이 둘을 지켜보고 있었다. 새끼 고양이들은 단단한 땅에서 몸싸움을 하며 먼지구름을 일으키고 있었다. 그들은 클라우드포와 함께 형제처럼 자랐다. 파이어하트가 누이의 새끼를 종족에 데려왔을 때, 브린들페이스가 의지할 데 없는 새끼 고양이에게 젖을 먹여 주었던 것이다. 최근에 클라우드포가 훈련병이 되었으니 브린들페이스의 새끼 고양이들도 머지않아 보육실을 떠날 것이다.

어디선가 웅성거리는 소리가 들려왔다. 파이어하트의 시선은 공터 앞쪽에 있는 '높은 바위'로 향했다. 지도자가 종족에게 연설할 때 서는 그 바위 아래 그늘에 몇몇 전사들이 모여 있었다. 파이어하트는 다크스트라이프의 얼룩덜룩한 털가죽을 알아볼 수 있었다. 몸집이 작은 러닝윈드와, 화이트스톰의 하얀 머리도 보였다.

파이어하트는 달구어진 땅을 가로질러 조용히 다가갔다. 다크스트라이프의 불만스러운 목소리가 크게 들렸다.

"해가 가장 높이 뜬 시간에는 누가 순찰대를 이끕니까?"

"파이어하트가 사냥에서 돌아오면 결정해 주겠지."

화이트스톰이 차분하게 대답했다. 나이 많은 전사는 다크스트라이프의 적대적인 어조에 동조하지 않는 것이 분명했다.

"지금쯤이면 돌아왔어야 해요."

파이어하트와 함께 훈련병 시절을 보낸 흑갈색 얼룩무늬 전사, 더스트펠트가 불평했다.

"돌아왔습니다."

파이어하트가 말했다. 그는 전사들 사이를 뚫고 화이트스톰의 곁으로 가서 앉았다.

"자, 그럼 누가 순찰대를 이끌지 말해 주시죠."

다크스트라이프가 차가운 시선으로 돌아보며 말했다.

높은 바위가 드리운 그늘 속에서도 파이어하트는 털 밑이 화르르 달아오르는 기분이었다. 다크스트라이프는 그 누구보다 타이거클로와 친밀한 사이였다. 비록 타이거클로가 추방당할 때 함께 가지 않고 천둥족에 남기로 결정했지만, 파이어하트는 다크스트라이프의 충성심이 얼마나 깊은지 의심하지 않을 수 없었다.

"롱테일이 순찰대를 이끌 것입니다."

파이어하트가 대답했다.

다크스트라이프가 파이어하트에게서 화이트스톰에게로 천천히 시선을 옮겼다. 그는 수염을 씰룩거리면서 경멸 어린 눈을 번득이고 있었다. 파이어하트는 자신이 뭔가 어리석은 말을 한 게 아닐까 싶어 초조하게 침을 삼켰다.

"어, 롱테일은 훈련병을 데리고 나갔습니다."

러닝윈드가 겸연쩍은 표정으로 설명했다.

"롱테일과 스위프트포는 저녁때까지 돌아오지 않을 겁니다. 잊어버렸나 보죠?"

옆에 있던 더스트펠트가 비웃듯이 콧방귀를 뀌며 말했다.

파이어하트는 이를 꽉 물었다.

'알고 있었어야 했는데!'

"그럼 러닝윈드가 브래큰퍼와 더스트펠트를 데리고 순찰을 나가 주세요."

"브래큰퍼는 함께 갈 수 없을 텐데요."

다크스트라이프가 말했다.

"떠돌이 고양이들과 싸울 때 다쳐서 아직도 다리를 절룩거리니까요."

"네, 네, 알았다고요."

파이어하트는 점점 불안해지는 마음을 숨기려 애썼다. 자신이 아무 이름이나 생각나는 대로 말하고 있다는 느낌을 지울 수 없었다.

"그러면 브래큰퍼는 마우스퍼와 함께 사냥을 가고, 그리고……그리고…….."

"제가 같이 사냥하러 갈게요."

샌드스톰이 나섰다.

파이어하트는 암고양이에게 고마워하며 눈을 찡긋했다.

"샌드스톰도 같이 가고…….."

"순찰대는 어쩌고요? 빨리 정하지 않으면 해가 가장 높이 뜬 시간이 지나 버릴 거란 말입니다!"

다크스트라이프가 다그쳤다.

"다크스트라이프가 러닝윈드와 함께 나가면 되겠네요."

파이어하트가 말했다.

"그럼 저녁 순찰대는요?"

마우스퍼가 부드럽게 물었다. 파이어하트는 흑갈색 암고양이를 바라보았다. 갑자기 머릿속이 하얘졌다.

화이트스톰의 목소리가 옆에서 들렸다.

"제가 저녁 순찰대를 맡겠습니다. 스위프트포와 롱테일이 돌아오면 함께 데려가도 되겠습니까?"

"네, 물론이죠."

파이어하트는 자신을 둘러싼 눈동자들을 바라보았다. 다들 만족스러워하는 눈빛이라 마음이 놓였다.

고양이들이 하나둘 자리를 뜨고 이제 파이어하트와 화이트스톰만 남았다.

"고맙습니다."

파이어하트는 나이 많은 전사에게 고개를 숙이며 말했다.

"순찰대를 미리 생각해 두었어야 했는데……."

"차차 나아질 겁니다."

화이트스톰이 그를 안심시켰다.

"모두들 타이거클로가 언제 뭘 할지 정확히 말해 주는 데 익숙해져 있다 보니 그런 거겠지요."

파이어하트는 멀리 눈길을 돌렸다. 가슴이 쿵 내려앉았다.

"게다가 평소보다 더 신경이 곤두서 있기도 하고요. 타이거클로의 배신이 종족 전체를 뒤흔들어 놨으니까요."

화이트스톰이 말을 이었다.

파이어하트는 화이트스톰을 바라보았다. 선임 전사는 그에게 용기를 주려고 애쓰고 있었다. 타이거클로의 행동이 종족에게 엄청난 충격을 주었다는 사실을 그는 곧잘 잊어버렸다. 타이거클로가 권력에 대한 갈망 때문에 거짓말을 하고 다른 고양이들을 죽였다는 사실을 그는 이미 오래전부터 알고 있었기 때문이다. 그러나 다른 고양이들은 위대한 전사가 종족을 배반했다는 사실을 믿기 힘들어했다. 화이트스톰의 말은 파이어하트에게 그 사실을 다시금 일깨워 주었다. 비록 그에게는 아직 타이거클로와 같은 강한 통솔력은 없지만, 타이거클로처럼 종족을 배신하는 일은 절대 없을 것이다.

화이트스톰의 목소리가 그의 생각을 방해했다.

"저는 가서 브린들페이스를 만나 봐야겠습니다. 할 말이 있다고 했거든요."

화이트스톰이 고개를 숙였다. 선임 전사의 정중한 태도에 파이어하트는 깜짝 놀라 겸연쩍게 고개를 끄덕였다.

화이트스톰이 사라지는 모습을 지켜보던 파이어하트는 배가 꾸르륵거리는 걸 느꼈다. 허기가 몰려오면서, 클라우드포가 잡은 통통한 비둘기가 생각났다. 화이트스톰의 훈련병인 브라이트포가 훈련병의 거처 밖에 앉아 있었다. 파이어하트는 그녀가 원로들에게 싱싱한 먹이를 가져다주었는지 궁금했다. 파이어하트는 나무둥치에서 꼬리를 핥고 있는 브라이트포에게 걸어갔다. 그녀가 고개를 들어 인사했다.

"안녕하세요, 파이어하트?"

"안녕, 브라이트포? 사냥 갔다 왔어?"

"네."

브라이트포가 눈을 반짝이며 대답했다.

"화이트스톰이 처음으로 저 혼자 나가게 해 주었어요."

"많이 잡았니?"

브라이트포가 수줍게 발치를 내려다보았다.

"참새 둘이랑 다람쥐 하나요."

"잘했다. 화이트스톰도 좋아했겠구나."

브라이트포가 고개를 끄덕였다.

"잡은 먹잇감은 원로들에게 바로 가져다 드렸고?"

"네."

브라이트포의 눈이 걱정으로 흐려졌다.

"그래도 되는 거죠?"

그녀가 불안한 듯 물었다.

"아주 잘한 거야."

파이어하트는 그녀를 안심시켰다. 클라우드포도 이렇게 믿음 직스러우면 얼마나 좋을까? 지금쯤이면 클라우드포가 돌아왔어야 할 시간이었다. 원로들이 배를 채우려면 참새 둘과 다람쥐 하나로는 부족했다. 그는 원로들이 초록잎 우거진 계절의 열기 때문에 힘들어하고 있지 않은지 확인하러 직접 가 보기로 마음먹었다. 원로들의 거처가 있는 쓰러진 떡갈나무에 가까워지자, 잎이 없는 나뭇가지 뒤쪽에서 목소리가 흘러나왔다.

"윌로펠트의 새끼들이 곧 태어날 거예요."

스페클테일의 목소리였다. 그녀는 보육실에서 가장 나이가 많은 어미 고양이였다. 그녀의 하나밖에 없는 새끼 고양이는 흰기침병을 한 차례 앓고 난 탓에 나이에 비해 작고 약했다.

"새끼 고양이의 탄생은 언제나 좋은 징조지."

원아이가 가르랑거렸다.

"우리에게 좋은 징조가 필요하다는 걸 별족도 아시는 게야."

스몰이어가 침울하게 중얼거렸다.

"아직도 그 의식 때문에 불안해하는 건 아니겠지?"

패치펠트가 쉰 목소리로 말했다. 나이 많은 흑백 얼룩무늬 수고양이가 스몰이어를 향해 짜증스럽게 귀를 씰룩거리는 모습이 파이어하트의 눈에 선했다.

"뭐 때문에 불안하다고?"

원아이가 되물었다.

"부지도자 임명식 말이야."

패치펠트가 큰 소리로 설명해 주었다.

"왜 있잖아, 타이거클로가 떠나고 나서 말이야."

"내 귀가 예전만 못한 거지, 정신머리도 없는 건 아니라고!"

원아이가 소리쳤다. 원아이가 말을 이어 가자, 다른 고양이들은 잠자코 듣고 있었다. 원아이는 비록 성미는 고약했지만, 지혜로운 고양이로 존경받고 있었다.

"블루스타가 달이 가장 높이 뜨기 전에 새 부지도자를 임명하지 않았다고 해서 별족이 우리를 벌하지는 않을 거야. 그때는 상황이 보통 때와는 달랐잖아."

"그래서 더 심각한 거지!"

대플테일이 안절부절못하며 말했다.

"별족이 우리 종족을 어떻게 생각하겠어? 부지도자는 종족을 배신하고, 새로운 부지도자는 달이 가장 높이 뜬 시간이 지나서야 임명이 되다니! 꼭 우리 종족은 충성심도 못 지키고 의식도 제대로 치르지 못하는 것처럼 보이잖아."

파이어하트는 등줄기가 오싹해졌다. 블루스타는 타이거클로의 배신을 알고 나서 그를 종족에서 추방했다. 그녀는 새 부지도자를 임명하는 의식을 제대로 거행하기에는 너무 혼란스러운 상태였다. 파이어하트는 다음 날이 되어서야 타이거클로의 후임으로 임명되었고, 많은 고양이들이 이 일을 나쁜 징조로 여겼다.

"내 기억으로 종족의 관례가 깨진 건 파이어하트의 경우가 처음이야."

스몰이어가 무거운 목소리로 말했다.

"이런 말을 하고 싶지는 않지만, 파이어하트가 부지도자로 있는 동안은 천둥족에게 암흑기가 찾아올 거라는 느낌을 지울 수가 없어."

패치펠트도 동의한다는 소리를 냈다.

파이어하트는 심장이 쿵쾅거리는 걸 느꼈다. 원아이가 지혜로운 말로 다른 고양이들의 두려움을 가라앉혀 주기를 기다렸지만, 이번만은 원아이도 침묵을 지켰다. 맑고 푸른 하늘에 뜬 강렬한 해가 파이어하트의 머리 위에서 계속 빛나고 있었지만, 그는 뼛속까지 시린 기분이었다.

파이어하트는 원로들의 거처에서 발길을 돌렸다. 지금은 원로들과 마주할 수가 없었다. 그는 공터 가장자리를 따라 초조하게 걸음을 옮겼다. 보육실에 가까워지는 동안 그는 생각에 잠긴 채 땅을 내려다보고 있었다. 그러다 보육실 입구에서 느껴지는 갑작스러운 움직임에 고개를 들었다. 순간 파이어하트의 몸이 얼어붙고, 심장이 세차게 뛰었다. 타이거클로의 호박색 눈이 그를 향해 번득이고 있었던 것이다. 파이어하트는 두려움에 휩싸여 눈을 끔벅거렸다. 그리고 마침내 자신의 눈앞에 있는 것이 사나운 전사가 아니라 새끼 고양이인 브램블킷이라는 사실을 깨달았다. 브램블킷은 바로 타이거클로의 아들이었다.

2
결정의 무게

파이어하트는 옅은 황갈색 털이 흩날리는 모습에 고개를 들었
다. 골든플라워가 새끼 고양이의 뒤를 따라 보육실에서 나오고
있었다. 입에는 옅은 황갈색 새끼 고양이가 매달려 있었다. 그녀
는 새끼 고양이를 브램블킷 옆에 조심스럽게 내려놓았다. 파이어
하트는 골든플라워가 자신의 반응을 눈치챘다는 것을 바로 알 수
있었다. 어미 고양이는 새끼 고양이들을 보호하려는 듯이 꼬리로
감싸고 턱을 쳐들었다. 마치 파이어하트에게 무슨 말이라도 하려
는 것처럼 보였다.

파이어하트의 마음에 죄책감이 밀려들었다.

'내가 지금 무슨 생각을 하는 거야? 맙소사, 나는 종족의 부지
도자잖아!'

그는 골든플라워를 안심시켜야 했다. 이 새끼 고양이들은 잘
보살핌을 받을 것이고, 천둥족의 여느 구성원이나 다름없이 존중
받을 것이라고.

"새끼 고양이들이…… 건강해 보이네요."

파이어하트는 더듬거리며 말했다. 하지만 얼룩무늬 새끼 고양이가 눈도 깜박하지 않고 빤히 올려다보자, 털이 곤두섰다. 타이거클로의 위협적인 눈초리가 떠오르는 모습이었다.

파이어하트는 본능적으로 발톱을 드러내고 단단한 바닥을 꾹 눌렀다. 그는 두려움과 분노를 떨쳐 내려고 애썼다.

'천둥족을 배신한 건 타이거클로야. 이 조그만 새끼 고양이가 아니라.'

"토니킷은 보육실 밖으로 처음 나왔어요."

골든플라워가 말했다. 그녀는 작은 새끼 고양이를 걱정스럽게 내려다보았다.

"어느새 많이 컸네요."

파이어하트가 중얼거렸다.

골든플라워가 몸을 숙여 새끼들의 머리를 핥아 주더니, 파이어하트에게 걸어왔다.

"어떤 기분일지 이해해요."

그녀가 낮은 목소리로 말했다.

"당신의 눈빛에는 항상 진심이 드러나 보이니까요. 하지만 저 애들은 내 새끼들이니까, 난 목숨을 걸고 지킬 거예요."

골든플라워가 파이어하트의 눈을 응시했다. 파이어하트는 그녀의 노란 눈동자 깊은 곳에서 강렬한 감정을 볼 수 있었다.

"난 저 애들이 걱정돼요, 파이어하트."

그녀가 말을 이었다.

"우리 종족은 타이거클로를 절대로 용서하지 않을 거예요. 그

래서도 안 되고요. 하지만 브램블킷과 토니킷은 아무 잘못도 없
잖아요. 타이거클로 때문에 가혹한 대접을 받게 놔두지는 않을
거예요. 아버지가 누구인지도 말해 주지 않으려고 해요. 그냥 용
감하고 강한 전사였다고만 알려 줄 거예요."

파이어하트는 힘들어하는 어미 고양이가 안쓰러웠다.

"새끼 고양이들은 여기서 안전하게 지낼 거예요."

파이어하트는 약속했다. 하지만 골든플라워가 돌아서서 가는
동안에도 브램블킷의 호박색 눈동자는 여전히 그를 안절부절못
하게 만들었다.

새끼 고양이들 뒤로 화이트스톰이 보육실에서 빠져나왔다.

"브린들페이스의 새끼 고양이들이 훈련을 받을 때가 된 것 같
습니다."

화이트스톰이 말했다.

"블루스타도 알고 계세요?"

파이어하트가 물었다.

화이트스톰은 고개를 저었다.

"브린들페이스가 직접 말하고 싶다고 합니다. 그런데 블루스타
가 며칠 동안 보육실에 들르지 않았다는군요."

파이어하트는 얼굴을 찡그렸다. 평소에 블루스타는 종족의 생
활을 이모저모 살폈고, 보육실에는 특히 더 관심을 쏟았다. 건강
한 새끼 고양이들이 종족에게 얼마나 중요한지는 모두가 알고 있
었다.

"놀랍지도 않지요."

화이트스톰이 말을 이었다.

"떠돌이 고양이들이 입힌 부상에서 아직 회복하는 중이니까요."

"제가 지금 가서 말해도 될까요?"

파이어하트가 나섰다.

"그러십시오. 좋은 소식을 들으면 기운이 날지도 모르니까요."

파이어하트는 문득 화이트스톰이 자신만큼이나 지도자를 걱정하고 있다는 사실을 깨달았다.

"확실히 그럴 거예요."

그가 맞장구를 쳤다.

"천둥족에 이렇게 훈련병이 많아지는 건 몇 달 만에 처음 있는 일이잖아요."

"그 말을 들으니 생각나는군요."

화이트스톰이 갑자기 눈을 빛내며 말했다.

"클라우드포는 어디 있죠? 원로들에게 드릴 먹이를 사냥하러 간 줄 알았는데."

파이어하트는 불편한 기색으로 시선을 피했다.

"어, 네, 맞아요. 왜 이렇게 오래 걸리는지 모르겠네요."

화이트스톰이 묵직한 발을 들어 올려 핥기 시작했다.

"숲은 예전처럼 안전하지 않습니다."

화이트스톰이 마치 파이어하트의 불안한 마음을 읽기라도 한 것처럼 말했다.

"브로큰테일을 보호해 준 일로 바람족과 그림자족이 우리에게 아직 화가 나 있다는 걸 명심해야 합니다. 그들은 브로큰테일이 죽었다는 걸 아직 모르고 있습니다. 우리를 다시 공격할지도 모릅니다."

브로큰테일은 한때 그림자족의 지도자였다. 그는 영역을 넓히려는 욕심 때문에 숲에 사는 다른 종족들을 파멸시킬 뻔했다. 천둥족은 곤경에 처한 그림자족을 도와 브로큰테일을 쫓아냈다. 그러나 브로큰테일이 눈이 멀고 의지할 데 없는 처지가 되자, 천둥족 안에 머무를 수 있게 해 주었다. 브로큰테일과 적대적인 관계에 있던 종족들은 이런 자비로운 처분을 달가워하지 않았다.

파이어하트는 화이트스톰이 최대한 조심스럽게 경고하고 있다는 것을 알았다. 게다가 타이거클로가 아직 주변에 있을지도 모른다는 말은 아예 꺼내지도 않았다. 그러나 파이어하트는 클라우드포가 혼자 숲에 가도록 내버려 두었다는 죄책감 때문에 방어적인 입장이 되어 버렸다.

"오늘 아침에 브라이트포도 혼자 사냥을 나가도록 허락하지 않았습니까?"

파이어하트가 쏘아붙였다.

"그랬지요. 하지만 골짜기 밖으로 나가지 말고, 해가 가장 높이 뜬 시간까지는 돌아와야 한다고 말했습니다."

화이트스톰의 목소리는 부드러웠다. 하지만 그는 이제 발을 핥는 것을 멈추고 걱정스러운 눈으로 파이어하트를 바라보고 있었다.

"클라우드포가 진영에서 너무 멀리까지 나가지 않았어야 할 텐데요."

"전 블루스타에게 가서 브린들페이스의 새끼 고양이들 이야기를 해야겠어요."

파이어하트는 고개를 돌리고 중얼거렸다.

"좋은 생각입니다."

화이트스톰이 대답했다.

"전 브라이트포를 좀 훈련시켜야겠습니다. 사냥은 잘하는데 싸우는 기술은 훈련이 더 필요할 것 같더군요."

파이어하트는 속으로 클라우드포를 욕하면서 높은 바위를 향해 걸어갔다. 블루스타의 거처 입구에 도착한 그는 재빨리 귀를 핥고 머릿속에서 클라우드포의 생각을 밀어냈다. 그리고 입구에 드리운 이끼 장막 사이로 기척을 냈다.

"들어와라."

안쪽에서 낮은 목소리가 들리자, 파이어하트는 천천히 안으로 들어갔다.

지도자의 거처는 서늘했다. 이곳은 아주 오래전에 물줄기가 지나면서 높은 바위 아랫부분을 깎아 만들어진 작은 동굴이었다. 이끼 장막 사이로 햇빛이 흘러들어 벽을 따뜻하게 밝혀 주었다. 블루스타는 알을 품고 있는 오리처럼 몸을 웅크리고 앉아 있었다. 그녀의 긴 회색 털은 더러워진 채 엉겨 붙어 있었다.

'부상이 심해서 아직 제대로 닦아 내지도 못했나 봐.'

파이어하트는 생각했다. 다른 가능성은 떠올리고 싶지 않았다. 지도자가 더 이상 자신의 몸에 신경 쓸 마음조차 없어졌다고는 차마 생각할 수 없었다.

하지만 화이트스톰의 걱정스러운 눈빛이 계속 그를 괴롭혔다.

블루스타의 깡마른 모습이 눈에 들어왔다. 어젯밤에 그녀는 먹던 새를 반쯤 남기고 혼자 거처로 들어가 버렸다. 평소라면 선임 전사들과 혀를 나누었을 것이다.

파이어하트가 들어가자 종족 지도자가 눈을 떴다. 파이어하트는 지도자가 희미하게나마 관심을 보이자 안심이 되었다.

"파이어하트."

블루스타가 일어나 앉아 고개를 들어 그를 맞았다. 그녀는 넓적한 회색 머리를 위엄 있게 들고 있었다. 예전에 살던 두발쟁이 집 근처 숲에서 처음 만났을 때 파이어하트가 동경했던 모습과 똑같았다. 파이어하트를 종족에 불러들인 것이 바로 블루스타였다. 파이어하트를 향한 그녀의 신뢰는 둘 사이에 특별한 유대감을 만들어 주었다.

"블루스타."

파이어하트는 공손하게 머리를 숙이며 이야기를 시작했다.

"화이트스톰이 오늘 보육실에 들러서 브린들페이스와 이야기를 나눴답니다. 브린들페이스의 새끼 고양이들이 훈련을 받을 준비가 되었다고 합니다."

블루스타의 눈이 천천히 커졌다.

"벌써?"

그녀가 중얼거렸다.

파이어하트는 블루스타가 훈련병 임명식을 준비하라고 지시하기를 기다렸다. 그러나 그녀는 그저 그를 바라보기만 할 뿐이었다.

"저…… 누구를 스승으로 정하면 좋을까요?"

파이어하트가 물었다.

"스승이라······."

블루스타가 희미한 목소리로 되풀이했다.

파이어하트는 불안해서 털이 곤두서기 시작했다.

갑자기 블루스타의 눈빛이 차가워졌다.

"그 순진한 새끼 고양이들을 훈련시킬 수 있는 믿을 만한 고양이가 남아 있기는 하단 말이냐?"

파이어하트는 너무 큰 충격을 받아 몸을 움츠렸다. 지도자의 눈빛이 다시 번득였다.

"파이어하트, 네가 맡을 수 있겠느냐?"

블루스타가 다그치듯 말했다.

"아니면 그레이스트라이프?"

파이어하트는 살무사처럼 엄습하는 불안한 예감을 애써 떨치려고 고개를 흔들었다. 블루스타는 그레이스트라이프가 더 이상 천둥족이 아니라는 것을 잊었단 말인가?

"전······ 저는 이미 클라우드포를 맡고 있습니다. 그리고 그레이스트라이프는······."

그는 말을 마치지 못했다. 하지만 재빨리 숨을 고르고 다시 말을 이었다.

"블루스타, 새끼 고양이들을 훈련시키기에 부적절한 전사는 타이거클로밖에 없었습니다. 그리고 그는 추방당했습니다. 기억하시죠? 천둥족 전사라면 누구든 브린들페이스의 새끼 고양이들에게 훌륭한 스승이 되어 줄 겁니다."

그는 블루스타의 반응을 살폈지만, 그녀는 거처 바닥을 멍하니 내려다볼 뿐이었다.

"브린들페이스는 빨리 임명식을 치르기를 바라고 있습니다. 새끼 고양이들은 충분히 준비가 되었거든요. 한배 형제처럼 자란 클라우드포는 이미 반달 전에 훈련병이 되었습니다."

파이어하트는 인내심을 가지고 말했다. 그리고 대답을 기대하며 몸을 앞으로 숙였다. 마침내 지도자가 거칠게 고개를 끄덕이더니 눈을 들어 파이어하트를 바라보았다. 그녀의 어깨에서 긴장이 사라진 것을 보고 파이어하트는 안도감을 느꼈다. 눈빛은 여전히 멍하고 싸늘했지만, 조금 전보다는 차분해져 있었다.

"오늘 저녁을 먹기 전에 임명식을 열도록 해라."

블루스타가 언제 망설였냐는 듯이 명령했다.

"그럼 누구를 스승으로 정해야 할까요?"

파이어하트는 조심스럽게 물었다. 하지만 블루스타는 다시 온몸을 긴장시키며 동굴 여기저기로 불안한 눈길을 던졌다. 파이어하트는 꼬리가 파르르 떨려 왔다.

"네가 결정해라."

블루스타가 들릴락 말락 한 소리로 대답했다. 파이어하트는 지도자를 더 이상 괴롭히지 않기로 했다.

"알겠습니다, 블루스타."

파이어하트는 고개를 숙여 인사하고 거처 밖으로 물러났다.

그는 잠시 높은 바위의 그늘에 앉아 생각을 정리해 보았다. 지도자가 어떤 전사도 믿지 못하는 것을 보면, 타이거클로의 배신으로 받은 충격이 생각보다 더 큰 듯했다. 파이어하트는 머리를 숙여 가슴을 핥으며 마음을 진정시켰다. 떠돌이 고양이들의 습격을 받은 지 이제 겨우 반달이 지났을 뿐이었다. 그는 블루스타가 극복해 낼 것이라고 스스로를 안심시켰다. 그때까지는 지도자의 걱정스러운 모습을 다른 고양이들에게는 숨겨야 했다. 화이트스톰의 말대로라면 종족은 이미 불안해하는 상태였다. 블루스타의 이런 모습까지 보게 된다면 더욱 놀랄 것이 분명했다.

파이어하트는 어깨 근육을 움직거려 긴장을 풀고 보육실로 걸어갔다.

"윌로펠트, 안녕하세요?"

그는 어미 고양이에게 다가가며 인사했다. 연회색 어미 고양이는 새끼 고양이들을 보호해 주는 가시덤불 밖에서 옆으로 누워 따뜻한 햇볕을 즐기고 있었다.

파이어하트가 다가가자 그녀가 고개를 들었다.

"안녕하세요, 파이어하트? 부지도자 생활은 어때요?"

그녀의 눈에는 호기심이 어려 있었고, 목소리는 다정했다.

"좋아요."

파이어하트는 대답을 하면서도 속으로는 불만스러운 생각이 들었다.

'골칫거리 훈련병 녀석만 아니라면 말이에요. 별족이 분노할까 봐 안절부절못하는 원로들이나, 새끼 고양이들의 스승조차 정하지 못하는 지도자만 아니라면 말이죠.'

"다행이네요."

윌로펠트가 가르랑거렸다. 그녀는 고개를 돌려 등을 핥았다.

"브린들페이스는요?"

파이어하트가 물었다.

"안에 있어요."

윌로펠트가 몸을 핥다가 말했다.

"고맙습니다."

파이어하트는 가시덤불 안으로 들어갔다. 안쪽은 놀라울 만큼 밝았다. 구불구불한 가지들 사이로 햇살이 흘러들고 있었다. 파이어하트는 낙엽 지는 계절이 되어 찬 바람이 불어 닥치기 전에 구멍을 막아야겠다고 생각했다.

"브린들페이스, 안녕하세요? 좋은 소식이에요! 블루스타가 오늘 저녁에 임명식을 열겠다고 했어요."

브린들페이스는 옆으로 누워 있었고, 그 위로 새끼 고양이 둘이 기어오르고 있었다.

"맙소사, 별족이시여! 그거 다행이네요!"

브린들페이스가 끙끙거리며 말했다. 새끼들 중 짙은 얼룩무늬가 있는 덩치 큰 녀석이 어미의 옆구리에서 뛰어내려 누이에게 몸을 날렸던 것이다.

"이 녀석들은 보육실에 있기에는 너무 커 버렸거든요."

새끼 고양이들은 꼬리와 발이 뒤엉킨 채 어미를 향해 몸을 굴렸다. 브린들페이스는 새끼들을 살며시 밀어내고 물었다.

"스승은 누가 될지 아세요?"

파이어하트는 이미 이 질문에 대비하고 있었다.

"블루스타가 아직 결정을 내리지 않았습니다. 혹시 누구 마음에 두고 있는 전사가 있나요?"

브린들페이스는 놀란 표정이었다.

"블루스타가 가장 잘 아시겠지요. 그건 지도자가 결정해야 하니까요."

파이어하트도 종족 지도자가 스승을 정해 주는 것이 전통이라는 사실은 잘 알고 있었다.

"맞아요, 그렇죠."

그는 무거운 마음으로 대답했다.

바람을 타고 타이거클로의 새끼 고양이 냄새가 실려 오자, 그의 털이 다시 곤두섰다.

"골든플라워는 어디 있습니까?"

그는 브린들페이스에게 물었다. 뜻하지 않게 날카로운 목소리가 튀어나왔다.

브린들페이스의 눈이 휘둥그레졌다.

"새끼 고양이들을 데리고 원로들에게 갔어요."

그녀가 대답했다. 그리고 눈을 가늘게 뜨며 물었다.

"타이거클로의 아들이 아버지를 꼭 닮아서 그러는 거죠?"

파이어하트는 겸연쩍게 고개를 끄덕였다.

"그 녀석이 아버지를 닮긴 했지만, 그뿐이에요. 다른 새끼 고양이들과도 잘 어울리고, 누이가 잘 막아 주기도 하고 말이에요."

브린들페이스가 그를 안심시켰다.

"잘됐네요. 그럼 임명식에서 뵙겠습니다."

파이어하트는 돌아서서 입구로 나왔다.

밖으로 나오자 윌로펠트가 물었다.

"블루스타가 임명식을 언제 할지 결정한 거예요?"

"네."

"그럼 스승은……?"

파이어하트는 윌로펠트의 질문이 끝나기 전에 종종걸음으로 자리를 떠났다. 임명식이 열린다는 소식이 숲에 불이 번지듯 퍼지면, 다들 스승이 누가 될지 궁금해할 것이다. 파이어하트는 어서 결정을 내려야 했다. 하지만 코끝에는 아직도 브램블킷의 냄새가 맴돌았고, 어두운 생각들이 불길한 날개를 펼치면서 머릿속이 혼란스러워졌다.

본능적으로 그의 발길은 치료사의 거처로 통하는 고사리 굴길로 향했다. 그곳에는 옐로팽의 제자인 신더펠트가 있었다. 그레이스트라이프가 강족으로 떠나 버린 지금, 신더펠트는 그에게 가장 가까운 친구였다. 그는 다정한 회색 암고양이가 자신의 마음에서 들끓는 혼란스러운 감정들을 다독여 줄 거라 기대했다.

파이어하트는 걸음을 재촉하여 서늘한 고사리 굴길을 통과해 환한 공터로 들어섰다. 공터 한쪽에는 가운데가 갈라진 높고 평평한 바위가 불쑥 솟아 있었다. 갈라진 바위틈은 옐로팽이 거처로 사용하면서 약초를 보관할 수 있을 만큼 널찍했다.

파이어하트가 막 신더펠트를 부르려는데, 마침 그녀가 어둑어둑한 바위틈에서 절룩거리며 나왔다. 그녀를 볼 때면 늘 친구를 만나는 기쁨과 함께 괴로움도 찾아들었다. 전사의 꿈을 좌절시킬 정도로 크게 다친 뒷다리 때문이었다. 신더펠트는 훈련병 시절에 천둥길에서 심각한 부상을 입었고, 그녀의 스승이었던 파이어하트는 그 사고에 죄책감을 느낄 수밖에 없었다. 다행히 그녀가 회복되는 동안 치료사인 옐로팽이 아픈 고양이들을 치료하는 방법을 가르쳐 주었고, 한 달 반 전에는 그녀를 제자로 받아 주었다.

신더펠트는 약초 다발을 입에 한가득 물고 공터로 절룩절룩 걸어 나왔다. 걱정거리라도 있는 듯 얼굴을 잔뜩 찌푸린 그녀는 파이어하트가 굴길 입구에 서 있다는 것도 알아차리지 못했다. 신더펠트는 햇볕에 달구어진 땅에 약초 다발을 내려놓더니, 앞발을 들어 신경질적으로 잎사귀를 분류하기 시작했다.

"신더펠트?"

파이어하트가 부르자 작은 암고양이는 놀라서 고개를 들었다.

"파이어하트! 여기는 어쩐 일이에요? 어디 아픈 거예요?"

파이어하트는 고개를 저었다.

"아니. 넌 괜찮은 거야?"

신더펠트는 앞에 놓인 약초 다발을 힘없이 바라보았다. 파이어하트는 그녀에게 다가가서 코를 비볐다.

"무슨 일이야? 설마 옐로팽의 잠자리에 또 쥐 쓸개즙을 쏟은 건 아니겠지?"

"아니에요!"

신더펠트가 발끈했다. 그러더니 이내 눈을 내리깔았다.

"처음부터 치료사 훈련을 받는 게 아니었어요. 난 엉망진창이에요. 그 썩어 가는 새를 발견했을 때 무슨 뜻인지 알아차려야 했

56

는데."

파이어하트는 자신의 임명식이 끝난 직후에 일어났던 일을 떠올렸다. 신더펠트가 블루스타에게 가져가려고 먹이 더미에서 까치 한 마리를 골랐는데, 그 새의 부드러운 깃털 아래에 구더기가 기어 다니고 있었던 것이다.

"옐로팽이 그 새가 너에 대한 불길한 징조라고 한 거야?"

파이어하트가 물었다.

"그건 아니에요."

"그럼 왜 네가 치료사가 될 수 없다고 생각하는 거야?"

그는 썩어 가는 까치가 지도자인 블루스타에 대한 불길한 예언일지도 모른다는 생각을 애써 외면했다.

신더펠트가 낙담한 듯 꼬리를 획획 움직였다.

"옐로팽이 젖은찜질 약을 만들어 달라고 했어요. 상처를 닦아 낼 때 쓰는 아주 간단한 약이었죠. 옐로팽한테서 처음으로 배웠던 거고요. 그런데 어떤 약초를 넣어야 하는지 잊어버린 거예요. 아마도 저를 바보라고 생각할 거예요!"

신더펠트가 큰 소리로 울부짖었다. 파란 눈에는 괴로움이 가득했다.

"넌 바보가 아니야. 옐로팽도 잘 알고 있어."

파이어하트가 힘주어 말했다.

"하지만 제가 바보짓을 한 게 이번이 처음이 아니에요. 어제는 글쎄, 디기탈리스와 양귀비 씨앗이 어떻게 다른지도 몰라서 물어 봐야 했단 말이에요."

신더펠트의 고개가 자꾸만 아래로 처졌다.

"옐로팽이 저보고 종족에게 위험한 존재래요."

"옐로팽이 어떤지는 너도 잘 알잖아."

파이어하트는 그녀를 달래 주었다.

"항상 말이 좀 심하다니까."

옐로팽은 원래 그림자족의 치료사였다. 잔인한 지도자 브로큰 테일에게 쫓겨난 뒤로 천둥족이 된 그녀는 아직도 그림자족 전사의 사나운 성미를 드러내곤 했다. 그녀가 신더펠트와 잘 지낼 수 있었던 것도 버럭 짜증을 내는 성격을 신더펠트가 잘 받아 넘겼기 때문이었다.

신더펠트는 한숨을 내쉬었다.

"저는 치료사가 될 자질이 없는 것 같아요. 옐로팽의 제자가 되는 것이 옳은 일이라고 생각했어요. 그런데 다 소용없는 짓이었던 거예요. 저는 필요한 것들을 배울 만한 능력이 없어요."

파이어하트는 몸을 낮춰 신더펠트와 눈높이를 맞추었다.

"실버스트림 때문이구나, 그렇지?"

그는 강족의 어미 고양이 실버스트림이 '해 드는 바위'에서 예정보다 일찍 출산을 했던 날을 떠올렸다. 신더펠트의 필사적인 노력에도 불구하고 아름다운 은빛 고양이는 심한 출혈로 숨을 거두었고, 새끼 고양이들만 살아남았다.

신더펠트는 대답하지 않았다. 파이어하트의 짐작이 맞았던 것이다.

"넌 새끼 고양이들을 구해 냈어!"

"하지만 실버스트림은 구하지 못했어요."

"넌 최선을 다했어."

파이어하트는 몸을 숙여 신더펠트의 보드라운 회색 머리를 핥아 주었다.

"자, 그냥 옐로팽에게 찜질 약을 만들 때 어떤 약초를 써야 하는지 물어보도록 해. 옐로팽도 언짢아하지 않을 거야."

"그러면 좋겠어요."

신더펠트의 목소리에는 확신이 없었다. 하지만 이내 몸을 부르르 털며 말했다.

"더 이상 의기소침해 있으면 안 되겠지요?"

"그래."

파이어하트가 그녀를 꼬리로 슬쩍 치며 대답했다.

"죄송해요."

신더펠트가 예전의 장난기를 되찾은 듯 불쌍한 표정을 지어 보였다.

"혹시 싱싱한 먹이는 안 가져오셨나요?"

파이어하트는 고개를 저었다.

"미안. 이번에는 너와 이야기하려고 온 거라서. 설마 옐로팽이 굶기는 건 아니겠지?"

"아니에요. 하지만 치료사 일이라는 게 생각보다 힘들다고요. 오늘은 아무것도 못 먹었단 말이에요."

신더펠트가 대꾸했다.

"그런데 무슨 이야기를 하려고 온 거예요?"

신더펠트의 눈이 호기심으로 반짝거렸다.

"타이거클로의 새끼들 말이야. 그중에서도 브램블킷."

그는 또다시 뱃속을 파고드는 으스스한 한기를 느꼈다.

"브램블킷이 아버지를 닮아서요?"

파이어하트는 움찔했다. 자신이 감정을 너무 쉽게 드러낸 것 같았다.

"편견을 가지면 안 된다는 건 나도 잘 알아. 그냥 새끼 고양이일 뿐이니까. 하지만 그 녀석을 볼 때마다 꼭 타이거클로가 나를 보고 있는 것 같아. 난…… 꼼짝도 못 하겠더라고."

파이어하트는 천천히 고개를 저었다. 불편한 감정을 솔직히 인정하려니 부끄러웠지만, 친구 같은 신더펠트에게 털어놓을 수 있어서 다행스럽기도 했다.

"내가 브램블킷을 믿을 수 있을지 모르겠어."

"브램블킷을 볼 때마다 타이거클로가 떠오른다면 당연히 그런 기분이 들겠죠."

신더펠트가 부드럽게 말했다.

"하지만 겉으로 보이는 털가죽 색이 아니라, 브램블킷의 내면을 들여다봐야 해요. 단지 타이거클로의 새끼가 아니잖아요. 골든플라워를 닮은 면도 있어요. 게다가 그 녀석은 아버지가 누구인지 절대로 알 수 없을 거예요. 종족이 대신 키워 줄 테니까요."

신더펠트는 또 이렇게 덧붙였다.

"태어난 환경으로 누군가를 판단하면 안 된다는 건 파이어하트가 누구보다 잘 알잖아요."

신더펠트의 말이 옳았다. 파이어하트는 애완 고양이로 태어났지만 종족에 충성을 다하지 않은 적은 한 번도 없었다.

"별족이 브램블킷에 대해서 무슨 말이라도 해 준 거야?"

"별족이 모든 걸 말해 주는 건 아니에요."

신더펠트가 다른 곳으로 눈길을 돌리며 중얼거렸다.

파이어하트는 가슴이 덜컹 내려앉았다. 그는 신더펠트를 잘 알았다. 그녀는 무언가 숨기고 있는 것이 분명했다.

"뭔가 말을 하긴 했구나, 그렇지?"

신더펠트가 파란 눈동자로 그를 응시했다. 그리고 단호하게 말했다.

"브램블킷은 천둥족의 다른 새끼 고양이들과 마찬가지로 아주 중요한 운명을 타고났어요."

신더펠트가 원하지 않는 이상, 별족이 그녀에게 해 준 말을 억지로 알아낼 수는 없었다. 파이어하트는 자신을 괴롭히는 또 다른 고민거리에 대해 털어놓기로 마음먹었다.

"하고 싶은 이야기가 또 한 가지 있어. 브린들페이스의 새끼들을 가르칠 스승을 내가 정해야 돼."

"블루스타가 결정하는 게 아니고요?"

"블루스타가 나에게 맡겼거든."

신더펠트가 깜짝 놀라 고개를 들었다.

"그런데 왜 그렇게 근심 어린 표정이에요? 그건 영광스러운 일이잖아요."

'영광스러운 일이라고?'

파이어하트는 블루스타의 눈빛에 어려 있던 적개심과 혼란을 떠올렸다. 그는 어깨를 으쓱하며 말했다.

"어쩌면 그럴지도 모르지. 하지만 누구를 골라야 할지 잘 모르겠어."

"틀림없이 생각이 날 거예요."

신더펠트가 그를 격려했다.

"전혀."

신더펠트가 고민스러운 듯 얼굴을 찌푸렸다.

"저를 훈련병으로 맡게 되었을 때 기분이 어땠어요?"

뜻밖의 질문에 당황한 파이어하트는 느릿느릿 대답했다.

"자랑스러웠지. 두렵기도 했고. 죽을힘을 다해 내 능력을 증명해 보여야겠다고 생각했어."

"지금 자기 능력을 가장 간절히 보여 주고 싶어 하는 전사가 누구일까요?"

신더펠트가 물었다.

파이어하트는 눈을 반쯤 감았다. 흑갈색 얼룩무늬 고양이의 모습이 머릿속에 퍼뜩 떠올랐다.

"더스트펠트."

신더펠트는 고개를 끄덕이며 그의 말을 들었다.

"어서 첫 훈련병을 맞이하고 싶어서 좀이 쑤실 거야. 가까이하며 따르던 타이거클로가 쫓겨났으니까, 자신의 충성심을 증명하고 싶겠지. 더스트펠트는 훌륭한 전사야. 좋은 스승이 될 수 있을 거야."

대답을 하는 동안 파이어하트는 자신이 사실은 좀 더 사사로운 이유에서 더스트펠트를 선택했다는 것을 깨달았다. 신더펠트에 이어 클라우드포까지, 블루스타가 두 번이나 그를 스승으로 임명하자 더스트펠트는 질투 어린 눈빛을 드러냈었다. 파이어하트는 조금 꺼림칙하긴 했지만, 더스트펠트에게 훈련병이 생기면 질투심도 누그러지고 함께 어울리기도 쉬워지지 않을까 생각했던 것이다.

"그럼 하나는 정해졌네요."

신더펠트가 격려하듯 말했다.

파이어하트는 치료사의 맑고 큰 눈을 들여다보았다. 그녀는 골치 아픈 상황을 아주 간단하게 만들고 있었다.

"그럼 나머지 하나는요?"

신더펠트가 물었다.

"무슨 나머지?"

고사리 굴길에서 쉰 목소리가 들리더니, 진회색 암고양이가 뻣뻣한 몸을 이끌고 공터로 걸어 들어왔다. 파이어하트는 돌아서서 그녀를 맞았다. 늘 그렇듯이 옐로팽의 긴 털은 칙칙하게 엉겨 붙어 있었다. 종족을 돌보느라 자신의 몸을 단장할 시간은 없는 것 같았다. 하지만 그녀의 반짝이는 주황색 눈빛에서는 조금의 빈틈도 보이지 않았다.

"블루스타가 파이어하트에게 브린들페이스의 새끼들을 가르칠 스승을 정해 달라고 했대요."

신더펠트가 설명했다.

"오, 그래?"

옐로팽이 놀라서 눈을 크게 떴다.

"그래서 누구로 정했는데?"

"우린 더스트펠트는 정했는데……."

파이어하트가 대답을 하려는데 옐로팽이 끼어들었다.

"우리? 우리라니 누구를 말하는 것이냐?"

"신더펠트가 도와주었거든요."

그는 솔직히 털어놓았다.

"이제 겨우 수습 치료사가 된 고양이가 그렇게 중요한 결정을 내리다니, 블루스타가 퍽이나 기뻐하시겠군."

옐로팽은 신더펠트에게 고개를 돌렸다.

"찜질 약은 다 만든 게냐?"

신더펠트는 대꾸를 하려는 듯 입을 열었지만, 이내 고개를 가로젓고 약초 더미가 놓인 공터 한가운데로 말없이 걸어갔다.

절룩거리며 자리를 뜨는 훈련병을 지켜보던 옐로팽이 콧방귀를 뀌었다.

"벌써 며칠째 대답도 제대로 안 한다니까!"

옐로팽이 파이어하트에게 불평을 늘어놓았다.

"전에는 내가 한마디도 끼어들지 못할 정도로 수다스러웠는데. 빨리 예전처럼 돌아와야 우리 둘 다 편할 텐데 말이다!"

나이 든 치료사는 얼굴을 찡그리다가 다시 파이어하트를 돌아보았다.

"어디까지 이야기했지?"

"브린들페이스의 새끼들을 훈련시킬 두 번째 스승을 결정해야 돼요."

파이어하트는 무거운 목소리로 말했다.

"훈련병이 없는 전사는 누가 있지?"

옐로팽이 물었다.

"음, 샌드스톰요."

파이어하트가 대답했다. 생각해 보니, 더스트펠트에게 훈련병을 주면서 샌드스톰에게는 주지 않으면 불공평할 것 같았다. 그 둘은 훈련도 함께 받았고, 전사 임명식도 같이 치르지 않았던가!

"더스트펠트나 샌드스톰이나 경험이 없는데, 그 둘을 동시에 스승으로 정하는 것이 바람직할까?"

옐로팽의 지적에 파이어하트는 고개를 저었다.

"그러면 경험은 많지만 훈련병을 맡지 않은 천둥족 전사는 누가 있지?"

옐로팽이 다그치듯 물었다.

'다크스트라이프.'

파이어하트는 주저하며 그 이름을 떠올렸다. 타이거클로가 쫓겨날 때 다크스트라이프는 종족과 함께 머물기로 선택했지만, 그가 타이거클로와 가장 가까운 사이였다는 것은 누구나 아는 사실이었다. 그러나 다크스트라이프를 스승으로 정하지 않으면 어떻게 될까? 파이어하트가 처음 종족에 들어오던 날부터 적개심을 보였던 다크스트라이프에게 그가 복수하는 것으로 비칠 수도 있었다. 결국 훈련병 하나는 다크스트라이프에게 맡기는 것이 당연해 보였다.

옐로팽은 파이어하트의 얼굴에 드러난 결정을 읽은 듯했다.

"자, 그 문제는 해결되었구나. 그럼 이제 나와 내 제자를 조용히 내버려 두겠느냐? 우린 할 일이 있어서 말이다."

파이어하트는 몸을 일으켰다. 훈련병들을 맡을 두 스승을 결정해서 한시름 덜기는 했지만, 한편으로는 꺼림칙한 생각이 들어서 마음이 편하지만은 않았다. 더스트펠트와 다크스트라이프가 종족에 충성하리라는 것은 의심하지 않았지만, 자신을 얼마나 충성스럽게 따라 줄지는 확신할 수 없었기 때문이다.

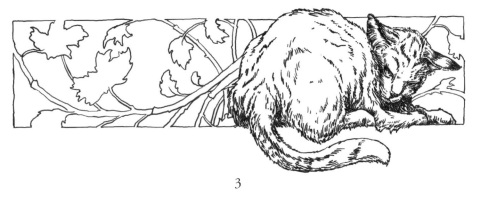

3

반항하는 훈련병

"클라우드포 못 봤어?"

고사리 굴길에서 빠져나온 파이어하트는 마우스퍼의 훈련병인 쏜포를 보고 물었다. 황갈색 수고양이는 입에 쥐 두 마리를 물고 싱싱한 먹이 더미로 빠르게 걸어가고 있었다. 쏜포가 고개를 젓자 파이어하트는 짜증이 치밀어 올랐다. 클라우드포는 벌써 한참 전에 돌아왔어야 했다.

"알았다. 그 쥐는 원로들에게 바로 가져다 드리렴."

훈련병은 웅얼거리며 대답하고는 재빨리 사라졌다.

파이어하트는 클라우드포에게 화가 나서 꼬리털이 곤두서는 느낌이었다. 사실 이렇게까지 화가 나는 진짜 이유는 두려움 때문이었다.

'타이거클로의 눈에 띄기라도 했으면 어쩌지?'

점점 커지는 불안감에 파이어하트는 서둘러 블루스타의 거처로 향했다. 누구를 스승으로 선택했는지 지도자에게 말한 뒤에 클라우드포를 찾으러 갈 작정이었다.

높은 바위에 다다른 파이어하트는 헝클어진 털을 가다듬지도 않고 곧장 지도자에게 도착을 알렸다. 그리고 대답을 듣자마자 이끼 장막을 밀치고 안으로 들어갔다. 지도자는 그가 앞서 왔을 때와 똑같은 모습으로 잠자리에 웅크리고 앉아 멍하니 벽을 응시하고 있었다.

"블루스타."

파이어하트는 고개를 꾸벅 숙이고 말을 시작했다.

"더스트펠트와 다크스트라이프를 스승으로 삼는 게 좋을 것 같습니다."

블루스타가 고개를 돌려 파이어하트를 보더니, 엉덩이에 힘을 주어 몸을 일으켰다.

"잘 알겠다."

그녀는 무덤덤하게 대답했다.

파이어하트의 마음에 실망감이 밀려들었다. 블루스타는 그가 누구를 선택했는지 전혀 관심이 없어 보였다.

"더스트펠트와 다크스트라이프를 불러올까요? 기쁜 소식을 직접 전해 주시겠습니까? 방금 진영을 떠나긴 했는데, 돌아오면 제가······."

"진영에 없다고? 둘 다?"

블루스타의 수염이 씰룩였다.

"순찰을 나갔습니다."

파이어하트는 불안한 마음으로 설명했다.

"화이트스톰은 어디 있지?"

68

"브라이트포를 데리고 훈련을 하러 갔습니다."

"그럼 마우스퍼는?"

"브래큰퍼, 샌드스톰과 함께 사냥을 나갔습니다."

"전사들이 모두 진영을 비웠다는 말이냐?"

블루스타가 다그쳤다.

지도자의 어깨 근육이 바짝 긴장되는 모습을 보고 파이어하트는 가슴이 쿵쾅거렸다. 블루스타는 무엇이 두려운 걸까? 그때 다시 클라우드포에게 생각이 미치면서, 그날 아침 이상하리만큼 조용했던 숲에서 느꼈던 두려움이 떠올랐다.

"순찰대는 곧 돌아올 겁니다. 그리고 저도 있습니다."

파이어하트는 침착해지려고 애쓰며 지도자를 안심시켰다.

"지금 날 어르고 달래려는 것이냐? 난 겁먹은 새끼 고양이가 아니란 말이다!"

블루스타가 호통쳤다. 파이어하트가 뒤로 주춤 물러나자, 그녀가 말을 이었다.

"순찰대가 돌아올 때까지 너는 반드시 진영에 남아 있도록 해라. 지난달에만 두 번이나 습격을 당했다. 진영이 무방비 상태로 있으면 안 된다. 앞으로는 적어도 전사 셋은 항상 진영을 지키도록 해라."

파이어하트는 온몸이 오싹해졌다. 이번만은 지도자를 마주 볼 수가 없었다. 눈을 들면 자신이 알던 지도자가 아닌 낯선 고양이가 있을 것만 같아서 두려웠다.

"네, 블루스타."

파이어하트는 조용히 대답했다.

"다크스트라이프와 더스트펠트가 돌아오면 이리로 들여보내라. 임명식 전에 할 말이 있으니."

"네."

"이제 가 봐라!"

블루스타는 마치 파이어하트가 꾸물거리느라 종족을 위험에 빠뜨리고 있다는 듯이 꼬리를 홱 휘둘렀다.

거처에서 나온 파이어하트는 높은 바위 그늘에 주저앉아 꼬리털을 핥았다. 어떻게 해야 할까? 마음 같아서는 당장 숲으로 달려가서 클라우드포를 찾아 안전한 진영으로 데려오고 싶었다. 하지만 블루스타는 순찰 나간 전사들이 돌아올 때까지 진영에 머물라는 명령을 내렸다.

바로 그때 진영 밖 덤불을 헤치고 들어오는 고양이들의 소리가 들렸다. 따뜻한 공기에는 다크스트라이프와 러닝윈드, 더스트펠트의 익숙한 냄새가 났다. 그들은 러닝윈드를 앞세워 가시금작화 굴길로 들어서면서 속도를 늦추었다.

파이어하트는 안도하며 벌떡 일어섰다. 이제 진영을 벗어나 클라우드포를 찾으러 갈 수 있었다. 그는 그들을 맞이하기 위해 서둘러 공터를 가로질러 달려갔다.

"순찰은 어땠습니까?"

"다른 종족의 흔적은 없었습니다."

러닝윈드가 보고했다.

"하지만 부지도자의 훈련병 냄새는 맡았습니다. 두발쟁이 영역

근처에서."

다크스트라이프가 덧붙였다.

"클라우드포를 봤습니까?"

파이어하트는 최대한 아무렇지 않은 척하며 물었다.

다크스트라이프는 고개를 저었다.

"두발쟁이 정원에서 새를 쫓고 있겠지요. 그 녀석은 그쪽 먹이
가 입맛에 맞을 테니까."

더스트펠트가 히죽거리며 말했다.

파이어하트는 더스트펠트의 조롱은 무시하고, 러닝윈드에게 물
었다.

"생생한 냄새였습니까?"

"오래되지 않은 냄새였어요. 우리가 진영으로 돌아오는 길에는
흔적을 놓쳤고요."

파이어하트는 고개를 끄덕였다. 적어도 어디서부터 찾아봐야
할지는 감을 잡은 것이다.

"다크스트라이프와 더스트펠트는 블루스타의 거처로 가 보세요."

전사들이 자리를 뜨자, 파이어하트는 그들을 따라가야 할지 고
민스러웠다. 혹시나 블루스타가 여전히 이상하게 행동할지도 모
르니까. 그때 쏜포를 데리고 진영 입구로 향하는 러닝윈드가 보
였다.

"어디 가십니까?"

파이어하트는 걱정스럽게 물었다. 블루스타는 전사 셋이 진영
에 남아 있어야 한다고 명령했다. 러닝윈드가 다시 나가 버리면,

파이어하트는 클라우드포를 찾으러 갈 수가 없었다.

"마우스퍼에게 약속했거든요. 오늘 오후에 쏜포에게 다람쥐 잡는 법을 가르쳐 주기로요."

"하지만 저도……."

러닝윈드가 무슨 일이냐는 듯이 쳐다보자, 파이어하트는 말끝을 흐렸다. 차마 클라우드포가 너무 걱정된다고 털어놓을 수는 없었다.

"아무것도 아닙니다."

파이어하트는 고개를 저으며 말했다. 러닝윈드와 쏜포는 가시금작화 굴길 안으로 사라졌다. 전사를 고분고분 뒤따라가는 마우스퍼의 훈련병을 바라보며, 파이어하트는 죄책감에 마음이 괴로웠다. 자신은 왜 쏜포와 같은 태도를 갖추도록 클라우드포를 가르치지 못했던 걸까?

남은 오후 시간은 더디게 흘러갔다. 파이어하트는 전사들의 거처 밖에 있는 쐐기풀 더미 옆에 앉아서, 혹시 클라우드포가 돌아오는 소리가 들리는지 귀를 기울이고 있었다. 블루스타가 불을 지핀 두려움은 이제 어느 정도 가라앉아 있었다. 다크스트라이프가 순찰 중에 클라우드포의 냄새를 맡았고, 천둥족 영역에서 침입자의 흔적은 보이지 않았다고 말해 준 덕분이었다.

해가 나무 아래로 가라앉기 시작하자, 사냥조도 돌아왔다. 훈련용 모래 분지에 있던 화이트스톰과 브라이트포도 뒤따라 돌아왔다. 싱싱한 먹이 냄새를 맡고 온 것이 분명했다. 곧이어 롱테일과 스위프트포도 돌아왔지만, 클라우드포는 여전히 보이지 않았다.

싱싱한 먹이가 넉넉히 있었지만, 아무도 먹이 더미에 가까이 가지 않았다. 곧 임명식이 있을 거란 소식이 진영 전체에 퍼졌다. 쏜포와 브라이트포, 스위프트포는 거처 밖에서 신나게 재잘거리고 있었다. 블루스타가 거처에서 걸어 나오자, 세 고양이는 서로를 조용히 시키며, 기대감에 눈을 동그랗게 뜨고 지도자를 바라보았다.

천둥족 지도자는 단번에 가볍게 높은 바위 위로 뛰어올랐다. 떠돌이들과 싸우느라 다친 몸은 이제 회복된 것이 분명했다. 하지만 파이어하트는 안심을 해야 할지 걱정을 해야 할지 알 수가 없었다. 지도자의 몸은 금세 회복되었는데, 마음은 왜 그렇지 못한지 의문이었다. 블루스타가 턱을 쳐들고 종족을 소집할 준비를 하자, 파이어하트의 심장이 빠르게 뛰었다. 지도자의 목소리는 오랫동안 말을 하지 않은 것처럼 거칠고 갈라져 있었다. 하지만 그녀가 익숙한 소집 명령을 외치자, 파이어하트는 지도자에 대한 믿음을 되찾을 수 있었다.

가라앉는 해가 파이어하트를 비추자 그의 불꽃색 털이 이글거렸다. 그는 처음 종족에 들어왔을 때 치렀던 자신의 임명식을 떠올렸다. 이제 그는 종족 고양이들이 공터 가장자리에 원을 그리며 모여드는 동안, 높은 바위 바로 아래 부지도자의 자리에서 어깨를 쭉 펴고 당당하게 서 있었다. 다크스트라이프는 앞자리에 차분하게 앉아 눈도 끔뻑하지 않고 앞을 바라보았다. 더스트펠트는 그 곁에서 흥분을 감추지 못하고 눈을 반짝이며 뻣뻣하게 앉아 있었다.

"우리는 오늘 새끼 고양이 둘에게 훈련병의 이름을 주기 위해 이 자리에 모였습니다."

블루스타가 브린들페이스를 내려다보며 격식을 갖추어 임명식을 시작했다. 브린들페이스의 양옆으로 각각 새끼 고양이가 하나씩 자리를 잡고 있었다. 보육실에서 잠시도 가만히 있지 못하고 몸싸움을 벌이던 새끼 고양이들의 모습은 온데간데없었다. 털을 말끔하게 단장하고 공터에 나온 그들은 훨씬 더 작아 보였다. 둘 중 하나는 초조하고 흥분한 탓인지 수염을 파르르 떨며 어미 쪽으로 몸을 기댔다. 좀 더 큰 새끼 고양이도 긴장이 되는지 공연히 발로 바닥을 짓이기고 있었다.

종족의 나머지 고양이들은 조용히 임명식을 기다리고 있었다.

"앞으로 나오너라."

블루스타의 목소리가 들렸다.

새끼 고양이들은 공터 가운데로 나란히 걸어 나왔다. 그들의 얼룩덜룩한 회색 털이 기대감으로 들썩거렸다.

"더스트펠트, 네가 애쉬포의 스승이 되어 주어라."

더스트펠트가 앞으로 걸어 나와 몸집이 큰 회색 새끼 고양이 옆에 섰다.

"더스트펠트, 애쉬포는 너의 첫 번째 훈련병이다. 네가 가진 용기와 결단력을 잘 가르쳐 주도록 해라. 네가 훈련을 잘 시키리라 믿지만, 선임 전사들에게도 주저하지 말고 도움을 구해라."

더스트펠트의 눈이 자부심으로 빛났다. 그는 몸을 숙여 애쉬포와 코를 맞댔다. 애쉬포는 큰 소리로 가르랑거리며 새로운 스승을 따라 공터 가장자리로 걸어갔다.

공터 가운데에 남아 있는 새끼 고양이는 눈을 반짝이며 가슴을 파들파들 떨고 있었다. 작은 암고양이와 눈이 마주친 파이어하트는 다정하게 눈을 찡긋해 주었다. 새끼 고양이는 그 눈빛에 전적으로 의지하는 것처럼 그를 바라보았다.

"다크스트라이프."

블루스타는 전사의 이름을 부르고 나서 잠시 말을 멈추었다. 파이어하트는 지도자의 눈을 스쳐 가는 두려움을 알아채고 등줄기가 찌릿해졌다. 그는 숨을 멈추고 기다렸다. 이윽고 블루스타가 의구심을 떨치고 말을 이었다.

"너는 펀포의 스승이 되어 주도록 해라."

눈이 휘둥그레진 새끼 고양이가 자신에게 걸어오는 덩치 큰 얼룩무늬 전사를 보기 위해 몸을 빙그르르 돌렸다.

"다크스트라이프, 너는 총명하고 대담하다. 네가 가진 모든 것을 이 훈련병에게 나누어 주어라."

"물론입니다."

다크스트라이프가 대답했다. 그가 코를 비비려 고개를 숙이자 펀포는 아주 잠깐 뒤로 주춤했지만, 곧 몸을 쭉 뻗어 스승과 인사를 나누었다. 다크스트라이프를 따라 공터 가장자리로 가던 새로운 훈련병은 불안한 눈빛으로 파이어하트를 돌아보았다. 파이어하트는 그녀를 격려하기 위해 고개를 끄덕여 주었다.

다른 고양이들이 두 훈련병의 주위에 모여들어 새로운 이름을 부르며 축하해 주기 시작했다. 파이어하트도 그들과 함께하기 위해 걸음을 옮겼다. 그 순간 진영으로 들어서는 하얀 털가죽이 보였다. 클라우드포가 돌아온 것이었다.

파이어하트는 서둘러 클라우드포에게 다가갔다.

"어디 갔었던 거야?"

그가 다그쳐 물었다.

클라우드포는 입에 물고 있던 들쥐를 내려놓고 대답했다.

"사냥했는데요."

"겨우 들쥐 한 마리 잡아 온 거야? 잎 없는 계절에도 그것보단 많이 잡았잖아!"

클라우드포가 어깨를 으쓱해 보였다.

"아무것도 못 잡은 것보다는 낫잖아요."

"오늘 아침에 잡은 비둘기는 어쨌어?"

"스승님이 가지고 온 거 아니에요?"

"네가 잡은 먹잇감이잖아!"

파이어하트가 호통쳤다.

클라우드포는 털썩 주저앉아서 꼬리로 앞발을 감싸고 대꾸했다.

"그럼 내일 아침에 가져와야겠네요."

클라우드포의 덤덤한 반응에 파이어하트는 분통이 터졌다.

"좋을 대로 해. 그리고 비둘기를 가져올 때까지는 굶도록 해라."

파이어하트는 코로 들쥐를 가리키며 덧붙였다.

"그건 싱싱한 먹이 더미에 가져다 놓고."

클라우드포는 어깨를 으쓱하더니 들쥐를 집어 물고 사라졌다.

아직도 화가 덜 풀린 채로 돌아서던 파이어하트는 뒤에 서 있던 화이트스톰과 마주쳤다.

"저 녀석도 때가 되면 알게 될 겁니다."

화이트스톰이 부드럽게 말했다.

"그러길 바라야죠."

파이어하트는 중얼거렸다.

"새벽 순찰은 누가 나갈지 결정했습니까?"

화이트스톰이 화제를 바꾸며 물었다.

파이어하트는 머뭇거렸다. 새벽 순찰대에 대해서는 전혀 생각하지 않고 있었다. 내일 나가야 할 다른 순찰대나 사냥조 역시 마찬가지였다. 클라우드포를 걱정하느라 정신이 하나도 없었던 것이다.

"그럼 생각해 보십시오. 아직 시간은 많으니까요."

화이트스톰이 몸을 돌리며 말했다.

"제가 순찰대를 맡겠습니다. 롱테일과 마우스퍼를 데려갈게요."

파이어하트는 재빨리 결정을 내렸다.

"좋은 생각입니다. 제가 롱테일과 마우스퍼에게 말할까요?"

화이트스톰이 싱싱한 먹이 더미를 힐긋 보며 말했다. 먹이 더미 주변으로 고양이들이 모여들고 있었다.

"그렇게 해 주세요. 고맙습니다."

파이어하트는 먹이 더미로 향하는 흰색 전사를 바라보았다. 문득 배가 꾸르륵거리면서 허기가 느껴졌다. 화이트스톰을 따라가려던 순간, 눈처럼 하얗고 기다란 털을 가진 고양이가 눈에 띄었다. 먹이 더미 주변에 모여든 고양이들 틈으로 클라우드포가 섞여 들고 있었던 것이다. 아침까지 먹이를 먹지 말라는 명령에 따르지 않기로 한 것이 분명했다. 파이어하트는 벌컥 화가 났지만, 발이 돌덩이처럼 무거워 땅에서 떨어지지 않았다. 다른 고양이들이 보는 앞에서 클라우드포와 말다툼을 벌이고 싶지 않았기 때문이다.

파이어하트가 지켜보는 가운데, 클라우드포는 통통한 쥐를 물어 올렸다. 하지만 한 발짝 떼기도 전에 화이트스톰과 맞닥뜨렸다. 화이트스톰이 엄한 눈초리로 클라우드포를 보며 뭐라고 말하는 소리가 들렸다. 무슨 말인지 알 수는 없었지만, 그 말이 끝나기가 무섭게 클라우드포는 쥐를 내려놓고 꼬리를 내린 채 자신의 거처로 돌아갔다.

파이어하트는 황급히 고개를 돌렸다. 선임 전사가 야단치기 전에 자신이 먼저 대처하지 못한 것이 부끄러웠다. 갑자기 배고픔도 사라져 버렸다. 그때 전사들의 거처 옆쪽 고사리 덤불 아래에 웅크린 블루스타의 모습이 보였다. 그는 말 안 듣는 훈련병 때문에 겪는 어려움을 옛 스승에게 털어놓고 싶었다. 하지만 작은 개똥지빠귀를 건성으로 집어 문 블루스타는 다시 멍한 눈빛으로 돌아와 있었다. 천둥족 지도자는 개똥지빠귀를 그대로 남겨 둔 채 몸을 일으켜 천천히 거처를 향해 발걸음을 옮겼다. 그 모습을 지켜보던 파이어하트는 마치 심장에 얼음이 박힌 것처럼 가슴이 아프고 고통스러웠다.

4
이상한 꿈

　그날 밤 파이어하트는 꿈을 꾸었다. 보드라운 발을 가진 삼색 얼룩 암고양이가 숲에서 나타나 그의 옆으로 다가왔다. 스파티드리프는 호박색 눈을 반짝이고 있었다. 그녀를 바라보던 파이어하트는 가슴이 에이는 익숙한 통증을 느꼈다. 종족의 치료사였던 그녀가 죽은 것은 벌써 여러 달 전인데도, 그때 느꼈던 고통이 그 어느 때보다 생생하게 되살아났다. 파이어하트는 그녀의 다정한 인사를 애타게 기다렸지만, 스파티드리프는 평소처럼 코를 볼에 비벼 주지 않았다. 대신 그에게서 등을 돌리고 떠나 버렸다. 깜짝 놀란 파이어하트는 스파티드리프를 뒤쫓아 숲을 달리기 시작했다. 큰 소리로 외쳐 불렀지만, 그녀는 듣지 못한 것 같았다. 속도를 높이는 것 같지 않았는데도 따라잡을 수가 없었다.

　느닷없이 짙은 회색 형체가 나무 뒤에서 모습을 드러냈다. 블루스타였다. 천둥족 지도자는 두려움으로 눈을 크게 뜨고 있었다. 파이어하트는 그녀를 피하려고 방향을 바꾸면서도 스파티드리프를 놓치지 않으려고 필사적으로 애썼다. 하지만 그때 길 건너편 고사리 덤불에서 클라우드포가 뛰쳐나오며 그를 쓰러뜨렸다. 잠시 숨을 헐떡이며 누워 있던 파이어하트는 자신에게 꽂히는 화이트스톰의 따가운 눈초리를 느꼈다. 흰색 전사는 나뭇가지들 사이에서 그를 지켜보고 있었다.

파이어하트는 허둥지둥 일어나 다시 한 번 스파티드리프를 따라 달려갔다. 그녀는 여전히 여우 여러 마리만큼 앞서 있었고, 뒤에서 부르는 소리에도 돌아보지 않고 계속 걸어가고 있었다. 이제 나머지 천둥족 고양이들이 파이어하트가 가는 길을 따라 모여들기 시작했다. 파이어하트가 그들을 이리저리 피해 가자, 그들이 그에게 큰 소리로 외쳤다. 무슨 말인지 알아들을 수는 없었지만, 질문하고 비난하고 도움을 애원하는 소리에 귀가 먹먹할 지경이었다. 목소리는 점점 더 커져서 이제 파이어하트의 외침도 묻혀버렸다. 혹시 스파티드리프가 귀를 기울이고 있었다 해도 그가 부르는 소리를 듣지 못했을 것이다.

"파이어하트!"

아우성치는 소리 위로 누군가의 목소리가 들렸다. 화이트스톰이었다.

"마우스퍼와 롱테일이 기다리고 있습니다. 일어나세요, 파이어하트!"

미처 잠에서 깨지 못한 파이어하트는 비몽사몽 중에 몸을 일으켰다.

"뭐, 뭐라고요?"

이른 아침 햇살이 전사들의 거처로 새어 들었다. 화이트스톰은

80

파이어하트 옆에 있는 빈 잠자리에 서 있었다. 그레이스트라이프가 잠을 자던 자리였다.

"순찰대가 기다리고 있습니다."

화이트스톰이 다시 말했다.

"그리고 출발하기 전에 블루스타가 보자고 하십니다."

파이어하트는 머리를 흔들며 정신을 차렸다. 무서운 꿈이었다. 보통 때 꿈에 나타난 스파티드리프는 늘 살아 있을 때보다도 더 가까이 있었다. 하지만 어젯밤 꿈에 보인 그녀의 행동은 마치 살무사에 물린 것처럼 그를 아프게 했다. 상냥했던 치료사 고양이가 그를 버리고 떠난 것일까?

파이어하트는 몸을 쭉 펴고 기지개를 켰다. 다리가 후들후들 떨렸다.

"마우스퍼와 롱테일에게 최대한 빨리 가겠다고 전해 주세요."

그는 자고 있는 다른 전사들을 재빨리 지나쳐 걸어갔다. 거처 벽 가까이에서는 브린들페이스가 프로스트퍼와 함께 자고 있었다. 두 암고양이는 새끼 고양이들이 보육실을 떠난 뒤로 다시 전사의 일상으로 돌아와 있었다.

파이어하트는 공터로 나갔다. 아직 해가 나무 위로 솟아오르기 전인데 날이 벌써 따뜻했다. 골짜기 꼭대기에 있는 푸르른 나무 숲을 보니 당장이라도 뛰어들고 싶었다. 숲에서 풍겨 오는 익숙한 냄새를 맡자 꿈에서 느꼈던 고통이 희미해지기 시작했다. 어깨 털도 편안하게 가라앉았다.

롱테일과 마우스퍼는 진영 입구에서 기다리고 있었다. 파이어하트는 그들에게 고갯짓을 해 보이고 블루스타의 거처로 향했다.

'이렇게 일찍부터 무슨 일로 부르는 걸까? 특별한 임무라도 맡기려는 걸까?'

블루스타가 예전의 모습을 되찾았다는 신호가 아닐까, 하는 생각이 들었다. 거처 입구에 다다른 파이어하트는 이끼 장막 사이로 활기차게 인사를 건넸다.

"들어와라!"

종족 지도자의 흥분한 목소리를 듣자 파이어하트의 기대는 더욱 높아졌다. 거처 안으로 들어갔을 때, 블루스타는 모래 바닥을 이리저리 걸어 다니고 있었다. 그녀가 걸음을 멈추지 않는 바람에, 파이어하트는 길을 막지 않도록 벽에 몸을 바짝 붙여야 했다.

"파이어하트."

블루스타는 그를 쳐다보지도 않은 채 말을 시작했다.

"난 별족과 꿈을 나누어야 한다. '달바위'로 가야겠다."

달바위는 바람족 영역 너머, 땅속 깊은 곳에 있는 빛나는 바위였다.

"'높은 돌산'까지 가신다고요?"

깜짝 놀란 파이어하트는 목소리를 높였다.

"그럼 달바위가 거기 말고 다른 곳에도 있단 말이냐?"

블루스타가 성난 목소리로 쏘아붙였다. 그녀는 여전히 걸어 다니고 있었다. 발소리가 거처에 울려 퍼졌다.

"하지만 높은 돌산까지는 너무 먼 길입니다. 정말 가실 수 있겠습니까?"

파이어하트는 더듬거리며 물었다.

"별족과 반드시 이야기를 나누어야 한다!"

블루스타가 고집스럽게 말했다. 그러고는 갑자기 걸음을 멈추더니, 눈을 가늘게 뜨고 부지도자를 바라보았다.

"네가 같이 가야겠다. 우리가 없는 동안은 화이트스톰이 진영을 책임질 것이다."

파이어하트의 불안감이 점점 커졌다.

"누가 또 같이 갑니까?"

"우리 둘만 간다."

블루스타가 단호하게 대답했다.

파이어하트는 몸이 덜덜 떨렸다. 블루스타의 목소리에 짙게 드리운 어두운 기운이 그를 혼란에 빠뜨렸다. 그녀는 마치 달바위로 가는 여정에 목숨이 달려 있다는 듯이 행동하고 있었다.

"하지만 둘에서는 좀 위험하지 않을까요?"

파이어하트는 조심스럽게 물었다.

블루스타가 차가운 눈초리로 파이어하트를 쏘아보았다. 지도자가 쉭쉭거리는 소리에 그의 입은 바짝바짝 타들어 갔다.

"다른 고양이들을 데려가고 싶은 것이냐? 왜?"

파이어하트는 침착한 목소리로 말하려고 애썼다.

"공격을 당하면 어떻게 합니까?"

"네가 날 보호해 주겠지. 그렇지 않으냐?"

블루스타가 낮은 목소리로 속삭이듯 말했다.

"목숨을 바쳐 지켜 드리겠습니다!"

파이어하트는 진지하게 약속했다. 아무리 블루스타의 행동이 이상하더라도, 지도자에 대한 그의 충성심에는 흔들림이 없었다.

파이어하트의 말에 안심이 되었는지 블루스타가 그의 앞에 와서 앉았다.

"좋다."

파이어하트는 고개를 갸웃거리며 머뭇머뭇 말했다.

"하지만 바람족과 그림자족의 위협은요? 어제도 그 문제에 대해 말씀하시지 않았습니까."

블루스타가 천천히 고개를 끄덕였다.

파이어하트는 말을 이었다.

"높은 돌산에 가기 위해서는 바람족 영역을 지나가야 합니다."

블루스타가 벌떡 일어났다.

"난 반드시 별족과 이야기를 해야 한단 말이다."

그녀가 어깨 털을 곤두세우며 쏘아붙였다.

"왜 날 말리려고 하는 것이냐? 네가 같이 가지 않겠다면 나 혼자라도 가겠다!"

파이어하트는 그녀를 바라보았다. 선택의 여지가 없었다.

"저도 가겠습니다."

"좋다."

블루스타가 다시 고개를 끄덕였다. 그리고 조금 누그러진 목소리로 말했다.

"힘을 내려면 여행용 약초가 필요할 테니 옐로팽에게 다녀와야 겠다."

그녀는 파이어하트를 스치고 지나 거처 밖으로 나갔다.

"지금 당장 출발하는 겁니까?"

파이어하트가 물었다.

"그렇다."

블루스타는 걸음을 멈추지 않고 대답했다.

파이어하트는 그녀를 뒤따라 거처에서 뛰쳐나왔다.

"하지만 전 새벽 순찰대를 이끌기로 했습니다."

"너를 빼고 가라고 해라."

블루스타가 명령했다.

"알겠습니다."

파이어하트는 그 자리에 멈춰 서서, 옐로팽의 거처로 통하는 고사리 덤불로 사라지는 지도자를 지켜보았다. 그는 불편한 마음으로 롱테일과 마우스퍼가 기다리는 진영 입구로 향했다. 롱테일은 초조하게 꼬리를 흔들고 있었고, 마우스퍼는 바닥에 배를 대고 앉아서 반쯤 감은 눈으로 파이어하트가 다가오는 모습을 보고 있었다.

"무슨 일입니까?"

롱테일이 다그쳤다.

"블루스타가 왜 옐로팽에게 가는 거죠? 별일 없는 겁니까?"

"여행용 약초를 받으러 가셨습니다. 별족과 이야기를 나누러 달바위로 가신다고 합니다."

파이어하트가 설명해 주었다.

"달바위까지는 먼 길인데요."

85

마우스퍼가 천천히 일어나 앉으며 말했다.

"현명한 일일까요? 떠돌이들의 공격 때문에 블루스타의 몸이 아직 좋지 않을 텐데."

마우스퍼는 타이거클로가 공격에 가담했던 일은 요령껏 입에 올리지 않았다.

"별족의 부름을 받았다고 합니다."

파이어하트가 대답했다.

"누가 또 같이 갑니까?"

롱테일이 물었다.

"저와 블루스타만 갑니다."

"원한다면 저도 같이 가겠습니다."

마우스퍼가 나섰다.

파이어하트는 안타까워하며 고개를 저었다.

롱테일이 입을 비죽대며 비웃었다.

"혼자서도 지도자를 지킬 수 있다고 생각하나 보죠? 당신이 부지도자일지는 몰라도, 타이거클로는 아니라는 걸 알아야지요!"

"타이거클로가 아니라서 얼마나 다행인가!"

화이트스톰의 목소리가 뒤에서 들려오자 파이어하트의 마음에 안도감이 밀려들었다. 흰색 전사는 그들의 대화를 다 들었는지 말을 이어 나갔다.

"파이어하트와 블루스타 둘이서만 이동한다면 눈에 띌 염려도 적을 것이다. 원래 높은 돌산까지 이동하는 길은 안전이 보장되어 있긴 하지만, 어쨌든 여럿이 함께 움직이면 바람족을 습격하러 가는 것처럼 보일 가능성이 있지."

마우스퍼는 고개를 끄덕였지만, 롱테일은 시선을 돌려 버렸다. 파이어하트는 화이트스톰에게 감사의 눈짓을 보냈다.

"옐로팽!"

블루스타의 흥분한 목소리가 치료사의 거처 쪽에서 들려왔다.

"가 보십시오. 순찰대는 제가 맡지요."

화이트스톰이 조용히 말했다.

"하지만 블루스타는 우리가 진영을 비우는 동안 화이트스톰에게 책임을 맡기겠다고 하셨습니다."

파이어하트가 말했다.

"그렇다면 저는 여기 남아서 오늘 나갈 사냥조를 짜야겠군요. 순찰대는 마우스퍼가 이끌면 되겠지요."

"네."

파이어하트는 당황한 내색을 하지 않으려고 애썼다. 그리고 마우스퍼에게 지시를 내렸다.

"쏜포를 데리고 가도록 하세요."

마우스퍼가 고개를 숙여 답했다. 파이어하트는 돌아서서 공터를 가로질러 치료사의 거처로 향했다.

"여행용 약초를 받으러 온 거겠지?"

고사리 굴길에서 나타나는 파이어하트를 보고 옐로팽이 물었다. 나이 많은 치료사는 공터에 차분히 앉아 있었다. 반면 블루스타는 생각에 잠긴 표정으로 끊임없이 왔다 갔다 하고 있었다.

"네, 약초 좀 주세요."

파이어하트가 대답했다.

바위틈에서 신더펠트가 절룩거리며 걸어 나왔다. 그녀는 파이어하트에게 인사도 하지 않고 곧바로 옐로팽에게 갔다.

"캐모마일이 어떤 거예요?"

신더펠트가 치료사의 찢어진 귀에 대고 소곤거렸다.

"지금쯤이면 캐모마일이 뭔지는 알고 있어야지!"

옐로팽이 짜증스럽게 말했다.

신더펠트는 귀를 움찔거렸다.

"안다고 생각했는데, 확실하지가 않아서요. 그래서 확인해 보려고……."

옐로팽은 콧방귀를 뀌며 몸을 일으키더니 바위 밑으로 걸어갔다. 그곳에는 조그만 약초 다발 여러 개가 한 줄로 놓여 있었다.

파이어하트는 블루스타를 흘깃 보았다. 그녀는 이제 걸음을 멈추고 조심스럽게 공기 냄새를 맡으며 하늘을 올려다보고 있었다. 파이어하트는 옐로팽을 뒤따라가며 소리를 죽여 속삭였다.

"캐모마일은 여행용 약초가 아니잖아요."

옐로팽이 눈을 찌푸렸다.

"블루스타에게는 기운도 북돋아 주고 마음도 안정시킬 수 있는 약이 필요해."

그녀는 나무라는 듯한 눈초리로 신더펠트를 흘깃 보더니 덧붙였다.

"여행용 약초 꾸러미에 슬쩍 캐모마일을 끼워 넣으려고 했는데……. 사방에 떠벌리지 않고 말이다!"

그녀는 묵직한 발로 약초 다발 하나를 밀었다.

"이게 캐모마일이다."

"네, 이제 기억나요."

신더펠트가 고분고분하게 대답했다.

"처음부터 잊어버리지 말았어야지. 치료사에게 망설일 시간은 없다. 오늘에 집중하고, 지나간 일에 대한 걱정은 집어치워라. 넌 종족을 돌볼 의무가 있다. 그만 머뭇거리고 빨리빨리 해!"

파이어하트는 어린 치료사가 안쓰러웠다. 눈을 맞추려고 해도, 신더펠트가 그를 쳐다보지 않았다. 대신 그녀는 분주하게 여행용 약초를 준비했다. 옐로팽이 못마땅한 얼굴로 지켜보는 가운데 신더펠트는 각각의 다발에서 조금씩 빼낸 약초를 모아 섞었다.

그들 뒤에서 블루스타가 다시 공터를 걸어 다니기 시작했다.

"아직도 준비가 안 된 건가?"

그녀가 짜증스럽게 물었다.

파이어하트는 블루스타의 곁으로 다가갔다.

"거의 다 됐습니다. 걱정하지 마세요. 해가 지기 전까지는 높은 돌산에 도착할 수 있을 겁니다."

블루스타가 알았다는 듯이 눈을 끔벅했다. 때마침 신더펠트가 약초 꾸러미를 가지고 왔다.

"이건 블루스타가 드실 거예요."

신더펠트가 블루스타의 발치에 여러 잎사귀가 섞인 약초 다발을 내려놓았다. 그리고 고갯짓으로 바위를 가리키며 파이어하트에게 말했다.

"파이어하트의 약초는 저쪽에 있어요."

블루스타가 공터를 벗어나며 그에게 따라오라는 신호를 보냈을 때, 파이어하트는 입 안에 남은 약초의 쓴맛을 씻어 내려고 침을 삼키고 있었다. 이제 진영 전체가 깨어나기 시작했다. 윌로펠트가 막 보육실 밖으로 나와 환한 햇빛에 눈을 끔뻑거리고 있었다. 패치펠트도 쓰러진 떡갈나무 앞에서 노쇠한 팔다리를 쭉 뻗어 보고 있었다. 둘 다 호기심 어린 눈빛으로 블루스타와 파이어하트를 힐긋거리다가 다시 일상적인 아침 생활로 돌아갔다.

"저기요!"

파이어하트는 뒤에서 들리는 익숙한 목소리에 가슴이 철렁했다. 이제 막 잠에서 깬 클라우드포가 몸단장도 하지 않고 털이 비죽비죽 솟은 채로 거처에서 후닥닥 뛰어나온 것이었다.

"어디 가세요? 따라가도 돼요?"

파이어하트는 굴길 입구에서 멈춰 섰다.

"넌 비둘기를 가져와야 하지 않니?"

"비둘기는 나중에 가져와도 되잖아요. 게다가 지금쯤이면 올빼미가 채 갔을 거라고요. 저도 따라가게 해 주세요, 제발!"

"올빼미는 살아 있는 먹이를 먹는다."

파이어하트가 말했다. 그때 전사들의 거처에서 졸린 듯이 걸어나오는 러닝윈드의 모습이 보였다. 파이어하트는 갈색 수고양이에게 큰 소리로 물었다.

"러닝윈드, 오늘 아침 사냥 나갈 때 클라우드포도 좀 데려가 주시겠습니까?"

힘없이 고개를 끄덕이는 전사의 눈빛에 언뜻 분노가 스쳤다. 전날 기꺼이 쏜포를 데리고 다람쥐를 잡으러 가던 모습과는 사뭇 달랐다. 전사는 클라우드포를 쏜포만큼 좋아하지 않는 것이 분명했다. 그리고 솔직히 파이어하트의 훈련병은 종족 고양이들의 존중을 받을 만큼 열심히 노력하지 않는 것이 사실이었다.

"그런 게 어딨어요!"

클라우드포가 징징거렸다.

"사냥은 어제도 했잖아요. 오늘은 스승님과 같이 가면 안 돼요?"

"안 돼. 러닝윈드와 사냥을 나가도록 해!"

파이어하트는 딱 잘라 말했다. 그리고 클라우드포가 더 이상 물고 늘어지기 전에 돌아서서 블루스타를 따라 달려 나갔다.

5

지도자와 함께 가는 길

파이어하트는 골짜기 꼭대기에 이르러서 블루스타를 따라잡았다. 지도자는 잠시 멈춰 서서 공기 냄새를 맡아 보고는 숲으로 걸어 들어갔다. 파이어하트는 진영 밖으로 나온 뒤에 한결 편안해진 그녀의 모습을 보고 마음이 놓였다.

지도자는 덤불을 헤치고 강족 경계를 향해 앞으로 나아갔다. 파이어하트는 흠칫 놀라서 그녀를 바라보았다. 이 방향은 '나무 네 그루'와 그 너머 고지대로 가는 가장 빠른 길이 아니었다. 하지만 그는 물어보지 않았다. 어쩌면 강 건너로 그레이스트라이프를 어렴풋이나마 볼 수 있을지도 모른다는 기대감이 생겼던 것이다.

해 드는 바위 위쪽에 있는 강족 경계에 닿자, 두 고양이는 냄새 표시를 따라 강 상류를 향해 나아갔다. 따뜻한 바람결에 황무지에 자란 히스 냄새가 희미하게 실려 왔다. 파이어하트는 고사리 덤불 너머로 흘러가는 강물 소리를 들을 수 있었다. 그는 목을 길게 빼고, 나무 아래로 어룽거리는 강물을 바라보았다. 머리 위에서는 나뭇잎들이 초록빛으로 반짝였다. 잎사귀 끄트머리에는 울창한 숲의 지붕을 뚫고 들어온 햇빛이 눈부시게 빛났다. 그늘 아래서도 열기가 느껴졌다. 파이어하트는 강족 고양이들처럼 물속에 뛰어들어 몸을 식힐 수 있으면 좋겠다고 생각했다.

이제 강줄기는 강족 영역 더 깊숙한 곳으로 굽이져 들어갔다. 블루스타는 천둥족과 강족 사이의 경계에 남겨진 냄새 표시를 따라 곧장 나아갔다. 파이어하트는 경계 너머를 계속 힐끗거리며, 숲에 강족 고양이가 없는지 살폈다. 순찰 나온 강족 고양이들에게 들킬까 봐 염려되기도 했지만, 옛 친구를 만날 수 있지 않을까 하는 기대감도 있었다. 블루스타는 주저하지 않고 경계에 바짝 붙어서 걸어갔다. 심지어 덤불을 누비고 가느라 경계를 넘어갈 때도 있었다. 파이어하트는 강족이 자신들을 발견하면 어떻게 반응할지 알 수 없었다. 천둥족과 강족은 실버스트림의 새끼 고양이들을 어느 종족에서 키울지를 두고 충돌했었다. 그레이스트라이프가 새끼 고양이들을 어미의 종족인 강족으로 데려간 덕분에 가까스로 전투를 피할 수 있었다.

갑자기 블루스타가 걸음을 멈추더니 머리를 치켜들고 입을 벌려 공기 냄새를 맡았다. 그러더니 자세를 낮추고 몸을 웅크렸다. 파이어하트 역시 블루스타의 전사로서의 본능을 믿고 쐐기풀 뒤로 몸을 숙였다.

"강족 전사들이다."

블루스타가 속삭였다.

파이어하트도 이제 그들의 냄새를 맡을 수 있었다. 냄새가 점점 짙어지자 목덜미 털이 쭈뼛 섰다. 앞쪽에서 털이 덤불을 스치는 소리가 들렸다. 그는 머리를 아주 천천히 들어 나뭇가지 사이로 앞을 내다보았다. 낯익은 회색 털을 찾아보던 그는 가슴이 쿵쿵 뛰었다. 곁에 있던 블루스타의 눈이 커져 있었다. 소리 없이 얕은 숨을 쉬느라 그녀의 옆구리는 거의 들썩이지 않았다.

'블루스타도 그레이스트라이프를 만나고 싶었던 걸까?'

파이어하트는 궁금했다. 조금 전까지만 해도 블루스타 역시 강족 고양이들과 마주치기를 바랐을 수도 있다는 생각은 하지 못했다. 하지만 그러고 보니 그녀가 굳이 이 길로 온 이유도 설명이 되었다.

하지만 지도자가 그레이스트라이프를 보고 싶어 할 리는 없었다. 어제 그녀는 그레이스트라이프가 종족을 떠났다는 사실도 잊고 있지 않았던가. 파이어하트는 블루스타의 머릿속에는 다른 생각들이 맴돌고 있을 거라 짐작했다. 그때 발에 툭 떨어지는 새똥처럼, 갑자기 떠오르는 생각이 있었다. 바로 그녀의 새끼 고양이들이었다. 천둥족 지도자는 새끼 둘을 낳았지만, 그들은 강족에서 자랐다. 블루스타는 젖을 떼지도 못한 새끼 고양이들을 그들의 아버지가 있는 강족으로 보냈다. 그들은 진짜 어머니가 천둥족에 있다는 사실을 알지 못한 채 강족의 전사로 살고 있었다. 그 비밀을 알고 있는 것은 파이어하트밖에 없었다. 블루스타는 결코 새끼들을 잊은 적이 없었다. 지금 그녀는 덤불을 샅샅이 훑으며 미스티풋과 스톤퍼를 찾고 있는 것이 분명했다.

멀리서 황갈색 얼룩무늬 털이 얼핏 나타나자 파이어하트는 다시 몸을 숙였다. 그것은 블루스타의 새끼들이 아니었다. 그레이스트라이프도 아니었다. 파이어하트는 희미하지만 익숙한 냄새를 맡을 수 있었다. 그것은 강족 부지도자인 레퍼드퍼였다.

파이어하트는 블루스타를 흘깃 바라보았다. 그녀는 여전히 고개를 치켜들고 나뭇가지 사이로 밖을 내다보고 있었다. 고사리가 바스락거리는 소리가 들렸다. 레퍼드퍼가 점점 다가오고 있었다. 파이어하트는 호흡이 가빠지는 것을 느꼈다. 강족 경계에 이렇게 바짝 붙어 있는 천둥족 지도자를 발견하면 레퍼드퍼는 뭐라고 할까?

덤불이 부스럭대는 소리가 더욱 요란해지자 파이어하트는 몸이 얼어붙어 버렸다. 강족 부지도자가 걸음을 멈췄다. 뭔가를 발견한 모양이었다. 파이어하트는 애타는 심정으로 블루스타를 바라보았다. 꼬리로 그녀를 툭 쳐서 신호라도 보내려던 참에 지도자가 고개를 숙이고 그의 귀에 속삭였다.

"우리 영역 안쪽으로 더 들어가는 게 좋겠다."

천둥족 지도자가 조용히 자리를 뜨자 파이어하트는 안도의 한숨을 내쉬었다. 그는 귀를 납작하게 눕히고, 바닥에 배가 닿을 정도로 몸을 낮추었다. 그리고 지도자를 따라 경계에서 멀어져 안전한 천둥족의 숲으로 들어왔다.

"레퍼드퍼는 너무 요란하게 움직이지. 그림자족도 그녀가 오는 소리를 들었을지도 몰라."

냄새 표시가 있는 경계를 벗어나자 블루스타가 말했다. 파이어하트는 놀라서 수염이 파르르 떨렸다. 종족들이 얼마나 삼엄하게 경계를 지키고 있는지, 지도자는 잊어버린 걸까? 특히 요즘처럼 힘든 시기에는 더욱 빈틈없이 방어를 했다.

"레퍼드퍼는 훌륭한 전사이긴 하지만, 너무 쉽게 주의가 산만해지는 게 문제다."

블루스타가 차분하게 말을 이었다.

"적을 경계하는 것보다는 토끼에만 관심이 있었어."

자신만만한 지도자를 보니 파이어하트도 기운이 났다. 이제 와서 생각해 보니 바람에 실린 토끼 냄새가 난 것 같기도 했다. 하지만 레퍼드퍼에게 너무 신경을 쓰다 보니 미처 의식하지 못했던 것이다.

"너를 훈련시키던 때가 생각나는구나."

블루스타가 햇빛이 찬란한 숲을 걸어가며 말했다.

파이어하트는 달려가 그녀를 따라잡았다.

"저도 생각납니다."

"넌 뭐든 빠르게 익혔지. 너를 종족에 불러들인 건 잘한 일이었다."

블루스타가 중얼거렸다. 어깨 너머로 파이어하트를 돌아보는 지도자의 눈에는 뿌듯함이 깃들어 있었다. 파이어하트는 감사한 마음으로 눈을 끔뻑했다.

"모든 종족이 너에게 고마워해야 해."

블루스타가 말을 이었다.

"그림자족에서는 브로큰테일을 몰아내 주었고, 쫓겨났던 바람족을 다시 데려왔고, 홍수가 났을 때는 강족을 도와주었지. 또 타이거클로를 막아서 천둥족을 구했고."

파이어하트는 지도자의 칭찬에 몸 둘 바를 몰랐다.

"너처럼 공정하고 충성스럽고 용감한 전사는 또 없을 것이다."

파이어하트는 불안감에 털이 쭈뼛 섰다.

"하지만 다른 천둥족 고양이들 역시 저처럼 전사의 규약을 준수하고 있습니다. 블루스타와 종족을 지키기 위해서라면 다들 기꺼이 자신을 희생할 것입니다."

블루스타가 가던 길을 멈추고 파이어하트를 향해 돌아섰다.

"오직 너만이 타이거클로에게 맞섰지."

"레드테일을 누가 죽였는지는 저만 알고 있었으니까요."

블루스타의 충성스러운 부지도자였던 레드테일은 타이거클로에게 죽임을 당했다. 파이어하트는 훈련병이던 시절에 그 사실을 알게 되었지만, 타이거클로가 떠돌이 고양이들을 불러들여 천둥족을 배신하기 전까지 그 잔혹한 비밀을 밝힐 수가 없었다.

블루스타의 눈에 분노의 빛이 스쳤다.

"그레이스트라이프도 알고 있었다. 하지만 나를 구한 것은 너밖에 없었다."

파이어하트는 할 말을 잃고 시선을 돌렸다. 귀가 불안하게 움찔거렸다. 블루스타는 천둥족 전사들을 아무도 믿지 못하는 것 같았다. 파이어하트 그리고 어쩌면 화이트스톰을 제외하고는. 어찌 되었든 타이거클로가 누구도 상상할 수 없을 만큼 크나큰 상처를 입힌 것은 분명했다. 타이거클로는 천둥족 지도자의 판단력을 흐려 놓고, 전사들에 대한 신뢰를 무너뜨려 버린 것이다.

"어서 가자!"

블루스타가 말했다.

파이어하트는 블루스타가 숲을 걸어가는 모습을 지켜보았다. 그녀는 어깨를 잔뜩 긴장시키고 꼬리를 부풀리고 있었다. 파이어하트는 몸이 후들후들 떨렸다. 머리 위 하늘은 여전히 환하게 밝았지만, 마치 먹구름이 해를 가려 그들의 여정에 우울한 그림자를 드리우는 것 같은 기분이었다.

이윽고 그들은 나무 네 그루에 도착했다. 나무 꼭대기에 달린 잎사귀들 사이로 해가 내리비치고 있었다. 파이어하트는 블루스타를 따라 비탈을 내려가, 커다란 떡갈나무 네 그루가 서 있는 곳으로 들어섰다. 그곳은 보름달이 차오를 때마다 네 종족이 만나는 장소였다. 그 하룻밤 동안은 휴전이 유지되었다. 두 고양이는 모임에서 종족 지도자들이 연설을 하는 '거대한 바위'를 지나서 골짜기 건너편을 오르기 시작했다.

풀이 우거진 비탈은 점점 더 가파르고 울퉁불퉁해졌다. 파이어하트는 블루스타가 속도를 맞추기 위해 애쓰고 있다는 것을 알아챘다. 블루스타는 바위로 뛰어오를 때마다 신음 소리를 냈고, 파이어하트는 지도자보다 앞서가지 않기 위해 속도를 늦춰야 했다.

비탈 꼭대기에 올라서자 블루스타는 걸음을 멈추고 자리에 앉아 거친 숨을 내쉬었다.

"괜찮으십니까?"

파이어하트가 물었다.

"젊지 않아서……."

블루스타가 헐떡이며 대답했다.

파이어하트는 걱정스러운 마음이 들었다. 전투에서 입은 부상은 다 나았을 거라고 생각했는데, 왜 갑자기 이렇게 약해진 걸까? 블루스타는 그 어느 때보다 늙고 쇠약해 보였다.

'더운 날씨에 비탈을 오르느라 그런 거겠지. 나보다 털가죽이 훨씬 두툼하니까.'

파이어하트는 애써 희망적인 쪽으로 생각했다.

블루스타가 숨을 고르는 동안, 파이어하트는 덜 자란 가시금작화와 히스로 덮인 고지대를 초조하게 바라보았다. 구름 한 점 없는 하늘 아래로 쭉 펼쳐진 땅은 바람족의 영역이었다. 파이어하트는 강족 경계 지역에 있을 때보다 지금이 더 불안했다. 바람족은 아직 천둥족에게 화가 난 상태였다. 천둥족이 그림자족의 전임 지도자인 브로큰테일에게 피난처를 제공해 주었기 때문이다. 눈먼 브로큰테일을 받아들이기로 결정한 것은 바로 블루스타였다. 그런 천둥족 지도자가 전사 하나를 데리고 자신들의 영역에 들어온 것을 보면 바람족 순찰대는 어떻게 반응할까? 파이어하트는 순찰대 전체와 맞서 싸워 지도자를 지켜 낼 수 있을지 자신이 없었다.

"들키지 않도록 조심해야겠습니다."

그가 속삭였다.

"뭐라고?"

블루스타가 큰 소리로 물었다. 고지대에 올라오니 바람이 더 거세게 불어왔다. 세찬 바람은 타는 듯한 태양의 열기를 조금도 덜어 주지 못했지만, 파이어하트의 말소리는 실어 가 버렸다.

"바람족이 우리를 보지 못하게 조심해야 한다고요!"

파이어하트는 어쩔 수 없이 목소리를 높였다.

"왜지? 우리는 달바위로 가는 중이다. 별족은 달바위까지 안전하게 이동할 권리를 허락하셨다."

블루스타가 따지듯 대꾸했다.

파이어하트는 더 말해 봤자 시간 낭비라는 것을 깨달았다.

"제가 앞장서겠습니다."

파이어하트는 다른 천둥족 고양이들보다 이쪽 고지대를 잘 알았다. 전에도 여러 번 왔었기 때문이다. 하지만 지금처럼 완전히 노출되어 있다고 느낀 적은 없었다. 그는 서둘러 블루스타를 이끌고 히스가 무성한 곳으로 들어섰다. 그리고 블루스타의 믿음처럼 별족이 바람족 영역을 이동할 권리를 확실히 보장해 주기를, 지나가는 바람족 순찰대로부터 자신들을 지켜 주기를, 또 블루스타가 귀를 납작하게 붙이고 꼬리를 낮추는 정도의 분별력은 있기를 바랐다.

해가 가장 높이 뜰 무렵이 되자 그들은 바람족 영역 중심에 있는 가시금작화 지역에 가까워졌다. 이제 나무 네 그루에서는 꽤 멀리 떨어져 있었지만, 두발쟁이 농장으로 이어지는 황무지 끄트머리 비탈까지는 아직 한참을 더 가야 했다. 파이어하트는 잠시 걸음을 멈췄다. 병든 고양이의 숨결처럼 질식할 듯 후끈한 바람이 그를 향해 불어왔다. 파이어하트는 이 바람이 자신들의 냄새를 바람족 영역으로 실어 가리라는 것을 알았다. 꿀이 가득한 히스의 향기가 자신들의 냄새를 감춰 주기를 바랄 뿐이었다. 곁에 있던 블루스타는 꼬리를 획 휘둘러 신호를 보내더니 가시금작화 덤불 속으로 사라져 버렸다.

그때 뒤에서 성난 고함 소리가 들려왔다. 파이어하트는 획 돌아서서 뒤로 물러났다. 가시금작화가 엉덩이를 찌르는 바람에 그는 움찔했다. 바람족 고양이 셋이 털을 곤두세우고 귀를 납작하게 붙인 채 그를 마주 보고 있었다.

"침입자들이잖아! 여기서 뭐 하는 거야?"

얼룩덜룩한 진갈색 고양이가 쉭쉭거렸다. 파이어하트는 바람족의 선임 전사인 머드클로를 알아보았다. 그 옆에는 톤이어가 등을 둥글게 말고 발톱을 드러내고 있었다. 파이어하트는 두발쟁이 영역으로 쫓겨나 있던 바람족을 다시 데리고 오면서 이 고양이들을 알게 되었고 또 존경하게 되었다. 그러나 예전에 맺었던 유대 관계는 이제 흔적도 없이 사라져 버렸다. 훈련병인 것처럼 보이는 가장 작은 고양이는 누군지 알 수 없었다. 하지만 어느 모로 보나 동료들과 마찬가지로 사납고 강인한 것 같았다.

파이어하트는 등줄기를 따라 털이 곤두서고 심장이 쿵쾅거리기 시작했지만, 침착해지려고 애썼다.

"우리는 그냥 길을 가는 중인……."

"넌 지금 우리 영역에 들어와 있다."

머드클로가 쏘아붙였다. 파이어하트를 노려보는 그의 눈에 분노가 번득였다.

'블루스타는 어디 있지?'

파이어하트는 다급히 지도자를 찾았다. 블루스타가 나타나서

도와주면 좋겠다는 생각이 드는 한편, 그녀가 머드클로의 고함을 듣지 못하고 무사히 가시금작화 덤불을 통과해 두발쟁이 영역에 다다르기를 바라는 마음도 있었다.

그때 옆에서 으르렁거리는 소리가 들렸다. 지도자가 돌아온 것이다. 파이어하트는 옆을 힐끗 보았다. 가시금작화 덤불 끝에 선 블루스타가 머리를 높이 치켜들고 분노로 눈을 이글거리고 있었다.

"우리는 높은 돌산으로 가는 중이다. 별족이 우리에게 안전하게 이동할 수 있는 길을 허락하셨다. 아무도 우리를 막을 권리가 없다!"

머드클로는 꿈쩍도 하지 않고 되받아쳤다.

"당신은 별족의 보호를 받을 권리를 포기한 겁니다. 천둥족에 브로큰테일을 들인 바로 그 순간부터 말입니다!"

파이어하트는 바람족 고양이들의 분노를 이해할 수 있었다. 브로큰테일과 그의 전사들에게 쫓겨난 바람족이 견뎌야 했던 끔찍한 고통을 직접 목격했기 때문이다. 문득 바람족이 집으로 돌아오는 길에 그가 도와주었던 조그만 새끼 고양이가 떠올랐다. 한 배에서 난 형제들 중에서 유일하게 살아남은 그 새끼 고양이를 생각하니 애처로운 마음이 밀려들었다. 잔혹한 브로큰테일은 바람족을 거의 말살시키다시피 했던 것이다.

파이어하트는 머드클로의 사나운 눈을 마주 보며 말했다.

"브로큰테일은 죽었습니다."

머드클로의 눈이 번득였다.

"네가 죽였나?"

파이어하트가 머뭇거리는 사이, 옆에 있던 블루스타가 위협적으로 으르렁거리며 말했다.

"물론 우리가 죽인 것은 아니다. 천둥족은 다른 고양이를 함부로 죽이지 않는다."

"물론 그러시겠지요. 그저 감싸고돌기만 할 테니까!"

바람족 전사가 등을 둥그렇게 말며 공격적으로 쏘아붙였다.

낙담한 파이어하트는 바람족을 설득할 다른 방법을 생각해 내느라 정신없이 머리를 굴렸다.

"우리가 지나가도록 놔두어라!"

블루스타가 거칠게 외쳤다.

파이어하트는 그 자리에 얼어붙었다. 지도자가 발톱을 세우고 목덜미 털을 곤두세우며 공격할 태세를 취했던 것이다.

6
허락되지 않은 길

"별족은 우리에게 안전한 길을 허락하셨다."

블루스타가 고집스럽게 되풀이했다.

"집으로 돌아가십시오!"

머드클로가 으르렁댔다.

파이어하트는 재빨리 상황을 판단했다. 그는 몸이 좋지 않은 지도자와 둘이서 튼튼한 고양이 셋에 대적해야 했다. 전투가 벌어진다면 심각한 부상을 각오해야 했다. 게다가 절대로 블루스타의 목숨을 위태롭게 할 수는 없었다. 그녀는 별족이 주는 아홉 개의 목숨 중에서 마지막 남은 목숨을 살고 있었기 때문이다.

"돌아가야 할 것 같습니다."

파이어하트는 블루스타에게 속삭였다. 지도자는 고개를 휙 돌리고 믿을 수 없다는 듯 파이어하트를 바라보았다.

"우리 진영에서 너무 멀리 떨어져 있습니다. 게다가 지금은 싸울 만한 상황이 아닙니다."

"하지만 난 별족과 반드시 이야기를 해야 한다!"

"다음에 하십시오."

파이어하트는 망설이는 듯한 블루스타의 눈빛을 보고 덧붙였다.

"지금 싸우면 이길 수 없습니다."

블루스타가 발톱을 감추고 어깨 털을 가라앉히자, 파이어하트는 한시름 놓았다. 천둥족 지도자는 머드클로를 향해 말했다.

"좋다, 이번에는 돌아가겠다. 하지만 돌아올 것이다. 우리를 별족에게서 영원히 떼어 놓지는 못할 것이다."

머드클로가 둥글게 말았던 등을 펴고 대답했다.

"잘 생각하신 겁니다."

파이어하트는 머드클로에게 으르렁거리며 말했다.

"블루스타가 한 말을 들으셨지요?"

머드클로가 위협하듯 눈을 찌푸렸지만, 파이어하트는 말을 이었다.

"이번에는 돌아가겠지만, 두 번 다시 달바위로 가는 길을 막지 못할 겁니다."

"나무 네 그루까지 데려다주겠다."

머드클로가 돌아서며 말했다.

파이어하트와 블루스타가 바람족 영역을 떠나겠다는 말을 믿지 않는다는 뜻이었다. 파이어하트는 블루스타가 어떻게 나올지 몰라서 걱정스러웠다. 하지만 그녀는 그저 앞으로 걸어갈 뿐이었다. 바람족 전사들을 스치고 지난 그녀는 왔던 길을 향해 되돌아갔다.

파이어하트는 블루스타의 뒤를 따라 걸었다. 바람족 고양이들은 조금 떨어져서 뒤따라왔다. 파이어하트는 뒤에서 히스가 바스락거리는 소리를 듣고 바람족 고양이들이 따라오고 있다는 걸 알 수 있었다. 어깨 너머로 돌아보자 보랏빛 꽃들 사이로 그들의 유연한 갈색 몸체가 얼핏 드러났다. 한 걸음씩 내딛을 때마다 화가 치밀었다. 그는 다시는 바람족 고양이들이 길을 막지 못하도록 하리라고 다짐했다.

나무 네 그루가 내려다보이는 언덕에 도착한 파이어하트와 블루스타는 울퉁불퉁한 비탈을 내려가기 시작했다. 바람족 전사들은 언덕 꼭대기에 남아 적개심이 가득한 눈으로 그들을 지켜보았다. 블루스타는 지친 것 같았다. 바위로 뛰어내릴 때마다 낑낑거리며 무겁게 발을 디뎠다. 파이어하트는 지도자가 미끄러지지나 않을까 걱정스러웠다. 하지만 아래쪽 풀밭에 다다를 때까지 우려했던 상황은 벌어지지 않았다. 파이어하트는 다시 한 번 비탈 위쪽을 올려다보았다. 광활하게 펼쳐진 하늘을 배경으로 바람족 고양이 셋의 윤곽이 드러났다. 이윽고 세 고양이는 돌아서서 자신들의 영역으로 사라져 버렸다.

거대한 바위 앞을 지나가고 있을 때, 블루스타가 길게 신음 소리를 냈다.

"괜찮으십니까?"

파이어하트는 걸음을 멈추고 물었다.

블루스타가 못마땅하다는 듯 고개를 내저었다.

"별족이 나와 꿈을 나누고 싶지 않은 거야. 그들이 왜 우리 종족에게 그렇게 화가 난 것일까?"

"우리 길을 막은 건 바람족이지, 별족이 아닙니다."

파이어하트는 그녀에게 일깨워 주었다. 하지만 별족이라면 그들에게 행운을 가져다줄 수도 있지 않았을까? 스폴이어의 말이 머릿속에 울렸다.

'종족의 관례가 깨진 건 파이어하트의 경우가 처음이야.'

갑자기 머리가 빙빙 도는 것 같았다. 전사 조상들은 천둥족에게 정말 화가 난 걸까?

파이어하트와 블루스타가 진영으로 들어서자, 고양이들이 놀라서 웅성거렸다. 파이어하트는 다른 고양이들 역시 자신과 똑같은 두려움을 느끼고 있다는 것을 알 수 있었다. 종족 지도자가 달바위로 가다 말고 되돌아온 적은 한 번도 없었기 때문이다.

블루스타는 위태로운 걸음걸이로 자신의 거처로 걸어갔다. 공터를 가로지르는 내내 그녀의 눈은 흙먼지가 자욱한 바닥에 고정되어 있었다. 파이어하트는 무거운 마음으로 그녀의 모습을 지켜보았다. 갑자기 해가 너무 뜨겁게 느껴졌다. 그는 공터 가장자리에 있는 그늘로 향했다. 더스트펠트가 가시금작화 굴길에서 그를 향해 걸어오고 있었다. 애쉬포가 그 뒤를 바짝 따르고 있었다.

"일찍 돌아왔군요."

얼룩무늬 전사가 파이어하트의 주변을 맴돌며 말했다. 애쉬포는 눈을 휘둥그레 뜨고 두 전사를 올려다보았다.

"바람족이 못 지나가게 했어."

파이어하트가 설명했다.

"높은 돌산으로 가는 길이라고 말 안 했나요?"

더스트펠트가 훈련병 옆에 앉으며 물었다.

"물론 했지."

파이어하트는 화를 내듯 대꾸했다.

더스트펠트는 가시금작화 굴길 쪽으로 눈을 돌렸다. 다크스트라이프와 펀포가 진영으로 돌아오고 있었다. 펀포는 스승과 함께 속도를 맞추어 달리느라 지쳐 보였다. 그녀의 털은 먼지투성이가 되어 헝클어져 있었다.

"거기서 뭘 하고 있는 겁니까?"

다크스트라이프가 눈을 가늘게 뜨고 파이어하트를 보며 물었다.

"바람족이 못 지나가게 했대요."

더스트펠트가 대신 대답했다. 펀포가 놀라서 초록빛 눈을 휘둥그레 뜨고 더스트펠트를 올려다보았다.

"뭐라고? 어떻게 감히?"

다크스트라이프가 분노로 꼬리를 바짝 세웠다.

"파이어하트가 왜 가만히 있었는지 모르겠네요."

더스트펠트가 토를 달았다.

"다른 선택의 여지가 없었어. 너라면 지도자를 위험에 빠뜨리겠어?"

파이어하트가 그르렁거렸다.

"파이어하트!"

러닝윈드의 목소리가 공터 건너편에서 들려왔다.

흥분한 전사는 빠른 걸음으로 파이어하트에게 다가왔다. 다크스트라이프와 더스트펠트는 서로를 힐긋 쳐다보고는 훈련병들을 데리고 자리를 떠났다. 파이어하트의 곁으로 다가온 러닝윈드가 물었다.

"클라우드포 본 적 있습니까?"

"못 봤습니다."

파이어하트의 가슴이 불안하게 요동쳤다.

"오늘 같이 나가기로 한 거 아니었나요?"

"내가 몸단장을 마칠 때까지 기다리라고 했습니다."

러닝윈드는 걱정한다기보다는 화가 난 것처럼 보였다.

"하지만 끝내고 보니 없었습니다. 브라이트포 말로는 혼자 사냥을 나갔다더군요."

"죄송합니다."

파이어하트는 속으로 한숨을 삼키며 사과했다. 지금과 같은 상황에서 명령에 복종하지 않는 클라우드포의 행동은 절대로 있을 수 없는 일이었다.

"돌아오면 제가 얘기해 보겠습니다."

러닝윈드의 눈빛에는 짜증이 가득했다. 파이어하트의 약속도 믿지 않는 눈치였다. 러닝윈드의 떨떠름한 표정을 보고 파이어하트가 다시 한 번 사과하려는 순간, 클라우드포가 다람쥐를 물고 진영으로 들어왔다. 훈련병은 먹이를 잡았다는 자부심으로 눈을 반짝이고 있었다. 과연 다람쥐는 클라우드포만큼이나 몸집이 컸다. 그 모습에 러닝윈드는 화가 난 듯 콧방귀를 뀌었다.

"제가 해결하겠습니다."

파이어하트가 재빨리 말했다. 러닝윈드는 클라우드포에 대해 할 말이 많은 것 같았지만, 그저 고개를 끄덕이고 자리를 비켜 주었다.

파이어하트는 클라우드포가 싱싱한 먹이 더미로 다람쥐를 가져가는 모습을 지켜보았다. 클라우드포는 다람쥐를 내려놓고 훈련병의 거처로 향했다. 먹이가 충분한데도 훈련병은 자신의 몫을 가져가지 않았다. 파이어하트는 가슴이 철렁 내려앉았다. 클라우드포가 사냥을 하는 동안 이미 먹이를 먹었을 거라는 생각이 들었다.

'도대체 하루에 전사의 규약을 몇 개나 어기는 거야?'

"클라우드포!"

파이어하트는 소리쳐 불렀다.

"왜 그러세요?"

클라우드포가 고개를 들고 물었다.

"얘기 좀 하자."

클라우드포가 천천히 걸어왔다. 파이어하트는 러닝윈드가 전사들의 거처 밖에서 지켜보고 있다는 것을 알아채고 마음이 불편해졌다.

클라우드포가 가까이 오자마자 그는 다그쳐 물었다.

"사냥하는 동안 먹이를 먹었니?"

클라우드포가 어깨를 으쓱했다.

"먹었으면 어때서요? 배가 고팠어요."

"전사의 규약에서 종족을 먹이기 전에 먼저 먹는 것에 대해 어떻게 가르치고 있지?"

클라우드포는 나무 꼭대기를 올려다보며 중얼거렸다.

"다른 규약과 비슷한 거면, 먹으면 안 된다고 하겠죠."

파이어하트는 화가 치밀어 오르는 것을 꾹 참았다.

"전에 잡은 그 비둘기는 가져왔니?"

"아뇨, 없어졌더라고요."

파이어하트는 충격을 받았다. 클라우드포를 믿어야 할지 말아야 할지조차 알 수 없었다. 그는 비둘기에 대해 더 이상 추궁하는 것은 의미가 없다고 생각하고 다른 질문을 했다.

"왜 러닝윈드와 함께 사냥을 나가지 않았지?"

"준비하는 데 시간이 너무 오래 걸리더라고요. 어쨌든 저는 혼자 사냥하는 게 더 좋거든요!"

"넌 아직 훈련병이야. 전사와 함께 사냥을 하면 더 많이 배울 수 있어."

파이어하트가 엄하게 말했다.

클라우드포는 한숨을 쉬며 고개를 끄덕였다.

"알았어요, 파이어하트."

파이어하트는 클라우드포가 정말 알아들었는지 아닌지 알 수가 없었다.

"계속 이런 식으로 행동하다가는 절대로 전사의 이름을 받을 수 없어! 넌 여전히 훈련병인데 애쉬포와 펀포가 임명식을 치르는 걸 봐야 한다면 기분이 어떻겠니?"

"그런 일은 절대로 없을 거예요!"

111

클라우드포가 반발했다.

"글쎄, 한 가지는 확실하지. 애쉬포와 펀포는 다음 모임에 참석할 거야. 그동안 너는 진영에 머무르게 될 거고."

파이어하트는 드디어 클라우드포의 관심을 얻는 데 성공했다. 하얀 털의 훈련병이 믿을 수 없다는 얼굴로 그를 빤히 올려다보았다.

"하지만……."

파이어하트는 매섭게 말을 잘랐다.

"블루스타에게 이 일을 보고하면 아마 내 의견에 동의해 주실 거야. 자, 이제 가 봐!"

클라우드포는 꼬리를 축 늘어뜨리고, 거처 밖에서 그를 지켜보고 있던 다른 훈련병들 쪽으로 걸어갔다. 파이어하트는 러닝윈드가 그 장면을 보았는지 신경 쓰지 않았다. 지금은 종족 고양이들이 클라우드포를 어떻게 생각하든지 상관없었다. 클라우드포가 진정한 전사가 되지 못할 수도 있다는 두려움에 비하면, 다른 고양이들의 의견 같은 것은 전혀 중요하지 않았다.

7

전할 수 없는 소식

"블루스타, 고지대에서 돌아온 지 반달이 지났습니다."

파이어하트는 '달바위'라는 말을 입에 올리지 않으려고 조심스럽게 말을 꺼냈다. 지도자의 거처에는 단둘만 있었지만, 아무 성과가 없었던 그 여정에 대해 이야기하려니 아직도 마음이 불편했다.

"우리 영역에 바람족이나 그림자족의 흔적은 없었습니다."

블루스타가 믿을 수 없다는 듯 눈을 가늘게 떴지만 파이어하트는 계속 말을 이었다.

"훈련병들이 많아졌습니다. 숲에는 먹잇감이 가득하고요. 그래서 전사 셋이 항상 진영에 머무르기가 힘듭니다. 저는…… 제 생각에는 둘만 있어도 충분할 것 같습니다."

"하지만 또다시 공격을 받으면 어떻게 한단 말이냐?"

블루스타가 안절부절못하며 말했다.

"바람족이 정말로 천둥족에게 해를 끼칠 작정이었다면, 고지대에서 머드클로가 우리를 그냥 보내 주지 않았을 겁니다."

파이어하트는 차마 하지 못한 말을 속으로 덧붙였다.

'살려 두지 않았을 거라고요.'

"알겠다."

블루스타가 고개를 끄덕였다. 그녀의 눈에는 읽을 수 없는 감정이 깃들어 있었다.

"전사 둘만 진영에 남기도록 해라."

"고맙습니다, 블루스타."

이렇게 되면 순찰대와 사냥조를 배정하고 훈련병을 교육시키기가 훨씬 수월해질 것이다.

"그럼 저는 내일 나갈 순찰대를 편성하러 가 보겠습니다."

파이어하트는 공손하게 고개를 숙이고 나서 거처를 나왔다.

전사들이 거처 밖에서 그를 기다리고 있었다.

"화이트스톰, 새벽 순찰대를 맡아 주세요."

파이어하트가 지시했다.

"샌드스톰과 애쉬퍼를 데려가 주세요. 브래큰퍼와 더스트펠트는 진영을 지키고, 전 클라우드포를 데리고 사냥을 나가겠습니다."

그는 전사들을 둘러보았다. 자신이 이제는 훨씬 더 자신감 있게 임무를 정해 주고 있다는 사실을 깨달았다. 요즘 들어 파이어하트는 많은 경험을 쌓고 있었다. 블루스타가 거처에 머무는 일이 부쩍 잦아진 탓이었다. 그는 정리되지 않은 생각들을 머릿속에서 밀어내고 다시 말을 이었다.

"훈련병을 교육시키거나 함께 사냥을 하는 일은 여러분에게 맡기겠습니다. 하지만 싱싱한 먹이 더미는 항상 오늘처럼 가득 쌓아 주세요. 모두들 배부르게 먹는 데 익숙해져 있으니까요."

모여 있는 전사들이 웃음을 터뜨렸다.

"다크스트라이프, 내일 해가 가장 높이 뜬 시간에 순찰을 맡아 주십시오. 러닝윈드는 해 질 무렵 순찰을 나가 주시고요. 누구와 함께 갈지는 알아서 정하면 됩니다. 제시간에 준비할 수 있도록 미리 알려 주는 것 잊지 마시고요."

러닝윈드는 고개를 끄덕였지만, 다크스트라이프는 눈을 번득이며 물었다.

"오늘 밤 모임에는 누가 갑니까?"

"저도 모르겠습니다."

파이어하트는 솔직히 말했다.

다크스트라이프가 눈을 가늘게 떴다.

"블루스타가 말해 주지 않았습니까? 아니면 아직 결정을 못 내리신 겁니까?"

"아직 저와 상의하지 않으셨습니다. 준비가 되면 말씀해 주시겠지요."

다크스트라이프는 고개를 돌려 그늘진 나무를 바라보았다.

"빨리 말해 주는 게 좋을 겁니다. 해가 지고 있으니까요."

"그럼 먹이를 먹어야겠네요."

파이어하트가 말했다.

"모임에 가게 된다면 기운을 내야 하니까요."

다크스트라이프의 말투가 마음에 걸렸지만, 파이어하트는 신경 쓰지 않기로 했다. 그는 자리에 앉아서 전사들이 움직이기를 기다렸다. 그들이 모두 떠난 뒤에야 그는 블루스타의 거처로 발길을 돌렸다. 지도자는 모임에 대해 언급하지 않았고, 그 역시 내일 나갈 순찰대를 짜느라 모임을 기억하지 못했던 것이다.

"아, 파이어하트."

파이어하트는 이끼 장막을 헤치고 나오던 블루스타와 마주쳤다. 이제 막 몸단장을 마쳤는지 어스름한 빛 속에서 털가죽이 반짝이고 있었다. 파이어하트는 그녀가 다시 자신의 몸을 돌보는 것 같아서 안심이 되었다.

"먹이를 다 먹은 후에, 모임에 갈 전사들을 불러 모아라."

"음…… 누구를 불러야 할까요?"

파이어하트가 물었다.

블루스타는 놀란 표정이었다. 하지만 이윽고 파이어하트가 며칠 전에 부탁했던 대로, 클라우드포는 빠지고 애쉬포는 포함된 명단을 불러 주었다. 너무나 쉽게 이름들을 불러 파이어하트는 블루스타가 이미 말해 주었는데 자신이 잊어버린 것은 아닌지 의심스러웠다.

"알겠습니다, 블루스타."

그는 고개를 꾸벅 숙여 인사한 다음, 공터를 가로질러 싱싱한 먹이 더미로 걸어갔다. 먹이 더미 위에 남아 있는 통통한 비둘기가 보였다. 그는 블루스타를 위해 비둘기를 남겨 두기로 했다. 뭐든 입만 대고 마는 블루스타가 비둘기를 보고 식욕이 살아날지도 몰랐다. 별로 배가 고프지 않았던 파이어하트는 대신 들쥐를 물었다. 그는 종잡을 수 없는 블루스타의 기분 때문에 몹시 긴장한 상태였다.

들쥐를 가지고 가장 좋아하는 식사 장소로 가던 파이어하트는 갑자기 등줄기가 오싹해지는 것을 느꼈다. 그는 본능적으로 어깨 너머를 돌아보았다. 자신을 바라보고 있는 브램블킷을 발견하자, 또다시 불안감이 엄습했다. 문득 신더펠트의 말이 떠올랐다.

'그 녀석은 아버지가 누구인지 절대로 알 수 없을 거예요. 종족 이 대신 키워 줄 테니까요.'

파이어하트는 애써 새끼 고양이에게 고개를 끄덕여 주고, 돌아 서서 쐐기풀 더미로 먹이를 먹으러 갔다.

식사를 마친 그는 공터를 둘러보았다. 밤이 되어 진영에 어둠 이 드리우고 서늘한 기운이 반갑게 찾아들자, 고양이들은 서로 혀를 나누고 있었다. 최근에는 낮 동안 너무 더워서 강족 고양이 들처럼 헤엄을 치면 좋겠다는 생각이 점점 커졌다. 그는 훈련병 의 거처를 바라보았다. 클라우드포가 사냥을 하면서 먹이를 먹 었기 때문에 모임에 가지 못한다는 사실을 기억하고 있을지 궁 금했다.

클라우드포는 거처 입구에 있는 나무 그루터기 위에 몸을 웅크 리고 앉아, 밑에서 발을 뻗어 허우적거리는 애쉬포와 장난을 하 며 놀고 있었다. 파이어하트는 클라우드포가 그래도 동료들과는 잘 지내고 있다는 사실이 기뻤다. 그는 그레이스트라이프가 오 늘 밤 나무 네 그루에 올지 궁금했다. 강족에 들어간 지 채 한 달 도 되지 않은 그가 모임에 참석할 가능성은 거의 없어 보였다. 하 지만 그레이스트라이프는 실버스트림의 새끼들을 강족으로 데리고 갔고, 강족 지도자인 크룩트스타는 분명 그 점을 고맙게 생각할 것이다. 실버스트림은 크룩트스타의 딸이었고, 새끼 고양이들은 그의 혈육인 셈이니까. 비록 그레이스트라이프가 모임에 참석하는 것은 그가 강족이 되었음을 확인시켜 주는 일이라 해도, 파이어하트는 친구가 그런 특권을 받아 모임에 나오기를 바라는 마음이었다.

파이어하트는 몸을 일으켜 모임에 갈 천둥족 고양이들을 불러 모았다.

"마우스퍼, 러닝윈드, 샌드스톰, 브래큰퍼, 브라이트포, 애쉬포, 스위프트포."

블루스타가 일러 준 이름들을 부르던 그는 다크스트라이프와 롱테일, 더스트펠트가 빠져 있다는 것을 깨닫고 불안해지기 시작했다. 파이어하트는 블루스타가 일부러 타이거클로와 가까웠던 세 전사를 빼놓은 것인지 궁금했다. 세 전사는 서로 눈빛을 주고 받더니 파이어하트를 뚫어져라 바라보았다. 그는 온몸이 오싹해지는 기분이 들었다. 다크스트라이프의 눈에는 분노의 빛이 가득했다. 초조해진 파이어하트는 돌아서서 다른 고양이들과 함께 블루스타를 기다렸다.

블루스타는 거처 밖에서 화이트스톰과 혀를 나누고 있었다. 기다리던 전사들이 발로 땅을 짓기며 지루해할 무렵이 되어서야 지도자가 몸을 일으켜 공터를 가로질러 왔다.

"우리가 없는 동안 화이트스톰이 진영을 책임질 겁니다."

블루스타가 종족에게 알렸다.

"블루스타, 높은 돌산으로 가는 길을 바람족이 가로막은 일에 대해서는 어떻게 말씀하실 겁니까?"

마우스퍼가 지도자에게 조심스럽게 물었다.

파이어하트의 어깨가 순간 긴장했다. 마우스퍼는 천둥족 고양이들이 적개심을 드러낼 준비를 해야 할지 알고 싶었던 것이다.

"아무 말도 하지 않을 것입니다."

블루스타가 단호하게 대답했다.

"바람족은 자신들이 잘못된 일을 했다는 사실을 잘 알고 있을 겁니다. 다른 종족들 앞에서 굳이 그 사실을 지적해서 바람족을 자극할 필요는 없습니다."

천둥족 전사들은 마지못해 고개를 끄덕이며 지도자의 대답을 받아들였다. 파이어하트는 지도자를 따라서 가시금작화 굴길을 지나 달빛이 환한 숲으로 가면서, 전사들이 지도자의 결정을 나약하다고 생각할지 아니면 현명하다고 여길지 궁금해했다.

골짜기를 오르자 흙과 돌들이 쏟아져 내렸다. 비가 내리지 않은 탓에 숲은 마치 부서진 뼈처럼 바작바작 말라 있었다. 햇볕에 타들어 간 흙바닥은 발밑에서 먼지로 변해 버리는 것 같았다. 숲에 들어서자 블루스타가 앞장서 달려 나갔다. 파이어하트는 무리의 맨 뒤를 맡았다. 고양이들은 바짝 마른 고사리 덤불 아래로 몸을 숙이고 가시덤불을 돌아 나가면서, 소리 없이 숲을 달렸다.

샌드스톰이 파이어하트와 나란히 걸을 수 있을 때까지 속도를 늦추었다. 그들은 쓰러진 나무를 단번에 뛰어넘었다. 안전하게 착지한 샌드스톰이 파이어하트를 향해 말했다.

"블루스타는 다시 괜찮아진 것 같아."

"응."

파이어하트는 삐죽삐죽한 가시나무 줄기 사이를 빠져나오느라 집중하면서, 조심스럽게 대답했다.

샌드스톰이 다른 고양이들에게 들리지 않도록 목소리를 낮추고 말을 이었다.

"하지만 마음이 다른 데 가 있는 것처럼 보여. 뭐랄까…….."

샌드스톰이 머뭇거렸다. 파이어하트도 말을 대신해 주지 않았다. 그가 가장 두려워하던 우려가 현실로 드러나고 있었다. 블루스타가 예전의 블루스타가 아니라는 것을 다른 천둥족 고양이들도 알아채기 시작한 것이다.

"블루스타는 변했어."

샌드스톰이 마침내 말했다.

파이어하트는 샌드스톰을 쳐다보지 않았다. 대신 무성한 쐐기풀 더미를 피해 방향을 바꾸었다. 샌드스톰은 그 덤불을 그냥 뛰어넘어 뾰족뾰족한 잎사귀들을 헤치고 바닥에 내려앉았다.

파이어하트는 속도를 높여서 샌드스톰을 따라잡았다.

"블루스타는 아직 안정이 되지 않았어. 타이거클로의 배신이 너무 큰 충격이었던 거야."

그는 헐떡거리며 말했다.

"블루스타가 왜 한 번도 타이거클로를 의심하지 않았는지 이해할 수가 없어."

샌드스톰이 말했다.

"그러는 넌 타이거클로를 의심해 봤어?"

파이어하트가 물었다.

"아니."

샌드스톰이 인정했다.

"아무도 의심하지 않았지. 하지만 다른 고양이들은 충격에서 벗어났잖아. 블루스타는 아직도……."

샌드스톰은 이번에도 말을 잇지 못했다.

"블루스타는 우리를 이끌고 모임에 가고 있어."

파이어하트가 말했다.

"맞아, 그건 사실이지."

샌드스톰의 표정이 밝아졌다.

"블루스타는 여전히 똑같은 블루스타야. 두고 보면 알 거야."

파이어하트는 그녀를 안심시켰다.

두 전사는 속도를 높였다. 그들은 시내를 훌쩍 뛰어넘었다. 새 잎 돋는 계절에는 홍수 때문에 물이 불어서 건널 수 없었는데, 이제는 돌바닥을 따라 물이 졸졸 흐르고 있었다. 너무 말라 있어서 한때 물이 콸콸 흘렀다는 것을 상상하기 힘들 정도였다.

나무 네 그루에 가까워지자 먼저 간 고양이들이 바로 앞에 보였다. 파이어하트는 샌드스톰과 함께 나란히 걸어갔다. 고양이들이 지나간 자리에는 덤불이 아직 파르르 흔들리고 있었다. 떨리는 잎사귀들이 마치 모임에 참석하는 종족의 기대감을 보여 주는 것 같았다.

블루스타는 언덕 꼭대기에 멈춰 서서 골짜기 아래를 내려다보았다. 유연한 형체들이 어둠 속에서 소리를 죽이고 서로 인사를 나누고 있었다. 잠잠한 공기에 실린 냄새들을 맡아 보니, 천둥족이 마지막으로 도착한 것 같았다. 파이어하트는 블루스타가 공터 가운데에 있는 거대한 바위를 응시하며 몸을 떨고 있다는 것을 알 수 있었다. 그녀는 숨을 깊이 들이마시더니 비탈을 달려 내려갔다.

파이어하트는 동료들과 함께 그녀의 뒤를 따랐다. 공터에 가까워지자 그는 속도를 늦추고 다른 고양이들을 둘러보며 그레이스트라이프를 찾았다. 강족 부지도자인 레퍼드퍼의 모습이 먼저 눈에 들어왔다. 그녀는 파이어하트가 알지 못하는 그림자족 전사와 이야기를 나누고 있었다. 강족 지도자인 크룩트스타는 스톤퍼와 함께 앉아 말없이 공터를 둘러보고 있었다. 파이어하트는 가까이에서 또 다른 강족 고양이의 냄새를 맡고 뒤를 돌아보았지만, 그것은 브라이트포에게 인사를 하러 가는 훈련병의 냄새였다. 그레이스트라이프의 냄새는 찾을 수 없었다. 파이어하트는 예상했던 일이지만 실망해서 꼬리를 축 늘어뜨렸다.

그림자족의 회색 훈련병이 브라이트포에게 다가갔다. 파이어하트는 별 생각 없이 한쪽 귀로 그들의 대화를 들었다.

"너희 종족에는 떠돌이 고양이들이 또다시 나타나지 않았어? 나이트스타는 떠돌이들이 아직도 숲을 돌아다닌다고 걱정하던데."

그림자족 고양이의 질문을 듣는 순간, 파이어하트는 몸이 얼어붙었다. 모든 종족이 자신들의 영역에 냄새를 남긴 떠돌이 무리에 대해 걱정하고 있었다. 그러나 그들이 모르는 것이 있었다. 천둥족 부지도자였던 타이거클로가 그 떠돌이들과 어울리고, 그들을 이용하여 자신의 종족을 공격했다는 사실이었다. 파이어하트는 침묵하라는 뜻으로 브라이트포에게 경고의 눈짓을 했다. 하지만 그럴 필요도 없다는 듯이 브라이트포는 아주 차분하게 대답했다.

"우리 영역에서는 한 달 가까이 냄새를 맡지 못했어."

"우리도 마찬가지야. 떠돌이들은 숲을 떠난 게 분명해."

강족 고양이까지 거들자 파이어하트는 한결 마음이 놓였다.

파이어하트는 자신도 강족 고양이처럼 확신할 수 있으면 좋겠다는 생각이 들었다. 그러나 그는 본능적으로 알고 있었다. 타이거클로가 관련되어 있다면 떠돌이 고양이들도 언젠가는 돌아올 것이다.

높은 돌산으로 향하는 파이어하트와 블루스타를 가로막았던 바람족 전사 머드클로가 여우 하나 떨어진 거리에 앉아 있었다. 파이어하트는 머드클로 옆에 서 있는 젊은 전사 원위스커를 알아보았다. 바람족을 집으로 데려오는 길에 그 작은 갈색 얼룩무늬 고양이와 친구가 되었지만, 지금은 감히 다가갈 수도 없었다. 머드클로가 냉랭하게 그를 바라보고 있었고, 그는 달바위로 가는 길에 시작된 논쟁을 지금 또다시 되풀이할 수는 없다는 것을 잘 알고 있었다.

하지만 그때의 기억이 떠오르자 화가 나서 발톱을 세울 수밖에 없었다. 게다가 머드클로는 파이어하트에게 의미심장한 눈초리를 보내며 동료의 귀에 대고 무언가를 속삭였다. 그런데 놀랍게도 원위스커는 파이어하트에게 호의적으로 눈을 찡긋해 보이더니, 돌아서서 자리를 떠났다. 혼자 남은 머드클로는 못마땅하다는 듯이 꼬리를 휙휙 휘둘렀다. 천둥족에게 진 빚을 기억하고 있는 바람족 전사가 적어도 하나는 있는 모양이었다. 파이어하트는 만족스럽게 수염을 씰룩거리며 머드클로를 지나쳐서 레퍼드퍼와 그림자족 전사가 있는 곳으로 향했다.

강족의 부지도자에게 다가갔을 때 파이어하트의 자신감은 사라져 버리고 말았다. 둘 다 종족의 부지도자였지만, 이 암고양이에게는 강렬하고 당당한 존재감이 있었다. 천둥족과 강족 고양이들이 좁은 골짜기에서 싸우다가 강족 전사 화이트클로가 떨어져 죽은 뒤로, 레퍼드퍼는 줄곧 가시처럼 날카롭고 무자비한 적개심을 드러냈다. 하지만 파이어하트는 그레이스트라이프가 어떻게 지내는지 알아야만 했다. 그가 정중하게 고개를 숙이자 레퍼드퍼도 고갯짓으로 답했다.

레퍼드퍼 곁에 앉아 있던 그림자족 전사도 인사를 건네려다가 갑자기 기침을 하고 캑캑거리기 시작했다. 파이어하트는 그제야 그림자족 전사의 털이 얼마나 엉망인지 알아챘다. 마치 한 달 정도는 털을 다듬지 않은 것 같았다.

그림자족 전사가 어둠 속으로 비틀거리며 사라지자, 레퍼드퍼는 발을 핥아 얼굴을 닦아 냈다.

"괜찮은 겁니까?"

파이어하트가 물었다.

"괜찮아 보이나?"

레퍼드퍼가 쏘아붙였다. 그녀는 불쾌하다는 듯이 입술을 비죽거렸다.

"병에 걸린 고양이는 모임에 오지 말아야지."

"뭐라도 해 줘야 하는 거 아닙니까?"

"뭘? 그림자족에도 치료사는 있어."

레퍼드퍼가 발을 내리자, 촉촉한 수염이 달빛에 반짝거렸다. 그녀는 호기심으로 눈을 빛냈다.

"천둥족의 새 부지도자가 되었다고 들었는데."

파이어하트는 고개를 끄덕였다. 그레이스트라이프가 강족에게 그 소식을 알려 주었을 것이다. 레퍼드퍼가 말을 이었다.

"타이거클로는 어떻게 된 거지? 다른 종족들은 아무것도 모르는 것 같던데. 죽었어?"

파이어하트는 불안하게 꼬리를 흔들었다. 레퍼드퍼는 천둥족이 뛰어난 부지도자를 버리고 애완 고양이를 부지도자 자리에 앉혔다는 소식을 곧바로 다른 종족들에게 떠들고 다닐 것이 분명했다.

"타이거클로에게 무슨 일이 일어났든 강족이 상관할 바가 아닙니다."

그는 레퍼드퍼의 냉랭한 말투에 대응하려 애쓰며 대답했다. 블루스타가 모임에서 파이어하트에 대한 소식을 발표할 때 전임 부지도자에 대해서 뭐라고 할지 궁금했다.

레퍼드퍼는 눈을 가늘게 떴지만 더 이상 그 이야기를 이어 가지는 않았다.

"그래, 새로 얻은 부지도자 자리를 자랑하려고 온 건가? 아니면 옛 친구 소식을 알아보려고 온 건가?"

파이어하트는 그녀가 그레이스트라이프에 대해 물어볼 기회를 준 것에 놀라 고개를 번쩍 들었다.

"그레이스트라이프는 어떻게 지냅니까?"

레퍼드퍼는 어깨를 으쓱했다.

"그럭저럭. 진정한 강족 전사는 될 수 없겠지만, 적어도 물에는 적응하고 있어. 생각했던 것보다는 괜찮던걸."

파이어하트는 무시하는 듯한 그녀의 말투에 발톱을 세우지 않으려고 애썼다.

"새끼 고양이들은 튼튼하고 영리해. 어미를 닮은 게 틀림없어."

'일부러 화를 돋우려는 걸까?'

파이어하트가 심술궂게 대꾸하지 않으려고 안간힘을 쓰는 사이, 마우스퍼가 걸어왔다.

"안녕하세요, 레퍼드퍼?"

그녀는 강족 부지도자에게 인사를 건넸다.

"강족 진영에 새끼 고양이가 태어났다고 스톤퍼가 그러던데요. 그레이스트라이프의 새끼들 말고요."

"맞아, 이번 초록잎 우거진 계절에는 별족이 우리 보육실을 축복해 주셨다."

"미스티풋의 새끼 고양이들도 훈련을 시작할 거라면서요? 홍수가 났을 때 파이어하트가 구해 주었던 그 녀석들 말이에요."

마우스퍼가 장난스럽게 눈을 반짝이며 물었다. 파이어하트는 레퍼드퍼가 움찔하는 것을 눈치챘다. 하지만 그의 마음은 미스티풋과 스톤퍼에게 가 있었다. 그는 공터를 둘러보다가 거대한 바위 아래에 혼자 앉아 있는 블루스타를 발견했다.

'블루스타는 아들이 여기에 와 있는 것을 알까? 미스티풋의 새끼 고양이들이 곧 훈련을 시작할 거라는 소식을 들었을까?'

다시 시선을 돌렸을 때, 레퍼드퍼는 자리를 떠나고 있었다.

마우스퍼가 파이어하트를 안쓰러운 얼굴로 바라보았다.

"걱정 마세요. 레퍼드퍼의 태도에도 곧 익숙해질 거예요. 다른 강족 고양이들은 우리를 만나서 반가워하는 것 같아요. 천둥족의 도움이 없었으면 홍수에서 살아남지 못했을 테니까요. 게다가 우리가 분란을 일으키지 않고 실버스트림의 새끼들을 보내 줬잖아요."

"하지만 레퍼드퍼는 전부터 그레이스트라이프를 좋아하지 않았어요. 화이트클로가 떨어져 죽은 뒤로 말이에요."

파이어하트가 대답했다.

"레퍼드퍼도 용서하고 잊는 법을 배워야겠지요. 그레이스트라이프 덕분에 강족에 건강한 새끼 고양이가 둘이나 생겼잖아요."

마우스퍼는 꼬리를 휙 움직였다.

"레퍼드퍼가 타이거클로에 대해서도 묻던가요?"

"네."

"다들 타이거클로에게 무슨 일이 일어났는지 알고 싶어 해요."

"왜 애완 고양이가 부지도자가 되었는지도 궁금하겠죠."

파이어하트가 씁쓸하게 덧붙였다.

"그것도 그렇지요."

마우스퍼가 그를 흘깃 보았다.

"너무 신경 쓰지 마세요, 파이어하트. 다른 종족의 부지도자가 바뀌었어도 똑같이 호기심을 보였을 거예요."

그녀는 공터를 빙 둘러보다가 말했다.

"그림자족의 수가 너무 적다는 거, 눈치챘어요?"

파이어하트는 고개를 끄덕였다.

"지금까지 그림자족 전사는 둘밖에 못 봤어요. 그중 하나는 기침을 아주 심하게 하던데요."

"그래요?"

마우스퍼가 호기심을 보이며 대꾸했다.

"목에 털 뭉치라도 걸렸나 보죠."

파이어하트가 말했다.

그때 거대한 바위에서 모임의 시작을 알리는 목소리가 들렸다. 파이어하트는 위를 올려다보았다. 강족 지도자인 크룩스타가 육중한 바위 꼭대기에 서 있었다. 그의 두툼한 털가죽이 달빛에 빛났다. 양옆으로 각각 블루스타와 바람족 지도자 톨스타가 앉아 있었다. 조금 떨어진 곳에는 나이트스타가 떡갈나무 그늘에 반쯤 가려진 채 앉아 있었다.

파이어하트는 그림자족 지도자의 모습에 충격을 받았다. 검정색 수고양이는 황무지에서 토끼를 쫓아다니느라 살이 찔 틈이 없는 바람족 고양이들보다도 더 깡말라 보였다. 그러나 단지 말라보이는 것만이 아니었다. 나이트스타는 고개를 푹 숙인 채 어깨를 잔뜩 움츠리고 있었다. 파이어하트는 그가 어디가 아픈 것은

128

아닌지 의심스러웠다. 하지만 나이트스타는 지도자가 되었을 때부터 이미 나이가 많았다. 쇠약해 보인다고 해서 놀랄 일은 아니었다. 그가 지도자에게 주어지는 아홉 개의 목숨을 받았을지는 모르지만, 별족도 시간을 되돌릴 수는 없었다.

"어서 가시지요."

마우스퍼가 말했다. 파이어하트는 그녀를 따라 앞으로 나아가 자리를 잡고 앉았다. 옆에는 미스티풋이 앉아 있었다.

크룩트스타가 거대한 바위 위에서 외쳤다.

"블루스타가 가장 먼저 말을 할 것입니다."

크룩트스타는 천둥족 지도자에게 고개를 숙여 인사했다. 블루스타는 앞으로 나와 언제나 그랬듯이 굳건한 목소리로 외쳤다.

"이미 바람족에게서 소식을 들었을지도 모르지만, 아직 듣지 못한 분들을 위해 알립니다. 브로큰테일은 죽었습니다!"

고양이들 사이에서 만족스러운 웅성거림이 퍼져 나갔다. 나이트스타의 귀와 꼬리가 쉴 새 없이 움직거렸다. 그림자족 지도자는 오랜 적이 죽었다는 소식에 흥분한 것 같았다.

"어떻게 죽었소?"

나이트스타가 물었다.

블루스타는 그의 말이 들리지 않는다는 듯이 말을 이어 갔다.

"그리고 천둥족은 새로운 부지도자를 임명하였습니다."

"강족이 하는 말이 사실이었군요."

바람족 전사 하나가 놀라서 목소리를 높였다.

"타이거클로에게 무슨 일이 일어난 거였어요!"

"죽었습니까?"

머드클로가 물었다. 그의 질문이 끝나자마자 걱정스런 말소리들이 쏟아져 나왔다. 타이거클로가 다른 종족 고양이들에게도 존경받고 있었다는 사실을 깨닫자 파이어하트는 자신도 모르게 억울한 마음이 들었다. 고양이들이 질문을 퍼붓는 동안 그는 블루스타를 초조하게 바라보았다.

"병으로 죽은 겁니까?"

"사고가 있었나요?"

파이어하트는 주위에 있는 천둥족 고양이들이 거북해하는 것을 느낄 수 있었다. 그들은 브라이트포와 마찬가지로 전임 부지도자가 종족을 배신했다는 사실을 밝히고 싶지 않았던 것이다.

블루스타의 위엄 있는 목소리가 질문을 잠재웠다.

"타이거클로의 운명은 천둥족의 문제이고, 다른 누구도 상관할 바가 아닙니다!"

고양이들이 불만스러운 듯 수군대기 시작했다. 호기심이 채워지지 않은 것이다. 파이어하트는 블루스타가 다른 종족들에게 경고해 주어야 하는 게 아닌지 의구심이 들었다. 타이거클로가 살아 있다는 사실을 알리고, 전사의 규약을 어긴 위험한 반역자가 숲을 돌아다닌다고 경고해 주어야 하지 않을까?

하지만 다시 입을 연 블루스타는 타이거클로에 대해서는 한마디도 하지 않았다. 대신 새로운 부지도자의 소식을 알렸다.

"우리 천둥족의 새로운 부지도자는 파이어하트입니다."

수십 개의 고개가 한꺼번에 파이어하트를 향했다. 의아해하는 눈초리에 그는 얼굴이 화끈거렸다. 침묵이 귓가를 세차게 때리는 것 같았다. 그는 발로 땅을 짓이기며, 지도자들이 어서 모임을 계속 진행해 주기를 바랐다. 그에게는 오직 줄지어 늘어선 고양이들의 숨소리와 휘둥그레진 눈들만 느껴질 뿐이었다.

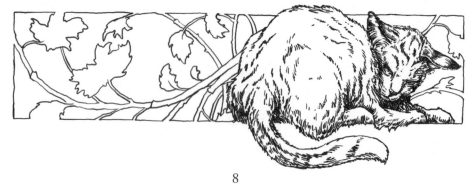

8

그림자족의 두 전사

공터에서 들려오는 다급한 외침과 쿵쾅거리는 발소리에 파이어하트는 잠에서 깨어났다. 그는 전사들의 거처에 드리운 나뭇가지 사이로 흘러드는 눈부신 햇살에 눈을 끔벅거렸다.

나뭇잎으로 만든 방벽 사이로 황갈색 머리가 나타났다. 샌드스톰이었다. 그녀의 연녹색 눈동자가 흥분으로 반짝였다.

"그림자족 전사 둘을 잡았어!"

그녀가 숨을 헐떡이며 말했다.

파이어하트는 즉시 잠에서 깨어 벌떡 일어났다.

"뭐라고? 어디서?"

"'올빼미나무' 옆에서. 거기서 잠을 자고 있었지 뭐야!"

샌드스톰이 그림자족 고양이들의 부주의함을 비웃듯 말했다.

"블루스타에게 말했어?"

"더스트펠트가 지금 보고하고 있어."

샌드스톰은 전사들의 거처에서 몸을 빼냈고, 파이어하트도 그녀를 따라나섰다. 소동에 놀라 잠이 깬 러닝윈드도 고개를 홱 쳐들었다.

파이어하트는 모임에서 돌아온 뒤에 밤잠을 설쳤다. 그가 부지도자로 임명되었다는 발표가 있은 뒤로 이어진 무거운 정적에 충격을 받았던 것이다. 꿈속에는 모르는 고양이들이 잔뜩 나타났다. 그들은 그가 마치 그늘진 숲을 날아다니는 올빼미처럼 불길한 징조라도 되는 듯, 주춤주춤 피해 버렸다. 그는 이제 온전히 숲의 고양이가 되었다고 생각했지만, 다른 고양이들이 도발적으로 보내는 눈초리는 그가 종족의 삶에 아직도 완전히 받아들여지지 않았다는 것을 알려 주는 경고와도 같았다. 임명식이 관례대로 달이 가장 높이 뜨기 전에 열리지 않았다는 사실만은 그들에게 알려지지 않기를 바랄 뿐이었다. 그 일이 알려지면, 존경받던 부지도자 자리를 차지한 한낱 애완 고양이에 대한 불편한 감정에 불을 지피는 셈이 될 것이다.

이제 그는 또 다른 도전을 맞이했다. 천둥족 영역에서 붙잡힌 적의 고양이들을 어떻게 다루어야 할까? 파이어하트는 블루스타가 그를 이끌어 줄 만큼 평온한 상태이기를 자신도 모르게 바라고 있었다.

새벽 순찰대가 공터 한가운데에 둥글게 모여 있었다. 파이어하트는 그들 사이로 걸어 들어갔다. 꼬리를 내리고 귀를 납작하게 붙인 채로 딱딱한 바닥에 웅크리고 있는 그림자족 고양이 둘이 보였다.

파이어하트는 그들 중에서 갈색 얼룩무늬 수고양이를 단번에 알아보았다. 그는 리틀클라우드였다. 그림자족의 지도자였던 브로큰테일이 태어난 지 석 달밖에 안 된 새끼 고양이들을 강제로 훈련시킨 탓에, 새끼 고양이였을 때 모임에 나온 리틀클라우드와 만난 적이 있었던 것이다. 리틀클라우드는 이제 다 자라 있었지만, 여전히 체구가 작고 몸이 좋지 않아 보였다. 몸에는 털이 엉겨 붙은 데다, 썩은 먹이의 냄새와 겁에 질린 냄새가 진동했다. 엉덩이는 깃털이 빠진 날개처럼 뼈가 앙상하게 드러났고, 눈은 푹 꺼져 있었다. 다른 전사도 상태가 그리 나아 보이지 않았다.

'이 고양이들은 두려워할 만한 상대가 아니야.'

파이어하트는 마음이 불편해졌다.

그는 새벽 순찰대를 이끌었던 화이트스톰을 바라보았다.

"이들을 발견했을 때 맞서서 싸우던가요?"

"아닙니다."

화이트스톰이 꼬리를 휘두르며 말했다.

"자는 걸 깨웠더니, 제발 여기 데려와 달라고 부탁을 했습니다."

파이어하트는 혼란스러웠다.

"부탁을 했다고요? 어째서죠?"

그때 블루스타가 구경하는 고양이들을 헤치고 나오며 소리쳤다.

"그림자족 전사들은 어디 있느냐?"

그녀의 얼굴은 두려움과 분노로 일그러져 있었다. 파이어하트는 긴장이 되어 배에 힘이 들어갔다.

"또 공격을 해 온 것이냐?"

그녀는 초라한 고양이들을 향해 쉭쉭거렸다.

"화이트스톰이 순찰 중에 발견했답니다."

파이어하트가 재빨리 설명했다.

"천둥족 영역 안에서 잠을 자고 있었답니다."

"잠을 자?"

블루스타가 귀를 납작하게 붙인 채 으르렁거렸다.

"그래서, 우리가 침략을 당한 것이란 말이냐, 아니란 말이냐?"

"저희가 발견한 전사는 이 둘뿐이었습니다."

화이트스톰이 말했다.

"확실한가? 함정일 수도 있다."

블루스타가 다그쳤다.

파이어하트는 불쌍한 고양이들을 바라보았다. 이들은 침략 같은 것은 생각도 해 보지 않았음을 본능적으로 알 수 있었다. 하지만 블루스타의 말도 일리가 있었다. 혹시 숲에 숨어서 공격 신호를 기다리는 다른 그림자족 고양이들은 없는지 확인해 보는 편이 좋을 것이다. 파이어하트는 마우스퍼와 더스트펠트를 불렀다.

"각자 전사와 훈련병을 하나씩 데리고 가세요. 천둥길부터 시작해서 진영으로 돌아오는 길까지 살펴보도록 하세요. 그림자족의 흔적이 있는지 영역 구석구석 샅샅이 뒤져 봐야 합니다."

다행히 두 전사는 즉시 파이어하트의 명령에 따라 주었다. 더스트펠트는 러닝윈드와 애쉬포를 불렀고, 마우스퍼는 스위프트포와 브래큰퍼에게 신호를 보냈다. 여섯 고양이는 즉시 진영을 빠져나가 숲으로 들어갔다.

파이어하트는 덜덜 떨고 있는 포로들을 돌아보았다.

"천둥족 영역에서 뭘 하고 있었던 거지? 리틀클라우드, 여기 왜

온 것이냐?"

얼룩무늬 수고양이는 겁에 질려 동그래진 눈으로 파이어하트를 빤히 바라보았다. 파이어하트는 안쓰러운 마음이 들었다. 리틀클라우드는 갓 젖을 뗀 새끼 고양이 시절 처음 모임에 나왔을 때와 마찬가지로 당황해서 어쩔 줄 몰라 하고 있었다.

"화, 화이트스로트와 저는 먹이와 약초를 얻을 수 있을까 해서 왔습니다."

리틀클라우드가 마침내 입을 열고 더듬거리며 말했다.

천둥족 고양이들이 믿을 수 없다는 듯이 웅성거렸다. 리틀클라우드는 주춤거리며 물러나 깡마른 몸을 바닥에 바짝 대고 웅크렸다.

파이어하트는 어이가 없어서 포로들을 바라보았다. 도대체 언제부터 그림자족 고양이들이 자신들이 증오하는 적에게 도움을 청했단 말인가?

"파이어하트, 기다려요."

신더펠트의 조용한 목소리가 파이어하트의 귀에 들렸다. 그녀는 눈을 가늘게 뜨고 그림자족 고양이들을 자세히 살피고 있었다.

"이 고양이들은 위협적이지 않아요. 병든 고양이들이에요."

그녀는 절룩거리며 앞으로 나와 리틀클라우드의 앞발에 살며시 코를 대어 보았다.

"발바닥이 따뜻해요. 열이 있는 거예요."

신더펠트가 두 번째 고양이의 발을 살피려는 순간, 옐로팽이 늘어선 고양이들을 헤치고 앞으로 나왔다.

136

"안 돼, 신더펠트! 떨어져!"

그녀가 소리를 질렀다.

신더펠트가 깜짝 놀라 돌아보았다.

"왜요? 이 고양이들은 아프다고요. 우리가 도와줘야 된단 말이에요!"

신더펠트는 고개를 돌려 애원하는 표정으로 파이어하트와 블루스타를 번갈아 보았다.

모두가 답을 기다리며 블루스타를 보았지만, 천둥족 지도자는 그저 눈을 크게 뜨고 포로들을 바라보고 있을 뿐이었다. 파이어하트는 지도자가 당황하고 두려워하고 있다는 것을 알 수 있었다. 그녀의 눈에는 혼란이 가득했다. 그는 곤혹스러워하는 지도자가 생각을 정리할 동안 고양이들의 주의를 다른 곳으로 돌려야 한다는 것을 깨달았다.

"왜 우리지? 왜 하필이면 우리 영역으로 온 거지?"

그는 두 포로에게 다시 물었다.

"전에도 그림자족을 도와줬잖아요. 우리가 브로큰테일을 쫓아낼 때 말입니다."

이번에는 화이트스로트가 대답했다. 그 검정색 수고양이는 발과 가슴에 하얀 털이 나 있었지만, 지금은 먼지로 얼룩져 있었다.

'하지만 천둥족은 쫓겨난 그림자족 지도자에게 피난처도 내주었지. 화이트스로트는 그 일을 잊은 걸까?'

파이어하트는 마음이 불편해졌다. 하지만 문득 한 가지 생각이 떠올랐다. 이 고양이들은 브로큰테일 때문에 어미 품에서 겨우 떨어질 무렵부터 억지로 훈련병 교육을 받아야 했다. 그들은 잔인한 지도자가 사라진 것에 너무나 큰 안도감을 느꼈기 때문에 그 뒤로 브로큰테일이 어찌 되었든 중요하게 생각하지 않았을 것이다. 게다가 브로큰테일이 죽은 지금, 그림자족 전사들이 천둥족 진영을 위협적으로 느낄 이유는 없었다.

화이트스로트가 말을 이었다.

"천둥족이 우리를 도와주면 좋겠습니다. 나이트스타는 병들었고, 아픈 고양이들이 너무 많아서 진영은 혼란에 빠져 버렸습니다. 약초도 부족하고 싱싱한 먹이도 모자랍니다."

파이어하트가 무슨 말을 하기도 전에 옐로팽이 쏘아붙였다.

"러닝노즈는 뭘 하고 있는 거야? 그림자족의 치료사는 러닝노즈잖아. 너희를 보살피는 건 그 녀석이 할 일이라고!"

파이어하트는 그녀의 말투에 깜짝 놀랐다. 옐로팽은 한때 그림자족이었다. 그녀가 지금은 천둥족에 충성을 다한다는 것은 파이어하트도 잘 알고 있었지만, 예전에 속했던 종족에 대해 동정심을 전혀 보이지 않아 놀라웠다.

"지난밤 모임에서 나이트스타는 괜찮아 보이던데."

샌드스톰이 그르렁거렸다.

"그랬지."

블루스타가 미심쩍은 표정으로 눈을 찌푸리며 동의했다.

하지만 파이어하트는 그림자족 지도자가 얼마나 쇠약해 보였는지 기억하고 있었다. 그래서 리틀클라우드의 다음 말에도 놀라지 않았다.

"진영으로 돌아온 뒤로 상태가 더 나빠졌습니다. 러닝노즈가 밤새 돌보았어요. 치료사는 나이트스타의 곁을 한시도 떠날 수 없습니다. 새끼 고양이가 어미 품에서 죽어 갈 때도 양귀비 씨앗조차 주지 않고 별족에게 보냈습니다. 러닝노즈가 우리도 그냥 죽게 내버려 둘까 봐 겁이 나요. 제발 우릴 좀 도와주세요!"

리틀클라우드의 간청은 진심에서 우러나오는 것처럼 들렸다. 그는 기대에 찬 눈으로 블루스타를 바라보았지만, 그녀의 파란 눈동자는 여전히 혼란스러워 보였다.

"이들은 떠나야 합니다."

옐로팽이 낮은 소리로 으르렁댔다.

"왜죠? 이런 상태라면 우리에게 전혀 위협이 되지 않습니다."

파이어하트가 물었다.

"이들은 병에 걸려 있습니다. 제가 그림자족에 있을 때 보았던 병입니다."

옐로팽은 그림자족 고양이들 주변을 맴돌며 그들을 자세히 살피면서도, 어느 정도 거리를 유지했다.

"그때도 그 병으로 여럿이 목숨을 잃었습니다."

"초록기침병은 아니겠죠?"

파이어하트가 물었다. 잎 없는 계절에 천둥족에게 참혹한 피해를 입혔던 병을 입에 올리자, 몇몇 천둥족 고양이들은 천천히 뒤로 물러나기 시작했다.

"아닙니다. 이 병은 이름이 없어요."

옐로팽이 포로들에게서 눈을 떼지 않고 대답했다.

139

"그림자족 영역의 끝, 두발쟁이들의 쓰레기장에 사는 시궁쥐들이 옮기는 병이에요."

그녀는 리틀클라우드를 흘깃 보았다.

"원로들은 알고 있었을 텐데? 두발쟁이 시궁쥐들은 병을 옮기기 때문에 절대로 먹어서는 안 된다는 사실을."

"훈련병 하나가 쥐를 물어 왔어요. 너무 어려서 시궁쥐는 위험하다는 걸 기억하지 못한 거예요."

리틀클라우드가 설명했다.

천둥족 고양이들은 말없이 그들을 지켜보았다. 파이어하트는 병든 고양이가 힘들게 숨을 내쉬는 소리를 들을 수 있었다.

"어떻게 해야 할까요?"

그는 블루스타에게 물었다.

블루스타가 대답하기도 전에 옐로팽이 목소리를 높였다.

"블루스타, 초록기침병이 우리 종족을 휩쓸고 지나간 지 얼마 되지도 않았습니다. 블루스타도 그때 목숨을 잃으셨잖습니까."

치료사가 눈을 가늘게 떴다. 파이어하트는 그녀가 무슨 생각을 하는지 짐작할 수 있었다. 블루스타가 마지막 목숨을 살고 있다는 사실은 옐로팽과 파이어하트만 알고 있었다. 만일 그 병이 천둥족에 퍼진다면 블루스타는 영원히 목숨을 잃을 수도 있다. 그렇게 되면 천둥족은 지도자를 잃게 된다. 그런 생각을 하니 파이어하트는 피가 얼어붙는 것 같았다. 아침 해가 뜨거웠지만 온몸이 부르르 떨려 왔다.

"그 말이 맞소, 옐로팽."

블루스타가 고개를 끄덕이며 조용히 말했다.

"이 고양이들은 떠나야 한다, 파이어하트. 보내 주도록 해라."

블루스타는 아무런 감정도 드러나지 않는 목소리로 대답한 뒤 거처로 돌아갔다.

파이어하트는 그녀의 결정에 한시름 놓았다. 어쨌든 아픈 고양이들을 불쌍히 여겨 영역을 침범한 일에 대한 처벌은 내리지 않기로 한 것이다. 하지만 어쩔 수 없이 그들을 돌려보내기는 해야 했다.

"샌드스톰과 제가 그림자족 전사들을 영역 경계까지 데려다주겠습니다."

파이어하트가 나섰다.

다른 고양이들이 찬성하는 소리가 들렸다. 리틀클라우드가 간절한 눈빛으로 파이어하트를 바라보았다. 파이어하트는 억지로 시선을 돌렸다.

"다들 거처로 돌아가십시오."

그는 종족 고양이들에게 말했다.

다른 고양이들이 조용히 공터를 떠난 뒤에도 신더펠트는 파이어하트와 샌드스톰의 곁에 남아 있었다. 화이트스로트가 기침을 하기 시작했고, 이어서 고통스러운 발작을 일으켰다.

"제발 돕게 해 주세요."

신더펠트가 애원했다.

파이어하트는 무력하게 고개를 저었다. 옐로팽이 거처에서 외치는 소리가 들렸다.

"신더펠트, 어서 이리 와라! 주둥이에 묻은 병균을 닦아 내야 한다!"

신더펠트가 파이어하트를 빤히 쳐다보았다.

"지금 당장 오라니까!"

옐로팽이 호통을 쳤다.

"안 그러면 약초에다 쐐기풀 잎사귀를 섞어 놓을 테다!"

신더펠트는 원망스러운 눈초리로 한 번 더 파이어하트를 바라보고는 돌아섰다. 하지만 그가 할 수 있는 일은 아무것도 없었다. 블루스타가 명령을 내렸고, 종족도 동의하지 않았는가.

파이어하트는 샌드스톰을 흘깃 보았다. 연민이 가득한 그녀의 눈을 보니 한결 마음이 놓였다. 샌드스톰은 아픈 고양이들에 대한 동정심과, 질병으로부터 종족을 보호하려는 의지 사이에서 괴로워하는 자신을 이해해 주리라는 것을 알았다.

"가자. 조금이라도 빨리 그림자족 진영으로 돌려보내는 편이 나을 거야."

샌드스톰이 조용히 말했다.

"알았어."

파이어하트는 리틀클라우드의 얼굴에 드러난 절박함을 모른 척하려고 애쓰면서 그 작은 고양이를 바라보았다.

"천둥길은 복잡해. 초록잎 우거진 계절에는 괴물들이 많이 지나다니거든. 건너는 걸 도와줄게."

"필요 없습니다. 우리끼리도 건널 수 있어요."

리틀클라우드가 작은 목소리로 대답했다.

"어쨌든 데려다줄게. 가자."

파이어하트가 말했다.

그림자족 전사들은 힘겹게 몸을 일으켜 비틀거리며 진영 입구로 걸어갔다. 샌드스톰과 파이어하트는 말없이 뒤를 따랐다. 병든 고양이들이 힘겹게 골짜기를 오르는 모습을 지켜보면서 파이어하트는 숨을 삼켰다.

숲으로 들어섰을 때 그들 앞에 난 길을 총총 가로질러 가는 쥐가 보였다. 그림자족 전사들이 귀를 움찔거렸다. 하지만 쥐를 쫓기에는 너무 기운이 빠진 상태였다. 파이어하트는 한 치의 망설임도 없이 앞으로 뛰쳐나가 쥐 냄새를 따라 덤불로 뛰어들었다. 그리고 잡아 온 쥐를 리틀클라우드의 발치에 놓아 주었다. 두 고양이는 너무 아파서 고맙다는 인사도 할 수 없다는 듯 아무 말 없이 웅크리고 앉아 싱싱한 먹이를 허겁지겁 먹었다.

파이어하트는 샌드스톰이 불안해하고 있다는 것을 알아챘다.

"먹이를 먹는다고 병을 퍼뜨리는 건 아니잖아. 게다가 진영까지 돌아가려면 기운이 있어야지."

파이어하트가 말했다.

"식욕이 별로 없나 봐."

샌드스톰이 말했다.

리틀클라우드와 화이트스로트가 갑자기 일어나더니 반쯤 먹은 쥐를 남겨 놓고 덤불 속으로 사라져 버렸다. 잠시 후에 구역질하는 소리가 들렸다.

"먹이만 낭비했어."

샌드스톰이 남은 쥐에 흙을 쓸어 덮으며 말했다.

"그런 것 같네."

파이어하트도 실망감에 사로잡혀 대꾸했다. 그는 두 고양이가 다시 나타날 때까지 기다렸다가 샌드스톰과 함께 그들의 뒤를 따라갔다.

얼마 안 가서 잎이 풍성한 나무들 사이로 천둥길의 톡 쏘는 연기 냄새가 풍겨 오더니, 괴물들이 우르릉거리는 소리가 들렸다. 샌드스톰이 그림자족 고양이들에게 말했다.

"우리의 도움을 받고 싶지 않은 마음은 알겠어. 하지만 우리는 너희가 천둥길을 건너는 걸 지켜봐야 해."

파이어하트도 동의하며 고개를 끄덕였다. 그림자족 고양이들이 천둥족 영역을 떠나는 걸 확인한다기보다는 그들의 안전이 더 염려되었다.

"우리끼리 건널 거예요. 그냥 여기서 돌아가 주세요."

리틀클라우드가 고집스럽게 말했다.

파이어하트는 날카로운 눈빛으로 그를 바라보았다. 문득 자신이 이 고양이들을 너무 믿는 것이 아닐지 의심스러웠다. 하지만 이 병든 전사들이 천둥족에 어떤 위협을 가할 수 있으리라고 믿기는 힘들었다.

"좋아."

그가 마침내 허락했다. 샌드스톰이 의아한 눈초리로 힐긋 쳐다보았다. 하지만 그가 꼬리질로 작게 신호를 보내자, 샌드스톰도 자리에 앉았다. 리틀클라우드와 화이트스로트는 고개를 숙여 작별 인사를 하고 고사리 덤불로 사라졌다.

"우리……"

샌드스톰이 입을 열었다.

"따라가자고?"

파이어하트는 그녀가 무슨 말을 하려는지 알 것 같았다.

"따라가 봐야 할 것 같아."

둘은 그림자족 고양이들이 움직이는 소리가 사라질 때까지 기다렸다가 그들의 흔적을 따라가기 시작했다.

"여긴 천둥길로 향하는 길이 아닌데."

샌드스톰이 속삭였다. 흔적은 나무 네 그루 쪽으로 방향을 바꾸어 이어지고 있었다.

"왔던 길을 따라 돌아가려나 보지."

파이어하트가 가시나무 줄기 끝에 코를 갖다 대며 말했다. 병든 고양이들의 생생한 체취가 느껴지자 입술이 저절로 일그러졌다.

"서두르자. 따라잡아야겠어."

파이어하트는 순간적으로 불안한 느낌에 휩싸였다. 그림자족 고양이들에 대해 잘못 생각했던 것일까? 떠나겠다고 약속해 놓고 실은 천둥족 영역 깊숙한 곳으로 숨으려는 건 아닐까? 그는 걸음을 재촉했고, 샌드스톰도 잠자코 그의 뒤를 따랐다.

졸고 있는 벌들이 윙윙거리는 소리처럼 멀리서 천둥길의 소음이 들려왔다. 그림자족 고양이들은 냄새가 고약한 돌길과 나란히 걸어가고 있는 것 같았다. 그들의 냄새를 따라가다 보니 몸을 가릴 수 있는 고사리 덤불에서 벗어나 아무것도 없는 땅으로 들어서게 되었다. 바로 앞에 그림자족 고양이들의 모습이 보였다. 그들은 두 영역을 구분 짓는 냄새 경계를 건너 가시덤불 속으로 들어가고 있었다. 그들은 천둥족 고양이들이 따라붙은 것을 모르는 눈치였다.

샌드스톰이 눈을 가늘게 떴다.

"왜 저기로 가는 거지?"

"알아보자."

파이어하트는 서둘러 앞으로 나아가, 두려움을 꾹 참고 냄새 경계를 넘어갔다. 천둥길에서 들려오는 시끄러운 소리가 점점 더 커졌다. 파이어하트는 불쾌한 소음에 귀를 움찔거렸다.

천둥족 전사들은 가시 돋친 줄기들 사이로 조심스럽게 걸어갔다. 파이어하트는 적의 영역에 들어섰다는 사실에 괴로웠지만, 그림자족 고양이들이 진영으로 되돌아가는 것을 확인하려면 어쩔 수가 없었다. 소리를 들어 보니 이제 여우 서넛 정도 거리만 가면 천둥길이 나올 것 같았다. 병든 고양이들의 냄새도 천둥길의 매캐한 냄새에 거의 가려져 버렸다.

갑자기 가시덤불이 끝나더니, 어느새 그는 천둥길 가장자리의 더러운 풀밭에 올라서 있었다.

"조심해!"

파이어하트는 옆으로 뛰어오는 샌드스톰에게 주의를 주었다. 바로 앞에 놓인 단단한 회색 길이 열기 속에서 이글거렸다. 괴물 하나가 시끄럽게 지나가는 바람에 샌드스톰은 깜짝 놀라 몸을 움츠렸다.

"그림자족 고양이들은 어디 있지?"

그녀가 물었다.

파이어하트는 천둥길 건너편을 바라보았다. 괴물들이 더 많이 지나쳐 가자 그는 눈을 찡그리며 귀를 딱 붙였다. 괴물들이 일으키는 매서운 바람에 털과 수염이 흩날렸다. 병든 고양이들은 어디에도 보이지 않았다. 하지만 벌써 천둥길을 건넜을 리는 없었다.

"저길 봐."

샌드스톰이 쉭쉭 소리를 내며 코로 어딘가를 가리켰다. 파이어하트는 샌드스톰의 시선을 따라 더러운 풀밭을 훑었다. 처음에는 아무것도 없는 듯 보였던 그곳에 아주 작은 움직임이 나타났다. 화이트스로트의 꼬리 끝이 보이는가 싶더니 곧 천둥길의 냄새나고 평평한 돌 아래 땅속으로 사라졌다.

파이어하트는 믿을 수가 없어서 눈을 동그랗게 떴다. 마치 천둥길이 입을 크게 벌려 그림자족 고양이들을 통째로 삼켜 버린 것 같았다.

9

비밀 통로

"어디로 사라진 거지?"

파이어하트는 깜짝 놀라 물었다.

"가까이 가서 보자."

샌드스톰은 벌써 그림자족 고양이들이 사라진 곳으로 발걸음을 옮기고 있었다.

파이어하트도 서둘러 뒤따라갔다. 화이트스로트의 검은 꼬리를 삼켜 버린 풀밭에 가까워지자, 갑자기 가파른 내리막이 시작되었다. 어두운 골짜기 같은 내리막의 끝에는 돌로 된 굴길의 입구가 있었다. 그 굴길은 천둥길 아래로 뻗어 있었다. 파이어하트가 그레이스트라이프와 함께 바람족을 찾으러 갔을 때 지나갔던 곳과 비슷했다. 샌드스톰과 파이어하트는 털가죽이 스칠 정도로 가까이 붙어서 비탈을 내려가, 어둑어둑한 굴 입구를 조심스럽게 살펴보았다. 위를 지나가는 괴물들이 일으키는 바람이 파이어하트의 귓등을 스쳤다. 그는 천둥길의 악취뿐만 아니라 그림자족 고양이들의 생생한 냄새도 맡을 수 있었다. 그들이 이 길로 지나간

148

것이 분명했다.

연한 우윳빛 돌이 둘러진 굴길은 완벽하게 동그란 모양이었고, 높이는 고양이 둘의 키를 합친 정도였다. 매끄러운 옆면을 반쯤 덮은 이끼를 보니, 잎 없는 계절에는 굴길에 물이 흐르는 것 같았다. 지금은 물이 마르고 바닥에는 나뭇잎들과 두발쟁이의 쓰레기들이 어지럽게 나뒹굴고 있었다.

"이 장소에 대해 들어 본 적 있어?"

샌드스톰이 물었다.

파이어하트는 고개를 저었다.

"그림자족은 이 길을 건너서 나무 네 그루까지 가나 봐."

"괴물들을 피해 다니는 것보다 훨씬 쉽겠네."

샌드스톰이 말했다.

"리틀클라우드가 자기들끼리 천둥길을 건너겠다고 한 이유를 알겠네. 이 굴길은 그림자족이 자신들만 알고 싶어 하는 비밀 장소였던 거야. 진영으로 돌아가서 블루스타에게 보고하자."

파이어하트는 비탈을 달려 올라가 숲으로 돌아갔다. 그러면서 이따금 어깨 너머로 돌아보며 샌드스톰이 잘 따라오고 있는지 확인했다. 그녀는 열심히 뒤를 따라오고 있었다. 두 고양이는 집으로 향했다. 냄새 경계를 다시 넘어 안전한 천둥족 영역으로 들어오자, 파이어하트는 마음이 한결 편안해졌다. 하지만 리틀클라우드에게서 그림자족의 질병에 대해 듣고 난 뒤라, 그들이 경계를 지킬 만한 여유가 있는지 의심스럽기는 했다.

"블루스타!"

파이어하트는 곧장 지도자의 거처로 향했다. 쉴 새 없이 달려오느라 그 어느 때보다 덥고 숨이 찼다.

"무슨 일이냐?"

이끼 장막 너머로 대답이 들려왔다.

파이어하트는 거처 안으로 들어갔다. 천둥족 지도자는 가슴 아래로 가지런히 발을 모으고 잠자리에 누워 있었다.

"그림자족 영역 안쪽에서 굴길을 하나 발견했습니다. 천둥길 아래로 뻗어 있었습니다."

파이어하트가 보고했다.

"굴길을 건너간 건 아니겠지."

블루스타가 으르렁거렸다.

파이어하트는 머뭇거렸다. 지도자가 이 소식을 듣고 흥분할 거라 기대했는데, 오히려 엄하게 질책하는 목소리였다.

"아, 아뇨. 건너가 보지는 않았습니다."

그는 더듬거리며 대답했다.

"그림자족 영역에 발을 들인 것부터가 무모한 행동이었다. 괜히 그림자족의 반감을 불러일으켜서는 안 된다."

"그림자족이 정말로 그렇게 쇠약해진 상태라면, 무슨 일을 벌이진 못할 겁니다."

파이어하트가 말했다. 하지만 블루스타의 시선은 다른 곳을 향해 있었다. 그녀는 혼자만의 생각에 잠겨 있는 듯했다.

"그 고양이들은 돌아갔느냐?"

"네, 그 굴길을 통과했습니다. 그래서 저희도 그걸 발견할 수 있었습니다."

파이어하트가 설명했다.

블루스타는 무심하게 고개를 끄덕였다.

"알겠다."

파이어하트는 천둥족 지도자의 눈빛에서 동정심의 흔적이라도 찾아보려 애썼다. 지도자는 그림자족의 병에 대해 전혀 신경 쓰지 않는 걸까?

"그들을 돌려보낸 것이 옳은 일이었을까요?"

파이어하트는 참지 못하고 물었다.

"당연하지! 우리 진영에 다시 질병이 돌게 할 순 없다."

블루스타가 쏘아붙이듯 말했다.

"물론 그러면 안 되겠지요."

파이어하트는 동의하면서도 마음이 무거웠다.

돌아서서 자리를 뜨려는데, 블루스타가 덧붙여 말했다.

"그 굴길에 대해서는 아직 아무에게도 말하지 말아라."

"알겠습니다."

파이어하트는 약속을 하고 이끼 장막 사이로 빠져나왔다. 블루스타가 왜 굴길을 비밀에 부치고 싶어 하는지 궁금했다. 그들은 그림자족의 경계 지역에서 약점을 하나 발견한 셈이고, 그 약점은 천둥족에게는 강점이 될 수도 있었다. 지금 당장 그림자족을 공격해야 하는 것은 아니지만, 숲에 대해 좀 더 많이 알고 있는 것이 나쁠 리 없지 않은가? 파이어하트는 한숨을 내쉬었다. 그때 샌드스톰이 달려왔다.

"블루스타가 뭐라고 하셨어? 굴길을 발견했다고 기뻐하셨어?"

그녀가 다그치듯 물었다.

파이어하트는 고개를 저었다.

"비밀로 하래."

"왜?"

샌드스톰이 깜짝 놀라 물었다.

파이어하트는 어깨를 으쓱해 보이고는 거처로 걸어갔다. 샌드스톰도 그 뒤를 따라왔다.

"괜찮은 거야?"

그녀가 물었다.

"블루스타 때문이야? 뭐 다른 말이라도 들은 거야?"

파이어하트는 자신이 지도자에 대한 걱정을 너무 많이 드러내고 있다는 것을 깨달았다. 그는 몸을 숙여 가슴을 재빨리 핥은 다음, 다시 고개를 들고 일부러 밝은 목소리로 말했다.

"난 가 봐야겠어. 오후에 클라우드포와 사냥을 가기로 약속했거든."

"나도 같이 갈까?"

샌드스톰이 걱정스런 눈빛으로 덧붙였다.

"재미있을 거야. 우리 같이 사냥한 지 너무 오래되었잖아."

그녀는 훈련병의 거처를 향해 고갯짓을 했다. 클라우드포가 햇볕을 쪼이며 꾸벅꾸벅 졸고 있었다. 숨을 쉴 때마다 통통하고 복슬복슬한 배가 오르락내리락했다.

"확실히 훈련을 좀 해야겠네. 점점 윌로펠트를 닮아 가잖아."

샌드스톰이 재미있다는 듯 가르랑거렸다.

"사냥 실력은 뛰어난 게 틀림없어! 종족 고양이 중에서 저렇게 살찐 고양이는 본 적이 없거든."

샌드스톰은 악의 없이 말했지만, 파이어하트는 털이 화끈거리는 기분이었다. 클라우드포는 어린 고양이치고는 정말 투실투실해 보였다. 초록잎 우거진 계절에 들어서면서 모두들 먹이를 배불리 먹고 있었지만, 다른 훈련병들에 비해서 클라우드포는 유난히 살이 찐 모습이었다.

"클라우드포는 나 혼자 데리고 나가야 할 것 같아."

파이어하트는 머뭇거리며 말했다.

"요즘 내가 좀 소홀했거든. 우리는 다음에 함께 가면 안 될까?"

"언제든 말만 해. 바로 갈 테니까. 내가 토끼를 또 잡아 줄게."

샌드스톰이 명랑하게 대답했다.

파이어하트는 그녀의 장난기 어린 연녹색 눈동자를 들여다보았다. 샌드스톰은 서리가 반짝거리는 눈 덮인 숲에서 함께 사냥했던 일을 이야기하고 있었다. 그때 그녀는 빠른 속도와 뛰어난 솜씨로 그를 놀라게 했었다.

"네가 아직 혼자서 토끼 잡는 법을 배우지 못했다면 말이야!"

샌드스톰은 꼬리로 파이어하트의 뺨을 장난스럽게 건드리고는 자리를 떴다.

그녀가 멀어지는 모습을 지켜보면서, 파이어하트는 낯설고 행복한 기분에 발이 간질거렸다. 하지만 곧 고개를 흔들어 정신을 가다듬고 클라우드포에게 다가갔다. 막 잠에서 깨어난 훈련병은 등을 둥글게 말아 올리고 기지개를 켰다. 용을 쓰느라 짧은 다리가 후들후들 떨렸다.

"오늘 진영 밖에 한 번이라도 나갔니?"

파이어하트가 물었다.

"아뇨."

클라우드포가 대답했다.

"그럼 이제 사냥을 나가자."

파이어하트는 무뚝뚝하게 말했다. 클라우드포가 그저 누워서 뒹굴뒹굴하며 햇볕을 즐기고 싶어 하는 것 같아서 화가 났다.

"배가 고플 것 같은데?"

"별로 그렇지도 않아요."

클라우드포가 대꾸했다.

파이어하트는 당황스러웠다.

'설마 먹이 더미에서 먹이를 훔쳐 먹은 건 아니겠지?'

훈련병들은 원로들에게 가져다줄 먹이를 사냥해 오거나, 스승과 함께 훈련을 다녀온 후가 아니라면 먹이를 먹을 수가 없었다. 하지만 파이어하트는 곧 그럴 가능성은 없다고 판단했다. 클라우드포처럼 덩치가 큰 녀석이 누군가에게 들키지 않고 몰래 먹이를 훔쳐 먹는 것은 불가능한 일이었다.

"좋아, 배가 고프지 않다면 모래 분지에 가서 싸움 기술을 훈련해야겠구나. 사냥은 훈련이 끝나고 하면 되니까."

어린 고양이가 반대할 틈을 주지 않고 파이어하트는 진영 밖으로 달려 나갔다. 뒤따라오는 클라우드포의 발소리를 들었지만, 분지에 도착할 때까지 뒤를 돌아보거나 속도를 늦추지 않았다. 그곳은 그가 훈련병 시절에 훈련을 받았던 곳이기도 했다. 파이어하트는 모래가 덮인 공터 한가운데에 멈춰 섰다. 공기는 바람 한점 없이 너무나 잠잠해서, 그늘에서도 한낮의 열기가 숨 막히게 느껴질 지경이었다.

"날 공격해 봐."

허우적거리며 비탈을 내려오는 클라우드포에게 그가 명령했다. 클라우드포의 발에서 붉은 모래 먼지가 피어올랐고, 그 먼지는 훈련병의 하얗고 긴 털에 달라붙었다.

클라우드포가 코를 찡그리며 파이어하트를 빤히 쳐다보았다.

"뭐라고요? 그냥 공격하라고요?"

"그래, 날 적의 전사라고 생각해라."

파이어하트가 대답했다.

"알겠어요."

클라우드포는 어깨를 으쓱하더니 건성으로 그를 향해 달려오기 시작했다. 하지만 살찐 배 때문에 속도를 내지 못했고, 작은 발은 모래 속에 푹푹 빠져 버렸다. 그 덕분에 파이어하트는 여유롭게 대비할 수 있었다. 마침내 클라우드포가 다가오자, 그는 어렵지 않게 이리저리 피하다가 어린 훈련병을 먼지 속에 나뒹굴게 만들었다.

클라우드포는 가까스로 일어나서 몸을 털었다. 모래 먼지가 콧구멍에 들어가서 한바탕 재채기를 해야 했다.

"너무 느려. 다시 해 봐!"

파이어하트가 말했다.

클라우드포는 숨을 거칠게 몰아쉬며 눈을 가늘게 뜨고 몸을 웅크렸다. 파이어하트도 클라우드포를 마주 바라보았다. 클라우드포의 강렬한 눈빛이 마음에 들었다. 이번에는 정말로 진지하게 공격할 준비를 하는 모양이었다. 클라우드포가 펄쩍 뛰어 파이어하트에게 몸을 날렸다. 그리고 내려앉으면서 몸을 돌리더니 뒷다리로 파이어하트를 걷어찼다.

파이어하트는 주춤거렸지만 균형을 잃지 않고 앞발을 휘둘러 클라우드포를 날려 버렸다.

"좀 나아졌군. 하지만 반격에 대비하지 않았잖아."

클라우드포는 모래 바닥에 누워 꼼짝도 하지 않았다.

"클라우드포?"

파이어하트는 훈련병을 불렀다. 그의 앞발 공격은 묵직하긴 했지만 부상을 입힐 정도는 아니었다. 훈련병은 귀를 움찔거렸지만 여전히 그 자리에 가만히 누워 있었다.

파이어하트는 훈련병에게 다가갔다. 걱정스러운 마음에 털이 곤두섰다. 파이어하트가 내려다보자 클라우드포는 눈을 동그랗게 뜨고 그를 바라보았다.

"스승님이 방금 날 죽인 거예요."

훈련병은 놀리듯이 헐떡거리며 힘없이 데구루루 굴렀다.

"장난은 그만둬. 이건 진지한 훈련이야!"

파이어하트는 버럭 소리쳤다.

156

"네, 네, 알았어요."

클라우드포는 여전히 헐떡거리면서 겨우 몸을 일으켰다.

"하지만 이제 배고프단 말이에요. 사냥하러 가면 안 돼요?"

파이어하트는 꾸짖으려고 입을 열었다가, 화이트스톰이 해 준 말을 떠올렸다.

'저 녀석도 때가 되면 알게 될 겁니다.'

어쩌면 클라우드포에게 맞는 속도로 훈련시키는 게 더 효과적일지도 몰랐다. 아무리 타이르거나 꾸짖어 봐도 시간 낭비일 뿐이었다.

"가자, 그럼."

파이어하트는 한숨을 내쉬며 클라우드포를 데리고 모래 분지를 나섰다.

숲으로 들어서자, 클라우드포가 멈춰 서서 공기 냄새를 맡았다.

"토끼 냄새가 나요."

파이어하트도 코를 들어 냄새를 맡아 보았다. 과연 훈련병의 말이 맞았다.

"저쪽이에요."

클라우드포가 속닥거렸다.

덤불 속에서 밝은색을 띤 무언가가 움직거리고 있었다. 어린 토끼의 하얀 꼬리였다. 파이어하트는 땅에 바짝 엎드렸다. 그리고 사냥을 위해 근육을 긴장시켰다. 옆에 있던 클라우드포도 자세를 낮추었다. 그가 몸을 웅크리니 배가 양옆으로 툭 불거져 나왔다. 토끼 꼬리가 다시 한 번 움직인 순간, 클라우드포가 달려 나갔다.

157

바짝 마른 숲 바닥에 발소리가 쿵쿵 울렸다. 토끼는 단번에 그 소리를 듣고 덤불로 뛰어들었다. 클라우드포도 뒤따라 몸을 던졌다. 파이어하트는 조용히 뒤를 따랐다. 클라우드포가 뛰어든 고사리 덤불이 파르르 떨리더니, 훈련병이 모습을 드러냈다. 파이어하트는 숨을 헐떡거리며 다가오는 클라우드포가 실망스러웠다. 토끼는 사라져 버렸다.

"새끼 고양이였을 때도 지금보단 나았어!"

파이어하트가 소리쳤다.

누이의 새끼 고양이는 한때 훌륭한 전사가 될 자질이 있었다. 하지만 복슬복슬한 하얀 털을 가진 훈련병은 이제 애완 고양이처럼 물렁하게 변해 가고 있었다.

"사냥 실력이 그렇게 형편없는데 어떻게 이렇게 살이 쪘는지는 별족만이 아시겠지. 아무리 날렵한 고양이도 토끼보다 빠를 수는 없어. 하나라도 잡고 싶으면 몸이 훨씬 가벼워야 해!"

샌드스톰이 함께 오지 않은 게 다행이었다. 그가 가르치는 훈련병이 얼마나 형편없는 사냥꾼인지 그녀가 보았다면, 망신을 당했을 게 뻔했다.

이번만은 클라우드포도 토를 달지 않았다.

"죄송해요."

그가 중얼거렸다.

파이어하트는 어린 고양이가 안쓰러웠다. 클라우드포는 그래도 최선을 다하려고 한 것 같았다. 아무래도 자신이 요즘 클라우드포를 훈련시키는 일을 게을리한 탓에 실망스러운 결과가 나온 것 같아 파이어하트는 마음이 편치 않았다.

"저 혼자 사냥하면 안 될까요?"

클라우드포가 자신의 발을 내려다보며 물었다.

"싱싱한 먹이 더미에 가져다 놓을 먹이를 꼭 잡아 올게요."

파이어하트는 잠시 그를 응시했다. 클라우드포가 항상 이렇게 사냥을 못했을 리가 없었다. 그는 누구보다도 배불리 먹고 있는 것처럼 보였기 때문이다. 어쩌면 누가 지켜보지 않을 때 더 잘할 수도 있었다. 파이어하트의 머릿속에 훈련병을 몰래 따라가서 사냥하는 모습을 지켜보면 되겠다는 생각이 퍼뜩 떠올랐다.

"그거 좋은 생각이구나. 식사 시간까지는 꼭 돌아오도록 해라."

클라우드포는 곧바로 표정이 밝아졌다.

"물론이죠. 늦지 않을게요. 약속해요."

훈련병의 배에서 꾸르륵거리는 소리가 났다.

'배가 고프면 사냥도 더 잘할 거야.'

파이어하트는 속으로 생각했다.

클라우드포가 숲으로 걸어 들어가면서 발소리가 점점 희미해졌다. 훈련병을 몰래 지켜볼 생각을 하니, 파이어하트는 문득 죄책감이 들었다. 하지만 이건 단지 훈련병의 기량을 평가하는 것일 뿐이고, 다른 스승들도 모두 그럴 것이라고 스스로 마음을 다잡았다.

'큰 소나무 숲'에서 클라우드포를 따라가는 일은 쉬웠다. 우뚝 솟은 소나무가 드리운 그늘 밑에는 덤불이 듬성듬성했다. 그 덕분에 파이어하트는 훈련병의 눈처럼 하얀 털을 멀리서도 쉽게 알아볼 수 있었다. 그는 작은 새들이 많은 이 숲에서 클라우드포가 걸음을 멈추고 풍부한 먹잇감들을 잡기를 기대했다.

하지만 클라우드포는 멈추지 않았다. 훈련병은 덩치에 비해 놀랍도록 빠른 속도로 계속 걸어가더니, 큰 소나무 숲을 지나 두발쟁이 영역과 붙어 있는 떡갈나무 숲으로 들어섰다. 파이어하트는 불길한 예감이 들었다. 그는 자세를 낮추고, 무성한 덤불에서 클라우드포를 놓치지 않으려고 속도를 높였다. 이제 나무들이 점점 줄어들고, 두발쟁이 정원을 둘러싼 울타리가 앞에 얼핏 보였다. 클라우드포는 어미에게 가고 있는 것일까? 프린세스가 사는 두발쟁이 보금자리가 바로 이 근처였다. 클라우드포가 가끔 어미를 보고 싶어 하는 것을 나무랄 수는 없었다. 그는 아직도 어미의 따스한 냄새를 기억할 만큼 어린 고양이였다. 하지만 왜 파이어하트에게 프린세스에 대한 이야기를 하지 않았던 걸까? 왜 어미를 보러 간다고 말하지 않고 사냥을 하러 간다고 말한 걸까? 종족의 다른 누구보다도 파이어하트는 그를 잘 이해해 주리라는 것을 알았을 텐데.

하지만 클라우드포는 프린세스가 사는 곳의 울타리를 지나쳐 줄줄이 늘어선 두발쟁이 보금자리들을 따라 걸어갔다. 파이어하트는 점점 더 혼란스러워졌다. 이제 프린세스의 집은 한참 뒤에 있었다. 훈련병은 가는 길에 맞닥뜨린 생생한 쥐 냄새도 무시하고, 계속해서 앞으로 나아가다가 은빛 자작나무에 다다랐다. 바로 옆에 있는 연녹색 정원 울타리 위로 가지를 뻗은 나무였다. 하얀 고양이는 자작나무로 뛰어올랐다. 그러고는 무거운 배 때문에 비틀거리며 울타리 위로 기어 올라갔다. 파이어하트는 더스트펠트가 모욕적으로 내뱉은 말이 떠올라서 몸을 움찔했다. 어쩌면 정원에 있는 새들이 클라우드포의 입맛에 더 맞을지도 몰랐다. 하지만 그는 클라우드포에게 종족 고양이들은 두발쟁이 영역에서 사냥하지 않는다고 말해 주어야 했다. 별족이 그들에게 먹이를 잡을 수 있는 숲을 주었으니까.

클라우드포가 울타리 반대편으로 펄쩍 뛰어내렸다. 파이어하트도 재빨리 자작나무로 올라갔다. 다행히 잎이 무성해서 몸을 숨길 수 있었다. 꼬리와 턱을 높이 치켜든 클라우드포가 잘 다듬어진 풀밭을 가로지르는 모습이 보였다. 훈련병이 작은 찌르레기 무리를 지나쳐 달려가자 파이어하트는 불길한 예감에 휩싸였다. 새들은 날개를 푸드덕거리며 흩어졌지만, 클라우드포는 고개도 돌리지 않았다. 파이어하트는 피가 거꾸로 솟는 기분이었다. 클라우드포가 정원의 새들을 사냥하러 온 것이 아니라면, 여기서 무얼 하는 걸까? 그 순간, 파이어하트는 두려움으로 몸이 얼어붙어 버렸다. 클라우드포가 두발쟁이 보금자리 바깥에 앉더니 가냘프고 애처로운 울음소리를 내는 것이 아닌가!

10
스스로 선택하지 않은 삶

두발쟁이 보금자리의 문이 열리자 파이어하트는 숨을 참았다. 그는 클라우드포가 돌아서서 도망치기를 간절히 바랐다. 하지만 마음 한편에서는 훈련병이 떠나지 않을 것을 이미 알고 있었다. 그는 나뭇가지 사이로 몸을 숙이며, 두발쟁이가 소리를 질러 클라우드포를 쫓아 버리기를 바랐다. 숲에 사는 고양이들은 대개 두발쟁이 영역에서 환영받지 못하니까. 하지만 이 두발쟁이는 몸을 굽히더니 클라우드포를 쓰다듬어 주었다. 클라우드포는 몸을 쭉 뻗어 두발쟁이의 손에 머리를 갖다 댔다. 두발쟁이는 클라우드포에게 무언가를 말하고 있었다. 그 목소리로 짐작해 보아, 전에도 이런 식으로 인사를 나눈 적이 있는 것이 분명했다. 클라우드포는 행복한 표정으로 열린 문을 지나 두발쟁이 보금자리 안으로 사라져 버렸다. 파이어하트는 쥐 쓸개즙처럼 쓰디쓴 실망감을 맛보았다.

그는 두발쟁이 보금자리의 문이 닫히고도 한참 동안 가느다란 자작나무 가지를 붙잡고 있었다. 훈련병은 파이어하트가 오래전에 등을 돌린 생활로 돌아가고 싶어 하는 것 같았다. 어쩌면 이제까지 훈련병에 대해 완전히 잘못 생각하고 있었는지도 모른다. 생각에 잠겨 있던 파이어하트는 해가 나무 뒤로 가라앉고 털에 찬 기운이 느껴지자 비로소 몸을 움직였다. 그는 나뭇가지에서 미끄러지듯 울타리로 내려와, 정원 바깥쪽 땅으로 뛰어내렸다.

파이어하트는 숲을 향해 발길을 돌렸다. 주위를 제대로 살피지도 않고, 그저 자신의 냄새를 따라 왔던 길을 되짚어 갔다. 클라우드포의 행동은 끔찍한 배신처럼 느껴졌다. 하지만 그렇다고 그에게 화를 낼 수도 없었다. 파이어하트는 애완 고양이도 숲에서 태어난 고양이들 못지않게 훌륭하다는 것을 종족 고양이들에게 입증해 보이고 싶었다. 그래서 클라우드포가 두발쟁이와 함께 사는 걸 더 좋아할지도 모른다는 생각은 해 보지도 않았던 것이다. 파이어하트는 숲에서의 삶을 사랑했고, 이것은 그가 스스로 선택한 것이었다. 하지만 이제 와서 생각해 보니, 클라우드포는 스스로 결정을 내릴 만큼 자라기도 전에 어미에 의해 종족에 맡겨진 것이었다.

파이어하트는 주변 풍경이나 냄새에도 신경 쓰지 않고 멍하니 계속 걸었다. 그러다 문득 누이가 사는 보금자리의 울타리에 다다랐다는 것을 깨달았다. 그는 놀라서 울타리를 빤히 쳐다보았다. 그의 발이 그를 이곳으로 이끈 것일까? 그는 돌아섰다. 아직은 프린세스와 이야기할 준비가 되어 있지 않았다. 누이가 클라우드포를 종족에 보낸 것이 중대한 실수였다는 말은 하고 싶지 않았다. 그는 큰 소나무 숲을 향해 바위처럼 무거운 발걸음을 떼었다.

"파이어하트!"

부드러운 목소리가 뒤에서 들려왔다. 프린세스였다!

파이어하트는 제자리에 얼어붙었다. 가슴이 철렁 내려앉았다. 하지만 누이가 그를 본 이상 모른 척하고 도망칠 수는 없었다. 파이어하트는 몸을 돌렸다. 프린세스가 울타리에서 뛰어내리고 있었다. 그를 향해 달려오는 누이의 털가죽이 잔잔한 물결처럼 일렁거렸다.

"너무 오랫동안 못 만났잖아!"

누이가 미끄러지듯 멈추며 말했다. 날카롭고 근심스러운 목소리였다.

"클라우드포도 한동안 안 왔단 말이야. 별일 없는 거지?"

"벼, 별일 없지."

파이어하트는 더듬거리며 말했다. 거짓말을 하느라 목소리가 굳어지고 어깨가 바짝 긴장되었다.

프린세스는 그의 말을 곧이곧대로 믿고 다행이라는 듯 눈을 찡긋해 보였다. 그리고 코를 맞대며 인사를 건넸다. 파이어하트는 누이에게 주둥이를 비비며, 어린 시절을 떠올리게 하는 익숙한 냄새를 맡았다.

"다행이다. 슬슬 걱정되기 시작했거든. 클라우드포는 왜 안 오는 거야? 냄새는 계속 나는데, 벌써 며칠째 보지는 못했어."

파이어하트는 뭐라고 말해야 할지 알 수 없었다. 다행히 프린세스가 말을 이어 나갔다.

"훈련을 받느라고 바쁜 거지? 지난번에 왔을 때 클라우드포가 자기는 아주 잘하고 있다고 말해 줬거든. 다른 훈련병들보다 훨씬 더 앞서 나가고 있다고 말이야!"

프린세스의 눈에는 자부심이 가득했고, 목소리에는 기쁨이 넘쳤다.

'프린세스도 나처럼 클라우드포가 훌륭한 전사가 되기를 바라고 있어.'

파이어하트는 속으로 생각했다. 그리고 죄책감을 느끼며 웅얼거렸다.

"장래가 아주 기대되지."

"내가 처음 낳은 새끼잖아."

프린세스가 가르랑거렸다.

"특별할 줄 알았다니까. 그 애가 지금 행복하게 지내고 있다는 걸 알지만, 그래도 보고 싶기는 해."

"네가 낳은 새끼 고양이들은 모두 나름대로 특별할 거야."

파이어하트는 누이에게 진실을 알리고 싶었다. 하지만 그녀의 희생이 소용없는 일이었다고 말할 용기는 없었다.

"난 이제 가야겠어."

"벌써?"

프린세스가 소리쳤다.

"그래, 그럼 조만간 다시 와. 다음에는 클라우드포도 데려오고 말이야!"

파이어하트는 고개를 끄덕였다. 아직 진영으로 돌아가고 싶지 않았지만, 누이와 나누는 대화가 그에게는 너무 버거웠다. 마치 숲과 애완 고양이의 삶 사이에 놓인 건널 수 없는 틈을 맞닥뜨린 기분이었다.

파이어하트는 숲의 익숙한 초록빛 속에서 차츰 안정을 되찾으며, 먼 길을 걸어 진영으로 돌아왔다. 골짜기 꼭대기에 있는 나무들 틈에서 벗어났을 때, 다시 한 번 그레이스트라이프가 생각났다. 속마음을 털어놓을 수 있는 친구가 있던 시절이 그리웠다.

"안녕?"

갑자기 들려온 샌드스톰의 목소리에 파이어하트는 깜짝 놀랐다. 그녀는 골짜기를 오르다가 그의 냄새를 맡은 것이 틀림없었다.

"훈련은 어땠어? 클라우드포는 어디 있어?"

파이어하트는 샌드스톰의 얼굴을 바라보았다. 그녀의 연녹색 눈동자가 반짝였다. 문득 샌드스톰에게는 솔직히 털어놓을 수 있을 것 같다는 생각이 들었다. 그는 초조하게 주위를 둘러본 뒤 그녀에게 물었다.

"혼자야?"

샌드스톰이 호기심 어린 눈빛으로 그를 마주 보았다.

"응, 식사 시간이 되기 전에 사냥이나 할까 싶어서."

파이어하트는 골짜기 끝으로 걸어갔다. 그리고 아래쪽의 진영을 가려 주는 나무들을 내려다보았다. 샌드스톰이 다가와 그의 곁에 앉았다. 그녀는 아무 말도 하지 않고, 그의 몸에 옆구리를 다정하게 대 주었다. 파이어하트는 자신이 지금 그냥 가 버린다고 해도 그녀가 더 이상 아무것도 묻지 않으리라는 것을 알았다.

"샌드스톰."

파이어하트는 머뭇거리며 입을 열었다.

"응?"

"내가 클라우드포를 종족에 데려왔잖아. 그게 잘못된 결정이었을까?"

샌드스톰은 한동안 말이 없었다. 그러다 마침내 조심스럽고 솔직하게 자신의 생각을 말하기 시작했다.

"오늘 거처 밖에 누워 있는 클라우드포를 봤을 때는 전사라기보다는 애완 고양이 같았어. 하지만 녀석이 처음 먹이를 잡았던 날을 떠올려 봤어. 아주 작은 새끼 고양이였는데, 눈보라를 헤치고 가서 들쥐를 잡았잖아. 아무것도 두려워하지 않고, 자기가 한 일을 아주 자랑스러워했어. 그때는 마치 숲에서 나고 자란 진짜 종족 고양이 같았어."

"그러니까 내 결정이 옳았다는 거야?"

파이어하트는 기대하는 마음으로 물었다.

또다시 무거운 침묵이 이어졌다.

"시간이 지나면 알 수 있을 거야."

샌드스톰이 마침내 대답했다.

파이어하트는 아무 말도 하지 않았다. 이런 대답을 바란 게 아니었다. 하지만 그녀가 옳다는 것도 잘 알았다.

"클라우드포에게 무슨 일이 있는 거야?"

샌드스톰이 걱정스러운 눈빛으로 물었다.

"오늘 오후에 두발쟁이 보금자리로 들어가는 걸 봤어."

파이어하트가 솔직하게 말했다.

"두발쟁이들이 주는 먹이를 받아먹은 지가 꽤 된 것 같아."

샌드스톰이 얼굴을 찌푸렸다.

"네가 봤다는 걸 클라우드포도 알아?"

"아니."

"클라우드포에게 말해야 돼. 어디서 살지 직접 결정을 내리게 해야지."

"만약 애완 고양이 생활로 돌아가겠다고 하면 어떻게 해?"

파이어하트가 항의하듯 말했다. 그는 오늘에야 비로소 깨달았다. 클라우드포가 종족에 머무르기를 자신이 얼마나 간절히 바라고 있는지를. 단지 파이어하트 자신만을 위해서가 아니었다. 또한 숲에서 태어나지 않아도 전사가 될 수 있다는 것을 다른 고양이들에게 보여 주기 위해서만도 아니었다. 그 바람은 클라우드포를 위한 것이기도 했다. 클라우드포는 종족에게 줄 수 있는 것이 많았다. 그리고 종족은 그에게 더 많은 것을 돌려줄 수 있었다. 파이어하트는 클라우드포가 곧 내던져 버릴지도 모르는 것들을 생각하니 가슴이 무너져 내리는 것 같았다.

"그건 클라우드포가 결정해야 돼."

샌드스톰이 부드럽게 말했다.

"내가 더 훌륭한 스승이었다면……."

"네 잘못이 아니야."

샌드스톰이 그의 말을 막았다.

"클라우드포의 마음속에 있는 걸 네가 바꿀 수는 없어."

파이어하트는 절망적인 심정으로 어깨를 으쓱했다.

"그냥 클라우드포와 이야기를 해 봐. 뭘 원하는지도 알아보고. 그리고 스스로 결정하게 해 줘."

샌드스톰이 안타까운 눈빛으로 그를 보았다. 하지만 그는 여전히 비참한 기분이었다.

"일단 가서 클라우드포를 찾아."

파이어하트는 고개를 끄덕였다. 샌드스톰은 자리에서 일어나 숲으로 사라졌다.

파이어하트는 혹시 클라우드포가 떠날 때와 같은 길로 돌아와 있지 않을까 하는 희망으로 모래 분지로 향했다. 그는 훈련병과 이런 식으로 마주하고 싶지 않았다. 클라우드포를 영원히 밀어내게 될까 봐 두려웠다. 하지만 샌드스톰의 말이 옳았다. 애완 고양이의 세계에 한 발을 걸친 채로 천둥족에 머물 수는 없었다.

파이어하트는 모래 분지에 앉아 있었다. 해가 나무 뒤로 떨어지고 모래 바닥에 그림자가 길게 드리워졌지만, 아직도 공기는 따뜻했다. 저녁 식사 시간이 가까워지고 있었다. 파이어하트는 클라우드포가 돌아오기는 할지 걱정스러웠다. 그때 덤불이 바스락거리는 소리와 함께 작은 발소리가 들렸다. 파이어하트는 냄새를 맡기도 전에 클라우드포가 다가오고 있다는 것을 알 수 있었다.

훈련병은 꼬리를 높이 쳐들고 귀를 쫑긋 세운 채 공터로 걸어 들어왔다. 그는 아주 작은 뒤쥐를 입에 물고 있다가 파이어하트를 보자마자 떨어뜨리고 말았다.

"여기서 뭐 하세요?"

어린 고양이의 목소리에는 원망이 깃들어 있었다.

"식사 시간 전에는 돌아온다고 했잖아요. 날 못 믿는 거예요?"

파이어하트는 고개를 끄덕였다.

"그래."

클라우드포는 고개를 한쪽으로 기울이며 상처 입은 표정을 지었다.

"돌아온다고 말했고, 돌아왔잖아요."

"널 봤어."

파이어하트는 짧게 말했다.

"어디서요?"

"네가 두발쟁이 보금자리로 들어가는 걸 봤어."

"그래서요?"

파이어하트는 아무렇지도 않게 대꾸하는 클라우드포의 태도에 너무 놀라 할 말을 잃었다. 이 훈련병은 자기가 무슨 짓을 했는지도 모르는 걸까? 파이어하트는 뱃속에서부터 분노가 치밀어 올랐다.

"넌 종족을 위해 사냥을 하러 나간 거잖아."

"사냥은 했잖아요."

클라우드포가 대꾸했다.

파이어하트는 클라우드포가 떨어뜨린 뒤쥐를 조롱하는 눈빛으로 내려다보았다.

"이 뒤쥐로 고양이 몇이나 먹을 수 있을까?"

"그럼 전 아무것도 안 먹으면 되잖아요."

클라우드포가 말했다.

"그 찌꺼기 같은 애완 고양이 먹이를 먹어서 배가 부르겠지! 도 대체 왜 돌아온 거야?"

파이어하트가 쏘아붙였다.

"돌아오지 않을 이유가 어디 있겠어요? 난 그냥 먹이를 먹으러 두발쟁이에게 들르는 것뿐이라고요."

클라우드포는 정말로 어리둥절한 목소리였다.

"대체 뭐가 문제예요?"

파이어하트는 속이 부글부글 끓었다.

"네 어미가 처음 낳은 새끼를 종족 고양이로 키우려고 한 게 잘 한 일인지 모르겠구나."

"어쨌든 이미 그렇게 한 거잖아요. 그러니까 스승님도 나를 떠 맡은 거고요!"

클라우드포가 지지 않고 쉭쉭거렸다.

"훈련병은 어쩔 수 없이 떠맡았지만, 네가 전사가 되는 건 막을 수 있어!"

파이어하트가 위협적으로 말했다.

클라우드포는 놀라서 눈이 휘둥그레졌다.

"그러면 안 돼요! 그럴 순 없어요! 난 엄청나게 잘 싸우는 전사 가 될 거라고요. 그러니까 스승님도 날 막을 수 없어요."

훈련병이 반항적으로 파이어하트를 노려보았다.

"몇 번을 말해야 알아듣겠니? 사냥을 잘하고 싸움을 잘한다고

해서 전사가 되는 게 아니란 말이야. 왜 사냥을 하고 싸움을 하는지 알아야 한다고!"

파이어하트는 가슴에서 치솟는 분노를 애써 억눌렀다.

"나도 왜 싸우는지는 알아요. 스승님과 똑같아요. 살아남으려고요!"

파이어하트는 믿을 수 없다는 눈으로 클라우드포를 빤히 바라보았다.

"난 종족을 위해 싸우는 거야. 나 자신을 위해서가 아니라."

클라우드포는 흔들리지 않고 파이어하트의 눈을 마주 보았다.

"알았어요, 종족을 위해 싸울게요. 그래야 전사가 되는 거라면 말이에요. 결국 똑같은 거잖아요."

파이어하트는 쥐 대가리같이 멍청한 고양이의 생각을 자신이 억지로 바꾸려고 하는 기분이 들었다. 하지만 심호흡을 하고 최대한 차분하게 말했다.

"두 세계에 한 발씩 걸치고 살 수는 없어, 클라우드포. 네가 결정을 내려야 돼. 종족 고양이로서 전사의 규약을 지키며 살고 싶은지, 아니면 애완 고양이로 살기를 원하는지, 선택을 해야만 해."

그는 말을 하면서 예전에 블루스타가 자신에게 똑같은 말을 했던 것이 생각났다. 그가 애완 고양이 시절의 친구인 스머지를 만나 이야기하는 것을 타이거클로가 목격하는 바람에 벌어진 일이었다. 지금과 다른 점이라면, 파이어하트는 자신의 충성심이 어디를 향하는지 확실히 알고 있었다는 것이다. 그는 숲에 발을 들인 순간부터, 적어도 마음속에서는 종족 고양이가 되어 있었다.

클라우드포는 주저하는 표정이었다.

"왜 선택을 해야 하는 거죠? 난 지금 이대로가 좋아요. 스승님의 마음을 편하게 해 주려고 내가 사는 방식을 바꾸진 않을 거라고요."

"내 마음이 편하자고 그런 선택을 하라는 게 아니야. 종족을 위해서라고! 애완 고양이의 생활은 모든 면에서 전사의 규약에 어긋난단 말이야."

그는 어처구니없다는 얼굴로 클라우드포를 바라보았다. 클라우드포가 그의 말을 무시하고, 뒤쥐를 입에 물고 그의 옆을 지나쳐 당당하게 진영을 향해 걸어가기 시작했던 것이다. 파이어하트는 긴 숨을 들이쉬었다. 천둥족 영역에서 클라우드포를 영원히 내쫓아 버리고 싶은 충동을 간신히 참고 있었다.

'스스로 결정하게 해 줘.'

그는 샌드스톰의 말을 속으로 되뇌며 훈련병을 따라 진영으로 돌아갔다. 어쨌든 클라우드포가 애완 고양이 먹이를 먹었다고 해서 종족에 해를 끼친 것은 아니라고, 필사적으로 자신을 진정시켰다. 단지 아무도 그 사실을 알아채지 않기를 바랄 뿐이었다.

가시금작화 굴길에 가까워졌을 때 골짜기에서 흙이 떨어져 내리는 소리가 들렸다. 파이어하트는 샌드스톰이 사냥에서 돌아오는 것이기를 바라며, 걸음을 멈추고 기다렸다. 하지만 이른 저녁 공기에 실려 온 따뜻한 냄새는 신더펠트의 것이었다.

작은 진회색 고양이는 마지막 바위에서 어설프게 뛰어내렸다. 그녀는 입에 약초를 가득 물고, 힘겹게 절룩거리며 걸어왔다.

"괜찮아?"

파이어하트가 물었다.

신더펠트가 약초를 내려놓으며 말했다.

"괜찮고말고요. 다리가 말썽을 부려서 그래요. 그뿐이에요. 그래서 약초를 찾는 데 생각보다 시간이 오래 걸렸거든요."

"옐로팽에게 말해 봐. 옐로팽도 네가 무리하길 바라지는 않을 거야."

"안 돼요!"

신더펠트가 고개를 저었다.

"그래, 그래."

파이어하트는 그녀가 너무 강하게 거부를 하는 바람에 조금 놀랐다.

"그럼 이 약초라도 내가 들어다 줄게."

신더펠트가 고마워하며 눈을 찡긋해 보였다.

"별족이 파이어하트의 잠자리에 있는 모든 벼룩을 사라지게 해 주시기를!"

그녀가 눈을 반짝이며 가르랑거렸다.

"화를 내려던 건 아니었어요. 그냥 옐로팽이 너무 바빠서 말이에요. 윌로펠트가 오늘 오후에 새끼를 낳기 시작했거든요."

파이어하트는 순간 걱정스러운 마음이 들었다. 새끼 고양이가 태어나는 것을 그가 마지막으로 본 것은 실버스트림 때였다.

"윌로펠트는 괜찮아?"

"모르겠어요."

신더펠트가 시선을 돌리고 웅얼거리며 대답했다.

"전 출산을 돕는 대신 약초를 모아 오겠다고 했거든요."

그녀의 얼굴에 그늘이 졌다.

"저는…… 저는 거기 있고 싶지 않았어요."

파이어하트는 그녀 역시 실버스트림을 떠올리는 거라고 짐작했다.

"그럼 어서 가자. 윌로펠트가 어떤지 확인해야 걱정도 덜할 테니까."

그는 걸음을 재촉했다.

"기다려요!"

신더펠트가 움찔하며 파이어하트를 따라왔다.

"기적이 일어나서 제 다리가 멀쩡해지면 가장 먼저 알려 드릴 테니까, 지금은 제발 좀 천천히 가 주세요!"

진영에 들어선 파이어하트는 윌로펠트가 순산했다는 것을 본능적으로 알 수 있었다. 보육실에서 나오는 원아이와 대플테일의 눈에는 애정이 가득했다. 멀리서도 그들이 가르랑거리는 소리를 들을 수 있었다.

샌드스톰이 달려와 그들을 맞이하며 좋은 소식을 들려주었다.

"윌로펠트가 수고양이 둘이랑 암고양이 하나를 낳았어!"

"윌로펠트는 어때요?"

신더펠트가 초조하게 물었다.

"건강해. 벌써 젖을 먹이고 있는걸."

샌드스톰이 그녀를 안심시켜 주었다.

"가서 봐야겠어요."

신더펠트는 큰 소리로 가르랑거리더니 절뚝거리며 보육실로 향했다.

파이어하트는 입에 물고 있던 약초를 뱉어 내고 주변을 살폈다.

"클라우드포는 어디 있지?"

샌드스톰이 장난스러운 표정을 지었다.

"다크스트라이프가 그 녀석이 잡아 온 쥐꼬리만 한 먹이를 보더니, 원로들 잠자리를 청소하라고 보냈어."

"잘됐네."

파이어하트는 이번만은 다크스트라이프의 간섭이 마음에 들었다.

"클라우드포와 얘기는 해 봤어?"

샌드스톰이 진지하게 물었다.

"응."

훈련병의 천연덕스러운 태도를 생각하니, 윌로펠트의 출산 소식을 듣고 행복했던 기분은 한낮의 이슬처럼 사라져 버렸다.

"그래서? 뭐라고 해?"

"그 녀석은 자기가 뭘 잘못했는지도 모르고 있어."

파이어하트는 우울하게 대답했다.

놀랍게도 샌드스톰은 걱정하지 않는 것 같았다.

"아직 어리잖아. 너무 속상해하지 마. 클라우드포가 처음 먹이를 잡았던 때를 생각해. 그리고 너와 같은 피가 흐른다는 것도 잊지 말고. 운이 좋으면 언젠가는 클라우드포도 너처럼 될 거야."

샌드스톰은 파이어하트의 뺨을 살며시 핥아 주었다.

더스트펠트가 종종걸음으로 다가오더니 그들 사이에 끼어들었다. 그의 눈에는 굳이 숨기지 않는 경멸이 드러났다.

"훈련병이 몹시 자랑스럽겠어요. 다크스트라이프가 그러는데, 그 녀석이 '오늘의 가장 작은 먹이'를 잡아 왔다죠?"

그가 비아냥거렸다.

"정말 훌륭한 스승이십니다."

더스트펠트가 덧붙인 말에 파이어하트는 움찔했다.

"저리 가, 더스트펠트. 그렇게 심술궂게 굴 필요 없잖아. 그런다고 아무도 좋아해 주지 않는다는 건 너도 알 텐데."

샌드스톰이 쏘아붙였다.

파이어하트는 마치 한 방 맞은 것처럼 움츠러드는 더스트펠트를 보고 무척 놀랐다. 더스트펠트는 돌아서더니 어깨 너머로 분하다는 듯 파이어하트를 쏘아보았다. 그리고 황급히 자리를 떠났다. 파이어하트는 샌드스톰의 사나운 대응에 감동받았다.

"그거 아주 좋은 방법인데? 어떻게 하는 건지 나한테도 좀 가르쳐 줘!"

"네가 하면 안 통할 거야."

샌드스톰은 슬픈 눈으로 더스트펠트의 뒷모습을 바라보며 한숨을 쉬었다. 그녀는 더스트펠트와 함께 훈련병 시절을 보냈다. 하지만 샌드스톰이 파이어하트와 가까워지면서 둘의 우정에는 금이 가고 말았다.

"신경 쓰지 마. 나중에 사과하면 되니까. 새로 태어난 새끼 고양이들이나 보러 가자!"

그녀가 앞장서서 보육실로 향했다.

블루스타가 막 보육실 입구를 빠져나오고 있었다. 나이 많은 지도자의 얼굴은 한결 편안해 보였고, 눈도 초롱초롱했다. 샌드스톰이 안으로 들어가자, 지도자가 의기양양하게 외쳤다.

"천둥족에 전사가 더 많아지겠구나!"

"곧 다른 어느 종족보다 천둥족의 전사들이 많아질 것입니다."

파이어하트가 대답했다.

순간 지도자의 눈에 그늘이 졌다. 파이어하트는 온몸이 오싹해지는 불안감을 느꼈다.

"새로운 전사들이 이전 전사들보다는 더 믿을 만하기를 바라야지."

블루스타가 우울하게 말했다.

"안 들어올 거야?"

샌드스톰이 보육실의 따뜻한 그늘 아래서 파이어하트를 불렀다. 그는 블루스타에 대한 걱정을 떨쳐 내고 안으로 들어갔다.

윌로펠트는 보드라운 이끼로 만든 잠자리에 누워 있었다. 새끼 고양이 셋이 그녀의 품에서 꿈틀대고 있었다. 어미의 품을 파고드는 새끼 고양이들은 아직 축축하게 젖은 채로 눈도 뜨지 못하고 있었다.

파이어하트는 샌드스톰의 얼굴에서 이전까지 보지 못했던 부드러움을 느꼈다. 그녀는 몸을 숙여 새끼 고양이들의 따스한 젖 냄새를 차례로 맡아 보았다. 윌로펠트는 졸리면서도 만족스러운 눈빛으로 그 모습을 지켜보았다.

"대단하다."

파이어하트가 속삭였다. 새끼 고양이들의 탄생을 다시 보게 되어 좋았지만, 한편으로는 가시처럼 날카로운 슬픔이 가슴을 찌르는 것 같았다. 그가 마지막으로 본 갓 태어난 새끼 고양이는 실버스트림의 새끼들이었다. 파이어하트는 순간 그레이스트라이프를 떠올렸다. 그는 친구가 어떻게 지내고 있는지 궁금했다. 여전히 슬픔에 잠겨 있는지, 아니면 강족에서 새끼 고양이들과 지내는 새로운 생활이 슬픔을 달래 주는지 궁금했다.

그때 파이어하트의 꼬리털이 쭈뼛 섰다. 타이거클로의 새끼 고양이 냄새가 났던 것이다. 그는 목구멍에서 치밀어 오르는 불안을 억지로 삼키며 주위를 두리번거렸다. 뒤쪽에 있는 잠자리에서 눈을 감고 있는 골든플라워가 보였다. 그녀 곁에 새끼 고양이들이 곤히 잠들어 있었다. 짙은 얼룩무늬 새끼 고양이는 보육실의 다른 새끼 고양이들처럼 순수하고 천진난만해 보였다. 파이어하트는 그런 녀석에게 자꾸만 신경이 쓰이고 적개심이 생기는 것에 죄책감을 느꼈다.

다음 날 파이어하트는 아침 일찍 잠에서 깼다. 그레이스트라이프에 대한 생각이 비를 잔뜩 머금은 구름처럼 마음을 무겁게 했다. 클라우드포를 걱정하다 보니 옛 친구가 더욱 그리웠다. 샌드스톰과 이야기를 나눈 것도 도움이 되긴 했지만, 그레이스트라이프가 뭐라고 말해 줄지 알고 싶었다. 파이어하트는 잠시 자리에 누워 생각에 잠겼다. 그리고 오늘 강으로 가서 친구를 찾아보기로 마음먹었다.

그는 거처에서 빠져나와 한참 동안 실컷 기지개를 켰다. 해는 지평선 위로 보일락 말락 올라와 있었다. 이른 아침 하늘은 고운 가루를 뿌려 놓은 것 같았다. 공터 한가운데에는 더스트펠트가 펀포와 이야기를 나누며 앉아 있었다. 파이어하트는 갈색 전사가 다크스트라이프의 온순한 훈련병에게 무엇을 알려 주려는 것인지 걱정스러웠다. 악의적인 소문을 퍼뜨리며 훈련병에게 나쁜 영향을 주고 있는 게 아닐까? 하지만 더스트펠트의 털은 넓은 어깨에 매끄럽게 가라앉아 있었고, 알아들을 수는 없었지만 목소리에서 평소와 같은 오만한 태도는 느껴지지 않았다. 갈색 전사는 오히려 산비둘기처럼 상냥한 목소리로 말하고 있었다.

파이어하트는 그들에게 다가갔다. 파이어하트를 발견한 더스트펠트의 눈빛이 굳어졌다.

"더스트펠트, 해가 가장 높이 뜬 시간에 순찰대를 맡아 주겠어?"

파이어하트가 물었다.

펀포가 신이 난 듯 눈을 반짝였다.

"저도 가도 돼요?"

"그건 잘 모르겠구나. 네가 어느 정도 훈련을 받는지 다크스트라이프와 이야기를 못 해 봤으니까."

"다크스트라이프 말로는 잘하고 있다는군요."

더스트펠트가 말했다.

"그럼 네가 다크스트라이프에게 물어보고 판단해."

파이어하트가 말했다. 괜히 더스트펠트를 자극해서 빈정거리는 대답을 듣고 싶지는 않았다. 하지만 더스트펠트가 그를 향해 드러내는 적대적인 감정을 누그러뜨릴 수 있는 좋은 기회가 될 수도 있었다.

"애쉬포와 다른 전사 하나도 함께 데려가도록 해."

"걱정 마세요. 책임지고 펀포가 안전하도록 돌볼 테니까."

더스트펠트가 파이어하트를 안심시켰다. 평소답지 않게 배려심이 가득한 눈빛이었다.

"어…… 그래."

파이어하트는 자리를 뜨며 대답했다. 더스트펠트가 처음부터 끝까지 가시 돋친 말은 한마디도 하지 않고 자신과 대화를 나누었다는 것이 믿기지 않았다.

골짜기를 벗어난 파이어하트는 해 드는 바위까지 빠르게 달려갔다. 바닥이 너무 말라 있어서, 발을 내디딜 때마다 작은 먼지구름이 피어올랐다. 크고 넓적한 돌들이 있는 곳에 다다르자, 갈라진 바위틈에서 말라 죽은 식물들이 눈에 띄었다. 벌써 비가 안 온 지 두 달이 다 되어 간다는 사실이 절실하게 와닿았다.

그는 바위들을 빙 둘러서 강족 경계를 향해 나아갔다. 나무가 듬성듬성해지면서 땅이 강을 향해 비탈져 있는 곳이었다. 주위에는 새들이 지저귀는 소리가 가득했고, 나뭇잎을 흔드는 바람의 속삭임도 들렸다. 그리고 쉼 없이 찰싹거리는 물소리도 들렸다. 파이어하트는 걸음을 멈추고 공기 냄새를 맡아 보았다. 그레이스트라이프의 냄새는 나지 않았다. 친구를 만나려면 위험을 무릅쓰고 강족 영역으로 들어가야 했다. 파이어하트는 각오를 단단히 다졌다. 간절함은 그를 평소보다 과감하게 만들었다. 강족의 새벽 순찰대가 나와 있을 테지만, 운이 좋으면 지금은 다른 경계 지역을 돌고 있을지도 모른다.

파이어하트는 조심스럽게 냄새 표시를 넘어 고사리 덤불을 통과해 물가로 향했다. 몸이 너무 드러나 있어서 공격에 무방비 상태가 된 기분이었다. 그레이스트라이프의 흔적은 여전히 찾을 수 없었다. 모든 것을 운에 맡기고 강을 건너 강족 영역 더 깊숙한 곳으로 가 봐야 하는 것일까? 강을 건너기는 어렵지 않을 것 같았다. 강물이 얕아서 대부분은 물을 헤치며 걸을 수 있었다. 강 중심부로 가면 물이 깊어지겠지만, 물살이 빠르지 않아서 헤엄치는 데 큰 어려움은 없어 보였다. 어쨌든 그는 새잎 돋는 계절에 끔찍한 홍수를 겪으면서 다른 천둥족 고양이들보다는 물에 익숙해진 편이었다.

반쯤 벌린 입으로 예기치 못한 냄새가 흘러들었다. 파이어하트는 깜짝 놀라 몸이 굳어졌다. 그것은 그림자족의 냄새였다! 그림자족 고양이들이 그들의 영역에서 이렇게 멀리 떨어진 곳에서 뭘 하는 걸까? 그림자족 영역과 강 사이에는 천둥족 영역 전체가 있었고, 그만큼 두 지역은 먼 거리였다.

파이어하트는 고사리 덤불로 뒷걸음쳐 들어갔다. 냄새가 어디서 온 건지 정확히 알아내기 위해 숨을 깊이 들이마셨다. 그때 소름 끼치는 느낌과 함께 또 다른 냄새가 풍겨 왔다. 그것은 최근에 맡은 적 있는 질병의 고약한 악취였고, 그 악취는 강 상류 쪽 어딘가에서 흘러나오고 있었다.

파이어하트는 천천히 고사리 덤불을 헤치고 나아갔다. 갈색으로 변한 고사리 잎 끄트머리가 털에 닿아 속삭이듯 바스락거리는 소리를 냈다. 그의 앞에 오래된 떡갈나무가 나타났다. 천둥족 경계 바로 안쪽 지점이었다. 울퉁불퉁한 나무의 뒤엉킨 뿌리가 숲 바닥 위로 툭 불거져 나와 있었다. 한때는 땅속에 묻혀 있었을 테지만, 지금은 비바람에 흙이 깎여 나가고 없었다. 나무뿌리 아래 흙이 있던 자리에는 빈 공간이 생겨, 뿌리로 둘러싸인 작은 동굴을 이루고 있었다. 파이어하트는 다시 코를 킁킁거려 냄새를 맡아 보았다. 절대로 착각할 수 없는 질병의 악취는 동굴 안쪽에서 흘러나오는 것이 틀림없었다.

파이어하트는 종족을 지켜야 한다는 의지와 두려움을 느끼며 본능적으로 발톱을 세웠다. 동굴 안에 있는 더러운 것이 무엇이든 상관없이, 천둥족 영역에서 몰아내야 했다. 목구멍까지 차오른 쓰디쓴 분노를 삼키면서, 파이어하트는 고사리 덤불에서 뛰쳐나갔다. 그는 등을 둥그렇게 말아 공격 태세를 갖춘 다음, 나무뿌리가 만들어 놓은 굴 앞에 섰다. 하지만 그를 맞이한 것은 무거운 침묵이었다. 간간이 침묵을 깨는 것은 가쁘게 몰아쉬는 거친 숨소리밖에 없었다.

파이어하트는 목털을 곤두세우고 어둠 속을 응시했다. 마침내 희미한 빛에 익숙해지자, 그는 깜짝 놀라 눈을 끔벅거렸다. 그림자족 영역으로 돌아가기 위해 천둥길 아래 굴길로 사라졌던 고양이들이 그곳에 있었던 것이다. 그들은 천둥족에게 도움을 청하러 왔던 그림자족의 두 전사, 리틀클라우드와 화이트스로트였다.

"왜 돌아온 거지?"

파이어하트는 이빨을 드러내며 으르렁거렸다.

"집으로 돌아가. 숲에 사는 모든 종족에게 병을 옮기기 전에!"

바로 그때 뒤에서 익숙한 목소리가 들렸다.

"파이어하트, 멈춰요! 그들을 그냥 두세요!"

11

신더펠트의 비밀

"신더펠트! 여기서 뭐 하는 거야?"

파이어하트는 몸을 돌려 수습 치료사를 마주 보고 섰다.

"무슨 일인지 넌 알고 있는 거야?"

신더펠트의 앞발 사이에는 약초 더미가 놓여 있었다. 그녀는 반항적인 기세로 턱을 치켜들었다.

"제가 도와줘야 하는 고양이들이에요. 그림자족 진영에는 이들을 도울 수 있는 것이 아무것도 없다고요."

"그래서 돌아가지 않고 다시 온 거로군! 어디서 만났지?"

파이어하트는 화를 내며 그녀를 노려보았다.

"해 드는 바위 근처에서요. 어제 약초를 가지러 나갔다가 냄새를 맡았어요. 안전하게 몸을 숨길 곳을 찾고 있더라고요."

신더펠트가 설명했다.

"그래서 네가 여기로 데려온 거로군."

파이어하트는 콧방귀를 뀌었다.

"네가 그렇게 불쌍히 여겨 줄 걸 알고 우리 땅으로 돌아온 거야."

그림자족 고양이들이 처음 천둥족 진영에 왔을 때부터 신더펠트는 그들을 걱정했었다.

"아무에게도 들키지 않고 이 고양이들을 치료해 줄 수 있을 거라 생각한 거야?"

파이어하트는 다그쳐 물었다. 신더펠트가 자기 자신은 물론이고 종족 전체를 이런 식으로 위험에 노출시켰다는 것을 믿을 수 없었다.

신더펠트는 굴하지 않고 그의 눈을 마주 보았다.

"저한테 화난 척하지 마세요. 저처럼 안쓰러워했잖아요. 파이어하트도 이 고양이들을 두 번씩이나 돌려보내진 못했을 거라고요!"

신더펠트는 자신이 옳은 일을 했다고 확신하고 있었다. 파이어하트는 그녀의 말이 맞다고 인정할 수밖에 없었다. 그는 아픈 고양이들이 안쓰러웠고, 블루스타가 동정심을 보이지 않은 것이 꺼림칙했었다.

"옐로팽도 알고 있어?"

파이어하트는 화를 누그러뜨리고 물었다.

"아뇨, 아마 모를 거예요."

신더펠트가 대답했다.

"얼마나 심한 상태야?"

"이제 회복되기 시작했어요."

신더펠트의 목소리에 희미하게나마 만족감이 드러났다.

"아직도 병든 냄새가 나는데."

파이어하트가 미심쩍다는 듯 말했다.

"아직 완전히 치료된 건 아니니까요. 하지만 나아질 거예요."

파이어하트의 뒤쪽 어둑한 곳에서 리틀클라우드의 목소리가 들려왔다.

"신더펠트 덕분에 나아지고 있어요."

파이어하트는 리틀클라우드의 목소리가 천둥족 진영에서 만났을 때보다 좋아졌다는 것을 알 수 있었다. 게다가 어린 전사의 눈은 어둠 속에서도 환하게 빛이 났다.

"정말 좋아진 것 같네."

파이어하트는 수습 치료사를 돌아보며 말했다.

"어떻게 한 거야? 옐로팽은 이 병이 치명적이라고 생각하는 것 같던데."

"제가 약초랑 열매들을 적절하게 배합하는 방법을 찾아낸 것 같아요."

신더펠트가 만족스러운 목소리로 대답했다. 파이어하트는 그녀가 자신감 있게 말하고 있다는 것을 알 수 있었다. 한동안 들을 수 없었던 목소리였다. 지금 그녀에게서는 한때 그가 가르쳤던 활기 넘치고 의지가 굳건한 훈련병의 모습이 엿보였다.

"잘했어!"

파이어하트는 천둥족 고양이가 그림자족의 괴이한 병을 치료할 약을 발견했다는 소식을 블루스타가 들으면 얼마나 기뻐할지 생각해 보았다. 하지만 이내 블루스타가 예전과 같지 않다는 사실이 떠올랐다. 신더펠트가 그림자족 고양이들을 천둥족 영역에 숨겨 주고 있다는 것을 블루스타에게 말하는 것은 너무 위험한 일이었다. 공격당할지도 모른다는 생각에 사로잡힌 나머지 지도자의 판단력은 흐려져 있었다.

파이어하트는 그림자족 고양이들이 이곳에 머무르는 동안에는 위험할 수밖에 없다고 생각했다. 이들이 아직 천둥족 영역에 남아 있다는 것을 블루스타가 알게 되면, 즉각 죽이라고 명령할 것 같아서 걱정스러웠다.

"미안해, 신더펠트. 이 고양이들은 떠나야 돼. 여기 있는 건 안전하지 않아."

신더펠트는 좌절감에 꼬리를 획획 휘둘렀다.

"아직은 그림자족 진영으로 돌아갈 수 없어요. 저는 치료는 해 줄 수 있지만 사냥은 잘 못하잖아요. 벌써 며칠째 제대로 먹지도 못했단 말이에요."

"내가 지금 먹이를 잡아다 줄게. 먹이를 먹으면 집까지 돌아갈 수 있을 거야."

파이어하트가 제안했다.

"하지만 돌아가서 우리는 어떻게 하죠?"

화이트스로트가 어둠 속에서 물었다.

파이어하트는 대답할 수가 없었다. 하지만 그들의 병이 천둥족 진영에 퍼지게 할 수는 없었다. 만일 그림자족 순찰대가 사라진 전사들을 찾아서 천둥족 영역으로 넘어오기라도 한다면?

"내가 먹이를 잡아다 주겠다. 그다음엔 반드시 떠나야 한다."

그는 되풀이해 말했다.

리틀클라우드가 발로 단단한 흙바닥을 긁으며 몸을 일으켜 앉왔다. 그는 거칠고 높은 목소리로 말했다.

"제발 우리를 돌려보내지 마세요! 나이트스타는 너무 쇠약해져 있어요. 그 병이 날마다 나이트스타의 목숨을 하나씩 앗아 가는 것 같아요. 그림자족 고양이들은 다들 나이트스타가 죽을 거라고 생각하고 있어요."

파이어하트는 얼굴을 찡그렸다.

"틀림없이 목숨이 여러 개 남아 있을 거야."

"나이트스타가 얼마나 아픈지 못 봐서 그래요! 그림자족은 겁에 질렸어요. 그를 대신할 고양이가 없어요."

화이트스로트가 울부짖었다.

"신더퍼는? 너희 부지도자 말이야."

파이어하트가 물었다. 두 그림자족 고양이는 시선을 피할 뿐 아무런 대답도 하지 않았다. 신더퍼가 이미 죽었다는 뜻일까? 아니면 지도자가 되기에는 나이가 너무 많다는 뜻일까? 나이트스타와 마찬가지로 신더퍼도 브로큰테일이 쫓겨났을 때 이미 원로 고양이였다. 파이어하트는 자신의 동정심이 이성적인 판단을 이기는 것을 느꼈다.

"알았다."

그는 한숨을 쉬며 마지못해 대답했다.

"이동을 할 만큼 몸이 회복될 때까지 여기 머물도록 해."

"고맙습니다, 파이어하트."

리틀클라우드가 쌕쌕거리며 말했다. 그는 진심으로 고마워하는 눈빛이었다. 파이어하트는 고개를 숙여 보였다. 자존심 강한 그림자족 전사들이 다른 종족에 의지해야 하는 상황을 솔직히 인정하기가 얼마나 힘들었을지 짐작할 수 있었다.

돌아서서 신더펠트를 지나쳐 가는데, 그녀가 속삭였다.

"고마워요, 파이어하트. 이해해 주실 줄 알았어요."

그녀의 눈에는 연민이 가득했다.

"죽게 내버려 둘 수는 없었어요. 비록…… 비록 다른 종족이라고 해도 말이에요."

파이어하트는 그녀가 자신이 구하지 못한 강족의 어미 고양이 실버스트림을 생각하고 있다는 것을 알 수 있었다.

그는 다정하게 신더펠트의 귀를 핥아 주었다.

"너는 진정한 치료사야. 그래서 옐로팽이 너를 제자로 받아 준 거고."

파이어하트는 오래 걸리지 않아 그림자족 고양이들이 먹을 개똥지빠귀 한 마리와 토끼 한 마리를 잡았다. 이쪽 숲 지역에는 먹이가 풍부했다. 그는 강족 경계를 넘어가지 않으려고 각별히 주의를 기울였다. 하지만 강족 영역에서 먹잇감의 냄새가 아주 진하게 풍겨 오는 바람에, 넘어가고 싶은 유혹을 느끼기는 했다. 게다가 물쥐를 먹어 본 지도 너무 오래되었다. 하지만 해 드는 바위 옆에서 발견한 통통한 토끼로도 이미 만족스러웠다. 또 달팽이 껍데기를 깨는 데 정신이 팔려 그가 다가가는 것도 모르던 개똥지빠귀는 아주 쉽게 잡을 수 있었다.

파이어하트가 돌아왔을 때, 신더펠트는 오래된 떡갈나무 옆에 웅크리고 앉아 열매를 씹고 뱉어서 약초와 섞고 있었다. 파이어하트는 싱싱한 먹이를 나무뿌리 굴 안에 밀어 넣어 주고, 들어가지는 않았다. 질병의 냄새가 너무 지독해서 안으로 들어가기가 꺼려졌다.

신더펠트가 일하는 모습을 지켜보던 그는 문득 그녀가 걱정스러웠다.

'저 작은 몸으로 동굴을 벌써 여러 번 들락날락했을 텐데.'

"넌 괜찮아?"

파이어하트는 조용히 물었다.

"네, 전 괜찮아요."

신더펠트가 고개를 들고 대답했다.

"파이어하트가 이 고양이들에 대해 알게 돼서 다행이에요. 저 혼자 종족을 속이고 비밀을 만들기는 싫었거든요."

파이어하트는 불편한 마음으로 꼬리를 흔들었다.

"이 일은 우리끼리만 알고 있어야 할 것 같아."

신더펠트가 눈을 가늘게 떴다.

"블루스타에게 말하지 않을 거예요?"

"평소와 같다면 말하겠지만……."

파이어하트는 주저했다.

"하지만 블루스타는 아직 타이거클로가 일으킨 사건의 충격에서 벗어나지 못했죠."

신더펠트가 대신 말했다.

파이어하트는 한숨을 내쉬었다.

"어떨 때는 나아지고 있는 것 같기도 한데, 그러다가 또 가끔은⋯⋯."

"회복하기까지는 시간이 걸릴 거라고 옐로팽이 그랬어요."

신더펠트가 말했다.

"옐로팽도 눈치를 챘구나?"

"솔직히 말하면, 종족 고양이들 대부분이 알고 있는 것 같아요."

신더펠트가 안타까운 듯 말했다.

"뭐라고들 하는데?"

파이어하트는 자신이 정말 그 대답을 듣고 싶은 건지 알 수 없었다.

"블루스타는 오랫동안 훌륭한 지도자였어요. 다들 블루스타가 다시 예전 모습을 찾기를 기다리고 있어요."

신더펠트의 대답이 파이어하트의 마음을 위로해 주었다. 종족의 믿음은 가슴을 뭉클하게 했다. 그는 그 믿음을 신뢰해야 했다. 물론 블루스타는 회복될 것이다.

"나와 함께 돌아갈래?"

파이어하트가 물었다.

"아직 할 일이 남아 있어요."

신더펠트가 다른 열매를 이빨로 물더니 다시 씹기 시작했다.

진영으로 돌아오면서 파이어하트는 기분이 이상했다. 신더펠트를 그림자족 전사 둘과 함께 으스스한 악취 속에 남겨 두고 오다니⋯⋯. 그림자족 고양이들이 머물도록 허락한 것이 정말 옳은 일이었는지 고민스러웠다.

진영으로 들어가기 전에 그는 잎이 무성한 덤불에 숨어 몸을 깨끗하게 닦았다. 몸에서 풍기는 병든 그림자족 고양이들의 악취 때문에 눈이 찡그려졌다. 훈련용 모래 분지 뒤에 있는 시냇물로 혀에 남은 고약한 맛을 씻어 내고 싶었지만, 그 물은 벌써 며칠 전에 말라 버렸다. 물을 찾으려면 시내 반대 방향으로 거슬러서 강으로 가야 했다. 하지만 종족 동료들이 그를 찾기 전에 돌아가야 할 시간이었다. 그레이스트라이프를 만나는 건 다른 날로 미루어야 할 것 같았다.

가시금작화 굴길에서 나와 공터를 걷던 파이어하트는 샌드스톰과 마주쳤다.

"사냥했어?"

그녀가 물었다.

"사실은 그레이스트라이프를 찾으러 갔었어."

파이어하트는 일어난 일 중에서 가장 말하기 쉬운 부분을 솔직히 털어놓기로 했다.

"그러면 클라우드포는 못 봤겠구나."

샌드스톰은 파이어하트가 털어놓은 일에는 신경 쓰지 않는 것 같았다.

"진영에 없어?"

"오늘 아침에 가장 먼저 사냥을 한다고 나갔어."

파이어하트는 샌드스톰과 자신이 같은 의심을 품고 있다는 것을 알았다. 클라우드포가 또 두발쟁이에게 간 걸까?

"어떻게 해야 하지?"

"같이 가서 찾아볼까?"

샌드스톰이 제안했다.

"나도 같이 이야기를 해 보면 좀 알아들을지도 모르잖아."

파이어하트는 고마워하며 고개를 끄덕였다.

"해 보자."

파이어하트가 앞장서서 큰 소나무 숲을 지나는 동안, 두 고양이는 말없이 사뿐사뿐 달려갔다. 공기는 잠잠했고 발밑에 밟히는 솔잎은 보드랍고 시원했다. 파이어하트에게 이 길은 나무 네 그루나 해 드는 바위로 가는 길만큼이나 익숙했다. 하지만 샌드스톰은 좀 더 조심스러웠다. 그녀는 몇 걸음마다 멈춰서 공기 냄새를 맡아 보고 냄새 표시를 확인했다.

소나무 숲을 나와 떡갈나무 숲으로 들어서면서, 파이어하트는 샌드스톰이 점점 더 불안해하고 있다는 것을 알아차렸다. 줄줄이 늘어선 두발쟁이 보금자리들이 그들 앞에 나타나자, 그녀의 어깨에는 바짝 힘이 들어갔다.

"이쪽 길이 맞아?"

샌드스톰이 초조한 듯 이리저리 살피며 속삭였다. 그때 개 짖는 소리가 들렸고, 샌드스톰은 털을 쭈뼛 세웠다.

"괜찮아. 저 개는 정원에서 나오지 않아."

파이어하트는 그녀를 안심시켰다. 자신이 이런 사실들을 잘 알고 있다는 것이 달갑지 않았다. 그가 처음 종족에 들어왔을 때, 샌드스톰은 그가 애완 고양이라는 점을 비웃곤 했다. 하지만 지금은 그를 온전한 숲 고양이로 받아들여 주었고, 이제 와서 새삼스럽게 그가 숲이 아닌 다른 곳에서 태어났다는 사실을 일깨워 주고 싶지는 않았던 것이다.

"두발쟁이들이 개를 밖으로 데리고 나오지 않아?"

샌드스톰이 물었다.

"가끔은. 하지만 그 전에 미리 알 수 있는 신호들이 많아. 두발쟁이 개들은 살금살금 움직이지 않아. 냄새를 맡기도 전에 소리로 알 수 있다니까. 게다가 냄새도 그리 은은한 편이 아니거든."

샌드스톰의 긴장을 풀어 주고 싶어서 농담을 섞어 말했지만, 별로 효과가 있는 것 같지 않았다. 파이어하트는 가시나무 줄기에 뺨을 문질렀다.

"가자. 여기서 클라우드포의 냄새가 나."

샌드스톰도 몸을 숙여서 가시나무를 킁킁거렸다.

"생생한 냄새 같아?"

파이어하트가 물었다.

"응."

"그럼 어디로 갔는지 알 것 같아."

파이어하트는 프린세스의 정원에서 멀어지는 방향으로 흔적이 이어진다는 것에 마음이 놓였다. 아직은 자신의 애완 고양이 누이와 샌드스톰이 만나기를 바라지 않았다. 클라우드포를 진영에 데려온 뒤로, 그가 누이를 만나 왔다는 것을 종족 전체가 알게 되었다. 하지만 그들은 그와 프린세스를 연결해 주는 애착의 감정이 무엇인지 전혀 알지 못했다. 그 역시 굳이 알리고 싶지 않았다. 애완 고양이 누이와 우애 있게 지내긴 하지만, 그는 자신의 마음이 종족과 함께한다는 걸 확신했고, 다른 고양이들도 그만큼 자신을 믿어 주기를 바랐다.

클라우드포가 전날 넘어갔던 울타리에 가까워졌을 때, 파이어하트는 불길한 예감에 털가죽이 오싹해졌다. 거기에는 클라우드포의 냄새 말고도 새로운 냄새가 있었다. 뭔가 달라진 것이 있었다. 그는 샌드스톰을 은빛 자작나무로 이끌었다. 그녀는 파이어하트를 따라서 매끄러운 나무 몸통에 가뿐히 뛰어올라 나뭇가지로 이동했다. 공기 냄새를 맡느라 그녀의 수염이 씰룩거렸다.

파이어하트는 두발쟁이 보금자리의 창문을 들여다보았다. 안쪽 공간은 이상하리만치 어둡고 텅 비어 보였다. 순간 문이 쾅 닫히면서 천둥이 치는 듯한 소리가 울리는 바람에 그는 화들짝 놀랐다. 불안감이 점점 커져 갔다.

"뭐야?"

샌드스톰이 초조하게 물었다.

파이어하트는 꼬리를 잔뜩 부풀리고 울타리로 뛰어내렸다.

"뭔가 이상한 일이 일어나고 있어. 보금자리가 비어 있어. 여기서 기다려 봐. 가까이 가서 보고 올게."

그는 몸을 낮추고 살그머니 정원을 가로질러 갔다. 두발쟁이 보금자리로 들어가는 문에 가까워졌을 때, 뒤에서 발소리가 들렸다. 뒤를 돌아보니 샌드스톰이 있었다. 그녀는 긴장한 것 같았지만 단호한 표정이었다. 그는 그녀에게 말없이 고개를 끄덕였다. 원한다면 함께 가도 좋다는 뜻이었다. 그리고 돌아서서 다시 문을 향해 다가갔다.

바로 그때, 괴물이 요란하게 우르릉거리는 소리가 들리기 시작했다. 파이어하트는 보금자리 한쪽을 빙 둘러 난 길을 따라갔다. 두려움으로 털이 꼿꼿이 섰지만, 길 끝에 다다를 때까지 멈추지 않았다. 그는 어둠 속에 숨어, 환한 햇빛이 쏟아지는 곳을 바라보았다. 그곳은 두발쟁이 보금자리와 길이 얽혀 있는, 나무 없는 미로 같았다.

샌드스톰이 옆에서 숨을 헐떡였다. 그녀의 털가죽이 떨리고 있었다.

"저기 봐."

두발쟁이 보금자리만큼이나 덩치가 큰 거대한 괴물이 천둥길에 서 있었다. 귀가 멀 것 같은 으르렁거림이 괴물의 배에서 흘러나왔다.

그때 보금자리로 통하는 또 다른 문이 철커덩 닫혔다. 두 고양이는 몸을 움찔했다. 파이어하트는 두발쟁이가 손에 무언가를 들고 괴물을 향해 걸어가는 것을 보았다. 손에 든 것은 죽은 나무줄기들을 엮어 만든 작은 동굴 같았다. 그 한쪽 끝에 달린 단단한 그물망 사이로 보드랍고 하얀 털가죽이 보였다. 파이어하트는 좀 더 자세히 들여다보았다. 그물망 뒤에 있는 얼굴과 겁에 질려 휘둥그레진 눈을 알아본 그는 심장이 요동치는 것을 느꼈다.

그것은 클라우드포였다!

12
잡혀 간 훈련병

"도와줘요! 날 데려가지 못하게 해 줘요!"

괴물이 우르릉거리는 소리를 뚫고 클라우드포가 절박하게 울부짖는 소리가 들렸다.

두발쟁이는 아무것도 알아채지 못하고, 클라우드포를 데리고 괴물 속으로 들어가 문을 쾅 닫았다. 숨이 막힐 것 같은 연기를 내뿜으며 괴물이 움직이기 시작하더니, 천둥길로 올라갔다.

"안 돼! 기다려!"

파이어하트는 샌드스톰의 외침을 무시하고 뛰쳐나가 괴물을 따라 달리기 시작했다. 거친 돌길이 발바닥을 잡아 뜯었지만, 그는 있는 힘을 다해 달렸다. 하지만 괴물은 훨씬 더 빨랐고, 이윽고 모퉁이를 돌아 시야에서 사라져 버렸다.

파이어하트는 미끄러지듯 멈춰 섰다. 발바닥이 따끔거렸고 심장이 빠르게 뛰었다. 샌드스톰이 다시 한 번 그를 불렀다.

"파이어하트! 돌아와!"

파이어하트는 절망에 휩싸인 채 천둥길을 바라보았다. 조금 전까지만 해도 괴물이 서 있던 그곳은 이제 텅 비어 있었다. 그는 서둘러 샌드스톰에게 돌아갔다. 충격으로 멍해진 그는 아무 생각 없이 샌드스톰을 뒤따라갔다. 샌드스톰은 파이어하트를 이끌고 작은 길을 따라 걸어갔다. 그들은 두발쟁이 보금자리와 정원을 통과한 다음 울타리를 넘어 안전한 숲으로 들어섰다.

마침내 나뭇잎이 쌓인 숲 바닥에 발을 디디자, 샌드스톰이 말했다.

"파이어하트, 괜찮아?"

파이어하트는 대답할 수가 없었다. 그는 빈 울타리를 올려다보며, 자신이 방금 무엇을 보았는지 이해하려고 노력했다. 두발쟁이가 클라우드포를 잡아 갔다! 파이어하트는 어린 고양이의 겁에 질린 표정을 잊을 수 없었다. 클라우드포를 어디로 데려간 걸까? 그곳이 어디가 됐든, 클라우드포는 가고 싶어 하지 않았다.

"발바닥에서 피가 나."

샌드스톰이 말했다.

파이어하트는 앞다리를 들어 발바닥을 살펴보았다. 그리고 흐르는 피를 멍하니 바라보고만 있었다. 샌드스톰이 몸을 숙여 상처에 붙은 모래를 핥아 내 주었다. 상처가 따끔거렸지만 그는 그냥 가만히 있었다. 상처를 핥아 주는 규칙적인 몸짓이 마음을 달래 주었다. 오래전 새끼 고양이 시절로 돌아간 것 같았다. 마음을 얼어붙게 만들었던 극심한 공포가 차츰 녹아내리기 시작했다.

"클라우드포가 사라져 버렸어."

파이어하트는 침울하게 말했다. 그의 심장은 마치 속이 텅 빈

통나무가 되어 버린 것 같았다. 심장이 뛸 때마다 슬픔이 온몸에 퍼졌다.

"집에 오는 길을 찾을 거야."

샌드스톰이 말했다. 파이어하트는 그녀의 침착한 연녹색 눈동자를 바라보며 한 줄기 희망을 느꼈다.

"집에 오고 싶어 한다면 말이야."

샌드스톰이 덧붙였다. 그녀의 말이 가시처럼 그를 찔렀다. 하지만 그녀의 눈에는 연민이 가득했다. 파이어하트는 샌드스톰이 오직 진실만을 말하고 있다는 것을 알 수 있었다.

"클라우드포는 두발쟁이들이 데려간 곳에서 더 행복할지도 몰라. 너도 클라우드포가 행복하길 바라지?"

파이어하트는 천천히 고개를 끄덕였다.

"그럼 이제 진영으로 돌아가자."

샌드스톰이 힘차게 말했다. 파이어하트는 좌절감을 느꼈다.

"너한텐 쉽겠지!"

그는 거칠게 내뱉었다.

"넌 종족의 다른 고양이들과 피를 나누었으니까. 클라우드포는 내 유일한 혈육이었어. 이제 종족에서 나와 가까운 고양이는 아무도 없단 말이야."

샌드스톰이 마치 한 대 맞은 것처럼 움찔했다.

"어떻게 그런 말을 할 수가 있어? 너에게는 내가 있잖아!"

그녀가 쏘아붙였다.

"난 널 도우려고 최선을 다했어. 그게 너에게는 아무 의미도 없는 거야? 난 우리 우정이 너에게도 소중할 거라 생각했어. 그런데 내가 완전히 잘못 생각한 거였네!"

그녀는 홱 돌아서서 꼬리로 파이어하트의 다리를 찰싹 치고, 숲으로 달려가 버렸다.

파이어하트는 샌드스톰의 반응에 당황하여 그녀가 사라지는 모습을 바라보고만 있었다. 발이 쓰라렸고, 그 어느 때보다도 초라해진 기분이었다. 그는 프린세스의 울타리를 피해서 천천히 숲을 거닐기 시작했다. 클라우드포에게 일어난 일을 누이에게 어떻게 설명해야 할지 엄두가 나지 않았다.

다른 고양이들에게 뭐라고 말할지도 걱정이었다. 걸음걸음마다 쌓이는 걱정이 날카로운 가시처럼 찔러 대서 더욱 비참한 기분이 들었다. 그의 혈육이 애완 고양이의 나약한 생활로 돌아갔다는 사실을 다크스트라이프가 알게 되면, 얼마나 고소해할 것인가? '한번 애완 고양이는 영원한 애완 고양이지!' 파이어하트를 그토록 따라다니던 그 빈정거림도 결국 일리가 있었던 걸까?

소나무 밑에서 종종거리며 움직이는 쥐가 눈에 들어왔다. 어찌됐든 종족에게는 먹이가 필요했다. 그는 본능적으로 자세를 낮추었다. 하지만 이번만큼은 사냥하는 것이 하나도 즐겁지 않았다. 쥐를 쫓아가서 냉정하고 재빠르게 처리한 그는 잡은 먹이를 물고 진영으로 향했다.

가라앉는 해가 나무 꼭대기에 막 닿았을 때, 파이어하트는 가시금작화 굴길에 다다랐다. 그는 잠시 걸음을 멈추고 길게 숨을 들이쉰 다음 공터로 걸어 들어갔다. 입에 물린 쥐가 이리저리 흔들렸다.

종족은 저녁 식사를 마치고 공터 여기저기에서 혀를 나누고 있었다. 마우스퍼가 진영 입구에서 그를 맞이했다. 그는 마우스퍼가 자신이 돌아오기를 기다린 건지 궁금했다.

"오랫동안 나가 계셨군요. 별일 없는 거죠?"

그녀가 부드럽게 물었다.

파이어하트는 어색하게 시선을 돌렸다. 아무래도 클라우드포의 소식은 블루스타에게 먼저 알려야 할 것 같았다.

"부지도자가 자리를 비워서 화이트스톰이 저녁 순찰대를 정해 줬어요."

마우스퍼가 말을 이었다.

"어…… 잘됐네요. 고맙습니다."

파이어하트는 우물거리며 대답했다.

마우스퍼는 정중하게 고개를 숙여 인사하고 자리를 떠났다. 그 모습을 지켜보던 파이어하트는 클라우드포가 없다고 해서 자신이 혼자인 것은 아니라고 스스로를 위안하려고 애썼다. 비록 임명식의 관례가 지켜지지는 않았지만, 고양이들 대부분은 파이어하트를 부지도자로 받아들이고 있었다. 별족도 똑같이 받아들여 줄 거라고 확신할 수 있다면 얼마나 좋을까? 진영에 오기 전에 느꼈던 두려움이 마치 시끄럽게 푸드덕거리는 까마귀 떼처럼 파이어하트의 머릿속을 다시 어지럽혔다. 클라우드포를 잃은 것은 천둥족이 전사 하나를 잃었다는 뜻이었다. 이것은 별족이 천둥족을 벌하려 한다는 신호가 아닐까? 아니면 혹시 전사 조상들이 애

202

완 고양이는 종족에 속할 수 없다는 것을 알려 주는 신호일까?

파이어하트는 걱정과 불안의 무게에 짓눌려 다리가 꺾일 것만 같았다. 그는 잡아 온 먹잇감을 먹이 더미에 내려놓고 주변을 살폈다. 샌드스톰이 참새 한 마리를 앞에 놓고 러닝윈드 옆에 앉아 있었다. 황갈색 암고양이가 비난하는 듯한 눈초리를 보내자 파이어하트는 움찔했다. 그녀에게 사과해야 한다는 것을 알고 있었지만, 그보다 먼저 블루스타에게 클라우드포의 일을 알려야 했다.

파이어하트는 지도자의 거처로 향했다. 입구에서 도착을 알리자 뜻밖에도 화이트스톰이 대답을 했다. 파이어하트는 이끼 장막 사이로 머리를 들이밀었다. 잠자리에 몸을 말고 앉은 블루스타는 고개를 들고 눈을 반짝이며 화이트스톰과 혀를 나누고 있었다. 믿을 수 있는 친구와 우정을 나누는 지금의 모습만큼은 천둥족 지도자도 여느 전사들과 다름없어 보였다. 블루스타의 얼굴에 나타난 만족스러운 표정을 보자, 나쁜 소식으로 즐거운 시간을 방해할 수 없다는 생각이 들었다. 파이어하트는 클라우드포의 일은 나중에 말하기로 마음먹었다.

"그래, 무슨 일이냐?"

블루스타가 물었다.

"아…… 저, 저는 혹시 배가 고프시진 않은가 해서요."

파이어하트가 둘러댔다.

"흠, 그래? 고맙군. 그런데 화이트스톰이 벌써 가져다주었구나."

그녀가 고갯짓으로 거처 바닥에 놓인 반쯤 먹은 비둘기를 가리켰다.

"어…… 네, 잘됐네요. 그럼 전 가 보겠습니다."

블루스타가 무슨 일인지 더 묻기 전에 파이어하트는 재빨리 거처에서 빠져나왔다. 그는 먹이 더미로 돌아가서 자신이 잡아 온 쥐를 골라 물고 샌드스톰과 러닝윈드가 있는 쐐기풀 더미로 향했다.

파이어하트가 다가오는 모습을 보자 샌드스톰은 시선을 피하며 먹이의 날개를 뜯는 데 열중했다. 파이어하트는 가져온 쥐를 바닥에 내려놓았다.

"안녕하세요?"

러닝윈드가 파이어하트를 반겼다.

"식사 시간을 놓치는 줄 알았습니다."

파이어하트도 상냥하게 대답하고 싶었지만, 자신도 모르게 무뚝뚝한 말이 튀어나왔다.

"바빠서요."

러닝윈드는 샌드스톰을 힐긋 보았다. 그녀는 여전히 종족 부지도자를 못 본 척하고 있었다. 파이어하트는 러닝윈드의 수염이 실룩거리는 걸 보았다.

"아까는 미안했어."

파이어하트는 샌드스톰에게 속삭였다.

"그래야지."

그녀가 고개도 들지 않고 대꾸했다.

"넌 좋은 친구가 되어 주었는데, 내가 고마워하지도 않는 것처럼 굴어서 미안해."

"그래, 알았어. 다음부터는 너무 네 입장에서만 생각하지 말았으면 해!"

"우리 다시 친구가 된 거지?"

"우린 언제나 친구야."

샌드스톰이 짧게 대답했다.

마음이 놓인 파이어하트는 샌드스톰 옆에 앉아 쥐를 오독오독 씹기 시작했다. 러닝윈드는 한마디도 끼어들지 않았지만, 재미있어하는 눈빛이었다. 다른 전사들도 파이어하트와 샌드스톰의 대화에 관심을 쏟고 있는 것이 틀림없었다. 파이어하트는 민망해서 털이 쭈뼛 선 채 어색하게 공터를 둘러보았다.

훈련병들의 거처 앞에서는 다크스트라이프가 애쉬포에게 무언가를 이야기하고 있었다. 파이어하트는 다크스트라이프가 왜 다른 전사들과 함께 먹이를 먹지 않고 더스트펠트의 훈련병에게 말을 걸고 있는지 궁금했다. 애쉬포는 고개를 저었지만, 얼룩무늬 전사는 이야기를 계속했다. 결국 애쉬포는 눈을 내리깔고 공터를 가로질러 쐐기풀 더미를 향해 걸어오기 시작했다.

파이어하트는 귀를 쌜룩거렸다. 다크스트라이프가 어린 회색 훈련병을 바라보는 모습에서 뭔가가 잘못되었다는 것을 직감할 수 있었다.

애쉬포는 파이어하트 앞에서 멈춰 섰다. 몸집이 작은 훈련병은 바짝 긴장한 채 꼬리를 초조하게 흔들고 있었다.

"무슨 문제라도 있어?"

파이어하트가 물었다.

"그냥 클라우드포가 어디 있나 궁금해서요. 식사 시간 전까지는 돌아온다고 했거든요."

애쉬포가 말했다.

파이어하트의 시선은 훈련병을 지나쳐 그들을 주의 깊게 살피고 있는 다크스트라이프에게로 향했다. 얼룩무늬 전사는 호기심을 숨기지 않고 눈을 번득이고 있었다.

"다크스트라이프에게 전해. 궁금하면 직접 와서 물어보라고!"

애쉬포가 움찔했다.

"죄, 죄송해요."

그가 우물거리며 말했다.

"다크스트라이프가 저에게……."

훈련병은 어쩔 줄 몰라 하며 발을 이리저리 움직이더니, 갑자기 고개를 들고 파이어하트를 똑바로 바라보았다.

"실은 다크스트라이프만 궁금해하는 게 아니에요. 저도 걱정이 돼요. 클라우드포가 분명히 이 시간쯤에 돌아올 거라고 말했거든요."

훈련병은 머뭇거리다가 다른 곳을 쳐다보며 덧붙였다.

"클라우드포는 무슨 일을 하든지, 항상 약속을 지키거든요."

파이어하트는 깜짝 놀랐다. 클라우드포가 다른 전사들처럼 동료들의 존경과 믿음을 얻을 수 있으리라고는 생각도 못 했다. 하지만 애쉬포는 어떤 의미로 '무슨 일을 하든지'라고 말한 걸까?

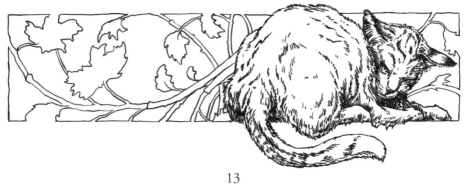

13

잠든 것처럼 보이는 적

"클라우드포는 별일 없는 거예요?"

애쉬포가 물었다.

파이어하트는 눈을 끔벅이며 클라우드포가 사라진 일에 대해 설명할 적당한 말을 생각해 보았다.

"클라우드포는 종족을 떠난 것 같구나."

이미 일어난 일을 숨기려고 해 봤자 아무런 소용이 없었다.

충격과 당혹감으로 애쉬포의 눈이 휘둥그레졌다.

"떠, 떠났다고요?"

애쉬포가 되물었다.

"하지만 그럴 거라면 우리에게 말이라도 해 줬을 거예요. 클라우드포가 거기 머무를 거라고는 생각도 못 했다고요!"

"어디에 머무른다고?"

러닝윈드가 일어나 앉으며 날카롭게 물었다.

"무슨 일이야?"

애쉬포는 죄책감이 깃든 얼굴로 파이어하트를 힐긋 보았다. 뜻하지 않게 친구의 비밀을 밝힌 셈이 된 것이다.

"가서 저녁을 먹어."

파이어하트가 부드럽게 말했다.

"다크스트라이프에게는 클라우드포가 애완 고양이의 삶으로 돌아갔다고 전해 주고. 이제 비밀은 없으니까."

"클라우드포가 정말로 떠났다니, 믿기지가 않아요."

애쉬포가 서글프게 말했다.

"정말 보고 싶을 거예요."

애쉬포는 돌아서서 훈련병의 거처로 터벅터벅 걸어갔다. 다크스트라이프가 굶주린 올빼미처럼 애쉬포를 기다리고 있었다. 해 질 무렵이면 진영 전체에 클라우드포의 소식이 퍼져 있을 것이다.

"클라우드포가 어디로 갔다는 겁니까?"

러닝윈드가 파이어하트에게 몸을 돌리며 다그치듯 물었다.

"두발쟁이들과 함께 살려고 갔습니다."

파이어하트가 대답했다. 말 한마디 한마디가 돌이 되어 떨어지는 것 같았다. 귓가에는 아직도 도움을 청하던 클라우드포의 절절한 외침이 맴돌았다. 하지만 파이어하트는 방황하는 훈련병에 대해 해명을 해 봤자 아무런 의미가 없다고 생각했다. 클라우드포가 두발쟁이가 주는 먹이를 받아먹고 살이 쪘다는 사실이 드러나면, 그가 원치 않는데도 잡혀 갔다는 것을 종족이 믿어 줄까?

러닝윈드가 얼굴을 찌푸렸다.

"다크스트라이프가 좋아할 만한 소식이군요."

과연 얼룩무늬 전사는 애쉬포가 전해 준 소식을 듣고 의기양양하게 공터를 건너다보았다. 파이어하트는 가슴이 철렁 내려앉는 기분으로 다크스트라이프가 롱테일과 스몰이어에게 걸어가는 모습을 지켜보았다. 클라우드포가 사라졌다는 소식은 덩굴이 뻗어 가듯 종족 전체에 퍼지기 시작했다. 스몰이어는 떡갈나무 가지 사이를 비집고 들어가 원로들과 소식을 나누었고, 옛 스승에게서 이야기를 전해 들은 롱테일은 고개를 끄덕이고는 보육실로 향했다. 파이어하트가 우려했던 대로 다크스트라이프는 파이어하트의 혈육이 원래의 애완 고양이 생활로 돌아갔다는 소식을 진영 전체에 빠짐없이 알렸다.

"아무것도 안 할 거야?"

샌드스톰이 분통을 터뜨리며 앙칼지게 물었다.

"다크스트라이프가 클라우드포에 대해 떠들고 다니도록 내버려 둘 거야?"

파이어하트는 고개를 저으며 슬픈 목소리로 대답했다.

"그게 사실인데 어쩌겠어?"

"네가 직접 종족에게 말하면 되잖아!"

샌드스톰이 버럭 소리쳤다.

"무슨 일이 있었는지 정확하게 설명을 해."

"클라우드포는 애완 고양이의 먹이를 받아먹은 순간부터 종족 생활을 거부한 거야."

"글쎄, 적어도 블루스타에게는 보고해야지."

샌드스톰이 재촉했다.

"너무 늦었어."

러닝윈드가 중얼거렸다.

갈색 전사의 시선을 따라가던 파이어하트는 블루스타의 거처로 향하는 다크스트라이프를 발견했다. 지도자에게 그 무엇보다 필요한 평온한 저녁 시간을 방해할 참인 것이다. 파이어하트는 다크스트라이프의 이기적이고 심술궂은 행동이 못마땅해서 꼬리를 마구 흔들었다. 하지만 자신이 이렇게 화가 나는 이유는 실은 클라우드포 때문이라는 것도 잘 알았다.

"자, 어쨌든 저녁은 마저 먹어야지."

샌드스톰이 조금 전보다 누그러진 목소리로 말했다. 하지만 파이어하트는 식욕이 남아 있지 않았다. 그는 그저 공터를 둘러보며, 클라우드포의 소식을 들은 다른 고양이들의 눈빛을 받아 냈다. 걱정스러워하는 고양이들도 있었고, 오직 호기심에 눈을 빛내는 고양이들도 있었다.

러닝윈드가 꼬리로 파이어하트의 뒷다리를 툭 쳤다.

"저길 보세요."

다크스트라이프가 우쭐거리는 표정을 숨기지도 않은 채 그들에게 다가오고 있었다.

"블루스타가 좀 보자고 하십니다."

그가 파이어하트에게 큰 소리로 말했다.

파이어하트는 한숨을 내쉬고 일어나서 지도자의 거처로 발걸음을 옮겼다.

그는 불안한 마음에 지도자의 거처 입구에서 머뭇거렸다. 블루스타는 틀림없이 이번 일을 천둥족 고양이가 또다시 배신한 사건으로 받아들일 것이다. 그렇다면 지도자는 클라우드포와 마찬가지로 애완 고양이 출신인 파이어하트까지 의심하지 않을까?

"들어와라, 파이어하트."

블루스타가 소리쳤다.

"네가 거기 숨어 있는 것 다 알고 있다!"

파이어하트는 이끼 장막을 밀치고 들어갔다. 블루스타는 잠자리에 몸을 말고 있었다. 그 곁에는 화이트스톰이 호기심으로 눈을 크게 뜨고 있었다. 파이어하트는 불안해서 귀가 움찔거리는 것을 멈추려고 잔뜩 힘을 주어 세웠다.

"그 일 때문에 아까 왔던 거로구나."

블루스타가 말했다.

"내가 배고픈지 궁금해하면서 말이야!"

파이어하트는 지도자의 장난스러운 말투에 긴장이 조금 풀렸다.

"넌 내가 죽어 갈 때가 아니면 먹이를 가져다주는 일이 없지 않느냐! 그래서 내가 다 죽어 간다는 소문이 진영에 돌고 있나 보다 생각했지."

파이어하트는 지도자가 클라우드포의 소식을 그렇게 침착하게 받아들인다는 사실이 믿기지 않았다.

"죄, 죄송합니다. 클라우드포에 대해 말씀드리려고 했는데, 아까는 너무…… 너무 평온해 보이셔서요. 심기를 불편하게 해 드리고 싶지 않았습니다."

"요즘 들어서 내 상태가 좋지는 않았지."

블루스타가 고개를 끄덕이며 인정했다.

"하지만 난 거미줄처럼 쉽게 허물어지지는 않는다."

말을 이어 나가면서 그녀의 푸른 눈이 점점 진지해졌다.

"난 여전히 너의 지도자다. 내 종족에게 무슨 일이 일어나는지 빠짐없이 알아야 해."

"네, 블루스타."

"자, 다크스트라이프 말로는 클라우드포가 두발쟁이와 함께 살려고 갔다더구나. 이런 일이 일어날 줄 알고 있었느냐?"

파이어하트는 고개를 끄덕였다.

"하지만 얼마 전까지만 해도 몰랐습니다. 클라우드포가 두발쟁이의 보금자리에 먹이를 먹으러 간다는 건 저도 어제 알게 되었거든요."

"그래서 그 문제는 너 혼자 해결할 작정이었군."

블루스타가 중얼거렸다.

"네."

파이어하트는 잠자코 지켜보고만 있는 화이트스톰을 흘깃 보았다. 나이 든 전사의 노련한 눈빛은 무엇 하나 놓치지 않는 듯했다.

"마음이 가는 방향을 다른 누가 정해 줄 수는 없는 것이다."

블루스타가 말했다.

"클라우드포의 마음이 애완 고양이의 삶을 향한다면, 별족도 그걸 바꿀 수는 없어."

"네, 저도 압니다."

파이어하트가 동의했다.

"하지만 그렇게 단순하지 않습니다."

그는 클라우드포의 행동에 대해 종족 고양이들에게 변명해 주고 싶지는 않았다. 하지만 블루스타에게는 어떤 일이 일어났는지 정확하게 알리고 싶었다. 그것이 클라우드포를 위한 것인지 아니면 자신을 위한 것인지 분명하진 않았지만.

"사실은 두발쟁이들이 클라우드포를 억지로 데려간 것입니다. 클라우드포는 가고 싶어 하지 않았습니다."

"억지로 데려갔다고요? 그렇게 말하는 이유가 뭡니까?"

화이트스톰이 물었다.

"클라우드포가 괴물 안에 실리는 걸 봤습니다."

파이어하트가 설명했다.

"도와 달라고 외치고 있었습니다. 뒤쫓아 갔지만 할 수 있는 일이 아무것도 없었습니다."

"하지만 한동안 두발쟁이들이 주는 먹이를 받아먹었다면서?"

블루스타가 눈을 가늘게 뜨며 지적했다.

"맞습니다. 그 문제에 대해서 어제 클라우드포와 이야기를 해 봤습니다. 그런데 그 녀석이 정말 애완 고양이의 삶을 살고 싶어 하는 건지는 잘 모르겠습니다. 자기를 여전히 종족 고양이라고 여기는 것 같았거든요."

파이어하트는 마른침을 삼켰다.

"클라우드포는 자기가 얼마나 심각하게 전사의 규약을 어기고 있는지 전혀 모르는 것 같았습니다."

"클라우드포가 천둥족에게 꼭 필요한 전사가 될 거라고 확신하느냐?"

블루스타가 물었다.

파이어하트는 눈을 내리깔았다. 자신이 가르친 훈련병이 부끄러웠다. 그리고 블루스타의 질문에 담긴 의도를 알아차릴 수 있었다.

"클라우드포는 아직 어립니다."

그는 조용히 대답했다.

"비록 스스로는 아직 깨닫지 못했지만, 제가 보기엔 종족 고양이의 심장을 가지고 있습니다."

"파이어하트."

블루스타의 목소리는 온화했다.

"천둥족에는 충성스럽고 용감한 고양이들이 필요하다. 너처럼 말이다. 클라우드포가 잡혀 갔다면, 그건 아마도 별족의 뜻일 것이다. 클라우드포가 숲에서 태어나진 않았더라도, 우리 조상 전사들이 관심을 가질 만큼 충분히 오랫동안 종족과 함께 지냈으니까. 너무 슬퍼하지 말아라. 녀석이 어디로 갔든지 그곳에서 행복을 찾을 수 있도록 별족이 살펴 주실 것이다."

파이어하트는 천천히 눈을 들어 옛 스승을 바라보았다.

"고맙습니다, 블루스타."

그는 별족이 정말로 클라우드포를 잘 보살펴 줄 것이라 믿고 싶었다. 그 훈련병을 떠나보낸 것이 별족이 종족을 벌하기 위해서라거나, 애완 고양이를 인정할 수 없다는 신호를 보내는 것이 아니기를 바랐다. 그는 확신이 서지는 않았지만, 자신을 이해해 주는 지도자가 고마웠다. 그리고 그녀가 클라우드포가 사라진 일을 어두운 징조로 여기지 않은 것에 크게 안도했다.

그날 밤 파이어하트는 또다시 꿈을 꾸었다. 맑은 밤하늘이 펼쳐진 가운데, 꿈은 마치 별처럼 반짝이는 발톱으로 그를 움켜쥐었다. 그리고 나무 네 그루를 향해 숲 위를 높이 날아가, 거대한 바위에 떨어뜨려 놓았다. 파이어하트는 발밑에서 영원히 변치 않는 바위의 힘을 느낄 수 있었다. 클라우드포를 쫓아가느라 입은 상처 때문에 욱신거리는 발바닥에 서늘하고 매끈한 바위가 닿자 기분이 좋았다. 그는 스파티드리프가 다가오는 것을 느꼈다. 이번에는 지난번 꿈에서처럼 그녀에게서 버림받지 않았다는 생각에 안심이 되었다.

"파이어하트."

익숙한 목소리가 귓가에 속삭였다. 파이어하트는 달빛에 반짝이는 치료사의 삼색얼룩 털을 기대하며 몸을 돌렸다. 하지만 스파티드리프는 거기 없었다.

"스파티드리프, 어디 있어요?"

그가 소리쳤다. 그녀를 보고 싶다는 간절함으로 심장이 저릿했다.

"파이어하트."

다시 목소리가 들렸다.

"잠든 것처럼 보이는 적을 조심해."

"무슨 뜻이에요?"

파이어하트는 가슴이 옥죄는 듯 답답했다.

"무슨 적을 말하는 거예요?"

"조심해!"

215

파이어하트는 눈을 뜨고 고개를 번쩍 들었다. 거처 안은 아직 어두웠고, 다른 전사들의 고른 숨소리가 들렸다. 파이어하트는 몸을 일으켜, 잠든 전사들을 이리저리 피하며 입구를 향해 나아갔다. 다크스트라이프 옆을 지날 때, 그가 눈은 감고 있지만 귀를 쫑긋 세우고 경계하고 있다는 것을 눈치챘다.

'잠든 것처럼 보이는 적을 조심해.'

머릿속에 다시 한 번 경고의 목소리가 들렸다. 하지만 파이어하트는 머리를 흔들어 생각을 떨쳐 버렸다. 스파티드리프가 굳이 다크스트라이프를 조심하라고 일깨워 줄 필요는 없었다. 그는 다크스트라이프가 천둥족에 충성한다고 해서 그게 부지도자인 자신에게도 충성한다는 의미는 아니라는 걸 이미 잘 알고 있었다. 스파티드리프의 경고는 뭔가 다른 것과 연관되어 있었다. 그가 스스로 깨닫지 못하는 무언가를 걱정하는 것이 틀림없었다.

공터에는 은빛이 감도는 희미한 달빛이 비치고 있었고 서늘한 바람이 불었다. 파이어하트는 공터 끄트머리에 앉아서 별들을 올려다보았다. 스파티드리프가 두려워한 것은 무엇일까? 그는 최근에 자신에게 일어난 일들을 하나하나 돌이켜 보았다. 블루스타가 회복된 일, 클라우드포가 사라진 일, 병든 그림자족 고양이들을 발견한 일……

'그림자족 고양이들!'

신더펠트는 그림자족 고양이들의 병을 치료했다고 말했지만, 어쩌면 그들은 단지 겉으로만 병이 나은 것처럼 보였을 뿐, 실제로는 아닐 수도 있었다. 벼룩에게 꼬리를 물린 것처럼 온몸에 전

216

율이 흘렀다. 스파티드리프는 치료사였으니, 그 병이 정말로 치료된 것이 아니라는 사실을 알았을지도 모른다. 생각하면 할수록 방금 꾼 꿈이 바로 그 질병에 대한 것이라는 확신이 들었다.

박쥐들이 나무들 사이로 날아올랐다. 소리 없는 날갯짓에 그를 사로잡은 불안의 불꽃이 활활 타오르는 것 같았다. 왜 그림자족 고양이들을 천둥족 영역에 머무르게 해 주었을까? 신더펠트에게 병을 치료한 것이 확실한지 물어봤어야 했다. 그는 벌떡 일어나 조용히 공터를 가로질러 옐로팽의 거처로 달려갔다.

고사리 굴길에서 빠져나온 파이어하트는 숨을 헐떡이며 미끄러지듯 멈춰 섰다. 옐로팽이 코 고는 소리가 어두운 바위틈에서 흘러나오고 있었다. 공터를 둘러싼 고사리 덤불 속 잠자리에서 신더펠트의 조용한 숨소리를 들을 수 있었다. 그는 작은 분지 안으로 고개를 들이밀었다.

"신더펠트!"

그는 다급한 목소리로 불렀다.

"파이어하트?"

신더펠트가 잠에 취한 목소리로 대답했다.

"신더펠트!"

파이어하트가 다시 한 번 큰 소리로 부르자, 이번에는 신더펠트가 눈을 떴다. 그녀는 눈을 찡그리고 그를 바라보다가, 몸을 뒤척이며 고개를 들었다.

"무슨 일이세요?"

그녀가 인상을 찌푸리며 물었다.

"그림자족 고양이들이 정말로 치료된 게 맞아? 확실해?"

파이어하트가 다그쳤다. 거처 안에 있는 옐로팽에게는 어차피 들리지 않겠지만, 그래도 목소리를 한껏 낮추었다.

신더펠트는 어리둥절한 얼굴로 눈을 끔뻑거렸다.

"그걸 물어보려고 깨운 거예요? 어제 말했잖아요, 나아지고 있다고."

"하지만 아직도 아픈 거지?"

"음, 그렇죠."

신더펠트가 인정했다.

"하지만 전보다는 훨씬 나아졌어요."

"그럼 넌 어때? 넌 아무 증상도 없어? 천둥족 고양이들 중에서 열이 나거나 아파서 찾아온 고양이는 없었고?"

신더펠트는 하품을 하며 기지개를 켰다.

"전 괜찮아요. 그림자족 고양이들도 괜찮아요. 천둥족도 괜찮고요."

그녀는 피곤하다는 듯이 고개를 절레절레 저었다.

"다들 괜찮다고요! 맙소사, 별족이시여! 도대체 뭐가 걱정되는 거예요?"

"꿈을 꿨어."

파이어하트는 겸연쩍은 얼굴로 설명했다.

"스파티드리프가 나에게 와서, 잠든 것처럼 보이는 적을 조심하라고 했어. 내 생각에는 그 병을 조심하라는 뜻 같아서 말이야."

신더펠트가 콧방귀를 뀌었다.

"그 꿈이 무슨 뜻인지 아세요? 아주 힘든 하루를 보낸 불쌍한 신더펠트를 깨우지 말라는 경고가 분명해요. 깨웠다가는 수염을 다 뽑힐지도 모른다는 경고요!"

파이어하트는 그제야 그녀가 몹시 지쳐 보인다는 것을 깨달았다. 요즘 들어 더욱 바빴을 것이다. 진영에서 맡은 일도 있는 데다 리틀클라우드와 화이트스로트까지 돌봐야 했으니까.

"미안해. 하지만 그림자족 고양이들은 떠나야 해."

신더펠트가 처음으로 눈을 번쩍 떴다.

"완전히 나을 때까지 있어도 좋다고 했잖아요. 꿈 때문에 마음을 바꿨다는 거예요?"

"스파티드리프의 경고는 전에도 맞았거든."

파이어하트가 대답했다.

"그림자족 고양이들을 머물게 하는 건 위험한 일이야. 그런 위험을 감수할 수는 없어."

신더펠트는 잠시 말없이 그를 바라보다가 입을 열었다.

"제가 말할게요."

파이어하트는 고개를 끄덕였다.

"내일 꼭 말해야 돼."

그는 힘주어 말했다.

"네, 제가 얘기할게요."

신더펠트가 앞발에 턱을 올려놓으며 약속했다.

"그렇지만 그 꿈이 틀렸으면 어떻게 해요? 그들 말대로 질병이 그림자족을 휩쓸고 있다면, 그들을 죽음으로 내모는 거나 마찬가지라고요."

파이어하트는 숨이 턱 막히는 기분이었다. 하지만 자신의 종족을 지켜야 한다는 것을 알고 있었다.

"그들에게 치료약을 만드는 방법을 알려 주면 되지 않을까?"

신더펠트가 고개를 끄덕였다.

"그래, 방법을 알려 주면 자기 몸도 직접 돌볼 수 있고, 어쩌면 그림자족 동료들을 도울 수 있을지도 몰라."

가엾은 그림자족 고양이들을 완전히 외면하는 것은 아니라고 생각하니 조금 안심이 되었다. 하지만 그들을 돌려보내야 하는 이유는 설명해야 할 것 같았다.

"신더펠트, 난 스파티드리프의 경고를 들어야 해……."

그는 단단하게 응어리진 슬픔에 목이 메어 말을 이을 수 없었다. 주변에서 풍기는 고사리 냄새 때문에 치료사에 대한 기억이 더욱 또렷하게 살아났다. 이곳은 스파티드리프가 종족을 치료하며 머물렀던 곳이었다.

"스파티드리프가 아직도 살아 있는 것처럼 말하네요."

신더펠트가 눈을 감으며 말했다.

"별족과 함께 쉬도록 해 주면 안 될까요? 그녀가 파이어하트에게 특별했다는 건 알아요. 하지만 제가 실버스트림에 대한 생각에 사로잡혀 있을 때 옐로팽이 제게 해 준 말 있잖아요, 그걸 생각해 보세요. 오늘에 집중하고, 지나간 일에 대한 걱정은 집어치우라는 거요."

"스파티드리프를 생각하는 게 무슨 잘못이라는 거야?"

파이어하트가 반발했다.

"꿈에서 스파티드리프를 만나는 동안, 파이어하트가 정작 걱정해 줘야 하는 다른 고양이는 코앞에 두고도 모르고 있잖아요. 살아 있는 고양이 말이에요."

파이어하트는 어리둥절한 표정으로 신더펠트를 바라보았다.

"무슨 소리를 하는 거야?"

"모른단 말이에요?"

"뭘 몰라?"

신더펠트가 눈을 크게 뜨고 고개를 쳐들었다.

"파이어하트, 종족의 모든 고양이가 알아요. 샌드스톰이 파이어하트를 아주, 아주 많이 좋아한다는 걸요!"

파이어하트는 갑자기 털가죽이 뜨거워지는 기분이었다. 아니라고 말하려고 했지만 신더펠트는 무시해 버렸다.

"이제 절 좀 내버려 두고 가 주세요."

그녀는 다시 발에 턱을 올려놓으며 중얼거렸다.

"리틀클라우드와 화이트스로트에게는 내일 떠나라고 얘기할게요. 약속해요."

파이어하트가 고사리 굴길에 다다랐을 때, 신더펠트가 작게 코고는 소리가 옐로팽의 거친 숨소리와 한데 뒤섞여 들려왔다. 공터로 걸어가는 동안에도 여전히 그의 머릿속은 혼란스러웠다. 샌드스톰이 자신을 좋아하고 존중해 준다는 것은 그도 잘 알고 있었다. 그가 처음 종족에 들어왔을 때만 해도 전혀 기대할 수 없었던 일이었다. 하지만 샌드스톰이 자신에게 우정 이상의 강렬한 감정을 느낀다고는 전혀 생각하지 못했다. 문득 그녀가 자신의 다친 발을 핥아 주었을 때 보였던 부드러운 눈빛이 떠올랐다. 그리고 전에는 한 번도 경험해 보지 못한 느낌에 털끝이 찌릿찌릿해지기 시작했다.

14

말라 버린 숲

그 후로 며칠 동안 천둥족 영역에 있는 물줄기들이 점점 줄어들었다. 이제는 해 드는 바위 너머 강족 경계 근처에서만 신선한 물을 찾을 수 있었다.

"이런 여름은 처음이야."

원아이가 투덜거렸다.

"숲이 이렇게 바짝 말라 버리다니."

파이어하트는 구름 한 점 없는 하늘을 올려다보며, 비가 내리게 해 달라고 별족에게 빌었다. 천둥족 고양이들은 가뭄 때문에 물을 얻기 위해, 신더펠트가 그림자족 고양이들을 숨겨 주었던 동굴에 점점 더 가까이 가고 있었다. 파이어하트는 그곳에 남아 있는 질병의 흔적에 아무도 다가가지 않기를 바랐다. 한편 물 걱정을 하느라 클라우드포에게 일어난 일과 훈련병의 거취에 대해 걱정할 시간이 없다는 건 감사한 일이었다.

해가 가장 높이 뜬 시간에 나갔던 순찰대가 막 돌아왔다. 프로스트퍼가 강에 물을 마시러 가기 위해 원로들과 어미 고양이들을 모으고 있었다. 그들은 공터 가장자리의 좁은 그늘에 모였다.

"별족이 왜 이런 가뭄을 주시는 거지?"

스몰이어가 불평하는 소리가 들렸다. 파이어하트는 나이 많은 회색 수고양이가 자신을 흘깃 쳐다보는 것을 느꼈다. 부지도자 임명식을 제대로 치르지 않았다며 경고하던 원로의 목소리가 떠올라, 파이어하트는 온몸이 서늘해졌다.

"내가 걱정되는 건 가뭄이 아니야."

원아이가 말했다.

"숲을 차지한 두발쟁이들이 문제라고. 여기저기 시끄럽게 돌아다니고, 먹잇감을 쫓아 버리고, 악취를 풍겨서 우리가 남긴 냄새 표시를 망가뜨리고 있잖아. 이런 적은 처음이야. 비라도 내려야 두발쟁이들이 떠날 텐데 말이야."

"전 윌로펠트가 걱정이에요."

스페클테일이 말했다.

"강까지 갔다 오려면 꽤 멀리 이동해야 하잖아요. 그동안 새끼 고양이들을 떼어 놓아야 하니까 내키지 않은가 봐요. 하지만 물을 마시지 않으면 젖이 말라 버려서 새끼들도 굶게 될 거예요."

"골든플라워도 마찬가지야."

패치펠트가 끼어들었다.

"우리가 이끼를 물에 적셔서 가지고 오면, 거기서 물을 핥아 먹을 수 있지 않을까?"

그가 의견을 냈다.

"그거 좋은 생각인데요."

파이어하트가 끼어들었다. 자신은 왜 진작 그런 생각을 못 했는지 알 수 없었다. 어쩌면 보육실을, 그중에서도 특히 새끼 고양이 하나를 머릿속에서 밀어 내고 싶었는지도 모른다.

"오늘부터 좀 가져다주실 수 있을까요?"

패치펠트가 고개를 끄덕였다.

"우리 모두가 조금씩 가지고 오겠습니다."

스페클테일이 말했다.

"고맙습니다."

파이어하트는 그녀에게 감사의 눈길을 보냈다. 클라우드포가 있었다면 얼마나 열심히 원로들을 도왔을까 하는 생각에 마음이 아팠다. 클라우드포는 늘 원로들과 가깝게 지냈다. 밤에는 그들의 이야기를 들어 주고, 때로는 함께 먹이를 먹기도 했다. 원로들은 훈련병이 없어졌다는 사실도 알아채지 못하는 것 같아서 그것 또한 마음이 아팠다. 클라우드포가 숲의 생활에 적응할 수 있다고 생각한 것은 오직 그 혼자였을까? 파이어하트는 신경질적으로 귀를 움직거렸다. 블루스타의 말이 맞을지도 모른다. 클라우드포가 숲을 떠난 게 잘된 일일지도. 그렇다고 해도 클라우드포에 대한 생각을 멈출 수가 없었다. 그리고 자신도 당황스러울 정도로 훈련병이 많이 그리웠다.

그는 샌드스톰과 브래큰퍼를 불렀다. 순찰을 마치고 돌아와 쐐기풀 더미 그늘에서 쉬고 있던 그들은 파이어하트가 부르는 소리에 벌떡 일어나 빠른 걸음으로 다가왔다.

"스몰이어와 다른 원로들을 호위해 줄 수 있겠어?"

파이어하트가 물었다.

"강에 얼마나 가까이 가야 할지는 모르겠는데, 혹시 강족 순찰대라도 만나면 도움이 필요할 거야."

그는 잠시 말을 멈추었다.

"피곤한 건 알지만, 다른 고양이들은 훈련하러 나갔거든. 난 화이트스톰과 함께 진영을 지켜야 하고."

"물론이죠."

브래큰퍼가 선선히 대답했다.

"저도 피곤하지 않습니다, 파이어하트."

샌드스톰이 잎사귀 같은 연녹색 눈동자로 그를 뚫어져라 바라보며 말했다.

파이어하트는 며칠 전 신더펠트가 해 주었던 말이 생각나서 발이 간질간질했다.

"어, 좋아."

목소리가 조금 크게 나와 버렸다. 파이어하트는 겸연쩍게 가슴을 핥기 시작했다. 브래큰퍼가 재미있다는 듯 수염을 씰룩거리는 것을 본 그는 더 빠르게 몸을 핥았다.

고양이들이 가시금작화 굴길로 빠져나가고, 한적한 공터에 혼자 남게 되자 파이어하트는 마음이 놓였다. 화이트스톰은 블루스타와 함께 그녀의 거처에 있었다. 윌로펠트와 골든플라워는 새끼 고양이들과 함께 보육실에 있었다. 타이거클로의 새끼 고양이는 지난 며칠 동안 골든플라워의 격려를 받으며 진영 여기저기에서 걸음마를 했다. 파이어하트는 자신도 모르게 새끼 고양이와 눈이 마주치지 않으려고 피했다. 그리고 조금씩 종족 생활에 적응해 가는 새끼 고양이를 조심스럽게 경계하며 지켜보았다.

하지만 지금 다른 새끼 고양이들과 함께 가냘프게 울고 있는 소리를 들으니, 어미가 어서 물을 먹지 못하면 새끼들이 얼마나 배가 고플까 걱정스러울 뿐, 다른 생각은 들지 않았다. 그는 고양이들이 강까지 너무 멀리 가지 않아도 되기를 바랐다. 그는 천천히 덤불을 헤치며 나아가는 원로와 어미 고양이 무리를 상상해 보았다. 그리고 초록잎 사이에서 주황색 털을 반짝이며 곁을 지키는 샌드스톰의 모습도 떠올려 보았다. 불현듯 병든 그림자족 고양이들이 머릿속에 떠올랐다.

'혹시 신더펠트가 그림자족 고양이들을 돌려보내지 않았으면 어쩌지? 아직도 거기 숨어 있으면?'

파이어하트는 몸서리를 쳤다. 그는 서둘러 옐로팽의 공터로 달려가다가, 굴길에서 나오는 신더펠트와 부딪힐 뻔했다.

"무슨 일이에요?"

그녀는 명랑한 목소리로 말하다가, 파이어하트의 어두운 얼굴을 보고는 표정을 바꾸었다.

"리틀클라우드와 화이트스로트에게 떠나야 한다고 말했겠지?"

파이어하트는 다급하게 속삭였다.

"그 얘기는 벌써 끝냈잖아요."

신더펠트가 짜증 난다는 듯 한숨을 푹 쉬었다.

"정말로 떠난 게 확실해?"

"그날 밤에 바로 떠나겠다고 했어요."

227

신더펠트는 더 말해 보라는 듯이 파란 눈으로 파이어하트를 응시했다.

"병의 악취는 남아 있지 않겠지?"

파이어하트는 걱정으로 털을 곤두세운 채 집요하게 물었다.

"저기요!"

신더펠트가 버럭 화를 냈다.

"제가 떠나라고 말했고, 그림자족 고양이들은 떠나겠다고 했어요. 저는 이럴 시간이 없다고요. 열매를 모으러 가야 해요. 안 그러면 새들이 다 먹어 버릴 거란 말이에요. 그렇게 못 믿겠으면 직접 확인해 보시지 그래요?"

치료사의 거처에서 낮은 목소리가 들려왔다.

"거기서 누구와 그렇게 얘기를 하고 있는 거냐? 그만 떠들고 어서 가서 열매들을 모아 와!"

"죄송해요, 옐로팽."

신더펠트가 어깨 너머로 외쳤다.

"파이어하트와 이야기하고 있어요."

신더펠트가 원망의 눈초리로 파이어하트를 쏘아보았다.

옐로팽의 목소리가 다시 들렸다.

"그럼 파이어하트에게 시간 좀 그만 뺏으라고 말하렴. 아니면 나한테 얘기하라고 해!"

신더펠트의 어깨에서 긴장이 풀렸다. 그녀는 재미있다는 듯 수염을 씰룩거렸다. 파이어하트는 미안한 마음이 들었다.

"계속 물어봐서 미안해, 신더펠트. 널 못 믿어서 그러는 게 아니야. 난 그냥······.”

“꼭 안달복달하는 늙은 오소리 같잖아요.”

신더펠트가 파이어하트의 어깨를 다정하게 툭 건드리면서 말했다.

“가서 직접 확인해 보세요. 그래야 마음이 놓일 것 같으면요.”

그녀는 파이어하트를 스치고 지나가 진영 입구로 향했다.

신더펠트의 말이 맞았다. 그 오래된 떡갈나무를 직접 보고 그림자족 고양이들과 병의 흔적이 말끔히 사라진 것을 확인해야만 마음이 편해질 것 같았다. 하지만 지금은 갈 수가 없었다. 진영에 남은 전사가 자신과 화이트스톰밖에 없었기 때문이다. 불안하고 걱정스러워 털이 근질거렸다. 파이어하트는 공터를 이리저리 거닐기 시작했다. 높은 바위 아래에서 되돌아가려고 몸을 돌리는데, 화이트스톰이 그를 향해 걸어오는 모습이 보였다.

“저녁 순찰대는 아직 정하지 않았습니까?”

흰색 전사가 물었다.

“러닝윈드가 쏜포와 마우스퍼를 데리고 가면 될 것 같습니다.”

“좋은 생각입니다.”

화이트스톰이 건성으로 대답했다. 뭔가 다른 생각을 하고 있는 것이 분명했다.

“내일 새벽 순찰에 브라이트포를 데리고 가도 괜찮을까요?”

화이트스톰이 물었다.

“좋은 경험이 될 것입니다. 최근에 훈련을 제대로 시키지 못해서······.”

화이트스톰의 귀가 씰룩거렸다.

문득 파이어하트는 흰색 전사가 블루스타와 함께 점점 더 오랜 시간을 보내고 있다는 것을 깨달았다. 화이트스톰은 지도자를 너무 오랫동안 혼자 두면 무슨 일이 생길지도 모른다는 걱정을 하는 것이 분명했다. 파이어하트는 곤경에 빠진 지도자를 걱정하는 고양이가 자신 말고도 더 있다는 사실에 어쩐지 마음이 놓였다. 게다가 종족에서 가장 존경받는 선임 전사인 화이트스톰이어서 더욱 안심이었다. 하지만 한편으로는 그런 안도감을 느낀다는 것에 죄책감도 들었다.

"물론입니다."

파이어하트가 동의했다.

화이트스톰은 파이어하트 곁에 앉아서 공터를 둘러보았다.

"오늘 오후에는 진영이 조용하군요."

"샌드스톰과 브래큰퍼는 원로들과 어미 고양이들을 데리고 강가에 물을 마시러 갔습니다. 패치펠트가 윌로펠트와 골든플라워를 위해 이끼에 물을 적셔 오겠다고 했고요."

화이트스톰이 고개를 끄덕였다.

"블루스타에게도 좀 드리면 좋겠군요. 진영을 떠나고 싶어 하지 않는 것 같아서 말입니다."

나이 든 전사는 목소리를 낮추었다.

"아침마다 잎사귀에 맺힌 이슬을 먹고 있긴 하지만, 이렇게 더울 때는 그 정도로 충분하지가 않으니까요."

파이어하트의 마음에 또다시 걱정이 밀려들었다.

"지난번에는 훨씬 좋아 보이시던데요."

"계속 좋아지고 있습니다."

흰색 전사가 그를 안심시켰다.

"하지만 아직도……."

전사는 말끝을 흐렸다. 파이어하트는 나이 많은 전사의 얼굴에 나타난 근심 어린 표정만으로도 느낄 수 있었다. 더 이상 말이 필요 없었다.

"이해합니다."

파이어하트가 말했다.

"패치펠트가 돌아오면 블루스타에게도 가져다 드리라고 하겠습니다."

"고맙습니다."

화이트스톰이 눈을 가늘게 뜨고 파이어하트를 보았다.

"정말 잘하고 계십니다."

전사가 침착하게 말했다.

파이어하트는 자세를 바로 했다.

"무슨 뜻인지……?"

"부지도자 역할 말입니다. 그동안 쉽지 않았다는 걸 압니다. 블루스타 문제도 그렇고, 가뭄도 들었고. 하지만 블루스타의 선택이 옳았다는 걸 부정할 고양이는 아무도 없을 것입니다."

'다크스트라이프와 더스트펠트, 원로들 반 정도를 빼면 말이죠.'

파이어하트는 속으로 대꾸했다. 그러다가 자신이 너무 무례하게 굴고 있다는 생각이 들어서, 흰색 전사에게 고마운 마음으로 눈을 끔벅해 보였다.

"고맙습니다, 화이트스톰."

그가 블루스타만큼이나 존중하는 현명한 고양이에게서 이토록 칭찬을 받다니, 기운이 나지 않을 수 없었다.

"클라우드포의 일은 안타깝습니다."

화이트스톰이 부드럽게 이야기를 이어 나갔다.

"정말 힘든 일이라는 걸 압니다. 어쨌든 혈육이니까요. 종족 태생 고양이들에겐 그런 유대감이 너무 당연한 것일 테지만요."

파이어하트는 전사의 세심함에 깜짝 놀랐다.

"네, 그건 그래요."

파이어하트는 머뭇거리며 말을 시작했다.

"클라우드포가 정말 보고 싶어요. 단지 혈육이라서가 아니라, 결국에는 그 녀석이 훌륭한 전사가 될 수 있을 거라고 진심으로 믿었거든요."

그는 곁눈질로 화이트스톰을 살폈다. 혹시 그의 의견에 반대하진 않을까 생각했지만, 놀랍게도 전사는 고개를 끄덕여 주었다.

"훌륭한 사냥꾼이었습니다. 다른 훈련병들에게 좋은 친구이기도 했고요. 하지만 아마도 별족은 클라우드포에게 다른 운명을 정해 놓으셨나 봅니다. 전 치료사가 아니라서 옐로팽이나 신더펠트처럼 별을 읽지는 못합니다. 하지만 그들이 우리 종족을 이끌어 주리라는 것을 단 한 번도 의심해 본 적이 없습니다."

'그래서 이렇게 고귀한 전사가 되신 거군요.'

파이어하트는 전사의 규약에 충성하는 화이트스톰이 존경스럽고 감탄스러웠다. 클라우드포가 화이트스톰의 털끝만큼이라도 전사의 규약을 이해했다면 상황은 아주 달라졌으리라.

그때 진영 밖에서 다급한 발소리가 들려왔다. 두 고양이는 자리에서 벌떡 일어났다. 파이어하트는 진영 입구로 쏜살같이 달려갔다. 스페클테일과 다른 고양이들이 돌투성이 비탈을 급하게 달려 내려오고 있었다. 주변에 부서진 모래와 흙먼지가 나뒹굴었다. 그들은 털을 곤두세우고 있었고, 눈빛은 불안하게 흔들렸다.

"두발쟁이들이에요!"

골짜기 아래에 도착한 스페클테일이 소리쳤다.

파이어하트는 위를 쳐다보았다. 브래큰퍼와 샌드스톰이 힘들게 바위를 뛰어내리는 원로들을 돕고 있었다.

"괜찮아요. 따돌렸어요."

샌드스톰이 아래쪽을 향해 외쳤다.

일행이 모두 무사히 내려오자, 브래큰퍼가 두려움에 휩싸인 목소리로 설명을 시작했다.

"어린 두발쟁이들이 한 무리 있었는데, 그 녀석들이 우리를 쫓아왔어요!"

파이어하트는 놀라서 털이 곤두섰다. 고양이들 사이에서 겁에 질린 웅성거림이 들려왔다.

"다들 괜찮은 겁니까?"

그가 물었다.

샌드스톰이 일행을 둘러보고 고개를 끄덕였다.

"다행입니다."

파이어하트는 심호흡을 하면서 스스로를 진정시켰다.

"두발쟁이들이 어디 있었습니까? 강 근처입니까?"

"해 드는 바위까지는 가지도 못했어요."

샌드스톰이 대답했다. 숨을 고르면서 목소리는 점점 안정을 되찾았고, 눈빛은 분노로 이글거렸다.

"숲에서 아무렇게나 돌아다니고 있었어요. 평소에 두발쟁이들이 다니는 길이 아닌 곳에서요."

파이어하트는 두려움을 내색하지 않으려고 애썼다. 두발쟁이들이 숲 속 깊숙한 곳까지 들어오는 일은 드물었다.

"물을 가져오려면 어두워질 때까지 기다려야겠습니다."

파이어하트는 큰 소리로 말했다.

"그때까지는 두발쟁이들이 사라질까?"

원아이가 덜덜 떨며 물었다.

"두발쟁이들이 머물 이유가 뭐가 있겠어요?"

파이어하트는 속으로는 확신이 없었지만, 겉으로는 자신 있게 보이려고 노력했다. 두발쟁이들이 무엇을 할지 누가 알 수 있겠는가?

"하지만 윌로펠트와 골든플라워는 어쩌죠? 어두워지기 전에 물이 필요할 텐데요."

스페클테일이 걱정스럽게 물었다.

"제가 가서 가져올게요."

샌드스톰이 나섰다.

"아니, 내가 갈게."

파이어하트가 말했다.

그가 직접 물을 가지러 간다면, 오래된 떡갈나무 아래 나무뿌리 굴로 가서 그림자족 고양이들과 병의 흔적이 사라졌는지 확인해 볼 절호의 기회가 될 것이다. 파이어하트는 샌드스톰에게 고갯짓을 했다.

"넌 골짜기 꼭대기에서 두발쟁이들이 오는지 망을 봐 줘."

그러자 원아이가 초조하게 신음했다.

"지금쯤이면 틀림없이 돌아갔겠지."

"샌드스톰이 지켜 주면 더 안전할 거예요."

파이어하트는 원로 고양이를 안심시켰다. 샌드스톰의 반짝이는 눈망울을 보면서, 자신이 틀린 말을 한 것이 아님을 확인했다.

"저도 같이 갈게요."

브래큰퍼가 나섰다.

파이어하트는 고개를 저었다. 신더펠트의 어리석은 선행을 다른 고양이들에게 알리지 않으려면, 그는 혼자서 가야 했다.

"넌 화이트스톰과 함께 진영을 지키도록 해. 그리고 블루스타에게 가서 숲에서 본 대로 보고를 해 줘."

그는 다른 고양이들을 보며 말을 이었다.

"이끼는 제가 할 수 있는 한 많이 가지고 올게요. 다른 분들은 해가 질 때까지 기다려 주세요."

파이어하트와 샌드스톰은 함께 골짜기를 올랐다. 꼭대기에 도착하자 둘은 조심스럽게 공기 냄새를 맡았다. 두발쟁이의 냄새는 나지 않았다.

"조심해."

숲으로 향하는 파이어하트에게 샌드스톰이 속삭였다.

그는 샌드스톰의 정수리를 핥아 주며 부드러운 목소리로 약속했다.

"그럴게."

연녹색 눈동자와 초록색 눈동자가 한참 동안 서로를 응시했다. 마침내 파이어하트는 몸을 돌려 조심스럽게 숲으로 들어갔다. 그는 가장 무성하게 자란 덤불에 몸을 숨겼다. 그리고 귀를 쫑긋 세우고 입은 반쯤 벌린 채 모든 감각을 동원해 두발쟁이의 흔적을 살폈다. 해 드는 바위에 가까워지자 두발쟁이들의 악취가 느껴졌지만, 최근의 냄새는 아니었다.

파이어하트는 방향을 바꾸어 강족과의 경계를 이루는 강비탈로 향했다. 강족 순찰대가 있는지 확인하면서, 혹시 그레이스트라이프의 익숙한 회색 머리가 보이지 않을까 하고 자꾸 두리번거리게 되었다. 하지만 바람 한 점 없는 숲에 고양이의 흔적은 보이지 않았다. 방해를 받지 않고 물을 가져갈 수 있을 것 같았다. 하지만 먼저 오래된 떡갈나무 아래를 살펴봐야 했다.

파이어하트는 경계를 따라가면서 나무가 나올 때마다 냄새를 남겼다. 강족과 천둥족 사이의 경계를 뚜렷하게 표시하는 냄새였다. 강이 이렇게 가까이 있는데도 새잎 돋는 계절의 싱그럽고 풍성한 모습은 남아 있지 않았다. 잎사귀들은 모두 말라서 시들어 있었다. 파이어하트는 곧 울퉁불퉁한 떡갈나무를 찾아냈다. 나무에 가까이 가자 그림자족 고양이들이 몸을 숨겼던 굴이 보였다.

파이어하트는 숨을 깊이 들이마셔 보았다. 질병의 악취는 사라지고 없었다. 그는 안도의 한숨을 내쉬며, 물을 가지러 가기 전에 굴 안쪽을 잠깐 들여다보기로 했다. 그는 구멍에 시선을 고정한 채 가까이 다가갔다. 그런 다음 자세를 낮추고 조심스럽게 목을 뻗어 안을 들여다보았다.

그 순간 파이어하트의 등 위로 육중한 무언가가 떨어지더니, 발톱이 옆구리를 콱 움켜쥐었다. 파이어하트는 깜짝 놀라 숨이 멎을 것 같았다. 두려움과 분노가 솟구쳤다. 그는 고함을 지르며 몸을 홱 비틀어 공격자를 떼어 내려 했다. 하지만 그를 습격한 고양이는 단단히 붙잡고 놓지 않았다. 파이어하트는 옆구리에 가시처럼 날카로운 발톱이 박힐 것을 각오했지만, 그를 움켜쥔 발은 크고 부드러웠으며 발톱도 감춰져 있었다. 그때 익숙한 냄새가 콧구멍에 흘러들었다. 지금은 강족의 냄새가 덧씌워졌지만 영원히 잊을 수 없는 냄새였다.

"그레이스트라이프!"

파이어하트는 기뻐하며 소리쳤다.

"날 보러 오지 않는 줄 알았잖아."

그레이스트라이프가 가르랑거렸다.

파이어하트는 옛 친구가 등에서 미끄러져 내려오는 것을 느꼈다. 친구가 강물에 젖어 몸에서 물을 뚝뚝 흘리고 있다는 것을 알 수 있었다. 한동안 몸싸움을 벌인 터라 그의 털도 젖어 있었다. 파이어하트는 몸을 털어 내고 놀란 눈으로 회색 전사를 바라보았다.

"헤엄쳐서 강을 건너온 거야?"

그는 믿을 수 없다는 듯이 물었다. 그레이스트라이프가 털이 젖는 것을 얼마나 싫어하는지, 천둥족이라면 누구나 알고 있었다.

그레이스트라이프가 재빨리 몸을 털었다. 털가죽에서 물방울이 흩날렸다. 그의 긴 털은 이끼처럼 물을 빨아들이곤 했는데, 이제는 반짝반짝 윤기가 흘렀다.

"디딤돌로 건너는 것보다 빠르거든."

그가 말했다.

"게다가 내 털도 예전처럼 물에 흠뻑 젖지 않는 것 같아. 물고기를 먹으면 좋은 점들 중 하나인가 봐."

"유일하게 좋은 점이겠지."

파이어하트는 얼굴을 찌푸리며 대꾸했다. 냄새가 지독한 물고기가 어떻게 숲에서 잡아 은은하게 흙냄새가 나는 먹이와 비교가 될 수 있는지 상상조차 할 수 없었다.

"일단 익숙해지면 그렇게 나쁘지 않아."

그레이스트라이프가 말했다. 그는 파이어하트에게 다정하게 눈을 찡긋해 보였다.

"넌 좋아 보이네."

"너도."

파이어하트도 기분 좋게 대꾸해 주었다.

"다들 어떻게 지내? 더스트펠트는 아직도 못살게 굴어? 블루스타는 좀 어떻고?"

"더스트펠트는 괜찮아. 블루스타는……."

파이어하트는 머뭇거리며 적당한 말을 생각해 보았다. 옛 친구에게 천둥족의 지도자에 대해 어디까지 말해 주어야 할지 확신이 서지 않았다.

"왜 그래?"

그레이스트라이프가 눈을 가늘게 뜨며 물었다.

파이어하트는 회색 전사가 조그만 반응도 놓치지 않을 정도로 자신을 너무 잘 알고 있다는 사실을 깨달았다. 그는 어색하게 귀를 씰룩거렸다.

"블루스타는 괜찮은 거지?"

그레이스트라이프의 목소리가 근심으로 무겁게 가라앉았다.

"괜찮아."

파이어하트는 황급히 친구를 안심시켰다. 그레이스트라이프는 그가 천둥족 지도자에 대해 걱정하고 있다는 것은 눈치챘어도, 옛 친구를 경계하는 마음이 있다는 것은 알아차리지 못했다. 파이어하트는 마음이 놓였다.

"하지만 확실히 예전 같진 않아. 그때 타이거클로가……."

파이어하트는 말을 잇지 못했다.

그레이스트라이프가 얼굴을 찌푸렸다.

"그때 이후로 그 반역자를 다시 본 적 있어?"

파이어하트는 고개를 저었다.

"흔적도 못 봤어. 타이거클로를 다시 보면 블루스타가 어떤 반응을 보일지 모르겠어."

"내가 아는 블루스타라면, 그 반역자의 눈을 뽑아 버릴 거야."

239

그레이스트라이프가 대꾸했다.

"뭐든 블루스타가 극복하지 못할 일은 없을 것 같은데."

'그게 사실이면 좋겠어.'

파이어하트는 슬픈 마음으로 생각했다. 그레이스트라이프의 호기심 어린 눈을 바라보면서, 옛 친구에게 속마음을 털어놓는 건 불가능하다는 것을 깨달았다. 그레이스트라이프는 이제 강족의 고양이였다. 파이어하트는 종족 지도자의 약점을 다른 종족 고양이에게 세세히 알려 줄 수 없다는 슬픈 현실을 받아들여야 했다. 그리고 클라우드포가 사라진 일에 대해서도 아직은 말할 준비가 되어 있지 않다는 것을 깨달았다. 파이어하트는 친구가 도와주고 싶어도 그럴 수 없는 상황에서 괜히 걱정만 시키고 싶지 않기 때문이라고 스스로를 합리화했다. 하지만 자신의 침묵이 사실은 자존심 때문이 아닌지 의심스러웠다. 신더펠트의 사고에 이어 클라우드포마저 사라졌으니, 자신이 스승으로서 두 번이나 실패했다는 것을 그레이스트라이프에게 알리고 싶지 않았던 것이다.

"강족이 되니 어때?"

그는 일부러 화제를 바꾸었다.

그레이스트라이프가 어깨를 으쓱해 보였다.

"천둥족과 크게 다를 것도 없어. 누구는 친절하고, 누구는 심술맞고, 또 재미있는 고양이도 있고 말이야. 종족 생활은 다 마찬가지인 것 같아."

파이어하트는 너무나 여유롭게 말하는 회색 전사가 부러웠다. 확실히 그레이스트라이프의 새로운 생활에는 파이어하트가 부지도자로서 감당해야 하는 책임의 무게가 없었다. 그리고 파이어하트의 마음 한구석에는 아직도 그레이스트라이프가 천둥족을 떠난 뒤로 느낀 가시처럼 날카로운 원망과 슬픔이 뒤엉켜 있었다. 파이어하트는 친구가 새끼 고양이들을 포기할 수 없었다는 것을 잘 알았다. 하지만 천둥족에 남아 새끼들을 지키기 위해 좀 더 열심히 싸워 주었더라면 좋았을 것이라는 생각이 들었다.

파이어하트는 이런 안 좋은 생각들은 밀쳐 내고, 친구에게 물었다.

"새끼 고양이들은 어때?"

"아주 대단해!"

그레이스트라이프가 자랑스럽게 가르랑거렸다.

"암고양이는 어미를 쏙 빼닮았어. 안 예쁜 구석이 없고, 성미도 똑같아! 보육실에서 돌봐 주는 어미 고양이의 속을 꽤나 썩이고 있지. 하지만 다들 그 녀석을 좋아해. 특히 크룩스타가 귀여워해 주지. 수고양이는 더 느긋하고 뭘 하든 즐거워해."

"너처럼 말이지."

파이어하트가 말했다.

"그리고 나처럼 잘생기기도 했지."

그레이스트라이프가 웃으며 자랑했다.

오랜 친구와 있다 보니 지난 시절의 기쁨이 되살아났다.

"네가 그리워."

갑자기 그레이스트라이프와 함께 진영에서 생활하며 사냥을 하고, 나란히 서서 싸우고 싶은 마음이 간절해졌다.

"집으로 돌아오면 안 될까?"

그레이스트라이프가 고개를 저었다.

"새끼들을 두고 갈 수는 없어."

파이어하트는 믿을 수 없다는 표정을 지었다. 사실 새끼 고양이는 어미 고양이가 기르는 것 아닌가? 그레이스트라이프가 서둘러 말을 이었다.

"아, 보육실에서 아주 잘 보살펴 주고 있는 건 맞아. 강족에서 안전하고 행복하게 자랄 거야. 하지만 그 녀석들과 떨어지는 건 내가 견딜 수 없을 것 같아. 그 녀석들을 보면 실버스트림이 생각나거든."

"실버스트림이 그렇게 그리워?"

"사랑했으니까."

그레이스트라이프가 간단히 대답했다.

파이어하트는 질투심이 치밀어 오르는 걸 느꼈다. 하지만 이내 스파티드리프의 꿈을 꾸고 나면 어김없이 느껴지는 슬픔이 떠올랐다. 파이어하트는 친구에게 다가가 뺨에 코를 가만히 댔다. 그 역시 스파티드리프를 위해서라면 친구와 똑같이 행동했을지도 모른다. 진실은 오직 별족만이 아시리라.

'혹은 샌드스톰을 위해서라면?'

파이어하트의 마음속 깊은 곳에서 속삭이는 소리가 들려왔다.

그레이스트라이프도 파이어하트를 다정하게 쿡 찔렀다. 덕분에 균형을 잃을 뻔한 그는 어지러운 생각들에서 깨어났다.

"감상적인 이야기는 이쯤 해 두자고!"

그레이스트라이프가 그의 마음을 읽은 듯 말했다.

"날 보려고 여기 온 건 아니지?"

파이어하트는 뜻밖의 질문에 당황했다.

"그게…… 꼭 그런 건 아니…….''

"그림자족 고양이들을 찾고 있었던 거 아니야?"

"그걸 어떻게 알았어?"

파이어하트는 깜짝 놀라서 물었다.

"어떻게 모를 수가 있겠어? 그 녀석들이 그렇게 악취를 풍기고 다녔는데. 그림자족 고양이들은 안 그래도 냄새가 고약한데 아프기까지 하니……. 웩!"

"다른 강족 고양이들도 알아?"

파이어하트는 천둥족이 또다시 그림자족 고양이를, 심지어 병든 고양이들을 보호해 주었다는 사실을 다른 종족들이 알게 될까 봐 불안했다.

"내가 알기로는 다른 고양이들은 몰라."

그레이스트라이프가 그를 안심시켰다.

"이쪽 지역 순찰은 내가 도맡아 하겠다고 했거든. 다들 내가 향수병에 걸렸다고 생각하는지, 하고 싶은 대로 내버려 두더라고. 내가 숲 냄새를 맡다 보면 천둥족으로 돌아갈 거라고 기대하고 있는지도 몰라!"

"그런데 넌 왜 그림자족 고양이들을 보호해 줬어?"

파이어하트가 의아한 표정으로 물었다.

"그림자족 고양이들이 여기 도착한 직후에 그 녀석들과 얘기를 해 봤어.”

그레이스트라이프가 설명했다.

“그랬더니 신더펠트가 숨겨 줬다고 하더라고. 신더펠트가 관련된 일이라면 너도 분명 알 거라는 생각이 들었지. 벼룩이 잔뜩 붙은 병든 고양이 둘을 보호해 주는 것처럼 마음 약한 행동은 네가 전문이잖아.”

“글쎄, 난 그 사실을 알고 나서 썩 좋아하진 않았는데.”

파이어하트는 솔직히 말했다.

“그래도 허락해 준 거지?”

파이어하트는 어깨를 으쓱했다.

“그건 그랬지.”

“넌 언제나 신더펠트에게 꼼짝 못 한다니까.”

그레이스트라이프가 다정하게 말했다.

“어쨌든 그림자족 고양이들은 이제 가고 없어.”

“언제 떠났어?”

파이어하트는 신더펠트가 약속을 지켰다는 사실에 마음이 한결 편해졌다.

“이틀 전에 둘 중 하나가 이쪽 강가에서 사냥하는 걸 봤어. 그 뒤로는 수염 한 가닥도 못 봤고.”

“이틀 전에?”

파이어하트는 그림자족 고양이들이 불과 얼마 전까지 그곳에 있었다는 소리에 깜짝 놀랐다. 결국 신더펠트는 그 고양이들이 이동할 수 있을 만큼 좋아질 때까지 보살펴 주었던 걸까? 그 생각을 하니 짜증이 나서 털이 쭈뼛거렸다. 하지만 신더펠트가 쉽게 그런 결정을 내리진 않았으리라 믿었다. 그림자족 고양이들이 물을 구하러 온 천둥족 고양이들과 마주치지 않은 것이 천만다행이었다. 이제 그림자족 고양이들이 떠났으니, 병이 퍼질 위험도 사라졌을 것이다.

"이봐, 난 이제 가 봐야 해. 사냥 중이었거든. 오후에는 훈련병들도 봐 주기로 했고 말이야."

그레이스트라이프가 말했다.

"훈련병이 생긴 거야?"

파이어하트가 물었다.

"아직 훈련병을 맡길 만큼 강족이 나를 열렬히 믿어 주진 않는 것 같아."

그레이스트라이프가 그를 빤히 쳐다보며 말했다.

파이어하트는 친구의 수염이 움찔거린 것이 웃음 때문인지, 아니면 애석함 때문인지 알 수 없었다.

"나중에 또 보자."

그레이스트라이프가 주둥이로 파이어하트를 힘껏 밀면서 말했다.

"당연하지."

회색 전사가 돌아서서 떠나자 파이어하트는 슬픔으로 가슴에 구멍이 뻥 뚫리는 것 같았다. 스파티드리프, 그레이스트라이프, 클라우드포……. 그는 가까운 고양이들을 모두 잃게 되는 운명인 걸까?

"몸조심해!"

그가 외쳤다.

그레이스트라이프는 고사리 덤불을 통과해 강가로 내려가, 대담하게 물을 헤치고 나아가기 시작했다. 전사의 넓은 어깨가 물속으로 미끄러지듯 잠겼다. 힘차게 발을 젓는 전사의 뒤로 잔물결이 남았다. 강을 건넌 그레이스트라이프가 털가죽에서 물기를 털어 냈다. 파이어하트는 자신도 그렇게 괴로운 생각들을 털어낼 수 있으면 좋겠다고 생각하면서 고개를 저었다. 그리고 돌아서서 숲으로 향했다.

15

되풀이된 악몽

파이어하트는 물에 적신 이끼 뭉치를 이빨로 살짝 물고 있었다. 집으로 돌아오는 동안 이끼에서 물이 조금씩 흘러내려 가슴을 적시고 앞발을 차갑게 식혔다. 하지만 해가 진 뒤에 다시 물을 구해 오기 전까지 골든플라워와 윌로펠트의 갈증을 달랠 정도는 충분히 남아 있었다.

종족 고양이들은 공터 여기저기에 삼삼오오 모여 있었다. 해가 나무 꼭대기를 향해 천천히 미끄러져 내려오고 있었다. 대부분은 먹이를 먹은 뒤에 늘 하던 대로 몸을 단장하며 조용히 혀를 나누고 있었다. 파이어하트가 가시금작화 굴길에서 나타나자 고양이들은 핥기를 잠시 멈추고 인사를 건넸다. 파이어하트는 저녁 순찰을 나가려고 준비하고 있는 러닝윈드와 마우스퍼와 쏜포에게 고갯짓으로 인사를 했다.

브린들페이스는 물을 구하러 가기 위해 쓰러진 떡갈나무에서 원로들을 불러 모으는 중이었다. 파이어하트가 그곳을 지나갈 때, 스몰이어의 단호한 목소리가 들렸다.

"이동 중에는 귀를 바짝 세우고 눈도 부릅떠야 해."

나이 많은 회색 수고양이는 말을 멈추지 않았다.

"내 귀에 있는 흉터 보이지? 훈련병일 때 생긴 거야. 느닷없이 올빼미가 나타나더니 덮치지 뭐야. 물론 내 발톱이 그 녀석한테 더 큰 상처를 남겼지만!"

파이어하트는 어깨 털이 차분하게 가라앉는 것을 느꼈다. 종족 생활의 익숙한 소리들을 들으니 마음이 편안해졌다. 신더펠트가 약속한 대로 그림자족 고양이들은 떠났고, 그레이스트라이프도 만났다. 그는 보육실로 들어가 윌로펠트와 골든플라워 곁에 이끼를 살며시 놓아 주었다.

"고마워요, 파이어하트."

윌로펠트가 말했다.

"저녁때 더 가져올 거예요."

파이어하트가 말했다.

두 어미 고양이는 이끼 뭉치에서 소중한 물을 핥아 먹기 시작했다. 골든플라워가 한 번 더 물을 먹으려고 주둥이로 이끼를 꾹 눌렀을 때, 타이거클로의 새끼 고양이가 어둠 속에서 배고픈 표정으로 눈을 번득였다. 파이어하트는 새끼 고양이의 눈빛을 애써 외면했다.

"해가 지고 두발쟁이들이 숲을 떠나면, 브린들페이스가 원로들을 이끌고 강으로 갈 거예요."

파이어하트가 상황을 설명했다.

골든플라워가 입술을 핥으며 말했다.

"어두울 때 숲에 나가 본 지 오래된 원로들도 있을 거예요."

"스몰이어는 꽤 기대를 하는 눈치던데요."

파이어하트가 대꾸했다.

"해 드는 바위 근처에서 사냥을 하던 올빼미 이야기를 하더라고요. 하프테일은 조금 긴장하는 것처럼 보였어요."

"긴장감을 좀 느끼는 것도 좋을 거예요."

윌로펠트가 말했다.

"나도 같이 가고 싶군요. 올빼미와 한판 붙으면 몸이 좀 풀릴 텐데!"

"전사 생활이 그리워요?"

파이어하트는 놀라서 물었다. 쑥쑥 자라는 새끼 고양이들의 재롱을 보며 보육실에 누워 있는 그녀의 모습이 너무나 편안하게 보였기 때문이다. 그녀가 예전의 생활을 그리워하리라고는 생각도 하지 못했다.

"파이어하트라면 안 그렇겠어요?"

윌로펠트가 물었다.

"글쎄요, 저도 그립긴 하겠죠. 하지만 윌로펠트에게는 새끼 고양이들이 있잖아요."

파이어하트는 더듬거리며 대답했다.

윌로펠트는 고개를 돌려, 옆구리에서 굴러떨어진 새끼 고양이를 물어 올렸다. 하얀 털에 삼색얼룩이 있는 조그만 암고양이였다. 윌로펠트는 자신의 앞발 사이에 새끼 고양이를 내려놓고 핥아 주었다.

"그렇죠, 나에게는 새끼들이 있지요."

그녀가 동의했다.

"하지만 숲을 달리고, 먹이를 직접 사냥하고, 경계를 순찰하는 일이 그리워요."

윌로펠트가 새끼 고양이를 다시 핥으며 덧붙였다.

"이 세 녀석을 처음으로 숲에 데리고 갈 날을 간절히 기다리고 있어요."

"다들 훌륭한 전사가 될 거예요."

파이어하트가 말했다. 클라우드포가 새끼 고양이였던 시절, 처음으로 눈 덮인 숲에 나가서 들쥐를 잡아 왔던 일이 생각났다. 화가 나기도 했고, 즐겁기도 했던 기억을 떠올리며 그는 눈을 끔벅였다. 그는 어미 고양이들에게 고개를 숙여 인사하고, 돌아서서 타이거클로의 새끼 고양이를 슬쩍 보았다. 그 새끼 고양이가 어떤 전사가 될지 몹시 궁금했다.

"이만 가 볼게요."

그는 중얼거리듯 인사하고 나서 보육실을 빠져나왔다.

싱싱한 먹이 더미에서 유혹적인 냄새가 풍겨 왔지만, 저녁 식사를 하기 전에 해야 할 일이 하나 더 있었다. 그는 옐로팽의 거처를 향해 걸음을 옮겼다.

나이 많은 치료사는 저녁 햇살을 받으며 쉬고 있었다. 털은 늘 그렇듯이 칙칙하고 헝클어져 있었다. 옐로팽이 고개를 들고 그를 맞았다.

"파이어하트, 여기는 웬일이냐?"

"신더펠트를 만나려고요."

파이어하트가 대답했다.

"왜요? 이번에는 또 무슨 일인데요?"

신더펠트가 고사리 덤불 뒤 잠자리에서 머리를 쑥 내밀고 물었다.

"넌 부지도자를 그런 식으로 맞이하는 거냐?"

옐로팽이 웃음기 어린 눈으로 야단쳤다.

"맨날 자는데 깨우잖아요."

신더펠트가 공터로 나오며 투덜거렸다.

"요즘에는 아주 제가 한숨도 못 자게 할 작정인 것 같다니까요!"

옐로팽이 눈을 가늘게 뜨고 파이어하트를 바라보았다.

"둘이서 무슨 일이라도 꾸미고 있는 거야? 내가 알아야 하는 건가?"

"지금 부지도자를 의심하시는 거예요?"

신더펠트가 장난스럽게 말했다.

"둘이 무슨 꿍꿍이가 있는 거 다 안다."

옐로팽이 웃으며 말했다.

"하지만 캐묻지는 않으마. 어찌 됐든 내 제자가 다시 예전의 모습으로 돌아왔으니까. 그건 아주 잘된 일이야. 축축한 버섯처럼 풀이 죽어서 돌아다닐 때는 도무지 도움이 안 됐거든!"

파이어하트는 두 고양이가 옥신각신하는 모습을 보고 마음이 놓였다. 실버스트림이 죽기 전, 신더펠트가 처음 수습 치료사가 되었던 때로 돌아간 것 같았다. 그는 햇볕에 달구어진 땅에서 어색하게 발을 들썩거렸다. 신더펠트에게 그림자족 고양이들이 떠났다는 말을 하려고 왔지만, 옐로팽이 있어서 말하기가 곤란해진 것이다.

옐로팽이 예리한 눈초리로 파이어하트를 보더니 말했다.

"이상하네. 갑자기 먹이 더미에서 쥐를 한 마리 더 가져오고 싶어지는구나."

파이어하트는 나이 많은 치료사에게 고맙다는 표시로 눈을 찡긋해 보였다.

"신더펠트, 넌 뭐 필요한 거 없느냐?"

옐로팽이 굴길로 발걸음을 옮기면서 어깨 너머로 소리쳐 물었다. 신더펠트가 고개를 저었다.

"알았다, 곧 돌아오마. 아니, 좀 있다 올지도 모르겠구나."

옐로팽이 사라지자, 파이어하트는 조용한 목소리로 말했다.

"확인해 봤는데, 그림자족 고양이들은 떠났더라."

"떠날 거라고 했잖아요."

신더펠트가 대꾸했다.

"하지만 이틀 전까지만 해도 있었어."

파이어하트가 덧붙였다.

"더 빨리 떠났으면 이동하기 힘들었을 거예요."

신더펠트가 말했다.

"그리고 떠나기 전에 약초를 섞어서 약을 만드는 방법을 확실히 알려 줘야 했다고요."

파이어하트는 신더펠트의 고집이 못마땅해서 꼬리를 홱 움직였지만, 그녀와 말다툼을 벌일 수는 없었다. 신더펠트는 아픈 고양이들을 보살핀 것이 옳은 일이었다고 진심으로 믿고 있었다. 파이어하트는 그 사실을 잘 알았고, 또 마음 한편으로는 위험을 무릅쓸 만한 가치가 있는 일이었다고 생각했다.

"어쨌든 저는 떠나라고 말했어요."

신더펠트의 목소리에서 자신감이 점점 사라지는 것 같았다.

"난 널 믿어."

파이어하트는 부드럽게 말했다.

"그 고양이들이 떠나도록 하는 건 내 책임이었어. 네가 할 일이 아니라."

신더펠트가 호기심 어린 표정으로 고개를 들었다.

"그런데 언제 떠났는지는 어떻게 알았어요?"

"그레이스트라이프가 말해 줬어."

"그레이스트라이프를 만났어요? 잘 지내고 있어요?"

"응, 잘 지내. 이제는 물고기처럼 헤엄을 치더라고."

"설마요! 상상도 안 가는걸요."

"나도 마찬가지야."

맞장구를 치던 파이어하트는 배에서 꾸르륵 소리가 나는 바람에 당황해서 말을 멈췄다.

"가서 뭘 좀 드세요."

신더펠트가 명령하듯 말했다.

"서두르는 게 좋을 거예요. 옐로팽이 먹이 더미를 통째로 먹어 치우기 전에."

파이어하트는 몸을 굽혀 신더펠트의 귀를 핥아 주었다.

"나중에 보자."

옐로팽은 그에게 다람쥐와 비둘기를 남겨 주었다. 비둘기를 고른 파이어하트는 어디서 먹을지 결정하느라 공터를 둘러보았다. 샌드스톰의 시선을 느낄 수 있었다. 그녀는 날씬한 몸을 쭉 뻗고 꼬리를 뒷다리에 가지런히 올려놓고 있었다.

파이어하트의 심장이 빠르게 뛰기 시작했다. 갑자기 그녀가 삼색얼룩 고양이가 아니어도, 눈이 호박색이 아니라 연녹색이라도 아무런 상관이 없다는 생각이 들었다. 파이어하트는 샌드스톰을 바라보았다. 입에 물린 비둘기가 땅에 떨어질 듯 축 늘어졌다. 불현듯 신더펠트가 해 준 충고가 떠올랐다. 현재에 충실하고, 과거에 집착하지 말라는 이야기였다. 스파티드리프는 언제까지나 가슴에 남아 있겠지만, 샌드스톰을 보면 등줄기를 따라 털이 얼얼해지는 걸 부정할 수 없었다. 그는 공터를 가로질러 샌드스톰에게 다가갔다. 그리고 그녀 옆에 비둘기를 내려놓고 먹기 시작했다. 샌드스톰이 가르랑거리는 소리를 들을 수 있었다.

별안간 끔찍하게 울부짖는 소리가 들려왔다. 파이어하트는 고개를 번쩍 들었다. 샌드스톰도 벌떡 일어났다. 마우스퍼와 쏜포가 공터로 뛰어 들어왔다. 그들의 털은 피가 묻어 엉겨 붙어 있었고, 쏜포는 심하게 절뚝거리는 상태였다.

파이어하트는 입 안에 든 먹이를 황급히 삼키고 몸을 일으켰다.

"무슨 일입니까? 러닝윈드는 어디 있어요?"

다른 고양이들이 파이어하트의 뒤로 몰려들었다. 위험을 직감한 그들은 두려움에 쉭쉭거리며 털을 곤두세우고 있었다.

"잘 모르겠습니다. 공격을 당했어요."

마우스퍼가 헐떡이며 대답했다.

"누가 공격을 했습니까?"

파이어하트가 물었다.

마우스퍼가 고개를 저었다.

"보지 못했어요. 어두운 곳에 있었거든요."

"그럼 냄새는요?"

"천둥길에 너무 가까이 있어서 냄새를 구분할 수 없었어요."

쏜포가 가쁜 숨을 몰아쉬며 대답했다.

"옐로팽에게 가 보도록 해."

파이어하트는 휘청거리며 불안하게 서 있는 훈련병을 보며 말했다.

"화이트스톰!"

파이어하트는 흰색 전사를 불렀다. 화이트스톰은 이미 블루스타의 거처에서 서둘러 나오고 있었다.

"화이트스톰, 함께 가 주십시오."

파이어하트는 마우스퍼를 향해 고개를 돌렸다.

"습격당한 곳으로 안내해 주세요."

샌드스톰과 더스트펠트는 파이어하트를 바라보며 명령을 기다리고 있었다.

"너희 둘은 남아서 진영을 지켜 줘. 전사들을 밖으로 꾀어내려는 함정일 수도 있어. 전에도 그랬으니까."

블루스타에게 더 이상 목숨이 남아 있지 않은 상황이니, 진영 방어를 확실히 해 두고 떠나야 했다.

파이어하트는 화이트스톰과 나란히 진영을 달려 나갔다. 마우스퍼가 숨을 헐떡이며 그 뒤를 따랐다. 세 고양이는 골짜기를 올라 숲으로 질주했다.

뒤따라오는 마우스퍼가 힘들어하는 것을 보고 그는 속도를 늦추었다.

"최대한 서둘러 주세요, 마우스퍼."

습격을 당하고 돌아온 마우스퍼가 얼마나 고통스러울지 잘 알고 있었지만, 러닝윈드를 찾는 일이 시급했다. 이번 공격이 그림자족과 관련되어 있으리라는 끔찍한 예감이 들었다. 리틀클라우드와 화이트스로트는 최근까지도 천둥족 영역에 머물러 있었다. 결국 그들이 그를 속이고 천둥족을 위험에 빠뜨린 것일까? 그는 본능적으로 천둥길로 향했다.

"아닙니다!"

마우스퍼가 외쳤다.

"이쪽이에요."

그녀는 파이어하트를 스치고 지나 속도를 높이더니, 나무 네 그루 쪽으로 방향을 잡았다. 파이어하트와 화이트스톰도 그녀를 따라 빠르게 달려갔다.

나무들 사이를 달리던 파이어하트는 전에도 이 길로 와 본 적이 있다는 것을 깨달았다. 블루스타가 병든 그림자족 고양이들을 쫓아냈을 때, 그들이 향했던 길이었다. 그림자족의 습격대가 천둥길 아래에 있는 돌로 된 굴길을 통해 온 것일까?

마우스퍼가 우뚝 솟은 물푸레나무 두 그루 사이에 미끄러지듯 멈춰 섰다. 저 멀리 천둥길에서 웅웅거리는 소리와 함께 악취가 흘러왔다. 앞쪽 바닥에 누워 있는 러닝윈드의 갈색 몸뚱이가 보였다. 불길하게도 움직임이 전혀 없었다. 전사의 곁에는 흑백 얼룩 수고양이가 몸을 숙이고 있었다. 파이어하트는 그 고양이가 화이트스로트라는 것을 알아보았다.

자신을 향해 다가오는 고양이들을 발견하자, 그림자족 전사의 눈이 휘둥그레졌다. 화이트스로트는 너무 놀라 다리를 후들거리며 슬금슬금 뒤로 물러났다.

"죽었어요!"

그가 외쳤다.

파이어하트는 분노에 휩싸였다. 그림자족은 다른 종족이 베푼 친절을 이런 식으로 갚는 것일까? 화이트스톰과 마우스퍼를 살필 겨를도 없이, 그는 사납게 포효하며 화이트스로트에게 달려들었다. 그림자족 전사는 쉭쉭거리며 몸을 피했다. 파이어하트는 그림자족 전사를 뒤로 넘어뜨렸다. 힘없이 바닥에 나동그라진 화이트스로트는 아무런 저항도 하지 않았다.

파이어하트는 혼란스러운 눈으로 적을 내려다보았다. 상대는 겁에 질려 실눈을 뜬 채로 무력하게 웅크리고 있었다. 파이어하트가 머뭇거리는 순간, 그는 잽싸게 도망쳐 가시덤불로 뛰어들었다. 파이어하트는 털가죽이 가시에 걸려 뜯겨 나가는 것도 모르고 그를 뒤쫓아 갔다. 그림자족 전사는 돌로 만들어진 굴길을 향해 가는 게 틀림없었다. 앞으로 돌진하던 파이어하트는 화이트스로트의 꼬리 끝을 얼핏 보았다. 그림자족 전사는 가시덤불을 벗어나 풀밭으로 올라가고 있었다.

잠시 후 덤불에서 빠져나온 파이어하트는 화이트스로트가 천둥길 가장자리에 서 있는 것을 발견했다. 그는 그림자족 전사가 굴길로 도망갈 거라 예상하고, 상대를 향해 돌진했다. 하지만 화이트스로트는 그를 한번 바라보더니, 곧장 천둥길로 내달렸다.

파이어하트는 겁에 질린 고양이가 무턱대고 단단한 회색 길을 가로지르는 모습을 지켜보았다. 순간 귀를 찢을 듯한 굉음이 들려왔다. 괴물이 일으키는 매캐한 바람에 파이어하트는 얼굴을 잔뜩 찡그리고 뒤로 물러났다. 괴물이 지나가자 그는 귀에 붙은 먼지를 털어 내며 눈을 끔벅였다. 만신창이가 된 형체가 천둥길에 움직임 없이 널브러져 있었다. 괴물이 화이트스로트를 치고 지나간 것이다.

파이어하트는 한참 동안 그 자리에 얼어붙어 있었다. 신더펠트의 사고에 대한 기억이 되살아났다. 그때 화이트스로트가 몸을 움찔거렸다. 파이어하트는 어떤 고양이라도 그렇게 내버려 둘 수 없었다. 아무리 천둥족의 용맹한 전사를 죽인 그림자족 전사라고 해도 그럴 수는 없었다. 그는 천둥길 이쪽저쪽을 잘 살펴 눈에 보이는 괴물이 없는 것을 확인했다. 그리고 화이트스로트가 누워 있는 곳으로 급히 달려갔다. 그림자족 고양이는 어느 때보다도 자그맣게 보였다. 피로 얼룩진 하얀 가슴은 천천히 저무는 햇빛을 받아 불꽃처럼 타올랐다.

파이어하트는 이 고양이를 옮겨 주는 게 오히려 죽음을 앞당길 뿐이라는 걸 알 수 있었다. 그는 충격으로 몸을 덜덜 떨면서 전사를 내려다보았다. 신더펠트가 종족에게 숨겨 가며 힘들게 치료해 주었던 고양이였다.

"왜 우리 순찰대를 공격했지?"

파이어하트는 속삭이듯 물었다.

화이트스로트가 말을 하려고 입을 열자 그는 몸을 숙였다. 하지만 목구멍에서 맴도는 그림자족 고양이의 목소리는 지나가는 괴물 소리에 묻혀 버렸다. 괴물은 부옇게 먼지를 일으키며 두 고양이의 곁을 아슬아슬하게 스쳐 갔다. 파이어하트는 단단한 바닥에 발톱을 찔러 넣으며, 그림자족 전사에게 더 바짝 붙어서 몸을 웅크렸다.

화이트스로트가 다시 입을 열자, 입가에 가느다란 핏줄기가 흘러내렸다. 그림자족 고양이는 온몸을 뒤흔드는 경련을 일으키며 고통스럽게 침을 삼켰다. 하지만 말을 하기 전에 그의 눈이 파이어하트의 어깨 너머, 천둥족 영역의 한곳을 뚫어지게 응시했다. 화이트스로트의 눈이 두려움으로 번득이다가 마침내 흐릿해졌다.

파이어하트는 화이트스로트의 마지막 순간을 극심한 공포로 채운 것이 무엇인지 확인하기 위해 몸을 돌렸다. 천둥길 가장자리에 서 있는 고양이를 본 순간, 심장이 마구 요동쳤다. 그의 꿈속을 수없이 돌아다니던 진갈색 전사, 바로 타이거클로였다.

16
숲을 위협하는 자

자신의 삶에 그토록 오랫동안 사악한 그림자를 드리우고 있던 고양이를 발견한 순간, 파이어하트는 천둥길에 발톱이 박힌 듯 꼼짝할 수가 없었다. 이제는 같은 종족으로서 신의를 지키는 척 할 필요도 없었다. 타이거클로는 추방되었고, 전사의 규약을 준수하는 모든 고양이들의 적이었다.

불꽃처럼 타들어 가는 저녁 해가 나무 사이로 피를 흘리듯 내려앉고 있었다. 주황색 햇빛이 육중한 얼룩무늬 고양이의 진갈색 털가죽을 비추었다. 텅 빈 천둥길의 침묵을 가르고, 타이거클로가 입을 열었다.

"네가 영역을 지키기 위해 할 수 있는 일이 고작 보잘것없는 고양이를 추격해서 죽게 만드는 것이냐?"

타이거클로의 비아냥거림에 파이어하트는 순간 정신이 맑아졌다. 몸에는 기운이 넘쳤고 차가운 분노가 끓어올랐다. 괴물이 또 한 번 귀가 찢어질 듯한 굉음을 내며 지나갔다. 파이어하트는 타이거클로의 눈을 똑바로 응시했다. 괴물이 바로 옆을 휩쓸고 간 뒤 연달아 다른 괴물이 시끄러운 소리를 내며 다가왔다. 하지만 파이어하트는 아랑곳하지 않고 제자리를 지켰다. 두려움은 없었다. 그는 오로지 타이거클로에게 집중하고 있다가, 두 괴물 사이에 벌어진 틈을 노려 뛰어들었다.

발톱을 세우고 분노에 찬 고함을 내지르며 덤벼들자, 타이거클로의 눈이 휘둥그레졌다. 그들은 함께 뒤엉켜 구르며 풀밭을 가로질러 숲으로 들어갔다. 파이어하트는 익숙한 숲의 냄새를 맡으며 힘을 얻었다. 이 숲은 이제 타이거클로가 아닌 파이어하트의 영역이었다. 둘은 거칠게 몸싸움을 벌였다. 덤불이 납작하게 짓눌리고, 휘두르는 발톱에 바닥이 깊게 패였다.

마침내 파이어하트는 타이거클로를 덮쳐 단단히 움켜잡았다. 타이거클로의 갈비뼈를 하나하나 다 느낄 수 있을 정도였다. 타이거클로는 몸무게가 줄었지만, 두툼한 털가죽 아래의 근육은 탄탄했다. 추방을 당했지만 힘은 여전했던 것이다. 타이거클로가 잔뜩 웅크렸다가 벌떡 일어나면서 공중에서 몸을 비틀었다. 파이어하트는 타이거클로의 등에서 떨어져 나갔다. 메마른 땅에 떨어지면서 옆구리에 충격이 그대로 느껴졌다. 그는 막혔던 숨을 다시 들이쉬며 가까스로 일어섰다. 하지만 너무 늦었다. 타이거클로가 그를 덮치더니, 발톱으로 바닥에 짓눌러 꼼짝 못 하게 만들었다. 뼈까지 뚫어 버릴 듯한 기세였다.

파이어하트는 극심한 통증을 느끼며 울부짖었다. 육중한 수고양이는 그를 계속 내리눌렀다. 타이거클로가 목을 쭉 빼고 그의 귓가로 다가오자, 까마귀 밥의 썩은 악취가 진동했다.

"듣고 있나, 애완 고양이? 내가 널 죽일 것이다. 그리고 네 전사들도 모두, 하나씩 하나씩 죽일 것이다."

싸움의 열기 속에서도 타이거클로의 말은 파이어하트에게 오싹한 전율을 불러일으켰다. 타이거클로는 진심이었다. 그때 갑자기 주변에서 또 다른 소음과 냄새가 느껴졌다. 익숙하지 않은 발소리와 낯선 고양이들의 냄새였다. 알지 못하는 고양이들이 타이거클로와 파이어하트를 둘러싸고 있었다. 누구일까? 천둥길의 악취와 화이트스로트의 피 냄새, 겁에 질린 자신의 냄새가 뒤섞인 가운데 파이어하트는 절망에 휩싸였다. 이들은 브로큰테일과 함께 쫓겨났고, 얼마 전에 타이거클로를 도와 천둥족 진영을 공격했던 고양이들일지도 모른다는 생각이 들었다. 화이트스로트는 병든 종족에게로 돌아가느니 차라리 이 떠돌이들과 한패가 되는 쪽을 선택했던 것일까?

파이어하트는 죽을힘을 다해 타이거클로의 배를 할퀴듯 움켜쥐며 뒷다리를 쭉 뻗었다. 타이거클로는 그가 전보다 강해졌다는 것을 생각하지 못한 듯했다. 짓누르고 있던 발의 힘이 느슨해지면서, 타이거클로가 바닥으로 미끄러져 내렸다. 파이어하트는 적에게서 재빨리 벗어났다. 고개를 들자 마침 덤불에서 뛰쳐나오는 마우스퍼와 화이트스톰이 보였다. 두 전사는 그의 주위를 둘러싸고 있는 고양이들에게 덤벼들었다. 파이어하트는 뒤를 힐긋 돌아보았다. 타이거클로가 앞다리를 쳐들고 파이어하트의 위로 우뚝 서 있었다. 그는 증오에 찬 호박색 눈을 번득이며 이빨을 드러내고 있었다. 타이거클로가 덤벼들려는 순간, 파이어하트는 잽싸게 몸을 숙이고 달려들어 타이거클로의 코를 후려쳤다. 옆에서는 별족의 용맹한 기운을 받은 화이트스톰과 마우스퍼가 가쁜 숨을 내쉬며 싸우는 소리가 들렸다. 하지만 그들은 수적으로 너무 열세였다. 파이어하트는 다시 한 번 타이거클로를 피하면서, 도망칠 방법이 있는지 다급하게 주변을 둘러보았다. 그 순간 뒷다리를 파고드는 발톱이 느껴졌다. 뒤를 돌아보니 타이거클로의 패거리 중 하나가 그를 움켜잡고 사납게 으르렁대고 있었다. 무리의 다른 고양이들처럼 깡마르고 털이 엉망으로 헝클어진 상대는 악의에 찬 눈을 희번덕거렸다.

타이거클로가 또다시 뒷다리로 버티고 서서 분노에 찬 고함을 질러 댔다. 파이어하트는 타이거클로의 일격에 대비해 몸을 긴장시켰다. 그때 언뜻 회색 형체가 달려오는 모습이 보이더니, 넓은 어깨가 휙 지나갔다. 파이어하트는 예전에 자신과 나란히 서서 싸우던 전사를 알아보았다.

그레이스트라이프였다!

회색 전사는 곧장 타이거클로의 배를 향해 덤벼들어, 그를 뒤로 쓰러뜨렸다. 파이어하트는 재빨리 몸을 돌려 뒷다리에 매달린 고양이의 어깨를 세게 물었다. 그리고 이빨에 뼈가 닿을 때까지 놓아주지 않았다. 마침내 떠돌이 고양이의 피가 입 안으로 흘러들자, 그는 적을 놓아주고 피를 뱉어 냈다.

문득 주변 상황을 둘러본 파이어하트는 깜짝 놀랐다. 그레이스트라이프가 강족 순찰대를 모조리 이끌고 온 것이 분명했다. 이제는 매끄러운 털을 가진 강족 전사들과 싸움을 벌이고 있는 떠돌이들이 수적으로 훨씬 불리해져 있었다. 그레이스트라이프가 몸을 비틀어 타이거클로에게서 빠져나오고 있는 모습이 보였다. 파이어하트는 친구를 돕기 위해 달려갔다. 둘은 함께 뒷발로 버티고 선 채 타이거클로를 후려쳐서 뒤로 몰았다. 그들은 수없이 훈련했던 것처럼 앞으로 한 발 한 발 싸워 나갔다. 그리고 한 몸처럼 동시에 타이거클로에게 달려들어 바닥으로 쓰러뜨렸다. 파이어하트가 적의 주둥이를 흙바닥에 내리누르는 동안 그레이스트라이프는 어깨를 움켜잡고 뒷다리로 옆구리를 세게 걷어찼다. 타이거클로는 고통으로 가쁜 숨을 내쉬었다.

파이어하트는 숲으로 사라져 가는 비명 소리를 들으며 떠돌이 고양이들이 달아나고 있다는 것을 알 수 있었다. 파이어하트가 주의를 빼앗긴 틈을 타서 타이거클로가 몸을 버둥거려 빠져나왔다. 그는 성난 소리를 내뱉으며 가시덤불 사이로 사라졌다.

떠돌이 고양이들의 소리가 멀어지자, 전사들은 털가죽에서 흙먼지를 털어 내고 상처를 핥기 시작했다. 파이어하트는 강족 고양이들 사이에 블루스타의 아들 스톤퍼가 있다는 것을 그제야 알아챘다.

"심한 부상을 입은 전사가 있습니까?"

스톤퍼가 물었다.

고양이들은 고개를 저었다. 첫 번째 습격에서 입은 부상으로 아직 피를 흘리고 있는 마우스퍼조차 고개를 흔들었다.

"우리는 우리 영역으로 돌아가겠습니다."

스톤퍼가 말했다.

"천둥족을 도와주어서 고맙습니다."

파이어하트는 정중하게 고개를 숙였다.

"떠돌이 고양이들은 우리 모두의 적이니까요. 싸우는 걸 두고 볼 수만은 없었습니다."

스톤퍼가 대답했다.

화이트스톰이 주둥이를 흔들어 핏방울을 털어 냈다. 그리고 그레이스트라이프를 보며 물었다.

"다시 함께 싸울 수 있어서 좋았다. 어쩌다 여기까지 오게 된 것이냐?"

"나무 네 그루에서 순찰을 하고 있었는데, 그레이스트라이프가 파이어하트의 비명을 들었습니다."

스톤퍼가 그레이스트라이프를 대신해 대답했다.

"우리가 도와야 한다고 그가 설득해서 오게 된 겁니다."

"다들 고맙습니다."

파이어하트는 다시 한 번 인사를 했다.

스톤퍼는 고갯짓을 하고 숲 속으로 발길을 돌렸다. 강족 순찰대도 그의 뒤를 따랐다. 파이어하트는 주둥이로 그레이스트라이프를 슬쩍 건드렸다. 마음껏 얘기를 나눌 시간도 없이 친구가 떠나는 것을 보니 마음이 아팠다.

"또 보자, 그레이스트라이프."

그가 말했다.

친구의 두툼한 털가죽이 가볍게 떨리는 게 느껴졌다.

"그래, 안녕."

회색 전사가 중얼거렸다.

마침내 숲에서 해가 완전히 자취를 감추자, 파이어하트는 한기를 느끼고 몸을 부르르 떨었다. 어둠 속에서 번득이는 마우스퍼의 눈을 볼 수 있었다. 부상으로 고통스러워하는 눈빛이었다. 떠돌이 고양이들의 공격으로 어떤 대가를 치렀는지 기억해 내자, 또 다른 슬픔이 밀려왔다. 러닝윈드의 몸은 지금쯤 차갑게 식어가고 있을 것이다. 그리고 타이거클로 때문에 예기치 못한 죽음을 맞이한 것은 러닝윈드 혼자가 아니었다.

파이어하트는 화이트스톰을 보았다.

"저 없이도 마우스퍼와 함께 러닝윈드를 진영으로 데리고 가주실 수 있겠습니까?"

흰색 전사는 궁금하다는 듯 눈을 가늘게 떴지만, 아무 말 없이 고개를 끄덕였다.

파이어하트는 귀를 씰룩거렸다.

"곧 따라가겠습니다. 돌아가기 전에 꼭 해야 할 일이 있어서요."

17
다시 드러난 야망

　파이어하트는 천둥길을 향해 무거운 발걸음을 옮겼다. 공기 중에는 타이거클로와 떠돌이 고양이들의 냄새가 아직도 짙게 배어 있었다. 하지만 새가 지저귀는 소리와 바람이 나뭇잎을 흔드는 소리 말고는 아무런 소리도 들리지 않았다. 전투가 끝나고 주변이 잠잠해지자, 파이어하트는 여러 냄새들 가운데 유독 그림자족의 냄새가 강하게 섞여 있다는 것을 깨달았다. 떠돌이들 중에 화이트스로트뿐 아니라 다른 그림자족 고양이들도 있었던 것일까? 그는 그림자족에 퍼진 병이 너무 심각해서, 전사들이 스스로 진영을 떠나 타이거클로의 무리에 합류한 것은 아닐지 생각해 보았다. 아니면 단순히 천둥길 건너편의 그림자족 영역에서 냄새가 흘러온 것일 수도 있었다.

　파이어하트는 단단한 회색 길에 놓인 전사의 몸을 바라보았다. 그림자족이 너무 쇠약해진 탓에 그를 돌보아 줄 수 없기 때문에 떠돌이 고양이들 무리에 합류한 것이라면, 타이거클로를 보고 두려움에 사로잡혔던 그의 얼굴을 설명할 길이 없었다. 타이거클로가 화이트스로트의 지도자였다면 그렇게 겁먹을 이유가 없었을 것이다. 파이어하트는 문득 죄책감을 느꼈다. 타이거클로가 천둥족 순찰대를 습격한 뒤에 화이트스로트가 우연히 러닝윈드의 시신을 발견한 것일지도 모른다는 생각이 들었던 것이다. 그렇다면 화이트스로트는 천둥족 영역에서 뭘 하고 있었던 걸까? 또 리틀클라우드는 어디에 있는 걸까? 의심스러운 점들이 너무 많았지만, 속 시원한 답은 나오지 않았다.

그러나 한 가지 사실만은 분명했다. 화이트스로트의 몸이 천둥길을 오가는 괴물들에게 계속 치이도록 내버려 둘 수는 없다는 것이었다. 천둥길은 이제 조용했다. 파이어하트는 천둥길 가운데로 건너가 전사의 목덜미를 이빨로 물어 올렸다. 그리고 조심스럽게 건너편 길가로 끌어다 놓았다. 그림자족 고양이들이 어서 시신을 발견하고 명예롭게 장례를 치러 주기를 바라는 마음이었다. 화이트스로트가 러닝윈드의 죽음과 관련이 있든 없든, 이제는 별족이 판단할 것이다.

파이어하트는 달빛이 비치는 천둥족 진영에 들어섰다. 공터 한가운데에는 러닝윈드의 시신이 놓여 있었다. 러닝윈드의 얼굴은 평온해 보였고, 마치 잠든 것처럼 누워 있었다. 블루스타가 넓적한 회색 머리를 흔들며 전사의 시신 주변을 걸어 다니고 있었다.

다른 고양이들은 공터 가장자리 그늘에 물러나 있었다. 공기에는 불안이 짙게 배어 있었다. 고양이들은 혼잣말을 중얼거리며 왔다 갔다 하는 지도자를 걱정스럽게 흘깃거렸다. 블루스타는 전

268

처럼 슬픔을 자제하려는 노력조차 하지 않았다. 파이어하트는 여러 달 전에 지도자의 오랜 친구인 라이언하트가 목숨을 잃었을 때 묵묵히 애도하던 그녀의 모습을 떠올렸다. 하지만 지금은 그때의 조용하고 품위 있던 모습을 찾아볼 수 없었다.

파이어하트는 지도자에게 다가가면서, 자신을 지켜보는 고양이들의 시선을 느낄 수 있었다. 블루스타가 고개를 들었다. 그녀의 눈동자는 두려움과 충격에 휩싸여 있었다. 파이어하트는 불안한 마음이 들었다.

"타이거클로의 소행이라고 하던데."

블루스타가 쉰 목소리로 말했다.

"타이거클로를 따르는 떠돌이들 중 하나일 수도 있습니다."

"몇이나 되더냐?"

"잘 모르겠습니다."

파이어하트는 솔직히 말했다. 전투 중에 적의 수를 헤아리는 것은 불가능했다.

"많았습니다."

블루스타는 다시 고개를 흔들기 시작했다. 하지만 그녀가 알고 싶어 하든 아니든, 파이어하트는 숲에서 일어나고 있는 일에 대해 지도자에게 모든 것을 보고해야 했다.

"타이거클로는 천둥족에게 복수하고 싶어 합니다. 우리 전사들을 하나씩 죽이겠다고 말했습니다."

파이어하트의 뒤에서 고양이들이 겁에 질려 울부짖었다. 파이어하트는 울부짖는 그들을 내버려 둔 채 블루스타에게서 눈을 떼지 않았다. 그리고 타이거클로가 보란 듯이 선언한 위협에 지도자가 대처할 수 있도록 힘을 달라고 별족에게 간청했다. 파이어하트는 갇힌 새처럼 절박한 심정이었다. 종족 고양이들은 차츰 잠잠해졌다. 파이어하트는 그들과 함께 블루스타가 입을 열기를 기다렸다. 멀리서 올빼미 하나가 숲으로 내려앉으며 날카롭게 울부짖었다.

마침내 블루스타가 고개를 들었다.

"타이거클로가 죽이고 싶어 하는 건 나 하나다."

그녀가 말했다. 목소리가 너무 작아서 파이어하트만 간신히 들을 수 있었다.

"종족을 위해서……."

"안 됩니다!"

파이어하트는 지도자의 말을 끊으며 외쳤다. 블루스타는 정말로 타이거클로에게 항복할 생각인 걸까?

"타이거클로는 종족 전체에게 복수를 하려는 겁니다. 블루스타뿐만이 아닙니다!"

블루스타가 고개를 떨구었다.

"그렇게 악랄하게 배신하다니!"

블루스타가 내뱉었다.

"함께 살면서도 내가 어떻게 그의 배신을 모를 수 있었단 말이냐! 그동안 내가 얼마나 어리석었던 건지!"

블루스타는 눈을 감은 채 고개를 절레절레 흔들었다.

"정말 어리석기 짝이 없었다!"

파이어하트는 다리가 후들거렸다. 블루스타는 타이거클로의 악행에 대한 책임을 혼자 떠안으며 스스로를 학대하고 있는 것 같았다. 파이어하트는 아찔한 충격과 함께 자신이 정신을 차리고 종족을 책임져야 한다는 것을 깨달았다.

"지금부터 진영을 밤낮으로 지켜야 합니다."

그는 롱테일을 바라보며 말했다.

"롱테일은 달이 가장 높이 뜬 시간까지 보초를 서 주세요."

그는 프로스트퍼를 향해 고개를 돌렸다.

"그다음은 프로스트퍼가 맡습니다."

두 고양이는 고개를 끄덕였다.

파이어하트는 러닝윈드의 시신을 향해 고개를 숙였다.

"마우스퍼와 브래큰퍼는 새벽이 되면 러닝윈드를 묻어 주세요. 그때까지는 블루스타가 곁을 지킬 겁니다."

그는 멍하니 바닥만 내려다보고 있는 지도자를 힐긋 보면서, 그녀가 자신의 말을 들었기를 바랐다.

"제가 블루스타와 함께 있겠습니다."

화이트스톰이 말했다. 흰색 전사는 무리를 헤치고 나와 블루스타에게 털가죽을 바짝 대고 앉았다.

종족 고양이들이 떠난 친구에게 마지막 인사를 건네기 위해 하나씩 앞으로 나왔다. 윌로펠트도 보육실에서 나와, 죽은 전사에게 살며시 주둥이를 대고 슬픈 작별 인사를 건넸다. 골든플라워는 새끼 고양이들에게 물러나 있으라는 신호를 보낸 뒤 윌로펠트의 뒤를 따랐다. 파이어하트는 호기심 어린 얼굴로 어미 주변을 살피는 얼룩무늬 새끼 고양이를 보며 마음이 편치 않았다. 아무리 어리고 순수하다 해도, 이 새끼 고양이를 보면 타이거클로라는 위협적인 존재가 종족 내부에 살아 있는 것처럼 느껴졌다. 파이어하트는 러닝윈드의 뺨을 부드럽게 핥아 주는 골든플라워를 바라보며, 머리를 흔들어 나쁜 생각을 털어 냈다. 골든플라워와 종족이 함께 이 새끼 고양이를 충직한 전사로 키워 내리라는 믿음을 가져야 했다.

골든플라워가 자리를 뜬 뒤 파이어하트도 앞으로 나가 고개를 숙이고 윤기를 잃은 러닝윈드의 털가죽을 핥아 주었다.

"제가 복수하겠습니다."

그는 조용한 목소리로 약속했다.

파이어하트가 물러나자, 높은 바위의 그늘에서 한 형체가 앞으로 걸어 나왔다. 다크스트라이프였다. 그의 시선은 러닝윈드와 블루스타 사이를 오가고 있었다. 슬퍼하거나 두려워하는 것이 아니라, 골똘히 생각에 사로잡혀 이글거리는 눈초리였다.

파이어하트는 복잡한 마음을 달랠 수 있는 유일한 곳으로 향했다. 굴길을 지나 옐로팽의 거처로 걸어가는 동안, 가시처럼 날카로운 의혹들이 그의 마음을 괴롭혔다. 물리고 찢긴 상처들도 덩달아 아파 오기 시작했다.

풀이 잘 다져진 공터에 쏜포가 앉아 있었다. 그는 한 발을 들고 있었고, 신더펠트와 옐로팽이 곁에 웅크리고 앉아 상처를 살피고 있었다. 신더펠트가 발바닥에 붙여 놓았던 거미줄 뭉치를 떼어 내자, 쏜포가 얼굴을 찡그렸다.

"아직 피가 나요."

수습 치료사가 보고했다.

"지금쯤이면 피가 멈췄어야 하는데. 감염되기 전에 상처를 말려야 한다."

옐로팽이 말했다.

신더펠트가 눈을 가늘게 떴다.

"어제 모아 놓은 쇠뜨기 줄기가 있어요. 즙을 내서 바른 다음에 거미줄을 붙일까요? 그럼 피가 멈출지도 모르잖아요."

옐로팽이 만족스러운 듯 가르랑거렸다.

"좋은 생각이구나."

나이 많은 치료사는 즉시 일어나서 거처로 향했다. 쏜포의 상처를 발로 누르고 있던 신더펠트는 그제야 굴길 입구에 서 있는 파이어하트를 발견했다.

"파이어하트!"

그녀의 파란 눈동자에 근심이 어렸다.

"괜찮으세요?"

"그냥 조금 긁히고 한두 군데 물린 것뿐이야."

파이어하트는 그녀에게 걸어가며 대답했다.

"우리를 공격한 게 떠돌이 고양이들이라고 들었어요."

쏜포가 고개를 돌려 파이어하트를 보며 말했다.

"타이거클로도 같이 있었다면서요? 정말이에요?"

"정말이야."

파이어하트는 가라앉은 목소리로 대답했다.

신더펠트가 파이어하트를 흘긋 보더니, 황갈색 훈련병의 발을 흔들었다.

"여기, 이거 좀 누르고 있어."

"제가요?"

쏜포가 놀라서 물었다.

"네 발이잖아! 빨리 눌러! '발 없는 훈련병'이라고 불리고 싶지 않으면."

쏜포는 발을 더 높이 쳐들고 조심스럽게 입을 벌려 상처 주변을 물었다.

"블루스타가 애초에 타이거클로를 종족에서 내보내면 안 되는 거였어요."

신더펠트가 파이어하트에게 조용히 말했다.

"기회가 있을 때 죽였어야 했다고요."

파이어하트는 고개를 저었다.

"블루스타는 절대로 타이거클로를 냉혹하게 죽이지 못할 거야. 너도 알잖아."

신더펠트는 반박하지 않았다.

"그런데 왜 돌아온 거예요? 게다가 어떻게 한때 함께 싸웠던 전사를 죽일 수가 있는 거죠?"

"우리 모두를 죽이겠다고 했어."

파이어하트는 우울하게 말했다.

쏜포가 소리 죽여 신음했고, 신더펠트는 놀라서 수염을 파르르 떨었다.

"하지만 왜죠?"

어린 치료사가 물었다.

파이어하트의 눈빛이 분노로 흐려졌다.

"천둥족이 그가 원하는 걸 주지 않았기 때문이지."

"뭘 원했는데요?"

신더펠트가 다시 물었다.

"지도자 자리."

파이어하트는 간단히 대답했다.

"이런 식으로는 절대로 지도자가 될 수 없어요. 이렇게 순찰대를 공격하기 시작하면 종족 고양이들 누구도 그를 따르지 않을 테니까요."

파이어하트는 신더펠트의 자신만만한 말에 의구심이 일었다. 지금 블루스타는 너무나 쇠약해져 있었다.

'누가 블루스타를 대신할 만한 힘이 있을까? 만약 그녀가……'

파이어하트는 움찔했다. 천둥족 고양이들은 타이거클로와 떠돌이 고양이들을 뼛속 깊이 두려워하고 있었다. 그들은 타이거클로에게 맞서 싸우다가 종족이 말살되는 것보다는 차라리 그를 지도자로 받아들이고 싶어 할지도 모른다.

"정말 그렇게 믿어?"

그가 물었다.

거처에서 돌아오는 옐로팽의 발소리에 세 고양이는 화들짝 놀랐다. 나이 많은 치료사의 입에는 거미줄 뭉치가 매달려 있었다. 그녀는 신더펠트 옆에 거미줄 뭉치를 내려놓고 물었다.

"뭘 믿는다는 거냐?"

"타이거클로는 절대로 지도자가 될 수 없다는 것을요."

신더펠트가 설명해 주었다.

옐로팽의 눈빛이 어두워지더니 한동안 말이 없었다.

오랜 침묵 끝에 그녀가 마침내 입을 열었다.

"타이거클로는 원하는 건 뭐든 될 수 있을 거다. 그가 가진 야망의 힘으로 말이야."

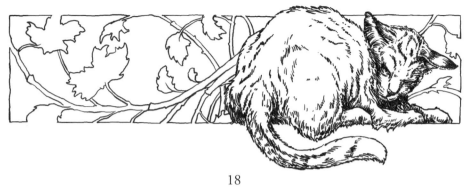

18

눈앞에 닥친 위협

"파이어하트가 살아 있는 한 그런 일은 없을 거예요."

신더펠트가 반발했다.

자신을 믿어 주는 신더펠트의 말에 파이어하트는 마음이 따뜻해졌다. 뭐라고 대답하려는 순간, 쏜포가 소리 죽여 불평을 터뜨렸다.

"아직도 피가 흐르잖아요!"

"오래가진 않을 거다."

옐로팽이 별일 아니라는 듯이 대답했다.

"자, 신더펠트. 이 거미줄을 쓰려무나. 난 파이어하트를 살펴볼 테니."

옐로팽은 거미줄을 신더펠트 쪽으로 밀어 놓은 다음, 파이어하트를 데리고 거처로 향했다.

"여기서 기다려라."

그녀는 지시를 내리고 거처 안으로 사라졌다. 그리고 잠시 후 잘 씹어 놓은 약초를 한 입 물고 나타났다.

"자, 어디가 아프지?"

"여기가 가장 아파요."

파이어하트는 고개를 돌려 어깨의 물린 자국을 가리켰다.

"알았다."

옐로팽이 약초 혼합물을 상처 부위에 대고 발로 살살 문지르기 시작했다.

"블루스타는 큰 충격을 받았을 거야."

그녀가 고개도 들지 않고 하던 일을 계속하며 말했다.

"저도 알아요."

파이어하트가 말했다.

"당장 순찰대를 더 늘려야겠어요. 그러면 좀 안정이 될지도 몰라요."

"다른 고양이들을 안심시키는 데도 도움이 되겠지. 다들 정말 걱정하고 있거든."

"그럴 수밖에 없죠."

옐로팽이 상처에 대고 약초를 꾹 누르자 파이어하트는 몸을 움찔했다.

"새로 임명된 훈련병들은 어떠냐?"

옐로팽이 일부러 가벼운 말투로 물었다.

파이어하트는 옐로팽이 지혜롭고 완곡한 방식으로 조언을 하고 있다는 걸 알 수 있었다.

"훈련 강도를 높여야겠어요. 당장 새벽부터요."

파이어하트가 대답했다. 그는 클라우드포가 떠올라 슬픔으로 목이 메어 왔다. 종족은 지금 그 어느 때보다 훈련병 클라우드포를 필요로 하고 있었다. 하얀 털의 훈련병이 전사의 규약에 대해 어떻게 생각했든지 간에 그가 훌륭한 전투 기술을 가진 용감한 고양이라는 사실은 누구도 부인할 수 없는 사실이었다.

옐로팽이 파이어하트의 어깨를 문지르던 발을 뗐다.

"다 끝난 건가요?"

파이어하트가 물었다.

"거의 다 됐다. 긁힌 상처에 약을 조금씩만 발라 주마. 그것만 마치면 가도 된다."

옐로팽이 파이어하트에게 눈을 찡긋해 보였다.

"용기를 내라, 파이어하트. 지금은 천둥족에게 힘든 시기다. 하지만 너보다 더 잘할 수 있는 고양이는 없단다."

멀리서 천둥이 치는 소리가 낮게 울렸다. 옐로팽의 격려에도 불구하고 파이어하트는 눈앞에 닥친 위협에 온몸이 오싹해졌다.

공터로 돌아올 무렵에는 옐로팽이 발라 준 약초 덕분에 상처에 통증이 거의 느껴지지 않았다. 파이어하트는 아직도 많은 고양이들이 깨어 있는 것을 보고 깜짝 놀랐다. 블루스타와 화이트스톰과 마우스퍼는 러닝윈드의 시신 옆에 말없이 웅크리고 있었다. 어깨를 잔뜩 긴장시키고 고개를 푹 숙인 세 전사의 모습에는 슬픔이 고스란히 드러나 보였다. 어둠 속에 삼삼오오 모인 다른 고양이들은 초조하게 귀를 씰룩거리며 숲에서 나는 소리에 귀를 기울이고 있었다.

파이어하트는 공터 가장자리에 앉았다. 숨 막히게 답답한 공기가 털을 쭈뼛 서게 만들었다. 숲 전체가 폭풍이 시작되기를 기다리고 있는 것 같았다. 그림자 하나가 공터 언저리로 다가오는 걸 느끼고 파이어하트는 고개를 홱 돌렸다. 다크스트라이프였다.

파이어하트는 꼬리로 신호를 보내 줄무늬 전사를 불렀다. 다크스트라이프가 천천히 그에게 걸어왔다.

"새벽 순찰대가 돌아오는 즉시 두 번째 순찰을 나가 주세요. 지금부터 순찰을 매일 세 차례씩 더 나가겠습니다. 순찰대마다 전사 셋이 배치될 겁니다."

다크스트라이프는 냉랭한 눈초리로 파이어하트를 바라보았다.

"내일 아침에는 펀포를 데리고 훈련을 할 생각입니다만."

파이어하트는 짜증이 나서 털을 곤두세웠다.

"그럼 펀포를 순찰에 데려가세요."

그는 단호하게 말했다.

"펀포에게도 좋은 경험이 될 것입니다. 훈련 속도도 높일 필요가 있으니까요."

다크스트라이프의 귀가 홱 움직였지만, 그의 눈빛은 여전히 침착했다.

"알겠습니다, 부지도자."

그가 눈을 번득이며 대답했다.

파이어하트는 조심스럽게 블루스타의 거처로 들어갔다. 아직 해가 가장 높이 뜬 시간도 되지 않았는데, 벌써 두 번이나 순찰을 나갔다 오는 길이었다. 오후에는 화이트스톰의 훈련병인 브라이트포를 데리고 사냥을 나가야 했다. 러닝윈드가 목숨을 잃은 뒤로 바쁜 날들이 계속되었다. 모든 전사들과 훈련병들은 새로운 순찰 일정을 쫓아가느라 지쳐 있었다. 윌로펠트와 골든플라워는 보육실에 매여 있었고, 화이트스톰은 지도자의 곁을 떠나기를 꺼렸으며, 클라우드포는 사라졌고, 러닝윈드는 죽었다. 파이어하트는 먹고 잘 시간도 없을 지경이었다.

블루스타는 눈을 반쯤 감고 잠자리에 웅크리고 있었다. 파이어하트는 잠시 지도자가 그림자족을 휩쓴 병에 걸린 것이 아닌지 걱정스러웠다. 그녀는 털이 더욱 헝클어진 상태로, 마치 더는 스스로를 돌보지 못하고 죽음만을 기다리는 고양이처럼 꼼짝 않고 앉아 있었다.

"블루스타."

파이어하트는 나지막이 지도자의 이름을 불렀다.

블루스타가 그를 향해 천천히 고개를 돌렸다.

"계속해서 숲에 순찰대를 내보내고 있습니다. 타이거클로와 떠돌이 고양이들의 흔적은 없었습니다."

파이어하트가 보고했다.

블루스타는 아무런 대답 없이 고개를 돌렸다. 파이어하트는 말을 멈추고, 보고를 계속해야 할지 고민했다. 하지만 블루스타는 발을 가슴 아래로 더 끌어당기더니 눈을 감아 버렸다. 실망한 파이어하트는 고개를 꾸벅 숙이고 거처에서 나왔다.

해가 비친 공터는 너무나 평온해 보여서, 종족이 위험한 상황에 처해 있다고 믿기 어려울 정도였다. 브래큰퍼는 윌로펠트의 새끼 고양이들과 보육실 밖에서 놀고 있었다. 브래큰퍼가 꼬리를 휙휙 움직이면 새끼 고양이들이 쫓아다니며 잡으려 애를 썼다. 높은 바위 그늘에서는 화이트스톰이 쉬고 있었다. 오직 블루스타의 거처를 향해 귀를 바짝 세운 흰색 전사의 모습만이 종족이 처한 긴장된 상황을 드러내 주었다.

파이어하트는 점점 쌓여 가는 싱싱한 먹이 더미를 심드렁하게 바라보았다. 속이 텅 비고 뱃가죽이 딱 달라붙은 느낌이었지만, 아무것도 삼킬 수 없을 것 같았다. 그는 먹이를 먹고 있는 샌드스톰을 발견했다. 그녀의 매끄러운 주황색 털가죽을 보는 것은 뜻밖의 기쁨을 안겨 주었다. 파이어하트는 문득 브라이트포를 데리고 사냥을 나갈 때 샌드스톰이 함께한다면 정말 즐겁겠다는 생각이 들었다. 그 생각을 하자 식욕이 돌아왔고, 사냥에 대한 기대감으로 배에서도 꾸르륵 소리가 났다. 그는 잡아 놓은 먹이는 다른 고양이들이 먹도록 두고, 곧장 사냥에 나설 생각이었다.

바로 그때 브라이트포가 마우스퍼와 프로스트퍼, 하프테일을 뒤따라 진영으로 들어왔다. 그들은 원로들과 어미 고양이들을 위해 물에 적신 이끼를 가져오는 길이었다. 브라이트포는 이끼 뭉치를 블루스타의 거처로 가지고 갔다. 화이트스톰이 고마운 눈빛으로 그녀를 바라보았다.

파이어하트는 샌드스톰을 불렀다.

"내가 부탁하면 언제든지 토끼를 잡아 준댔지? 브라이트포를 데리고 사냥하러 갈 건데, 같이 가지 않을래?"

샌드스톰이 고개를 들었다. 그녀는 연녹색 눈동자를 빛내며, 말로 하지 않은 의미를 담아 그를 바라보았다. 파이어하트의 털가죽은 햇볕을 받았을 때보다도 훨씬 더 후끈하게 달아올랐다.

"그래."

샌드스톰은 대답을 하고 재빨리 마지막 남은 먹이를 꿀꺽 삼켰다. 그녀는 입술을 핥으며 빠른 걸음으로 파이어하트에게 다가왔다.

두 고양이는 나란히 앉아 브라이트포를 기다렸다. 비록 서로 털가죽이 닿을락 말락한 거리에 앉아 있었지만, 파이어하트는 털이 찌릿찌릿한 기분이었다.

"사냥 나갈 준비는 됐니?"

브라이트포가 블루스타의 거처에서 나오는 모습이 보이자 파이어하트가 물었다.

"지금요?"

브라이트포가 놀라서 되물었다.

"아직 해가 가장 높이 뜬 시간이 되진 않았지만, 네가 너무 피곤하지만 않으면 지금 나가도 괜찮거든."

브라이트포는 고개를 끄덕이고, 가시금작화 굴길을 지나 숲으로 달려 나가는 파이어하트와 샌드스톰을 뒤따라 왔다.

브라이트포가 바짝 뒤쫓는 가운데, 파이어하트는 샌드스톰을 따라서 골짜기를 올라 숲으로 갔다. 샌드스톰의 근육이 황갈색 털가죽 아래에서 유연하게 움직이는 모습이 유난히 눈에 들어왔다. 그는 샌드스톰도 자신만큼이나 피곤하리라는 것을 알았다. 하지만 그녀는 귀를 쫑긋 세운 채 입을 벌리고, 빠른 속도를 유지하며 덤불을 통과해 갔다.

"하나 찾은 것 같은데!"

샌드스톰이 갑자기 쉿쉿 소리를 내며 사냥 자세로 몸을 낮추었다. 브라이트포가 입을 벌려 공기 냄새를 맡았다. 샌드스톰이 조용히 덤불 사이로 몸을 움직이는 동안 파이어하트는 제자리에 서 있었다. 토끼 냄새가 풍겨 오는 동시에 고사리 줄기 아래 덤불에서 토끼가 쿵쿵거리는 소리도 났다. 샌드스톰은 불시에 앞으로 달려 나갔다. 그녀의 재빠른 움직임에 잎사귀들이 바스락거리는 소리를 냈다. 파이어하트는 토끼가 달아나기 위해 뒷다리로 메마른 땅을 차는 소리를 들을 수 있었다. 그는 브라이트포를 뒤에 남겨 두고 본능적으로 뛰어 나갔다. 토끼는 샌드스톰의 날카로운 발톱을 벗어나 급히 달아나고 있었다. 파이어하트는 고사리를 피해서 덤불을 통과해 추격해 가다가, 단번에 콱 물어 토끼의 숨통을 끊었다. 그런 다음 비록 오랫동안 비는 내려 주지 않았지만, 그래도 숲에 먹이를 채워 준 별족에게 조용히 감사 기도를 드렸다. 며칠 전에 천둥이 예고했던 폭풍은 오지 않았고, 공기는 다시 숨이 막힐 듯 갑갑해졌다.

토끼 위로 몸을 웅크리고 있는 그의 곁으로 샌드스톰이 미끄러지듯 멈춰 섰다. 그녀가 헐떡거리는 소리가 들렸다. 그도 숨이 가쁘기는 마찬가지였다.

"고마워. 내가 오늘 좀 느리네."

샌드스톰이 말했다.

"나도 그래."

"넌 좀 쉬어야 돼."

샌드스톰이 부드럽게 말했다.

"우리 모두 그렇지."

파이어하트는 그녀의 은은한 연녹색 눈에서 온기를 느꼈다.

"하지만 넌 다른 고양이들보다 두 배는 더 바쁘잖아."

"할 일이 많으니까. 그리고 이제 클라우드포를 훈련시키는 데 시간을 쓰지 않아도 되잖아."

그는 클라우드포의 일이 점점 더 마음에 걸렸다. 한편으로는 어린 훈련병이 스스로 돌아오는 길을 찾아서 진영에 다시 나타나기를 바라는 마음도 있었다. 하지만 괴물이 데려가 버린 뒤로 훈련병의 흔적은 어디에서도 보이지 않았다. 파이어하트는 클라우드포를 다시 볼 수 있으리라는 희망을 차츰 포기하기 시작했다. 신더펠트에 이어 클라우드포까지, 훈련병을 둘이나 잃었다는 생각이 들자, 가시덤불에 갇힌 것처럼 마음이 괴로웠다. 스승으로서의 임무도 제대로 감당하지 못하는데, 어떻게 부지도자의 책임을 다할 수 있을까? 파이어하트는 다른 누구보다 순찰과 사냥을 많이 하는 것으로 종족에게 자신을 증명해 보이고 싶었다. 그리고 전사로서 자신의 능력에 대한 남모르는 의구심을 떨쳐 버리고 싶었다.

샌드스톰이 파이어하트의 고민을 알아챈 듯 말했다.

"할 일이 많은 건 알아. 내가 좀 더 도울 수도 있지 않을까?"

그녀는 파이어하트를 힐긋 보며 덧붙였다.

"어쨌든 나도 훈련병이 없으니까."

파이어하트는 그녀가 덧붙인 말에서 씁쓸해하는 감정을 느낄 수 있었다. 더스트펠트가 애쉬포를 훈련시키는 모습을 보면서 그녀는 틀림없이 자존심이 상했을 것이다. 파이어하트는 죄책감이 들었다.

"미안해……."

파이어하트는 입을 열었다. 하지만 너무 피곤한 나머지 자신이 실수를 저질렀다는 것을 뒤늦게 깨달았다. 파이어하트가 스승을 결정했다는 사실을 샌드스톰은 모르고 있었던 것이다. 그녀는 다른 고양이들처럼 블루스타가 결정을 내렸다고 알고 있었을 것이다.

샌드스톰이 어리둥절한 표정으로 그를 빤히 바라보았다.

"뭐가 미안하다는 거야?"

"블루스타가 펀포와 애쉬포를 가르칠 스승을 나한테 정하라고 했거든."

파이어하트는 솔직히 털어놓았다.

"그래서 내가 더스트펠트를 스승으로 정한 거야. 너를 선택하지 않고."

그는 샌드스톰이 혹시 화가 났는지 살폈지만, 그녀는 아무런 동요도 없이 그를 바라볼 뿐이었다.

"언젠가 너도 훌륭한 스승이 될 거야."

파이어하트는 다급하게 설명을 이어 나갔다.

"하지만 난 더스트펠트를 선택할 수밖에……."

"괜찮아."

샌드스톰이 어깨를 으쓱하며 말했다.

"그럴 만한 이유가 있었겠지."

샌드스톰의 목소리는 밝았지만, 파이어하트는 그녀의 등줄기를 따라 털이 곤두서는 모습을 놓치지 않았다. 둘 사이에 어색한 침묵이 계속되었다. 그러다 마침내 브라이트포가 뒤쪽 덤불에서 나타났다.

"잡았어요?"

브라이트포가 헐떡이며 물었다.

그 순간 파이어하트는 훈련병이 너무 지쳐 보인다는 것을 깨달았다. 그리고 자신도 훈련을 받을 때 몸집이 크고 기운 센 전사들을 쫓아가느라 얼마나 힘들었는지도 떠올랐다. 그는 토끼를 브라이트포에게 밀어 주었다.

"여기, 먼저 한 입 먹어. 진영을 나서기 전에 식사할 시간을 줬어야 했는데."

브라이트포가 감사의 눈길을 보내고 먹이를 먹기 시작하자, 샌드스톰이 그와 눈을 맞추었다.

"순찰을 좀 줄이는 건 어떨까?"

그녀가 주저하며 제안했다.

"다들 너무 피곤해하고 있어. 게다가 러닝윈드가 죽은 뒤로 타이거클로는 나타나지 않았잖아."

파이어하트의 마음에 안타까움이 밀려왔다. 그는 샌드스톰도 자신이 내뱉은 희망적인 말들을 정말로 믿지는 않는다는 것을 알고 있었다. 타이거클로가 그렇게 쉽게 포기하지 않으리라는 사실을 천둥족 고양이들 모두가 알고 있었다. 파이어하트는 천둥족 전사들이 순찰을 나갈 때마다 얼마나 긴장을 하는지 알고 있었다. 그들은 위험을 감지하려고 항상 귀를 쫑긋 세우고 입을 벌리고 있었다. 지도자에 대한 불만도 차츰 높아지고 있었다. 보이지 않는 위협에 맞서 종족을 단합하려면, 그 어느 때보다 지도자가 필요했다. 그러나 블루스타는 러닝윈드를 밤새 추모한 뒤로는 거의 거처 밖으로 나오지 않았다.

"순찰을 줄일 수는 없어. 계속 경계를 해야 하니까."

"타이거클로가 정말 우리를 죽일 거라고 생각해요?"

먹이를 먹던 브라이트포가 고개를 들고 물었다.

"죽이려고 할 거야."

"블루스타는 어떻게 생각하는데?"

샌드스톰이 망설이며 물었다.

"물론 걱정하고 있지."

파이어하트는 자신이 답을 회피하고 있다는 것을 알았다. 블루스타는 타이거클로가 그녀를 죽이려고 시도했던 이후로 한동안 어둠 속에서 괴로워했다. 그런데 그 반역자가 돌아왔다는 사실에 또다시 극심한 고통 속으로 내몰린 것이다. 오직 화이트스톰과 파이어하트만이 그 사실을 알고 있었다.

"이렇게 훌륭한 부지도자를 곁에 두다니 블루스타는 운이 좋은 거야."

샌드스톰이 말했다.

"종족의 모든 고양이들이 널 믿고 있어. 네가 우리를 이끌고 이

어려움을 헤쳐 나갈 거라고 말이야."

파이어하트는 시선을 돌릴 수밖에 없었다. 그는 요즘 들어 다른 고양이들이 자신을 어떻게 바라보는지 잘 알고 있었다. 종족의 존경을 받는 것은 영광스러운 일이었지만, 그는 아직 어리고 경험이 부족한 고양이였다. 화이트스톰처럼 별족이 그들의 운명을 이끌어 준다고 믿는 굳건한 신념이 그에게도 간절히 필요했다. 파이어하트는 자신이 종족의 신뢰를 받을 만한 자격이 있기를 바랐다.

"최선을 다할게."

그가 약속했다.

"종족이 바라는 게 바로 그거야."

샌드스톰이 대꾸했다.

파이어하트는 토끼를 내려다보았다.

"이 토끼는 마저 먹고, 진영에 가져갈 먹이를 또 찾아보자."

세 고양이는 먹이를 다 먹고 나서 나무 네 그루를 향해 발길을 옮겼다. 혹시 숲에서 지켜보는 눈이 있을지도 모르기 때문에, 경계를 늦추지 않으며 말없이 움직였다. 타이거클로가 주변에 있으니 천둥족 고양이들은 먹이를 쫓는 사냥꾼인 동시에 쫓기는 먹잇감이 된 셈이었다.

나무 네 그루로 이어지는 언덕에 가까워졌을 때, 낯선 고양이의 냄새가 파이어하트의 코끝에 닿았다. 샌드스톰도 냄새를 맡은 것 같았다. 그녀는 걸음을 멈추고, 등을 둥그렇게 말아 올리고 근육을 긴장시켰다.

"서둘러, 이쪽 위로!"

그는 단풍나무 위로 올라갔다. 샌드스톰과 브라이트포도 그 뒤를 따랐다. 세 고양이는 가장 낮은 가지에 몸을 웅크리고 앉아 숲바닥을 내려다보았다.

고사리 덤불 사이를 누비는 그림자 하나가 눈에 들어왔다. 짙은 색 털에 늘씬한 몸체가 얼핏 보였다. 고사리 잎줄기 위로 검정색 귀 한 쌍이 비죽 솟아 있었다. 그 귀를 보자 아주 오래전의 기억이 어렴풋이 떠올랐다. 나쁜 기억은 아니었다. 천둥족이 도와주었던 다른 종족의 고양이들 중 하나일까? 하지만 타이거클로의 어둡고 은밀한 계략이 숲에 존재하는 한, 어떤 고양이도 완전히 믿을 수는 없었다. 낯선 고양이들은 모두 적이었다.

파이어하트는 발톱을 세우고 상대를 덮칠 준비를 했다. 옆에서는 샌드스톰이 몸을 가볍게 떨고 있었다. 브라이트포는 작은 어깨에 잔뜩 힘을 주고 아래를 뚫어져라 내려다보고 있었다. 낯선 고양이가 물푸레나무 아래를 지나가는 순간, 파이어하트는 사납게 소리를 지르며 상대의 등에 뛰어내렸다.

검은 고양이가 비명을 지르며 데굴데굴 구르는 바람에 파이어하트는 바닥에 나동그라졌다. 하지만 즉시 민첩하게 몸을 일으켰다. 그는 처음 등에 뛰어내린 순간부터 상대 고양이의 몸집과 힘을 파악했고, 어렵지 않게 쫓아 버릴 수 있을 거라고 생각했다. 샌드스톰이 곧바로 나무에서 뛰어내렸고, 브라이트포도 바로 뒤를 따랐다. 검은 고양이는 수적으로 열세임을 깨닫고 겁에 질려 눈을 크게 떴다.

하지만 파이어하트는 이미 어깨 털을 반반하게 가라앉히고 있었다. 처음의 직감이 옳았다. 그는 이 침입자를 알아보았다. 그리고 상대방도 어느새 두려움이 사라지고 안도하는 표정으로 바뀌어 있었다. 검은 고양이 역시 파이어하트를 알아본 것이다.

19

뜻밖의 소식

"레이븐포!"

파이어하트는 옛 친구에게 다가가 반갑게 코를 비볐다.

"만나서 정말 반가워, 파이어하트!"

레이븐포도 반갑게 인사를 하다가 샌드스톰에게 눈을 돌렸다.

"설마 이 고양이는 샌드포야?"

"이젠 샌드스톰이야!"

황갈색 암고양이가 앙칼지게 대꾸했다.

"그렇구나. 마지막으로 봤을 때보다 덩치가 두 배는 커졌잖아!"

레이븐포가 눈을 가늘게 떴다.

"더스트포는 어떻게 지내?"

파이어하트는 레이븐포의 조심스러운 목소리를 이해할 수 있었다. 샌드스톰과 더스트펠트는 레이븐포와 함께 훈련을 받았지만, 그를 동료라기보다는 경쟁자로 대했었다. 레이븐포가 스승인 타이거클로를 피해 도망쳐 두발쟁이 영역에 살게 되었을 때도, 그들은 그가 떠난 것을 슬퍼하지 않았다. 파이어하트는 레이븐포

역시 두 고양이를 그리워하지는 않았을 거라고 생각했다.

"더스트펠트는 잘 지내. 지금은 훈련병도 있어."

샌드스톰이 어깨를 으쓱하며 말했다.

"그럼 이 녀석은 네 훈련병이고?"

레이븐포가 브라이트포를 보며 물었다.

"난 아직 훈련병이 없어."

샌드스톰의 퉁명스러운 대답에 파이어하트는 귀가 화끈거렸다.

"얘는 화이트스톰의 훈련병이야. 이름은 브라이트포라고 해."

따뜻한 바람이 나무 꼭대기에 달린 잎사귀들을 흔들었다. 파이어하트는 바스락거리는 소리에 놀라 위를 쳐다보았다. 뜻밖의 만남에 경계를 늦추고 있었던 것이다. 파이어하트는 타이거클로와 떠돌이 무리의 위협을 다시 떠올리며, 조심스럽게 주변 덤불을 훑어보았다.

"그런데 여기는 어쩐 일이야, 레이븐포?"

파이어하트가 다급하게 물었다.

호기심 가득한 표정으로 샌드스톰을 뜯어보고 있던 레이븐포가 고개를 돌렸다.

"널 찾아왔어."

"정말? 왜?"

레이븐포가 숲으로 돌아올 정도면 매우 중요한 일이 틀림없었다. 레이븐포는 타이거클로가 천둥족의 부지도자였던 레드테일을 죽이는 장면을 우연히 목격한 뒤로 끊임없는 두려움에 시달렸었다. 타이거클로가 레이븐포의 입을 막기 위해 그를 죽이려고 했을

293

때, 파이어하트와 그레이스트라이프가 친구를 도와 달아나게 해주었다. 레이븐포는 이제 두발쟁이 농장에서 발리와 함께 지내고 있었다. 발리는 애완 고양이도 아니고 숲에 사는 종족 고양이도 아닌 외톨이였다. 레이븐포가 예전의 적이 사는 곳으로 돌아온 것을 보면 그럴 만한 이유가 있는 것이 분명했다. 레이븐포는 타이거클로의 반역이 드러나 천둥족에서 쫓겨났다는 사실을 알 리가 없었고, 여전히 그가 부지도자라고 생각하고 있을 테니까.

레이븐포가 불안한 듯 꼬리를 획획 움직였다.

"내가 사는 영역 끄트머리에서 고양이 하나를 만났어."

그가 말을 꺼냈다.

파이어하트는 의아한 표정으로 레이븐포를 바라보았다. 레이븐포는 설명을 계속했다.

"사냥을 하러 나갔다가 그 고양이를 발견했거든. 길을 잃고 겁을 먹은 것 같더라고. 말은 많이 하지 않았지만, 천둥족 냄새가 났어."

"천둥족이라고?"

파이어하트는 깜짝 놀라 물었다.

"고지대를 지나서 왔느냐고 물어봤는데, 자기가 지금 어디 있는지 전혀 모르는 것 같더라고. 그래서 그 녀석이 살고 있다는 두발쟁이 보금자리로 데려다줬지."

"그러니까, 애완 고양이였던 거구나?"

샌드스톰이 레이븐포를 뚫어져라 쳐다보며 물었다.

"천둥족의 냄새를 맡은 거 확실해?"

"내가 태어난 종족의 냄새는 잊지 않는다고!"

레이븐포가 쏘아붙였다.

"그리고 그 녀석은 평범한 애완 고양이 같지가 않았단 말이야. 사실 두발쟁이 주인에게 돌아간 뒤에도 전혀 기뻐하는 것 같지 않더라고."

파이어하트는 흥분되는 마음을 진정시키고 레이븐포가 이야기를 마칠 때까지 잠자코 기다렸다.

"그 녀석 냄새가 머릿속에서 떠나질 않는 거야. 그래서 다시 이야기를 해 보려고 두발쟁이 보금자리에 가 봤는데, 안에 갇혀 있었어. 창문을 통해 이야기를 해 보려고도 했는데 두발쟁이가 날 쫓아 버렸어."

"그 고양이가 어떤 색이었어?"

파이어하트는 자신을 바라보는 샌드스톰의 날카로운 시선을 느꼈다.

"하얀색이었어."

레이븐포가 대답했다.

"복슬복슬하고 하얀 털을 가졌어."

"그건…… 클라우드포 같아요!"

브라이트포가 말했다.

"그 고양이를 아는 거야?"

레이븐포가 물었다.

"내 말이 맞는 거야? 천둥족 고양이가 맞는 거지?"

파이어하트는 레이븐포의 말이 거의 들리지 않았다. 클라우드포는 무사했다! 그는 친구의 주위를 빙빙 돌기 시작했다. 기쁨과 안도감으로 발이 근질거렸다.

"상태는 괜찮아 보였어? 그 녀석이 무슨 말을 했어?"

"그, 글쎄⋯⋯."

레이븐포는 주위를 오락가락하는 파이어하트를 보려고 고개를 이리저리 돌렸다.

"아까 말한 것처럼 처음 만났을 때는 완전히 길을 잃고 정신이 나간 것처럼 보였어."

"놀랄 일도 아니지. 녀석은 천둥족 영역 밖으로 나가 본 적이 한 번도 없거든."

파이어하트는 안절부절못하고 이제 샌드스톰과 브라이트포 사이를 왔다 갔다 했다.

"아직 높은 돌산까지도 가 보지 못했어. 자기가 진영에서 그리 멀지 않은 곳에 있다는 걸 몰랐을 거야."

샌드스톰이 고개를 끄덕였다.

레이븐포가 말을 계속했다.

"왜 그렇게 불편해 보였는지 이제야 이해가 가네. 그 녀석은 틀림없이⋯⋯."

"불편해 보였다고?"

파이어하트는 걸음을 뚝 멈췄다.

"왜? 다쳤어?"

"아니, 아니야."

레이븐포가 재빨리 대답했다.

"그냥 아주 불행해 보였어. 두발쟁이 보금자리로 가는 길을 알려 주면 좀 기운을 낼 거라 생각했는데, 여전히 불행해 보이더라고. 그래서 내가 널 찾으러 온 거야."

파이어하트는 고개를 숙이고 발을 내려다보았다. 무슨 생각을 해야 할지도 알 수가 없었다. 그는 자신이 클라우드포를 다시는 못 보게 되더라도, 클라우드포가 새로운 삶을 살며 행복하기를 바라고 있었다는 사실을 깨달았다.

레이븐포가 자신 없는 표정으로 눈을 끔벅였다.

"내가 여기 오길 잘한 거야? 혹시 그 녀석…… 어, 클라우드포가 종족에서 쫓겨난 거야?"

파이어하트는 레이븐포와 진지하게 눈을 맞추었다. 검은 고양이는 목숨을 걸고 여기 온 것이나 다름없었고, 자초지종을 들을 만한 자격이 있었다.

"두발쟁이가 클라우드포를 데려간 거야."

파이어하트는 설명을 시작했다.

"클라우드포는 내 훈련병이었고, 내 누이의 아들이기도 해. 없어진 지 반달쯤 지났어. 나는…… 그 녀석을 다시는 못 볼 거라고 생각했었어."

샌드스톰이 약간 놀란 듯 파이어하트를 보며 물었다.

"그럼 이젠 다시 볼 수 있을 거라고 생각하는 거야? 어떻게? 클라우드포는 지금 레이븐포가 사는 곳에서 두발쟁이들과 함께 산다잖아."

"내가 가서 데려올 거야!"

파이어하트가 선언했다.

"가서 데려온다고? 왜?"

"너도 레이븐포가 하는 말을 들었잖아. 그곳에서 사는 게 행복하지 않다고 하잖아."

"클라우드포가 정말 구해 주기를 바랄까?"

"너라면 안 그렇겠어?"

"난 구해 줄 필요가 없지. 나라면 처음부터 두발쟁이들이 주는 먹이를 받아먹지도 않았을 테니까."

샌드스톰이 날카롭게 지적했다.

레이븐포가 깜짝 놀란 듯 소리를 냈지만, 아무런 말도 하지 않았다.

"클라우드포가 돌아오면 정말 좋을 거예요."

브라이트포가 끼어들었다. 하지만 파이어하트의 귀에는 그녀의 말이 거의 들리지 않았다. 그는 분노로 목털을 곤두세우고 샌드스톰을 마주 보고 있었다.

"클라우드포는 거기 혼자 버려져서 불행하게 지내도 된다는 거야?"

그는 버럭 화를 냈다.

"단지 어리석은 실수를 저질렀기 때문에?"

샌드스톰이 참을 수 없다는 듯 콧방귀를 뀌었다.

"내 말은 그런 뜻이 아니야. 클라우드포가 정말로 돌아오길 원하는지 아닌지도 넌 확실히 모르잖아."

"레이븐포가 말했잖아, 불행하게 보였다고."

파이어하트는 끈질기게 말했다. 하지만 그렇게 말하면서도 머릿속에는 의구심이 고개를 들었다. 지금쯤 클라우드포가 애완 고양이 생활에 익숙해졌으면 어떻게 하지?

"레이븐포는 클라우드포와 딱 한 번 이야기해 본 것뿐이잖아."

샌드스톰이 레이븐포를 돌아보았다.

"두발쟁이 창문으로 봤을 때도 그 녀석이 불행해 보였어?"

레이븐포가 곤란한 듯 수염을 씰룩거렸다.

"글쎄, 뭐라고 대답하긴 힘들어. 먹이를 먹고 있었거든."

샌드스톰이 다시 파이어하트에게 고개를 홱 돌렸다.

"클라우드포는 집도 있고 먹이도 있는데, 넌 아직도 그 녀석을 구해야 한다고 생각하는 거야? 종족은 어쩌고? 종족에겐 네가 필요해. 클라우드포는 안전해 보이잖아. 거기 그냥 내버려 두자."

파이어하트는 샌드스톰을 빤히 쳐다보았다. 그녀는 어깨 털이 곤두서 있었고, 눈빛은 단호했다. 파이어하트는 가슴이 쿵 내려앉았지만, 샌드스톰의 말이 옳다는 걸 깨달았다. 아무리 잠깐이라 해도 어떻게 종족을 떠날 수 있겠는가? 블루스타는 너무나 쇠약해져 있었고, 타이거클로와 떠돌이 무리가 천둥족을 위협하고 있는 지금과 같은 시기에 그럴 수는 없었다. 게다가 이미 게으르고 욕심 많은 훈련병으로 판명된 고양이 하나를 위해서 그런 일을 벌일 수는 없었다.

하지만 그의 마음은 어쨌든 시도는 해 봐야 한다고 말하고 있었다. 클라우드포가 언젠가는 훌륭한 전사가 되리라는 믿음을 포기할 수 없었다. 그리고 종족에게는 지금 당장 전사가 필요했다.

"난 가야겠어."

파이어하트는 짧게 말했다.

"가서 데려오면, 그다음엔 어떻게 할 건데?"

샌드스톰이 말했다.

"클라우드포가 숲에서 안전하게 지낼 수 있을까?"

파이어하트는 등줄기가 오싹해졌다. 애써 클라우드포를 데려왔는데, 그 결과 타이거클로에게 죽임을 당한다면? 하지만 아무리 상황이 불확실하다 해도, 파이어하트는 자신이 어떻게 할지 알고 있었다.

"내일 해가 가장 높이 뜬 시간까지는 돌아올게."

그가 약속했다.

"화이트스톰에게 설명 좀 해 줘."

샌드스톰이 놀라서 눈을 크게 떴다.

"지금 당장 간다는 거야?"

"클라우드포가 있는 곳을 레이븐포가 알려 줘야 하잖아. 숲에서 계속 기다리게 할 수는 없으니까. 타이거클로가 활보하고 다니는 상황에서는 그럴 수 없지."

레이븐포가 갑작스러운 두려움에 털을 부풀렸다.

"무슨 뜻이야? 활보하고 다니다니?"

샌드스톰이 찌푸린 얼굴로 파이어하트를 바라보았다.

"가자."

파이어하트는 검은 고양이를 재촉했다.

"가면서 설명해 줄게. 빨리 움직이는 편이 좋아."

"나를 빼놓고 갈 수는 없어."

샌드스톰이 말했다.

"쥐 대가리처럼 멍청한 생각이긴 하지만, 타이거클로나 바람족 순찰대와 마주치기라도 하면 도움이 필요할 테니까!"

파이어하트는 샌드스톰의 말에 기분이 좋아졌다. 그는 고마워하는 표정으로 그녀를 힐긋 보고, 브라이트포를 향해 고개를 돌렸다.

"진영으로 돌아가서 화이트스톰에게 우리가 어디로 갔는지 좀 말해 줄래? 화이트스톰도 레이븐포를 알아."

브라이트포의 눈빛이 불안하게 흔들렸다. 하지만 곧바로 눈을 끔벅하더니 고개를 꾸벅 숙였다.

"그럴게요."

"곧장 돌아가도록 해. 귀는 항상 낮추고."

파이어하트는 어린 고양이를 혼자 보내는 것이 걱정스러웠다.

"잘 알아서 할게요."

브라이트포는 진지하게 다짐하고는 돌아서서 덤불 속으로 사라졌다.

파이어하트는 브라이트포에 대한 걱정은 떨쳐 내고 고사리를 헤치고 나아가기 시작했다. 샌드스톰과 레이븐포도 그의 옆에 나란히 서서 걸었다. 파이어하트는 숲에서 레이븐포와 그레이스트라이프와 함께 사냥하던 시절을 잠시 떠올렸다. 하지만 숨 막히는 숲의 공기가 그를 짓눌렀고, 앞으로 닥칠 여정에 대한 기대와 걱정으로 털이 찌릿찌릿했다. 파이어하트는 자신이 친구들을 재

앙으로 이끄는 것은 아닌지 걱정스러웠다.

세 고양이는 나무 네 그루를 지나 바람족 영역으로 올라갔다. 파이어하트는 블루스타와 함께 마지막으로 이곳에 왔던 때를 떠올렸다. 이번에도 같은 길을 따라갈 생각이었다. 고지대를 곧장 가로질러 두발쟁이 농장까지 가는 길이었다. 두발쟁이 농장은 바람족 영역과 높은 돌산 사이에 있었다. 적어도 이번에는 그들의 냄새를 황무지로 실어 나를 바람이 불지 않았다. 고지대의 공기는 이상하리만치 잠잠하고 건조해서, 히스를 스칠 때는 털이 바지직 타들어 갈 것 같았다.

파이어하트는 바람족 영역의 중심부에 있는 진영에서 최대한 멀리 떨어진 길을 선택했다. 고지대의 땅은 보통 토탄흙이 많고 축축하게 젖어 있었지만, 지금은 딱딱한 껍질처럼 말라붙어 버렸다. 히스는 햇빛에 시들어 군데군데 갈색으로 변해 있었다.

"타이거클로에게 무슨 일이 있었던 거야?"

레이븐포가 침묵을 깨고 물었다. 하지만 걸음을 늦추지는 않았다.

파이어하트는 레이븐포에게 그를 괴롭히던 옛 스승의 정체가 마침내 밝혀졌다는 이야기를 해 주는 날을 고대해 왔다. 하지만 지금 상황에서 타이거클로의 배신과 추방에 대한 소식을 전하는 건 불안감만 증폭시킬 것 같았다. 게다가 타이거클로는 러닝윈드의 목숨도 빼앗았다. 결국 파이어하트는 씁쓸하고 안타까운 마음에 괴로워하며 더듬더듬 이야기를 전했다.

레이븐포가 제자리에 우뚝 멈춰 섰다.

"타이거클로가 러닝윈드를 죽였다고?"

파이어하트 역시 걸음을 멈추고 무겁게 고개를 끄덕였다.

"타이거클로는 지금 떠돌이 무리를 이끌고 있어. 그리고 우리를 모두 죽이겠다고 선언했어."

"하지만 누가 그런 지도자를 따른단 말이야?"

"몇몇은 브로큰테일의 옛 동료들이야. 우리가 그림자족에서 브로큰테일을 몰아냈을 때 같이 쫓겨났던 전사들 말이야."

파이어하트는 잠시 말을 멈추고, 얼마 전에 있었던 전투의 현장을 돌이켜 보았다.

"하지만 전에 본 적이 없는 고양이들도 있었어. 어디서 왔는지 모르겠어."

"타이거클로는 그 어느 때보다도 강력해진 거구나."

레이븐포가 우울하게 말했다.

"아니야!"

파이어하트가 버럭 화를 내듯 말했다.

"타이거클로는 지금 전사가 아니라 추방자일 뿐이야. 종족에 속해 있지도 않잖아. 타이거클로가 전사의 규약을 어기는 한 별족도 틀림없이 그의 편을 들어 주지 않을 거야. 종족이나 전사의 규약이 주는 힘 없이 타이거클로는 절대로 천둥족을 이길 방법이 없어."

말을 마친 파이어하트는 침묵에 빠졌다. 그는 어느새 자신도 의식하지 못했던 확신을 가지고 말하고 있었다. 샌드스톰이 뿌듯

303

한 눈빛으로 그를 바라보고 있었다.

"네 말이 맞았으면 좋겠다."

레이븐포가 말했다.

'나도 그래.'

파이어하트는 속으로 생각했다. 그는 이글거리는 태양에 눈을 가늘게 뜨고 다시 앞으로 걸어가기 시작했다.

"당연히 맞지."

뒤따르던 샌드스톰이 강조했다.

"글쎄, 난 어쨌든 거기서 빠져나온 게 다행인 것 같아."

레이븐포가 샌드스톰의 옆에서 나란히 걸으며 말했다.

샌드스톰이 의심스러운 눈빛으로 레이븐포를 힐긋 보았다.

"종족의 삶이 전혀 그립지 않아?"

"처음에는 좀 그리웠어."

레이븐포가 솔직히 말했다.

"하지만 지금은 새집이 있고, 거기가 좋아. 원할 때는 발리가 친구가 되어 주고 말이야. 난 그 정도면 충분해. 타이거클로와 함께 있는 것보다는 지금처럼 사는 걸 선택할 거야."

"타이거클로가 널 찾으러 오지 않을 거라고 어떻게 확신하지?"

샌드스톰이 눈을 반짝이며 물었다.

레이븐포가 귀를 움찔했다.

"타이거클로는 네가 어디 있는지 전혀 몰라."

파이어하트는 재빨리 말했다. 그리고 샌드스톰에게 경고의 눈빛을 보냈다.

"서두르자. 바람족 영역에서 어서 벗어나자고."

파이어하트는 속도를 높여, 빠르게 히스 덤불을 통과해 달려갔다. 그는 블루스타와 함께 갈 때 머드클로를 마주쳤던 가시금작화 길은 피했다. 대신 탁 트인 황무지를 넓은 원을 그리듯 건너갔다. 척박한 고지대에는 햇볕을 가릴 만한 것이 아무것도 없었기 때문에 두발쟁이 영역으로 이어지는 비탈에 도착했을 무렵에는 마치 털가죽에 불이 붙은 것 같았다. 아래로는 계곡이 펼쳐져 있었고, 군데군데 풀밭과 길, 두발쟁이 보금자리들이 삼색얼룩 고양이의 알록달록한 털처럼 박혀 있었다.

"바람족 고양이들은 틀림없이 진영에서 열기를 피하고 있을 거야."

파이어하트는 헐떡거리며 비탈을 달려 내려갔다.

"남은 여정도 이렇게 순탄하면 좋겠는데."

그들은 나무가 울창한 숲길에 다다랐다. 파이어하트는 서늘한 그늘과 익숙한 숲 냄새가 반가웠다. 머리 위로 말똥가리 두 마리가 고성을 내지르며 맴돌고 있었다. 멀리서 두발쟁이 괴물이 우르릉거리는 소리도 들렸다. 파이어하트는 다리가 아파서 잠깐 쉬고 싶었지만, 클라우드포를 찾겠다는 일념으로 길을 재촉했다.

숲을 지나는 동안 샌드스톰은 수염을 파르르 떨며 주위를 두리번거렸다. 파이어하트는 그녀가 천둥족 영역에서 이렇게 멀리까지 나와 본 것은 단 한 번뿐이라는 걸 깨달았다. 훈련병 시절에 블루스타와 함께 달바위에 간 게 처음이자 마지막이었을 것이다. 달바위로 가는 건 종족의 모든 고양이가 전사가 되기 전에 거치는 과정이었다. 반면 파이어하트는 이곳에 여러 번 와 본 적이 있었다. 높은 돌산에 갔을 때뿐만이 아니라 레이븐포를 만나러 갔을 때, 바람족을 데리고 올 때에도 이곳을 지나갔다. 하지만 이 숲에 가장 익숙한 것은 역시 레이븐포였다.

"여기서 꾸물대고 있으면 안 돼."

검은 고양이가 주의를 주었다.

"특히 이 시간은 더 위험해. 두발쟁이들이 개를 데리고 나와서 돌아다니거든."

과연 파이어하트는 근처에서 개 냄새를 맡을 수 있었다. 그는 귀를 납작하게 붙이고 레이븐포가 이끄는 대로 말없이 숲을 벗어났다.

레이븐포는 앞장서서 산울타리를 비집고 나갔다. 파이어하트는 샌드스톰이 지나가기를 기다렸다가, 마지막으로 빽빽하게 얽힌 잎사귀들을 통과했다. 그는 건너편에 펼쳐진 붉은 흙길을 알아보았다. 바람족을 찾으러 갔을 때 그레이스트라이프와 함께 건넜던 길이었다. 레이븐포는 양쪽을 잘 살피다가 쏜살같이 길을 건너가 맞은편에 있는 산울타리 속으로 사라졌다. 샌드스톰이 파이어하트를 흘깃 보았다. 파이어하트가 격려하듯 고개를 끄덕여 주자, 그녀는 앞으로 달려 나갔다. 파이어하트도 그녀의 뒤를 바짝 쫓아갔다.

산울타리 너머 들판에는 보리가 그들의 머리보다 높이 쭉쭉 뻗어 있었다. 레이븐포는 가장자리를 둘러 가지 않고, 곧장 보리밭으로 걸어 들어갔다. 파이어하트와 샌드스톰은 앞에서 흔들리는 검은 고양이의 꼬리를 놓치지 않으려고 서둘러 따라갔다. 파이어하트는 혼자서는 절대로 나가는 길을 찾을 수 없겠다는 생각에 문득 불안한 마음이 들었다. 끝없이 이어지는 황금빛 줄기와 청명한 하늘 말고는 아무것도 볼 수 없었다. 방향 감각을 완전히 잃어버린 것이다. 마침내 들판에서 나와 산울타리 아래에 자리를 잡고 앉자, 그는 마음이 한결 편안해졌다. 그들은 잘해 나가고 있었다. 해는 아직 하늘에서 반 정도만 내려와 걸렸고 고지대는 벌써 한참 멀어져 있었다.

파이어하트는 산울타리 근처에서 풍기는 익숙한 냄새를 맡을 수 있었다.

"네가 남긴 냄새구나."

그는 레이븐포에게 말했다.

"여기가 내 영역이 시작되는 곳이거든."

레이븐포가 고개를 빙 돌려 가며, 눈앞에 펼쳐진 들판을 가리켰다. 그곳이 레이븐포가 사냥하며 생활하는 곳이었다.

"그럼 클라우드포도 이 근처에 있어?"

샌드스톰이 조심스럽게 냄새를 맡으며 물었다.

"저 언덕 너머에 얕은 골짜기가 하나 있어."

레이븐포가 코로 가리키며 말했다.

"거기에 두발쟁이 보금자리가 있어."

그 순간 파이어하트는 등줄기를 따라 털이 곤두서는 것을 느꼈다.

'이 냄새는 뭐지?'

307

그는 꼼짝 않고 서서, 입 안에 있는 후각 기관에 냄새가 닿도록 입을 벌렸다.

옆에 있던 레이븐포도 코를 쳐들었다. 검정색 귀는 쫑긋 섰고, 꼬리도 초조하게 흔들렸다. 그러더니 놀라서 눈이 휘둥그레졌다.

"개들이야!"

20
추격하는 개들

산울타리 뒤에서 풀이 휙 젖혀지는 소리가 들렸다. 파이어하트는 공기를 가득 채운 짙은 냄새를 맡으며 어깨 근육을 긴장시켰다. 요란하게 짖는 소리가 들리자 꼬리털이 잔뜩 부풀었다. 잠시후에 산울타리 가지가 갈라지더니 개가 코를 쑥 내밀었다.

"도망쳐!"

그는 몸을 홱 돌리며 소리쳤다. 또다시 바스락거리는 소리가 나더니 흥분한 개가 으르렁거리는 소리가 들렸다. 두 번째 개가 뒤를 따르고 있었던 것이다.

파이어하트는 황급히 도망쳤다. 샌드스톰이 옆에서 함께 달리고 있었다. 개들이 바짝 뒤쫓는 가운데, 두 고양이는 털을 스치며 산울타리를 따라 질주했다. 개들의 발걸음에 땅이 울렸다. 파이어하트는 목에 훅 끼쳐 오는 개들의 뜨거운 숨결을 느낄 수 있었다. 뒤를 돌아보자, 육중한 개 두 마리가 쫓아오고 있었다. 개들은 물렁한 살이 출렁거리고 눈은 이글거렸으며 혀는 축 늘어져 있었다. 그 순간 파이어하트는 레이븐포가 보이지 않는다는 사실을 깨달았다.

"계속 달려!"

그는 샌드스톰에게 외쳤다.

"개들은 이 속도로 오래 달리지는 못할 거야."

샌드스톰은 가까스로 고갯짓을 하고는 더 빠르게 달려 나갔다.

파이어하트의 말이 맞았다. 다시 뒤를 돌아보았을 때, 개들은 뒤처지고 있었다. 파이어하트는 앞쪽 산울타리 안에 있는 물푸레나무를 살펴보았다. 조금 떨어진 곳에 있었지만, 개들과 이대로 거리를 충분히 유지할 수만 있다면 나무에 올라가서 몸을 피할 수 있을 것 같았다.

"저기 물푸레나무 보여?"

파이어하트는 숨을 헐떡이며 샌드스톰에게 물었다.

"최대한 빨리 나무 위로 올라가. 나도 곧 따라갈게."

샌드스톰이 알았다는 표시로 가르랑거렸다. 그녀는 거친 숨을 몰아쉬고 있었다. 두 고양이는 나무를 향해 달려갔다. 파이어하트가 신호를 보내자, 샌드스톰은 발톱으로 나무 몸통을 움켜잡고 안전한 곳으로 올라갔다.

파이어하트는 나무로 뛰어오르기 전에 개들이 얼마나 떨어져 있는지 확인하려고 다시 한 번 뒤를 돌아보았다. 그 순간 커다란 이빨이 눈앞에 보였다. 그의 얼굴에서 토끼 하나 정도도 떨어지지 않은 거리였다. 그는 털이 쭈뼛 섰다. 개는 사납게 으르렁대며 그를 향해 덤벼들었다. 파이어하트는 몸을 홱 돌려 앞발을 휘둘렀다. 그의 발톱은 산사나무 가시처럼 날카로웠다. 개의 늘어진

턱살이 찢어지는 느낌이 났고, 개는 고통으로 울부짖었다. 파이어하트는 다시 한 번 발톱을 휘두른 다음, 돌아서서 다람쥐처럼 재빠르게 나무 위로 올라갔다. 그리고 가장 낮은 가지에 올라서서 아래를 내려다보았다. 발밑에서는 그를 공격했던 개가 좌절감에 울부짖고 있었다. 그사이 다른 개도 합류하여 커다란 머리를 젖히고 사납게 짖어 댔다.

"나…… 난 네가 개한테 물리는 줄 알았어!"

샌드스톰이 더듬거리며 말했다. 그녀는 나뭇가지를 따라 기어 내려와서 파이어하트의 헝클어진 털에 옆구리를 바짝 댔다. 둘은 몸이 떨리지 않을 때까지 그렇게 붙어 있었다.

개들은 잠잠해졌지만, 여전히 왔다 갔다 하며 나무 밑을 떠나지 않았다.

"레이븐포는 어디 있지?"

샌드스톰이 갑자기 물었다.

파이어하트는 개들에게 쫓겼을 때 느꼈던 공포를 머릿속에서 지우려고 애쓰며 머리를 흔들었다.

"반대 방향으로 도망쳤나 봐. 괜찮을 거야. 개는 두 마리밖에 없는 것 같아."

"여기는 레이븐포의 영역인 줄 알았는데. 이쪽에 개가 있다는 걸 몰랐을까?"

파이어하트는 대답할 수 없었다. 그는 샌드스톰의 얼굴이 어두워지는 것을 알아챘다.

"일부러 우리를 이쪽으로 데려왔다고 생각하진 않지?"

그녀가 눈을 가늘게 뜨며 물었다.

"당연히 아니지."

순간 머릿속을 스치는 의구심 때문에 파이어하트는 더 펄쩍 뛰었다.

"레이븐포가 그럴 이유가 뭐가 있겠어?"

"그냥 느닷없이 나타나서 우리를 여기로 데려온 게 좀 이상하잖아. 그뿐이야."

그때 어디선가 고양이가 내지르는 소리가 들려왔다. 파이어하트와 샌드스톰은 나뭇잎 사이로 아래를 내려다보았다. 레이븐포의 소리였을까? 개들도 소리가 난 곳을 찾으려고 고개를 이리저리 돌려 댔다. 파이어하트는 보리 줄기 사이로 사라지는 매끈하고 검은 형체를 발견했다. 레이븐포가 다시 소리를 질렀고, 개들은 귀를 바짝 세웠다. 흥분한 개들은 시끄럽게 짖어 대며 흔들리는 보리 줄기를 향해 달려갔다. 레이븐포가 숨어 있는 곳이었다.

파이어하트는 나무 위에서 그 광경을 뚫어져라 바라보았다. 레이븐포가 개들을 따돌릴 수 있을까? 레이븐포의 모습은 보이지 않았지만, 들판을 이리저리 달리는 그를 따라 보리들이 흔들렸다. 개들의 갈색 등이 볼품없는 물고기처럼 레이븐포를 따라 움직였고, 뭉툭한 발은 보리 줄기들을 납작하게 짓밟아 버렸다. 당황한 개들은 계속 시끄럽게 짖어 대고 있었다.

갑자기 두발쟁이의 요란한 외침이 들렸다. 개들은 그 자리에 멈춰 서서 혀를 축 늘어뜨린 채 보리 줄기 위로 고개를 쳐들었다. 들판을 살피던 파이어하트는 두발쟁이 하나가 나무 울타리를 타

넘고 있는 걸 발견했다. 두발쟁이의 손에는 기다란 줄이 두 가닥 들려 있었다. 잠시 주저하던 개들은 보리밭을 벗어나 두발쟁이에게로 돌아갔다. 두발쟁이는 개들의 목에 걸린 목걸이를 움켜쥐더니 들고 있던 줄에 연결시켰다. 파이어하트는 꼬리를 내리고 귀를 축 늘어뜨린 채 끌려가는 개들을 지켜보며 안도의 한숨을 내쉬었다.

"너희는 정말 빠르구나!"

파이어하트는 깜짝 놀라 주변을 둘러보았다. 레이븐포가 어느새 그들이 있는 나뭇가지로 올라오고 있었다. 검은 고양이가 샌드스톰에게 고갯짓을 했다.

"근데 저 녀석들이 왜 샌드스톰을 쫓아왔는지 모르겠네. 먹을 것도 별로 없을 텐데 말이야."

샌드스톰이 벌떡 일어나 레이븐포를 스쳐 지나가며 냉랭한 목소리로 말했다.

"어서 훈련병을 구하러 가야 하지 않아?"

"오호, 아직도 성질은 여전하구나."

레이븐포가 말했다.

"나라면 그렇게 놀리지 않을 텐데."

파이어하트는 샌드스톰을 따라 나무에서 내려가며 중얼거렸다. 샌드스톰이 레이븐포가 그들을 일부러 함정에 빠뜨린 건 아닌지 의심했었다는 말은 하지 않기로 했다. 레이븐포는 바보가 아니었다. 그 정도는 눈치챘을지도 모른다. 하지만 샌드스톰이 적대감을 보여도 크게 개의치 않는 것을 보면, 그에게는 전에 없던 자신감이 생긴 게 분명했다. 이제 개들도 무사히 피했으니 파이어하트는 오직 클라우드포를 찾는 일에만 몰두하고 싶었다.

레이븐포는 두 고양이를 이끌고 언덕 꼭대기에서 멈춰 섰다. 레이븐포의 말대로 앞에 보이는 얕은 골짜기에 두발쟁이가 사는 보금자리가 있었다.

"저기로 클라우드포를 데려다줬단 말이지?"

파이어하트가 물었다.

검은 고양이가 고개를 끄덕이자 파이어하트는 초조하면서도 흥분되었다. 만약 클라우드포를 찾더라도 그가 함께 돌아가고 싶어 하지 않는다면? 그리고 돌아가고 싶어 한다고 해도 애완 고양이의 나약한 생활에 이미 빠져든 적이 있는 고양이를 종족이 다시 믿어 줄까?

"클라우드포 냄새가 안 나는데."

샌드스톰이 말했다.

파이어하트는 그녀의 말투에 아직 의심이 남아 있다는 것을 놓치지 않았다.

"지난번에 만나러 왔을 때도 냄새는 별로 안 났어. 두발쟁이들이 밖에 나가지 못하게 하는 것 같아."

레이븐포가 인내심을 가지고 설명했다.

"그럼 어떻게 클라우드포를 구할 수 있다는 거지?"

"가 보자."

파이어하트가 말했다. 그는 두 고양이에게 말다툼을 벌일 기회를 주지 않기로 단단히 마음먹었다.

"가까이 가서 살펴보자."

두발쟁이의 보금자리는 가지런히 잘린 산울타리로 둘러싸여 있었다. 파이어하트는 산울타리를 뚫고 안으로 들어가, 어스름한 하늘을 배경으로 서 있는 두발쟁이 보금자리의 윤곽을 바라보았다. 그는 몸을 바닥에 납작 붙이고 가까운 덤불을 향해 기어가며 귀를 바짝 세웠다. 여기서는 코가 소용이 없었다. 저녁 공기에는 싫증 날 정도로 진한 꽃냄새가 가득했다. 필요한 냄새를 모두 몰아내 버리는 냄새였다. 파이어하트는 뒤에서 나는 발소리에 고개를 돌려 보았다. 샌드스톰과 레이븐포가 뒤따라오고 있었다. 말다툼은 당분간 중단된 게 분명했다. 파이어하트는 같이 와 준 두 고양이에게 고맙다는 표시로 고갯짓을 하고, 다시 잔디밭을 가로질러 기어갔다.

두발쟁이 보금자리에 다다랐을 때, 파이어하트는 귓가에서 심장이 고동치는 소리가 들릴 정도로 흥분해 있었다. 갑자기 산울타리와 그 너머의 안전함에서 너무 멀리 와 버린 것 같았다.

"이쪽에 내가 그 녀석을 봤던 창문이 있어."

레이븐포가 보금자리의 모퉁이를 돌며 말했다.

"그럼 두발쟁이들이 널 본 곳도 거기겠네."

샌드스톰이 중얼거렸다.

파이어하트는 샌드스톰에게서 겁에 질린 냄새를 맡았다. 그녀가 자꾸 짜증스럽게 구는 이유를 알 수 있었다. 그것은 레이븐포를 향한 오래된 경쟁심 때문이기도 했지만, 참을 수 없는 긴장감 때문이기도 했다.

머리 위쪽에 있는 창문에서 빛이 새어 나오자, 샌드스톰이 몸을 웅크렸다. 파이어하트는 안에서 걸어 다니는 두발쟁이의 발소리를 들을 수 있었다. 그는 목을 길게 빼고 두발쟁이 보금자리의 벽 너머를 들여다보려고 했다. 하지만 창문이 너무 높이 있어서 한 번에 닿을 수가 없었다. 그는 창문 바로 아래에 있는 작은 흙더미로 기어갔다. 그곳에는 꼬이고 뒤틀린 나무가 보금자리 벽을 타고 올라가고 있었다. 파이어하트는 구부러진 가지를 찬찬히 살폈다. 가지를 타고 기어 올라갈 생각이었다. 하지만 안에서는 여전히 두발쟁이가 돌아다니는 소리가 들렸다.

"저렇게 시끄러운 곳에서 살다니, 클라우드포는 귀가 반쯤 멀었을 거야."

샌드스톰이 귀를 납작하게 붙이고 툴툴거렸다.

파이어하트는 배고픈 쥐처럼 달려드는 호기심을 더 이상 참을 수 없었다.

"내가 한번 살펴볼게."

그는 조심하라는 샌드스톰의 경고도 무시하고, 구불구불한 나뭇가지를 타고 올라가기 시작했다.

쿵쿵거리는 가슴을 안고 창문에 다다른 파이어하트는 창틀 위로 조심스럽게 몸을 끌어 올렸다.

보금자리 안에서는 두발쟁이가 뜨거운 김을 모락모락 뿜어내는 무언가를 옆에서 지켜보고 있었다. 파이어하트는 자연스럽지 않은 강한 빛 때문에 몸을 움찔했다. 하지만 새끼 고양이 시절의 기억이 되살아나면서, 자신이 부엌을 들여다보고 있다는 사실을 알 수 있었다. 두발쟁이들이 먹을 것을 준비하는 곳이었다. 그동안 잊고 지냈던 기억이 머릿속에 되살아났다. 퍽퍽하고 아무 맛이 없는 먹이와, 쇠붙이 냄새가 나는 물이 생각났다. 파이어하트는 눈을 끔벅거리면서 옛 기억을 떨쳐 냈다. 그리고 클라우드포의 흔적을 찾기 시작했다.

구석에서 마른 나뭇가지를 촘촘하게 엮어 만든 것처럼 보이는 잠자리 하나가 눈에 띄었다. 파이어하트는 흥분으로 다리가 후들거리기 시작했다. 그 안에는 작고 하얀 형체가 몸을 말고 있었다. 파이어하트는 숨을 멈추고 지켜보았다. 그 형체가 몸을 쭉 펴면서 밖으로 펄쩍 뛰어 나오더니, 두발쟁이의 발치로 달려가 시끄럽게 짖어 대기 시작했다. 그것은 개였다! 파이어하트는 실망감에 몸을 움츠렸다. 머리가 어지러워서 붙잡고 있던 창틀을 놓칠 뻔했다. 클라우드포는 어디 있는 것일까?

두발쟁이가 몸을 굽혀서 시끄러운 개를 토닥여 주었다. 파이어하트는 숨죽이고 신음 소리를 내다가, 깜짝 놀라 몸을 바로 세웠다. 클라우드포가 문을 통해 부엌 안으로 들어온 것이다. 개가 여전히 짖어 대며 클라우드포를 향해 달려갔다. 파이어하트는 클라우드포가 등을 말고 반격 태세를 갖추기를 기다렸지만, 하얀 고양이는 냉랭하게 개를 무시할 뿐이었다.

클라우드포가 갑자기 반대쪽 창문턱으로 뛰어오르는 바람에, 파이어하트는 황급히 몸을 숙였다. 개는 바닥에서 여전히 짖어 대고 있었다.

"클라우드포가 여기 있어."

파이어하트는 레이븐포와 샌드스톰에게 알려 주었다.

"널 봤어?"

샌드스톰이 물었다.

파이어하트는 딱딱한 돌에 납작 엎드린 채로 조심스럽게 눈을 들었다. 그의 머리 위로 클라우드포가 멍하니 밖을 내다보고 있었다. 클라우드포의 눈에는 불행의 그림자가 드리워져 있었고, 몸은 예전보다 말라 보였다. 파이어하트는 죄책감을 느끼면서도 한편으로는 마음이 놓이기도 했다. 이 정도면 클라우드포가 애완 고양이의 삶에 적응하지 못하고 있다는 것을 증명하기에 충분했다.

파이어하트는 몸을 일으켜 자신과 클라우드포를 가로막고 있는 창문에 앞발을 갖다 댔다. 그리고 두발쟁이나 개가 눈치채지 못하도록, 발톱을 숨긴 채 보드라운 발바닥으로 조용히 유리를 문질렀다. 클라우드포의 귀가 씰룩거리자 그는 숨을 참았다. 마침내 하얀 털의 훈련병이 몸을 돌려 그를 바라보았다. 클라우드포는 입을 활짝 벌리고 기쁨의 함성을 내질렀다.

클라우드포의 외침은 파이어하트에게는 들리지 않았지만, 두발쟁이를 놀라게 했다. 두발쟁이가 돌아보는 바람에 창문턱에 있던 파이어하트는 친구들이 있는 곳으로 얼른 뛰어내렸다.

"무슨 일이야?"

샌드스톰이 물었다.

"클라우드포가 나를 봤어. 그런데 두발쟁이도 날 본 것 같아!"

"그럼 여길 빠져나가야 해!"

레이븐포가 다급하게 말했다.

"안 돼."

파이어하트가 단호하게 말했다.

"너희 둘은 가. 난 클라우드포가 나올 때까지 여기 있을 거야."

샌드스톰이 파이어하트를 노려보았다.

"어쩌려고 그러는 거야? 두발쟁이들이 개라도 풀어 놓으면 어떻게 할 거야?"

"클라우드포가 날 본 이상 그냥 떠날 수는 없어."

파이어하트는 고집스럽게 말했다.

"난 여기 있을게."

그때 뒤에서 삐걱거리는 소리가 들려왔다. 파이어하트는 고개를 홱 돌렸다. 벽에 달린 문에서 정원으로 빛이 쏟아져 나와, 풀밭에서 산울타리까지 모든 곳을 환하게 밝혔다. 그러다가 갑자기 두발쟁이의 그림자가 드리워지면서 환하던 정원이 어두워졌다.

파이어하트는 그 자리에 얼어붙었다. 숨을 시간이 없었다. 그들은 들키고 만 것이다. 두발쟁이가 소리쳤다. 뭔가 힘껏 외치면서 질문을 하는 듯했다. 그러더니 밖으로 나와 고양이들을 향해 천천히 걸어왔다. 두발쟁이가 가까워질수록 그들은 서로 몸을 바짝 붙였다. 파이어하트는 샌드스톰의 떨리는 숨소리를 들을 수 있었다. 그는 고개를 들었다. 그리고 공포에 휩싸였다. 우뚝 선 두발쟁이가 그들을 굽어보고 있었던 것이다. 그들은 갇히고 말았다.

21
돌아온 훈련병

"서둘러요! 이쪽이에요!"

클라우드포의 다급한 목소리에 파이어하트는 화들짝 놀랐다. 하얀 형체가 문에서 뛰쳐나와 시끄럽게 소리치며 잔디밭을 가로지르는 모습이 보였다. 주의를 빼앗긴 두발쟁이가 고개를 돌렸고, 그 순간 파이어하트의 양옆에 있던 샌드스톰과 레이븐포가 쏜살같이 달려 나갔다. 파이어하트도 그들을 뒤쫓아 달렸다. 세 고양이는 클라우드포를 따라 잔디밭을 가로질렀다. 그들 뒤에서 두발쟁이가 소리를 질렀고, 옆에 있던 개도 시끄럽게 짖어 댔다. 하지만 파이어하트는 클라우드포와 샌드스톰, 레이븐포의 냄새를 쫓아 계속 달렸다. 산울타리를 건너 그 너머 들판으로 나간 그는 마침내 쐐기풀 더미에 모여 있는 동료들을 만날 수 있었다.

샌드스톰이 파이어하트에게 몸을 바짝 기대 왔다. 그녀의 몸 전체가 부들부들 떨리고 있었다. 파이어하트는 그녀의 뒤에서 파란 눈을 크게 뜨고 자신을 보고 있는 클라우드포를 발견했다. 훈련병을 찾았다는 안도감이 드는 것은 잠시뿐이었다. 갑자기 오래

전부터 품었던 의심과 불안이 한꺼번에 밀려들었다. 천둥족에서 클라우드포의 자리는 어떻게 되는 것일까? 파이어하트는 훈련병에게 뭐라고 말을 해야 할지 알 수 없었다.

클라우드포가 고개를 푹 숙였다.

"와 줘서 고마워요."

"그래? 종족으로 돌아가고 싶긴 한 거야?"

머릿속이 복잡해진 파이어하트는 퉁명스럽게 물었다. 클라우드포가 무사하다는 사실에 마음이 놓였지만, 이제는 종족이 어떤 반응을 보일지 생각하느라 골치가 아파 왔다.

어린 고양이가 턱을 쳐들었다. 그의 눈은 그늘져 있었다.

"물론이죠! 애초에 두발쟁이들 근처에 가면 안 되는 거였어요. 이제는 저도 깨달았어요. 다시는 그러지 않겠다고 약속할게요."

"우리가 왜 너를 믿어야 하지?"

샌드스톰이 물었다.

파이어하트는 그녀를 흘깃 보았다. 하지만 그녀의 목소리는 매섭지 않고 부드러웠다. 레이븐포는 꼬리를 앞발에 가지런히 올리고 잠자코 앉아 있었다. 그는 호박색 눈으로 상황을 지켜보고 있었다.

"날 찾으러 왔잖아요."

클라우드포가 머뭇거리며 대답했다.

"내가 돌아가길 바라는 거 아니었어요?"

"우린 너에 대한 믿음이 필요해."

파이어하트는 클라우드포가 자신만이 아니라 다른 고양이들도 생각해야 한다는 것을 깨닫기를 바랐다.

"네가 전사의 규약을 이해하고 배우고 따를 거라는 확신이 필요하다고."

"믿어도 돼요!"

클라우드포가 힘주어 말했다.

"날 설득할 수 있다고 치자. 하지만 종족의 다른 고양이들도 널 믿어 줄 것 같아?"

파이어하트가 진지하게 물었다.

"다른 고양이들이 보기에 넌 두발쟁이들을 따라 떠난 고양이야. 종족의 삶을 버리고 애완 고양이의 삶을 택한 고양이를 어떻게 믿을 수 있다는 거야?"

"하지만 내가 선택한 게 아니에요!"

클라우드포가 반발했다.

"난 종족에 속한 고양이예요. 내가 원해서 두발쟁이들을 따라간 게 아니란 말이에요!"

"너무 심하게 대하지 마."

샌드스톰이 말했다.

파이어하트는 그녀가 뜻밖에도 어린 훈련병을 안쓰러워하는 바람에 깜짝 놀랐다. 어쩌면 클라우드포의 눈빛에 진지함이 가득했기 때문에 마음이 흔들렸는지도 모른다. 파이어하트는 다른 고양이들도 그래 주기를 바랐다. 어쨌든 계속 화를 내고 있을 수는 없었다. 그는 몸을 숙여 클라우드포의 머리를 거칠게 핥아 주었다. 어린 고양이의 가슴 깊숙한 곳에서 가르랑거리는 소리가 흘러나왔다.

"앞으로는 내 말을 잘 들어야 해!"

파이어하트는 목소리가 잘 들리도록 훈련병의 귀에 가까이 대고 주의를 주었다.

"달이 뜨고 있어."

그늘 속에서 레이븐포가 조용히 말했다.

"해가 높이 뜨기 전에 돌아가려면 서둘러야 해."

파이어하트는 고개를 끄덕이고 샌드스톰을 보았다.

"준비됐지?"

"응."

샌드스톰이 앞다리를 쭉 펴며 대답했다.

"좋아, 그럼 어서 출발하자."

레이븐포는 종족 고양이들을 이끌고 바람족 영역으로 이어지는 언덕 아래에 데려다주었다. 언덕 비탈에는 이슬이 내려앉아 있었다. 아직 새벽이 끝나지 않았지만, 지금은 초록잎 우거진 계절이 한창이라 해가 일찍 떠오를 것이다. 그들은 제법 잘 달려온 것이다.

"고마워, 레이븐포!"

파이어하트가 검은 고양이와 코를 맞대며 말했다.

"날 찾아와 줘서 고마워. 숲에 다시 오는 게 쉽진 않았을 텐데."

레이븐포는 고개를 꾸벅 숙였다.

"우린 더 이상 종족 동료가 아니지만, 너에게는 언제나 우정과

신의를 지킬 거야."

파이어하트는 눈을 끔벅이며, 눈물이 날 것 같은 감정을 애써 떨쳐 버렸다.

"조심해."

그는 검은 고양이에게 주의를 주었다.

"네가 어디 사는지 타이거클로가 모르긴 하지만, 그를 과소평가하면 안 된다는 거 알지? 경계를 늦추지 마."

레이븐포는 진지하게 고개를 끄덕이고 돌아섰다.

파이어하트는 옛 동료가 이슬이 반짝이는 풀밭을 지나 숲으로 사라지는 모습을 지켜보았다.

"서두르면 바람족이 순찰을 나서기 전에 나무 네 그루까지 갈 수 있을 거야."

파이어하트가 말했다. 그리고 언덕을 오르기 시작했다. 클라우드포와 샌드스톰이 양옆에서 걸음을 맞췄다. 해가 뜨기 전에 고지대를 지나갈 수 있어서 한결 마음이 편했다. 버려진 오소리 굴이 있는 고지대의 가장 높은 지점에 다다르자, 해가 지평선 위로 고개를 내밀어 히스 덤불을 황금빛으로 물들였다. 클라우드포는 파란 눈을 크게 뜨고 놀란 표정으로 그 광경을 지켜보았다. 파이어하트의 가슴속에서 어린 고양이가 약속을 지키고 숲에 머무를 거라는 희망이 샘솟았다.

"우리 진영 냄새가 나요."

하얀 훈련병이 중얼거렸다.

"정말?"

샌드스톰이 미심쩍다는 듯 물었다.

"난 오래된 오소리 똥 냄새밖에 안 나는데?"

"그리고 난 천둥족 침입자 냄새가 나는군!"

천둥족 고양이 셋은 털을 세우고 고개를 홱 돌렸다. 바람족 부지도자 데드풋이 히스 덤불에서 나와 오소리 굴 위로 뛰어올랐다. 몸집이 작고 마른 데드풋은 유난히 한쪽으로 기우뚱한 걸음걸이로 움직였다. 그의 이름도 바로 그 걸음걸이에서 비롯된 것이었다. 하지만 다른 바람족 고양이들과 마찬가지로, 데드풋의 작은 몸에는 다른 종족이 따라갈 수 없을 만큼 탁월한 민첩성과 속도가 숨겨져 있었다. 파이어하트는 그 사실을 잘 알고 있었다.

바스락거리는 소리가 들리더니 머드클로가 히스 덤불을 헤치고 걸어 나왔다. 갈색 전사는 천둥족 고양이들 주변을 빙 돌더니 그들 뒤에 멈춰 섰다. 파이어하트는 긴장한 채 그 모습을 지켜보았다.

"웹포!"

머드클로가 외쳤다. 얼룩무늬 훈련병이 덤불 밖으로 모습을 드러냈다. 파이어하트는 조마조마한 마음으로 바람족 전사가 더 나타나는 건 아닌지 기다렸다.

"바람족 영역을 아예 두 번째 집처럼 여기는 것 같군."

데드풋이 으르렁거렸다.

파이어하트는 대답하기 전에 공기 냄새를 맡아 보았다. 바람족 고양이는 더 이상 없었다. 바람족과 그들은 같은 수였다.

"숲에서 저쪽 땅으로 넘어가려면 다른 길이 없습니다."

파이어하트는 침착한 목소리로 대답했다. 싸움을 일으키고 싶진 않았지만, 블루스타와 자신이 머드클로에게서 받은 부당한 대우를 잊을 수 없었다.

"또 높은 돌산으로 가려는 건가?"

데드풋이 눈을 가늘게 떴다.

"블루스타는 어디 있지? 죽었나?"

샌드스톰이 등을 둥그렇게 말고 사납게 쉭쉭거렸다.

"블루스타는 아무 문제도 없어요!"

"그럼 여기서 뭐 하는 거지?"

머드클로가 으르렁거렸다.

"그냥 지나가는 거예요."

클라우드포의 겁 없는 대꾸는 다 자란 전사들에게는 보잘것없는 말소리에 불과했다. 파이어하트는 온몸의 근육에 힘이 들어가는 것을 느꼈다.

"보아하니 예의를 배워야 하는 고양이가 파이어하트 하나만이 아니었군!"

파이어하트는 곁눈질로 데드풋이 꼬리를 휙 움직이는 것을 보았다. 바람족에게 공격 신호를 보내는 것이었다. 파이어하트는 가슴이 철렁했다. 결국 싸워야 하는 것이었다. 데드풋이 오소리 굴에서 뛰어내려 등에 올라타자, 파이어하트는 그와 함께 땅을 데굴데굴 굴렀다. 바람족 부지도자는 파이어하트의 등에서 떨어져 나갔다.

데드풋은 몸을 일으켜 다시 파이어하트를 향해 돌아섰다.

"깔끔한 동작이었다. 하지만 넌 너무 느려. 다른 모든 숲 고양이들처럼 말이야."

그가 달려들자 파이어하트는 몸을 숙였다. 귀를 할퀴는 발톱이 느껴졌다.

"난 이 정도 속도면 충분하거든요."

파이어하트가 쏘아붙였다. 그리고 뒷다리로 땅을 박차며 데드풋에게 몸을 날렸다. 파이어하트의 기습에 깜짝 놀란 바람족 전사는 잠시 숨을 제대로 쉬지 못했지만, 간신히 몸을 돌려 똑바로 섰다. 그리고 살무사처럼 빠르게 파이어하트를 후려쳤다. 데드풋에게 코를 할퀴인 파이어하트는 비명을 질렀지만, 곧바로 앞발을 휘둘러 상대의 털 깊숙이 발톱을 찔러 넣었다. 이제 그는 데드풋의 어깨를 꽉 움켜잡고 있었다. 파이어하트는 발톱에 더욱 힘을 주면서 몸을 휙 돌려 상대의 등에 올라탔다. 그리고 단단한 바닥에 데드풋의 주둥이를 내리눌렀다.

꿈틀거리는 부지도자를 짓누르던 파이어하트는 바람족 훈련병 웹포가 벌써 달아났다는 것을 알게 되었다. 샌드스톰과 클라우드포는 나란히 서서 머드클로를 히스 덤불로 몰아내고 있었다. 샌드스톰이 앞발을 휘두르자 클라우드포가 뒷다리를 물고 늘어졌다. 머드클로는 마지막으로 사납게 비명을 지르더니 돌아서서 달아나 버렸다.

"당신이 자격을 갖추면, 그때 예의 바르게 대해 드리지요!"

파이어하트는 데드풋의 귀에 대고 말했다. 그리고 바람족 부지도자의 어깨를 세게 물어뜯은 뒤에 놓아주었다. 데드풋은 분노에 찬 고함을 내지르며 히스 덤불로 달려 들어갔다.

"서두르자. 전사들을 더 데려오기 전에 빨리 가는 게 좋겠어."

파이어하트가 외쳤다.

샌드스톰이 결연한 표정으로 고개를 끄덕였다. 하지만 클라우드포는 신이 나서 껑충껑충 뛰고 있었다.

"그 녀석들이 도망가는 거 봤어요?"

클라우드포가 우쭐거리며 말했다.

"전 훈련받은 걸 하나도 잊어버리지 않았나 봐요!"

"쉿! 어서 여길 빠져나가야 해."

파이어하트가 으르렁거렸다.

클라우드포는 잠잠해졌지만, 눈빛은 여전히 초롱초롱했다. 세 고양이는 나란히 달려 나무 네 그루로 이어지는 언덕을 내려갔다.

"클라우드포가 싸우는 거 봤어?"

이 바위에서 저 바위로 뛰어내리며, 샌드스톰이 파이어하트에게 속삭였다.

"거의 막판에. 너를 도와 머드클로를 쫓아내는 걸 봤어."

"그 전에는 못 봤어?"

샌드스톰이 물었다. 그녀는 조용하고 다정한 목소리로 말했다.

"클라우드포가 세 번 정도 펄쩍 뛰더니 바람족 훈련병을 보내 버렸다니까. 그 불쌍한 훈련병은 완전히 겁에 질렸어."

"웹포는 이제 막 훈련을 받기 시작했을 거야."

파이어하트는 내심 자신의 훈련병이 자랑스러웠지만, 아무것도 아니라는 듯 말했다.

"하지만 클라우드포는 지난달 내내 두발쟁이의 보금자리에 갇혀 있었잖아!"

샌드스톰이 짚어 주었다.

"완전히 엉망인 상태란 말이야. 하지만⋯⋯."

그녀는 잠시 말을 멈추었다.

"일단 훈련을 다시 시작하면 틀림없이 훌륭한 전사가 될 거야. 확실해."

두 전사의 뒤에서 클라우드포의 목소리가 들렸다.

"거봐요! 인정해 달라고요! 나 정말 잘한 거죠, 그렇죠?"

샌드스톰이 재미있다는 듯이 수염을 씰룩거리며 덧붙였다.

"음, 일단 겸손한 태도를 좀 배우면 말이야."

파이어하트는 아무 말도 하지 않았다. 샌드스톰이 클라우드포를 믿어 주는 것은 말할 수 없이 기쁜 일이었다. 하지만 자신의 조카가 진정으로 전사의 규약을 이해할 수 있을지는 여전히 의문이었다.

세 고양이는 숲을 빠르게 지나갔다. 숲에는 지저귀는 새소리와 함께 유혹적인 먹이 냄새가 가득했다. 하지만 사냥을 하기 위해 지체할 수는 없었다. 파이어하트는 어서 빨리 진영으로 돌아가고 싶었다. 불안감이 계속해서 발끝을 콕콕 찌르는 느낌이었고, 숨막히는 열기 때문에 불길한 예감도 점점 커져 갔다. 폭풍이 마치 거대한 고양이처럼 육중한 발로 숲을 짓밟을 준비를 하며 다가오고 있었다. 진영에 가까워지자 파이어하트는 더욱 속도를 높였다.

그리고 그가 없는 동안 타이거클로가 접근하지 않았기를 바라며, 전속력으로 골짜기를 달려 내려갔다. 그는 멀찌감치 뒤처진 샌드스톰과 클라우드포를 남겨 두고 가시금작화 굴길로 뛰어들었다. 그리고 숨을 헐떡이며 공터에 발을 들였다. 진영은 떠날 때와 다름없어 보였다. 파이어하트는 밀려드는 안도감에 힘이 쭉 빠져 버렸다.

일찍 일어난 고양이들이 공터 가장자리에서 햇볕을 쪼이고 있었다. 그들은 고개를 들더니 꼬리를 흔들며 서로 불안한 눈빛을 주고받았다.

화이트스톰이 파이어하트에게 다가왔다.

"무사히 돌아와서 다행입니다."

파이어하트는 죄송스러운 마음에 고개를 숙였다.

"걱정을 끼쳐서 죄송합니다. 레이븐포가 절 찾아와서 클라우드포를 봤다고 해서요."

"네, 브라이트포에게서 들었습니다."

화이트스톰이 대답했다.

그가 말하는 사이에 샌드스톰과 클라우드포가 가시금작화 굴길에서 걸어 나왔다. 모든 고양이들이 깜짝 놀라서 하얀 훈련병을 바라보았다.

샌드스톰이 파이어하트의 곁으로 다가와 화이트스톰에게 고개를 숙여 인사했다. 클라우드포는 꼬리로 발을 감싸고 샌드스톰 옆에 앉아서 공손하게 눈을 내리깔았다.

화이트스톰의 눈길이 훈련병에게로 향했다.

"우린 네가 두발쟁이들과 함께 살기 위해 떠난 줄 알았다."

"그랬지."

다크스트라이프의 목소리가 공터 건너편에서 들려왔다. 줄무늬 전사는 거처 밖에 앉아 있었다.

"네가 다시 애완 고양이가 되기로 결정했다고 해서, 우리는 다 이해했다."

다크스트라이프가 몸을 일으켜 화이트스톰 옆으로 걸어왔다. 다른 고양이들은 눈도 깜빡이지 않고 잠자코 클라우드포의 대답을 기다렸다. 파이어하트는 불안해서 발이 따끔거릴 지경이었다.

클라우드포가 고개를 들었다.

"저는 두발쟁이들에게 끌려 간 거였어요!"

훈련병은 호들갑스러운 목소리로 사실을 알렸다.

종족 고양이들이 놀라서 웅성거리기 시작했다. 그때 애쉬포가 앞으로 달려 나와 클라우드포와 코를 맞댔다.

"내가 말했어! 네가 진영을 떠나고 싶어 했을 리가 없다고 말이야."

클라우드포가 고개를 끄덕였다.

"위협도 하고 소리도 지르고 저항도 했는데, 두발쟁이들이 그냥 데려가 버렸어!"

"두발쟁이들답군!"

보육실 밖에서 듣고 있던 스페클테일이 외쳤다.

파이어하트는 놀라서 눈만 말똥말똥 뜨고 있었다. 이렇게 일방적인 이야기로 과연 종족의 동정심을 살 수 있을까?

"레이븐포가 저를 발견한 것이 천만다행이었어요."

훈련병이 말을 이었다. 목소리에 절박한 긴장감이 더해져 있었다.

"레이븐포가 저를 구해 주려고 파이어하트를 찾아간 거예요. 파이어하트와 샌드스톰이 아니었다면 전 아직도 두발쟁이 보금자리에 갇혀 있었을 거예요. 개와 함께요!"

"개라고?"

쓰러진 떡갈나무 쪽에서 패치펠트가 겁에 질려 소리쳤다.

"지금 개라고 했어?"

그 옆에 있던 원아이가 되물었다.

"맞아요, 개가 있었어요."

클라우드포가 대답했다.

"두발쟁이들이 보금자리에 개를 풀어 놓았어요. 저와 함께요!"

파이어하트는 두려움으로 가득 찬 원로들의 눈을 볼 수 있었다.

애쉬포가 흥분해서 꼬리를 획획 움직였다.

"개가 널 공격했어?"

"꼭 그렇지는 않았어."

클라우드포가 솔직히 말했다.

"하지만 정말 많이 짖었어."

"자세한 얘기는 나중에 동료들에게 하도록 해."

파이어하트가 말을 끊었다.

"넌 좀 쉬어야 해. 종족 모두가 지금 알아야 하는 것은 한 가지야. 경험을 통해서 깨달은 바가 있을 테니, 네가 지금부터는 전사

332

의 규약을 잘 따를 거라는 사실 말이야."

"하지만 바람족 순찰대를 만난 이야기는 아직 시작도 못 했는 걸요?"

클라우드포가 반발했다.

"바람족 순찰대라고?"

다크스트라이프가 클라우드포를 바라보던 차가운 시선을 파이어하트에게로 돌렸다.

"그래서 코에 상처가 난 거군요, 파이어하트. 그들에게 쫓겨난 겁니까?"

샌드스톰이 줄무늬 전사를 노려보았다.

"우리가 바람족 순찰대를 쫓아냈어요! 클라우드포도 전사와 다름없이 잘 싸웠고요."

"정말이냐?"

화이트스톰이 놀란 눈으로 클라우드포를 바라보았다.

"클라우드포 혼자서 바람족 훈련병과 싸워 이겼습니다. 그리고 샌드스톰을 도와서 머드클로를 달아나게 만들었습니다."

파이어하트가 끼어들어 말했다.

"잘했어."

마우스퍼가 클라우드포에게 고개를 끄덕여 주었다. 클라우드포도 감사의 뜻으로 고개를 끄덕였다.

"이게 다입니까?"

다크스트라이프가 물었다.

"이 녀석을 그냥 이렇게 받아 주는 겁니까?"

"글쎄."

화이트스톰이 천천히 입을 뗴었다.

"물론 그건 블루스타가 결정할 문제다. 하지만 천둥족은 지금 어느 때보다 전사가 많이 필요하다. 지금 클라우드포를 내보내는 건 어리석은 짓이지."

다크스트라이프가 콧방귀를 뀌었다.

"이 애완 고양이가 힘들면 또 달아나지 않을 거라고 어떻게 확신할 수 있습니까?"

"난 애완 고양이가 아니에요!"

클라우드포가 발끈했다.

"그리고 난 달아나지 않았어요. 끌려 간 거라니까요!"

파이어하트는 다크스트라이프가 화를 내며 발톱을 세우는 것을 보았다.

"다크스트라이프의 말에도 일리가 있습니다."

그는 마지못해 인정했다. 다른 고양이들도 다크스트라이프와 같은 염려를 하고 있을지 모른다는 사실을 받아들인 것이다. 그럴듯한 말만으로는 종족의 신뢰를 회복할 수 없었다.

"저는 가서 블루스타에게 보고하겠습니다. 화이트스톰의 말대로 이건 블루스타가 결정할 일이니까요."

22
지도자의 결정

"파이어하트?"

그가 이끼 장막을 걷고 안으로 들어가자 블루스타가 고개를 들었다. 그녀는 여전히 잠자리에 웅크리고 있었다. 털은 헝클어져 있었고, 눈빛은 불안해 보였다. 파이어하트는 지난번 자신이 다녀간 뒤로 그녀가 조금이라도 움직이기는 했는지 의심스러웠다.

"클라우드포가 돌아왔습니다."

요즘 들어서는 블루스타가 새로운 소식에 어떤 반응을 보일지 전혀 알 수가 없었기 때문에 그냥 솔직하게 말하는 편이 나을 것 같았다.

"고지대 너머에 있는 두발쟁이 영역에 있었습니다."

"혼자서 길을 찾아 돌아왔다는 것이냐?"

블루스타가 놀라서 물었다.

파이어하트는 고개를 저었다.

"레이븐포가 클라우드포를 보았고, 그걸 알려 주기 위해 저를 찾아왔습니다."

"레이븐포?"

블루스타는 혼란스러워 보였다.

"어…… 그러니까 타이거클로의 예전 훈련병입니다."

파이어하트는 주저하는 목소리로 지도자의 기억을 상기시켜 주었다.

"레이븐포가 누군지는 나도 안다!"

블루스타가 버럭 소리쳤다.

"레이븐포가 천둥족 영역에서 뭘 하고 있었던 거지?"

"저에게 클라우드포에 대해 말해 주려고 온 겁니다."

파이어하트는 다시 한 번 반복해서 말했다.

"클라우드포라……."

블루스타가 고개를 조금 갸우뚱하며 이름을 곱씹었다.

"그 녀석이 돌아왔느냐? 왜 돌아온 거지?"

"다시 종족에 합류하고 싶어 합니다. 녀석의 뜻과 다르게 두발 쟁이들이 억지로 데려간 거였으니까요."

"그래서 별족이 집으로 인도해 주셨군."

블루스타가 중얼거렸다.

"레이븐포가 도왔습니다."

파이어하트가 덧붙였다.

블루스타는 거처의 모래 바닥을 뚫어져라 응시했다.

"별족은 클라우드포가 종족 밖에서 살아가기를 바란다고 생각 했는데."

그녀는 깊은 생각에 잠긴 목소리였다.

"아마도 내가 틀렸나 보구나."

블루스타가 파이어하트에게 고개를 돌렸다.

"레이븐포가 도와주었다고?"

"네, 클라우드포가 갇혀 있는 곳으로 안내해 주었습니다. 심지어 개들에게 쫓길 때도 레이븐포가 구해 주었습니다."

"레이븐포는 타이거클로의 반역에 대해 듣고 뭐라더냐?"

블루스타가 돌연 따지듯 물었다.

파이어하트는 갑작스런 질문에 당황했다.

"글쎄요, 레이븐포는…… 레이븐포는 충격을 받았습니다. 당연한 일이죠."

그가 더듬거리며 말했다.

"레이븐포가 예전에 우리에게 타이거클로에 대해 경고하려고 했지. 그렇지 않느냐?"

블루스타의 목소리에는 후회가 가득했다.

"이제 기억이 나는구나. 내가 왜 그의 말을 듣지 않았을까?"

파이어하트는 지도자를 달랠 방법을 찾느라 안간힘을 썼다.

"레이븐포는 그때 훈련병에 불과했습니다. 모든 고양이가 타이거클로를 존경했고요. 타이거클로는 자신의 반역 행위를 교묘하게 숨겼던 겁니다."

블루스타가 한숨을 내쉬었다.

"내가 타이거클로를 잘못 본 거야. 레이븐포에 대해서도 마찬가지고. 레이븐포에게는 사과를 해야겠다."

블루스타가 무거운 눈빛으로 파이어하트를 바라보았다.

"레이븐포를 다시 종족으로 불러들여야 할까?"

파이어하트는 고개를 저었다.

"레이븐포는 돌아오지 않을 겁니다, 블루스타. 그는 지금 발리가 살고 있는 두발쟁이 영역에서 행복하게 지내고 있습니다. 레이븐포에게는 종족 밖의 삶이 더 잘 맞을 거라고 하셨잖아요. 그 말씀이 맞았습니다."

"하지만 클라우드포에 대해서는 내가 틀렸다."

블루스타가 초조하게 말했다.

파이어하트는 대화가 감당할 수 없는 방향으로 흘러가고 있다고 느꼈다.

"클라우드포에게는 종족의 삶이 잘 맞을 것입니다."

그는 확신에 찬 목소리처럼 들리길 바라며 말했다.

"하지만 클라우드포를 다시 받아 줄지 아닐지는 지도자만이 결정할 수 있습니다."

"받아 주지 말아야 할 이유가 있느냐?"

"다크스트라이프는 클라우드포가 결국 애완 고양이의 삶으로 돌아갈 거라고 생각합니다."

파이어하트는 솔직하게 말했다.

"그럼 넌 어떻게 생각하느냐?"

파이어하트는 숨을 깊이 들이쉬었다.

"클라우드포는 두발쟁이들과 함께 지내면서 자신의 마음이 숲을 향해 있다는 것을 깨달은 것 같습니다. 저처럼요."

그는 블루스타의 눈빛이 환해지는 것을 보고 마음이 놓였다.

"알았다. 클라우드포는 종족에 머물러도 좋다."

마침내 그녀가 결정을 내렸다.

"고맙습니다, 블루스타."

클라우드포가 다시 천둥족에 받아들여졌으니 기뻐해야 마땅했지만, 파이어하트는 안도감을 느끼면서도 여전히 의심을 떨칠 수가 없었다. 클라우드포는 바람족 순찰대에 맞서서 잘 싸웠고, 진영에 돌아온 게 정말로 기뻐 보였다. 하지만 언제까지 그럴까? 훈련이 지겨워질 때까지? 혹은 스스로 먹이를 잡는 것에 질릴 때까지?

블루스타가 생각에 잠긴 얼굴로 말을 이었다.

"그리고 종족에게 전해라. 레이븐포를 우리 영역에서 만나면 동료를 대하듯이 반겨 주라고."

파이어하트는 감사한 마음으로 고개를 숙였다. 레이븐포는 타이거클로에 대한 극심한 두려움 때문에 훈련병 시절에 친구를 많이 사귀지 못했다. 하지만 천둥족에서 레이븐포에게 나쁜 감정을 품고 있는 고양이는 아무도 없었다.

"클라우드포에 대한 발표는 언제 하시겠습니까?"

파이어하트가 물었다. 다시 한 번 높은 바위에 오른 지도자의 모습을 볼 수 있다면 종족도 안심할 것이다.

"네가 말해라."

블루스타가 명령했다.

실망감이 가시처럼 아프게 파이어하트를 찔렀다. 블루스타는 이제 자신의 종족에게 연설하는 것조차 할 수 없게 된 것일까? 파이어하트는 클라우드포가 종족에 다시 받아들여졌다는 사실을 어서 빨리 알리고 싶어 입이 근질거렸다. 하지만 그것이 블루스타의 결정이라는 사실을 종족이 확신할 수 있어야 했다. 블루스타는 너무 오랫동안 거처에만 머물러 있었고, 진영의 일상적인 일들은 대부분 파이어하트에게 맡겨 두었다. 그런 상황에서 어떻게 블루스타가 직접 클라우드포에 대한 결정을 내렸다고 확신시킬 수 있겠는가? 만일 블루스타가 직접 발표한다면, 제아무리 다크스트라이프라 해도 불평하지 못하리라.

파이어하트는 머릿속이 혼란스러워서 잠자코 서 있었다.

"뭐 잘못된 거라도 있느냐?"

블루스타가 의아해하며 눈을 가늘게 떴다.

"아무래도 다크스트라이프가 종족에게 말하도록 하는 게 좋겠습니다."

파이어하트는 조심스럽게 말했다.

"그 결정에 반대하는 고양이가 있다면 바로 다크스트라이프일 테니까요."

블루스타의 눈에 순간적으로 의심하는 빛이 스치자, 파이어하트는 숨이 막힐 것 같았다.

"점점 영리해지는구나, 파이어하트. 네 말이 맞다. 다크스트라이프가 소식을 전하도록 해야겠다. 그를 내게 보내라."

파이어하트는 블루스타의 표정을 살폈다. 혹시 그녀가 자신의 잔꾀를 거슬려하는지, 혹은 다크스트라이프를 만나야 한다는 생각에 불안해하는지 걱정스러웠던 것이다. 하지만 그가 인사를 하고 거처에서 물러나는 동안, 그녀의 눈에는 아무것도 드러나지

340

않았다.

다크스트라이프는 자리에서 움직이지 않고 있었다. 다른 고양이들이 평소처럼 주어진 임무를 수행하는 동안에도 그는 블루스타의 결정을 기다리면서 가만히 앉아 있었다. 파이어하트가 높은 바위 쪽에서 걸어 나오자, 공터에 남아 있던 몇몇 고양이들이 호기심 어린 얼굴로 바라보았다.

파이어하트는 다크스트라이프의 호박색 눈을 바라보았다. 그는 승리감을 드러내지 않으려고 애쓰며 블루스타의 거처를 향해 고갯짓을 했다. 그리고 꼬리를 휙 흔들어 천둥족 지도자가 그를 보고 싶어 한다는 것을 전했다. 줄무늬 전사가 그를 지나쳐 가자, 파이어하트는 먹이 더미 쪽으로 걸어갔다. 아직 해가 떠오르고 있는 중인데도 먹이 더미는 벌써 높이 쌓여 있었다. 파이어하트는 사냥조의 성과에 만족했다. 허기를 느낀 그는 다람쥐 하나를 물어 올렸다. 만일 폭풍이 오고 있는 거라면, 빨리 와 주었으면 좋겠다는 생각이 들었다.

쐐기풀 더미로 향하는 길에 파이어하트는 훈련병의 거처에 들렀다. 클라우드포가 혼자 앉아서 참새를 허겁지겁 삼키고 있었다.

하얀 고양이는 고개를 들어 그를 보더니 씹던 먹이를 황급히 삼켰다.

"블루스타가 뭐라고 하셨어요?"

이번만큼은 훈련병의 목소리에서도 초조함이 느껴졌다.

파이어하트는 다람쥐를 내려놓고 말했다.

"머물러도 좋다고 하셨어."

클라우드포가 요란하게 가르랑거렸다.

"잘됐네요! 훈련은 언제 나갈까요?"

파이어하트는 훈련 생각만 해도 지친 발이 욱신거렸다.

"오늘은 아니야. 난 좀 쉬어야 해."

클라우드포는 실망한 표정이었다.

"내일 하자."

파이어하트는 하루 빨리 예전 생활로 돌아가려는 훈련병의 열정에 기분이 좋아졌다.

"그나저나 아주 그럴듯하게 이야기하더라. 네가 벌인 무모한 행동을 무슨 대단한 모험처럼 말하던데?"

클라우드포가 민망한 듯 고개를 푹 숙였다.

"하지만 전사의 규약에 따라 살기로 약속했으니, 네가 두발쟁이들에게 억지로 끌려갔다는 걸 종족이 믿도록 내버려 두마."

"하지만 정말인데요."

클라우드포가 대꾸했다.

파이어하트는 엄한 눈초리로 훈련병을 바라보았다.

"그게 완전히 진실은 아니라는 걸 너나 나나 잘 알고 있어. 앞으로 두발쟁이 울타리를 쳐다보기만 해도 내가 직접 너를 종족에서 쫓아낼 거야!"

"네, 파이어하트."

클라우드포가 대답했다.

"잘 알겠어요."

다음 날 저녁 파이어하트는 잠자리에서 기분 좋게 몸을 말고 누워 있었다. 클라우드포의 훈련도 순조롭게 진행되었다. 훈련병은 처음으로 모든 설명을 주의 깊게 들었다. 싸움 기술도 점점 좋아지고 있다는 것을 인정하지 않을 수 없었다.

'계속 이렇게만 가면 좋을 텐데.'

그는 이런 생각을 하며 잠에 빠져들었다.

꿈에도 숲이 나타났다. 나무줄기들이 안개를 뚫고 그를 향해 다가오다가, 위로 치솟더니 구름 속으로 사라져 버렸다. 파이어하트는 소리를 질렀지만, 그의 목소리는 으스스한 정적 속으로 빨려 들어갔다. 공포에 사로잡힌 파이어하트는 익숙한 지형지물을 찾아보았다. 하지만 안개가 너무 짙었다. 나무들은 그가 기억하는 것보다 더 빽빽하게 모여 자라고 있었다. 그 나무들이 한꺼번에 그를 덮치는가 싶더니, 시커먼 줄기로 털을 긁어 댔다. 그는 공기 냄새를 맡아 보았다. 매캐한 냄새에 털이 곤두섰다. 어디선가 맡아 본 냄새이긴 했지만, 무슨 냄새인지 정확히 알 수는 없었다.

별안간 몸에 와 닿는 부드러운 털가죽이 느껴졌다. 가슴 저미도록 친숙한 냄새가 그를 감싸고돌며, 마치 시원한 물을 마신 것처럼 불안한 마음을 달래 주었다. 스파티드리프였다.

"무슨 일이죠?"

파이어하트가 물었다. 하지만 스파티드리프는 대답하지 않았다. 파이어하트는 그녀를 마주 보려고 몸을 돌렸지만, 안개 때문에 그녀의 모습을 볼 수가 없었다. 오직 두려움에 사로잡힌 그녀의 호박색 눈동자만을 알아볼 수 있었다. 그 순간 두발쟁이가 울부짖는 소리가 정적을 깨뜨렸다.

어린 두발쟁이 한 쌍이 안개 속에서 뛰쳐나왔다. 그들의 얼굴은 공포로 일그러져 있었다. 파이어하트는 스파티드리프가 급히 멀어져 가는 것을 느끼고 고개를 돌렸지만, 그녀는 이미 안개 속으로 사라져 버린 뒤였다. 두려움에 사로잡힌 파이어하트는 그를 향해 달려오는 두발쟁이들과 함께 남겨졌다. 숲 바닥을 질주하는 그들의 발소리가 천둥처럼 울렸다.

그는 깜짝 놀라 잠에서 깨어났다. 그리고 눈을 번쩍 뜨고 두려운 시선으로 거처를 둘러보았다. 뭔가가 잘못되었다. 꿈의 세계가 깨어 있는 세계를 침범해 있었다. 매캐한 냄새가 여전히 공기를 채우고 있었던 것이다. 낯설고 숨이 막힐 듯한 안개가 나뭇가지 사이로 새어 들어왔다. 파이어하트는 벌떡 일어나 거처 밖으로 나갔다. 나무들 사이로 주황색 빛이 희미하게 비치고 있었다. 벌써 새벽이 된 걸까?

냄새는 점점 더 짙어졌다. 그 순간 들이닥친 두려움과 함께, 파이어하트는 그것이 무엇인지 깨달았다.

'불이다!'

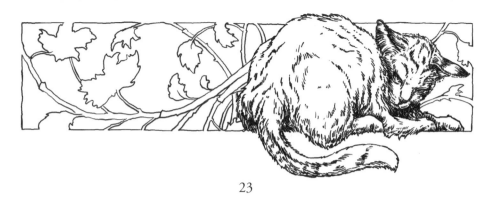

23

불타는 진영

"불이야! 모두 일어나요!"

파이어하트가 외쳤다.

프로스트퍼가 전사들의 거처에서 허둥지둥 나왔다. 그녀는 두려움으로 눈이 휘둥그레져 있었다.

"즉시 진영을 떠나야 합니다!"

파이어하트가 명령했다.

"블루스타에게 숲에 불이 났다고 말해 주세요!"

그는 원로들의 거처로 달려가, 쓰러진 떡갈나무 가지 사이로 소리쳤다.

"불이 났어요! 어서 밖으로 나오세요!"

그는 다시 훈련병들의 거처로 달려갔다. 훈련병들이 잠자리에서 비몽사몽 기어 나오고 있었다.

"진영을 떠나라! 강으로 이동해라!"

그가 외쳤다.

아직 잠이 덜 깬 클라우드포가 어리둥절한 얼굴로 파이어하트를 바라보았다.

"강으로 가라니까!"

파이어하트는 다급하게 되풀이했다.

프로스트퍼는 벌써 블루스타를 도와 어둑어둑한 공터를 가로지르고 있었다. 지도자의 얼굴은 두려움이라는 가면을 쓴 것처럼 기괴했다. 프로스트퍼는 코로 지도자를 밀어 앞으로 움직이도록 만들었다.

"이쪽입니다!"

파이어하트는 꼬리로 신호를 보내며 소리를 질렀다. 그리고 블루스타를 입구로 안내하는 프로스트퍼를 돕기 위해 달려갔다. 털을 곤두세운 고양이들이 양옆으로 줄줄이 지나갔다.

숲이 그들 주위에서 포효하는 것 같았다. 그 소음을 뚫고 두발쟁이들이 미친 듯이 고함치며 울부짖는 소리가 들려왔다. 이제 연기가 공터 안으로 자욱하게 피어오르고 있었다. 그 뒤로는 환한 불길이 그 어느 때보다 밝게 타오르면서 진영을 압박해 들어왔다.

진영 밖으로 나간 블루스타는 골짜기로 줄줄이 밀려드는 고양이들을 만난 뒤에야 달리기 시작했다.

"강으로 가십시오!"

파이어하트가 명령했다.

"동료들을 잘 지켜보세요. 서로 놓치면 안 됩니다."

온갖 소음과 열기와 공포가 들끓는 가운데, 이상하게도 그의 마음은 차가운 물웅덩이처럼 평온해졌다.

파이어하트는 힘겹게 어미를 쫓아가는 윌로펠트의 새끼 고양이들을 돕기 위해 달려갔다. 윌로펠트는 가장 작은 새끼를 입에 물고 있었다. 그녀의 앞다리에 차이는 새끼 고양이들의 머리 위로 공포에 사로잡힌 그녀의 눈동자가 보였다.

"골든플라워는 어디 있어요?"

파이어하트가 물었다.

윌로펠트가 코로 골짜기 위를 가리켰다. 파이어하트는 고개를 끄덕였다. 적어도 어미 고양이 하나와 그녀의 새끼들은 무사히 진영을 빠져나갔다는 사실에 마음이 놓였다. 그는 울퉁불퉁한 비탈을 이미 반쯤 올라가고 있는 롱테일을 불렀다. 전사가 서둘러 내려오는 사이에 파이어하트는 윌로펠트의 새끼들 중 하나를 물어 올려, 바로 뒤를 따르던 마우스퍼에게 넘겨주었다. 그리고 세 번째 새끼 고양이를 물어, 막 도착한 롱테일에게 건넸다.

"윌로펠트의 곁을 떠나지 마세요!"

그가 명령했다. 어미 고양이는 새끼들이 무사한지 확인해야만 계속 달릴 것이라는 사실을 잘 알고 있었다.

파이어하트는 골짜기 아래쪽에 서서 고양이들이 올라가는 모습을 지켜보았다. 구름 같은 연기가 소용돌이치듯이 하늘을 덮었고, 별 무리를 시야에서 가려 버렸다. 파이어하트는 별족이 지금 이 상황을 지켜보고 있는지 궁금했다. 하늘에서 시선을 내리자, 골짜기 꼭대기에 다다른 블루스타의 두툼한 청회색 털가죽이 보였다. 다른 고양이들이 무리 지어 뒤를 따르고 있었다. 마침내 파이어하트도 무리를 따라 골짜기를 오르며 뒤를 계속 돌아보았다.

불은 진영으로 통하는 바짝 마른 고사리 덤불을 태우고, 탐욕스러운 주황색 혀를 골짜기까지 뻗고 있었다.

파이어하트는 골짜기 위로 올라섰다.

"잠깐만요!"

그는 달아나는 고양이들에게 소리쳤다. 그들은 걸음을 멈추고 파이어하트를 향해 고개를 돌렸다. 파이어하트는 숨 막히는 연기 사이로 동료들을 바라보았다. 연기가 눈을 따갑게 했다.

"누구 빠진 고양이는 없습니까?"

그는 고양이들의 얼굴을 하나하나 확인하며 물었다.

"하프테일과 패치펠트는 어디 있죠?"

클라우드포의 겁먹은 목소리가 들렸다.

고양이들이 고개를 이리저리 돌리며 질문하듯 서로의 얼굴을 바라보았다. 스몰이어의 대답이 들렸다.

"여기는 없는데."

"아직 진영에 있는 게 틀림없어!"

화이트스톰이 말했다.

"브램블킷은 어디 있지?"

불이 타오르는 소리를 뚫고, 골든플라워가 다급하게 울부짖는 소리가 들렸다.

"골짜기를 오를 때 바로 뒤에 있었는데!"

파이어하트는 눈앞이 아찔해졌다. 종족 고양이 셋이 없어진 것이다.

"제가 찾아오겠습니다. 여기 더 있으면 너무 위험합니다. 화이트스톰, 다크스트라이프, 나머지 고양이들을 데리고 강으로 가 주십시오."

"다시 내려가면 안 돼요!"

샌드스톰이 반발하며 고양이들을 헤치고 나와 파이어하트의 옆에 섰다. 그녀는 간절한 눈빛으로 그의 눈을 바라보았다.

"내가 가야 해."

파이어하트가 대답했다.

"그럼 저도 가겠습니다."

샌드스톰이 말했다.

"안 돼!"

화이트스톰이 소리쳤다.

"우리는 이미 전사가 부족하다. 종족이 강까지 이동하려면 네 도움이 필요해, 샌드스톰."

파이어하트는 고개를 끄덕였다.

"그럼 제가 갈게요!"

신더펠트가 절뚝거리며 앞으로 나섰다.

"전 전사가 아니에요. 그러니 적의 순찰대를 만나더라도 어차피 아무 도움이 안 될 거예요."

"그럴 순 없어!"

파이어하트가 버럭 소리쳤다. 신더펠트의 목숨을 위험하게 할 수는 없었다. 그때 옐로팽이 무리를 밀치며 앞으로 나왔다.

"난 늙었지만 너보다는 내가 잘 걷지."

나이 든 치료사가 신더펠트에게 말했다.

"종족에겐 네 치료 기술이 필요하단다. 내가 파이어하트와 함께 갈 테니, 넌 종족과 함께 있도록 해라."

신더펠트가 뭐라고 대꾸하려고 입을 벌렸지만, 파이어하트가 가로막았다.

"말다툼 벌일 시간이 없습니다. 옐로팽, 저와 함께 가 주세요. 다른 분들은 강으로 가십시오!"

그는 신더펠트가 반발하기 전에 돌아서서 열기와 연기로 뒤덮인 진영을 향해 다시 골짜기를 내려갔다.

골짜기 아래에 다다랐을 때, 파이어하트는 두려웠지만 안간힘을 써서 계속 달려가야만 했다. 뒤에서 옐로팽이 헐떡거리는 소리가 들렸다. 연기 때문에 숨 쉬기가 힘들었다. 진영을 둘러싼 방벽 너머로 환한 불꽃이 이글거리며, 고양이들이 조심스럽게 엮어 놓은 고사리 덤불을 탐욕스럽게 집어삼켜 버렸다. 하지만 아직 공터까지는 불길이 닿지 않았다. 가장 가까이에 있는 곳은 원로들의 거처였다. 파이어하트는 앞이 반쯤 보이지 않는 상태로 그곳을 향해 나아갔다. 불길이 쓰러진 떡갈나무를 덮치면서, 불꽃이 타닥타닥 타들어 가는 소리가 났다. 열기가 너무 강해서 진영을 금방이라도 활활 태워 버릴 것만 같았다.

그때 파이어하트는 나무 아래에 축 늘어져 있는 하프테일을 발견했다. 그 옆에는 패치펠트가 하프테일의 목덜미를 문 채 누워 있었다. 하프테일이 쓰러지자 패치펠트가 친구의 목덜미를 물고 안전한 곳으로 끌어내리려고 했던 것 같았다.

파이어하트는 절망에 빠져 그 자리에 멈춰 섰다. 하지만 옐로팽은 이미 그를 지나쳐 가서 하프테일의 몸을 진영 입구 쪽으로 끌어내고 있었다.

"거기 그냥 서 있지만 말고 이들을 여기서 끌어내는 걸 도와줘."

옐로팽이 입 안 가득 털을 물고 으르렁댔다.

파이어하트는 패치펠트를 물고 연기가 가득한 공터를 가로질러 가시금작화 굴길로 향했다. 그는 기침을 하지 않으려고 안간힘을 쓰며 패치펠트를 가시금작화 사이로 끌어당겼다. 날카로운 가시가 원로 고양이의 헝클어진 털에 자꾸만 걸렸다. 마침내 골짜기 아래에 도착한 그는 위로 올라가기 시작했다. 입에 물고 있는 패치펠트가 움찔하는가 싶더니 심한 경련을 일으키며 구역질을 했다. 그의 몸이 부들부들 떨렸다. 파이어하트는 가파른 골짜기를 계속 올라갔다. 의식 없는 고양이의 무게 때문에 목이 아파 왔다.

꼭대기에 도착하자 그는 패치펠트를 평평한 바위에 끌어다 놓았다. 원로 고양이는 쌕쌕거리며 무력하게 누워 있었다. 파이어하트는 고개를 돌려 옐로팽을 찾아보았다. 치료사는 이제 막 가시금작화 굴길에서 빠져나오고 있었다. 치명적인 연기 때문에 그녀는 힘겹게 숨을 내쉬고 있었고, 그때마다 옆구리가 심하게 들썩거렸다. 불길은 종족을 보호해 주던 나무들을 모조리 집어삼켜 버렸다. 나무 몸통들은 불꽃에 휩싸여 있었다. 옐로팽이 하프테일을 단단히 물고 파이어하트를 올려다보았다. 그녀의 주황색 눈이 커다래져 있었다. 파이어하트는 옐로팽에게 가기 위해 뒷다리를 구부리며 바위로 뛰어내릴 준비를 했다. 바로 그 순간 끔찍한 울음소리가 들렸다. 파이어하트는 고개를 들었다. 피어오르는 연기 사이로 골든플라워의 새끼가 보였다. 새끼 고양이는 골짜기 옆쪽에서 자라고 있는 작은 나무의 가지에 매달려 있었다. 나무껍질은 벌써 검게 그을려 있었고, 브램블킷이 다급하게 울부짖는 사이에 나무 몸통에서도 불길이 솟구쳤다.

파이어하트는 생각할 겨를도 없이 불타오르는 나무로 펄쩍 뛰었다. 그는 불이 붙은 나무 몸통에 발톱을 깊이 박아 넣으며 새끼 고양이에게 다가갔다. 몸통을 타고 빠르게 번진 불길이 그의 바로 뒤에서 타고 있었다. 파이어하트는 앞으로 몸을 뻗었다. 나뭇가지에 매달린 새끼 고양이는 눈을 꼭 감은 채 입을 벌리고 소리 없이 울부짖고 있었다. 파이어하트가 입으로 새끼 고양이를 무는 순간, 브램블킷이 나뭇가지를 놓고 떨어지는 바람에 파이어하트는 균형을 잃을 뻔했다. 파이어하트는 브램블킷의 목덜미를 이빨로 꽉 물고 간신히 거친 나무껍질을 붙들 수 있었다. 다시 나무 몸통을 타고 내려가는 것은 불가능했다. 불길이 너무 거세진 것이다. 나뭇가지를 타고 갈 수 있는 곳까지 간 다음 바닥으로 뛰어내리는 수밖에 없었다. 그는 입을 꽉 다물어 브램블킷이 비명을 지르지 못하게 막으면서 나뭇가지 위를 기어갔다.

그의 무게에 눌려 나뭇가지가 휘청거렸지만, 그는 멈추지 않았다. 한 발짝만 더 가면 이제 뛰어내려야 했다. 뒤에서는 불꽃이 그의 털가죽을 할퀴었고, 털이 타는 씁쓸한 냄새가 코로 밀려들었다. 나뭇가지가 다시 한 번 휘청하더니, 이번에는 불길하게 쪼개지는 소리가 났다.

'별족이시여, 도와주세요!'

파이어하트는 속으로 기도하면서 눈을 질끈 감았다. 그리고 뒷다리를 구부렸다가 바닥으로 뛰어내렸다.

뒤에서 요란하게 부러지는 소리가 들렸다. 파이어하트는 깜짝 놀랄 정도로 큰 소리와 함께 바닥에 떨어졌다. 그는 비탈에서 미끄러지지 않기 위해 허우적대면서 고개를 돌려 보았다. 끔찍하게도 불길은 나무 몸통을 완전히 태우고 나무 전체를 쓰러뜨려 버렸다. 불타오르는 나무는 마치 살아 있는 것처럼 아래로 굴러떨어지더니, 진영으로 들어가는 입구를 가로막아 버렸다. 이제 옐로팽에게 갈 수 있는 방법은 없었다.

24
끈질긴 불길

"옐로팽!"

파이어하트는 브램블킷을 내려놓고 치료사의 이름을 목 놓아 불렀다. 귓가에 고동치는 심장 소리를 들으며 그녀의 대답을 기다렸지만, 들리는 것이라고는 불꽃이 무시무시하게 타오르는 소리밖에 없었다.

브램블킷이 파이어하트의 다리에 작은 몸을 딱 붙이고 웅크렸다. 불에 그슬린 새끼 고양이의 옆구리를 보니 통증이 있을 것 같았다. 파이어하트는 브램블킷을 물고 패치펠트가 있는 곳으로 다시 올라갔다.

나이 많은 수고양이는 여전히 움직이지 않았지만, 가슴은 오르락내리락하며 희미하게 들썩이고 있었다. 안전한 곳까지 달려가는 것은 불가능해 보였다. 파이어하트는 브램블킷을 바닥에 내려놓았다.

"날 따라와!"

그는 이렇게 말하고, 지친 턱을 간신히 벌려 패치펠트의 목덜미를 물었다. 불타고 있는 골짜기를 마지막으로 내려다본 뒤, 그는 흑백 얼룩 수고양이를 숲으로 끌고 갔다. 브램블킷이 비틀거리며 뒤를 따라왔다. 새끼 고양이는 너무 큰 충격을 받아 소리도 내지 못하고 초점 잃은 눈을 크게 뜨고 있었다. 파이어하트는 브램블킷도 옮겨 주고 싶었지만, 패치펠트를 그 자리에서 죽게 내버려 둘 수도 없었다. 브램블킷은 어떻게 해서든 이 험난한 여정에서 제 발로 살아남을 힘을 찾아야 했다.

파이어하트는 무턱대고 다른 고양이들의 흔적을 따라갔다. 주변의 숲은 거의 알아보기가 힘들었다. 하지만 수시로 뒤를 돌아보며 브램블킷이 따라오고 있는지 확인했다. 마지막으로 본 골짜기의 광경이 그의 머릿속을 가득 채웠다. 끔찍한 불꽃과 연기가 진영을 삼켜 버렸다. 그리고 옐로팽과 하프테일의 흔적도 보이지 않았다.

파이어하트와 브램블킷은 해 드는 바위에서 다른 천둥족 고양이들과 합류했다. 파이어하트는 평평한 바위 위에 패치펠트를 조심스럽게 내려놓았다. 브램블킷은 골든플라워에게 곧장 달려갔다. 골든플라워는 가슴 깊숙한 곳에서 가르랑거리는 소리를 내며, 브램블킷의 목덜미를 물고 화가 난 듯 세차게 흔들었다. 하지만 곧 새끼 고양이를 내려놓고 재가 묻은 털을 거칠게 핥다가, 점점 누그러지면서 부드럽게 토닥여 주었다. 골든플라워가 고개를 들어 파이어하트를 올려다보았다. 그녀의 눈빛에는 차마 말로 다할 수 없는 고마운 마음이 담겨 있었다.

파이어하트는 눈을 끔벅하고는 시선을 돌렸다. 타이거클로의 아들을 구하느라 지체하는 바람에 옐로팽을 놓쳤다는 생각이 들기 시작했던 것이다. 그는 세차게 고개를 저었다. 그런 생각을 하고 있을 때가 아니었다. 종족이 그를 필요로 하고 있었다. 파이어하트는 매끈한 바위에 웅크리고 앉아 두려움에 떨고 있는 고양이들을 바라보았다. 이곳은 안전하다고 생각하는 것일까? 그들은 강까지 계속 갔어야 했다. 파이어하트는 눈을 가늘게 뜨고, 웅크린 형체들 사이에서 샌드스톰을 찾아보았다. 하지만 엄청난 피로가 몰려와 다리가 바위보다 더 무겁게 느껴졌고, 샌드스톰을 찾으러 다닐 기력도 남아 있지 않았다.

곁에 누워 있던 패치펠트가 뒤척이기 시작했다. 나이 많은 수고양이는 숨을 들이마시며 고개를 들더니, 발작을 하듯 기침을 하면서 또다시 의식을 잃었다. 기침 소리를 들은 신더펠트가 줄줄이 앉아 있는 고양이들 가운데서 절뚝거리며 걸어 나왔다. 파이어하트는 그녀가 패치펠트의 폐를 비워 내기 위해 가슴을 발로 내리누르는 모습을 지켜보았다.

패치펠트는 이제 기침을 멈추고 가만히 누워 있었다. 이상하리만큼 잠잠해져서, 쌕쌕거리는 숨소리조차 들리지 않았다. 신더펠트가 고개를 들었다. 그녀의 눈에는 슬픔이 가득했다.

"돌아가셨어요."

그녀가 중얼거렸다.

충격을 받아 웅성거리는 소리가 바위에 앉은 고양이들 사이로 퍼져 나갔다. 파이어하트는 믿을 수 없다는 얼굴로 신더펠트를 바라보았다. 고작 죽는 모습이나 보려고 이 먼 곳까지 그를 데리고 왔단 말인가? 게다가 이곳은 실버스트림이 별족의 품으로 돌아간 바로 그곳이었다. 그는 걱정스러운 눈빛으로 신더펠트를 바라보았다. 그녀 역시 같은 생각을 하고 있다는 걸 알 수 있었다. 슬픔으로 그늘진 눈으로 몸을 숙여 원로 고양이의 눈을 살며시 감겨 주는 그녀의 수염이 파르르 떨렸다. 파이어하트는 신더펠트가 감당할 수 없는 고통에 빠질까 봐 두려웠다. 하지만 다른 원로들이 앞으로 나와 패치펠트와 혀를 나누는 동안, 신더펠트는 바로 앉아서 파이어하트를 보며 말했다.

"또 고양이를 잃었어요. 하지만 제 슬픔은 종족에게 아무런 도움이 되지 않을 거예요."

그녀의 목소리는 공허했다.

"넌 옐로팽만큼이나 강해진 것 같구나."

파이어하트가 부드럽게 말했다.

신더펠트가 눈을 번쩍 떴다.

"옐로팽! 스승님은 어디 있죠?"

파이어하트는 가슴이 아려 왔다. 불타는 나뭇개비가 심장에 박힌 것처럼 날카로운 통증이 느껴졌다.

"나도 모르겠어."

그는 솔직히 말했다.

"하프테일을 구하고 있는 모습을 보긴 했는데, 연기 속에서 놓쳐 버렸어. 돌아가려고 했는데 새끼 고양이가……."

그는 말끝을 흐렸다. 신더펠트의 눈이 상상할 수 없는 고통으로 흐려지는 것을 그저 지켜볼 수밖에 없었다. 천둥족에게 무슨 일이 일어나고 있는 것일까? 별족은 정말로 천둥족을 모조리 죽일 작정인 것일까?

브램블킷이 기침을 하기 시작했다. 신더펠트는 자리에서 일어나 마치 차가운 물에서 빠져나온 것처럼 머리를 세차게 흔들었다. 파이어하트는 그녀가 절룩거리며 새끼 고양이의 옆으로 다가가, 호흡을 돕기 위해 가슴을 힘차게 핥아 주는 모습을 지켜보았다. 신더펠트가 처치를 하자 브램블킷의 기침은 차츰 잦아들었다. 규칙적으로 쌕쌕거리는 소리로 바뀌더니 이윽고 그마저도 누그러졌다.

파이어하트는 가만히 앉아서 숲의 소리에 귀를 기울였다. 후텁지근한 공기에 털이 곤두섰다. 진영 쪽에서 불어오는 바람이 나무 사이로 지나갔다. 파이어하트는 입을 벌리고, 그슬린 털의 악취와 생생한 연기 냄새를 구분해 보려고 애썼다. 아직도 불이 타오르고 있을까? 바람이 해 드는 바위 쪽으로 불길을 꾸준히 몰고 오면서, 하늘에 구름 같은 연기가 가득 차오르고 있었다. 나뭇잎이 조용히 바스락거리는 소리 위로 불길이 치솟는 소리가 들렸다. 파이어하트는 귀를 납작 붙였다.

"불길이 이쪽으로 오고 있습니다!"

그가 소리쳤다. 연기를 마신 탓에 거친 목소리가 나왔다.

"강까지 계속 가야 합니다. 강을 건너야만 안전합니다. 거기까지는 불길이 닿지 않을 것입니다."

고양이들이 깜짝 놀라 고개를 들었다. 어두운 밤에 그들의 눈이 희미하게 빛났다. 이미 나무 사이로 활활 타오르는 불빛이 보였고, 구름 같은 연기가 해 드는 바위를 자욱하게 덮기 시작했다. 바람이 일면서 불꽃이 타들어 가는 소리는 점점 더 요란해졌다.

느닷없이 번쩍하는 빛이 바위와 숲을 환하게 밝혔다. 이어서 벼락이 치듯 쩍하고 갈라지는 소리가 머리 위에서 폭발하듯 울려 퍼졌다. 고양이들은 바위에 납작 엎드렸다. 파이어하트는 하늘을 올려다보았다. 자욱한 연기 뒤로 비구름이 몰려드는 것이 보였다. 마침내 폭풍우가 몰려왔다는 것을 깨닫고, 그는 두려움과 안도감이 뒤섞인 감정을 느꼈다.

"비가 옵니다!"

그는 움츠러든 동료들을 격려하며 외쳤다.

"비가 오면 불이 꺼질 것입니다! 하지만 지금 움직이지 않으면 불꽃을 피할 수 없을 것입니다!"

브래큰퍼가 가장 먼저 바위에서 몸을 일으켰다. 나머지 고양이들도 상황을 파악하고 하나둘 일어섰다. 불에 대한 공포는 격렬하게 몰아치는 하늘에 대한 본능적인 두려움보다 더 컸다. 그들은 어느 쪽으로 달려야 할지 몰라 바위 위에서 우왕좌왕했다. 파이어하트는 다행히 그들 중에서 샌드스톰을 발견했다. 그녀는 꼬리를 잔뜩 부풀리고, 귀를 뒤로 납작 눕히고 있었다. 고양이들이 멀찌감치 흩어지기 시작하자, 바위 중턱에 꼼짝 않고 앉아 있는 블루스타의 모습이 드러났다. 그녀는 고개를 젖히고 별을 보고 있었다. 눈부시게 환한 번개가 하늘을 갈랐지만, 블루스타는 움직이지 않았다. 별족에게 기도를 드리는 걸까? 파이어하트는 무슨 영문인지 알 수가 없었다.

"이쪽입니다!"

파이어하트가 외쳤다. 또다시 천둥이 치면서 목소리가 묻혀 버리자, 그는 꼬리로 신호를 보냈다.

종족은 강으로 이어지는 길을 향해 줄지어 바위를 내려가기 시작했다. 파이어하트는 여전히 숲에서 타오르고 있는 불길을 볼 수 있었다. 겁에 질린 토끼 하나가 그를 빠르게 지나쳐 갔다. 토끼는 고양이들이 있는지조차 알아채지 못한 채, 불과 폭풍을 피해 돌진했다. 그리고 고양이들 사이를 이리저리 헤치고 나가 바위 아래로 미끄러져 들어갔다. 은신처를 찾아 들어간 것이다. 하지만 파이어하트는 불이 곧 이곳까지 삼켜 버릴 것을 알고 있었다. 더 이상 어떤 고양이도 그렇게 끔찍한 죽음을 맞게 할 수 없었다.

"서두르세요!"

그가 외쳤다.

고양이들이 달리기 시작했다. 마우스퍼와 롱테일은 다시 한 번 윌로펠트의 새끼 고양이들을 입에 물었고, 클라우드포와 더스트펠트는 함께 패치펠트의 시신을 끌고 갔다. 축 늘어진 원로 고양이의 시신이 땅 위에서 이리저리 끌렸다. 화이트스톰과 브린들페이스는 블루스타를 양옆에서 떠받치고, 앞으로 나아가도록 살짝살짝 밀어 주었다.

샌드스톰을 찾기 위해 고개를 돌리던 파이어하트는 새끼 고양이를 입에 물고 힘겨워하는 스페클테일을 발견했다. 새끼 고양이가 이미 꽤 많이 자란 데다 스페클테일은 다른 어미 고양이들처럼 젊지 않았다. 파이어하트는 달려가서 새끼 고양이를 대신 물어 올렸다. 스페클테일은 파이어하트에게 감사의 눈빛을 보내고 달리기 시작했다.

그들이 강을 건너기 위해 방향을 돌리자, 이제 불길이 바로 옆에서 타오르고 있었다. 파이어하트는 점점 가까워지는 불의 장막을 한눈으로 주시하면서, 종족을 계속 이동시켰다. 폭풍이 일면서 주변의 나무들이 흔들리기 시작했고, 불타는 숲에서 그들을 향해 불꽃이 날아들었다. 비록 강이 눈앞에 있다고 해도, 그 강을 건너야 하는 일이 남아 있었다. 천둥족 고양이들은 대부분 헤엄치는 것에 익숙하지 않았지만, 디딤돌이 있는 하류까지 가기에는 시간이 부족했다.

천둥족은 강족의 냄새 표시가 있는 경계 지역에 모여들었다. 파이어하트는 옆구리에서 불의 열기를 느낄 수 있었다. 불길이 치솟는 소리는 천둥길의 소리보다 더 시끄러웠다. 그는 앞장서서 강기슭으로 달려 내려가, 자갈이 덮인 물가에서 미끄러지듯 멈춰 섰다. 다시 한 번 번개가 내리치자 매끄러운 돌들이 은빛으로 반짝였다. 하지만 뒤이은 천둥소리는 불길이 거세게 타오르는 소리에 묻혀 거의 들리지 않았다. 종족 고양이들은 비틀거리며 파이어하트를 뒤따라왔다. 빠르게 흐르는 강물을 바라보는 그들의 눈에는 새로운 공포가 자리 잡았다. 물을 두려워하는 천둥족 고양이들을 강으로 들여보내야 한다고 생각하니, 파이어하트는 자신감이 점점 사라지는 것 같았다. 하지만 그들 뒤로는 불이 숲을 태우며 끈질기게 추격해 오고 있었다. 다른 선택지는 없었다.

25

물이 불을 끌 수 있다

파이어하트는 스페클테일의 새끼 고양이를 화이트스톰의 발치에 내려놓았다. 그리고 종족을 향해 돌아섰다.

"강을 건널 때는 물을 헤치면서 걸어가면 됩니다. 대부분은 그 정도로 얕습니다. 한가운데로 가면 헤엄을 쳐야 합니다. 하지만 할 수 있습니다."

고양이들이 겁에 질린 눈빛으로 그를 바라보았다.

"저를 믿으십시오!"

파이어하트는 동료들을 격려했다.

화이트스톰이 한참 동안 파이어하트와 눈을 맞추다가 차분하게 고개를 끄덕였다. 그는 스페클테일의 새끼 고양이를 물어 올리고 물을 헤치며 강으로 들어갔다. 물이 배에 닿는 곳에 이르자, 그는 걸음을 멈추고 돌아서서 꼬리로 따라오라는 신호를 보냈다.

파이어하트는 코끝을 간질이는 익숙한 냄새를 느꼈다. 보드라운 황갈색 털가죽이 어깨를 스쳤다. 그는 샌드스톰의 연녹색 눈동자를 바라보았다.

"정말 안전할까?"

그녀가 빠르게 흐르는 강물을 코로 가리키며 물었다.

"응, 날 믿어."

파이어하트가 대답했다. 그는 자신과 샌드스톰이 불의 위협에 시달리는 강가가 아니라, 멀리 떨어진 다른 어딘가에 있었으면 좋겠다고 생각했다. 파이어하트는 옆에 있는 꿋꿋한 전사에게 천천히 눈을 깜빡이며, 눈빛으로나마 마음을 달래 주려 했다. 하지만 솔직한 심정으로는 그녀의 털에 주둥이를 파묻고 이 악몽이 끝날 때까지 숨어 있고 싶었다.

샌드스톰이 마치 그의 마음을 읽었다는 듯 고개를 끄덕여 주었다. 그녀는 얕은 물을 지나서 수심이 깊은 강의 한가운데로 뛰어들었다. 그 순간 번개가 치면서 일렁이는 강물을 환하게 비추었다. 파이어하트는 가슴이 철렁했다. 샌드스톰이 발을 헛디며 수면 아래로 사라져 버린 것이다. 그녀가 다시 나타나기를 기다리는 동안 심장이 멈추고 귓가에 천둥이 치는 것 같았다.

이윽고 샌드스톰의 머리가 불쑥 올라왔다. 그녀는 기침을 하면서 발을 허우적거렸지만, 건너편 물가를 향해 꾸준히 헤엄쳐 가고 있었다. 그녀는 강에서 힘겹게 빠져나왔다. 흠뻑 젖어 더 어두워 보이는 털이 몸에 착 달라붙어 있었다. 그녀가 동료들에게 소리쳤다.

"발만 계속 움직이면 돼요. 그러면 괜찮을 거예요!"

파이어하트는 건너편 숲을 배경으로 윤곽을 드러낸 유연한 몸체를 바라보며, 가슴이 뻐근할 정도로 자랑스러웠다. 당장 강으로 뛰어들어 그녀에게 헤엄쳐 가고 싶었다. 하지만 먼저 다른 고양이들이 건너는 것을 봐야 했다. 그는 마음을 다잡고, 강으로 뛰어드는 동료들의 모습을 지켜보았다.

더스트펠트와 클라우드포가 패치펠트의 시신을 물가로 끌고 왔다. 더스트펠트는 시신을 내려다보더니, 이번에는 강 건너편을 바라보았다. 그의 표정은 절망적이었다. 혼자서 헤엄치기도 힘든 상황에 죽은 고양이를 강 건너편으로 옮기는 일은 불가능했다.

파이어하트는 전사에게 걸어갔다.

"패치펠트는 여기 남겨 두자."

또다시 누군가를 뒤에 남겨 두고 가야 한다는 생각에 마음이 찢어졌다.

"불이 꺼지고 나면 돌아와서 묻어 주면 돼."

더스트펠트는 고개를 끄덕이고 클라우드포와 함께 강으로 들어갔다. 그을음으로 얼룩진 훈련병은 거의 알아볼 수 없을 정도였다. 파이어하트는 어린 고양이의 곁을 지나가면서 옆구리에 살며시 코를 대 주었다. 그는 스승으로서, 묵묵하지만 용감하게 행동하는 훈련병의 모습이 자랑스러웠고, 그런 자신의 마음을 클라우드포가 알아주기를 바랐다.

고개를 들자, 강가에서 머뭇거리고 있는 스몰이어가 보였다. 건너편에서는 샌드스톰이 배까지 물이 닿는 곳에 서서 다른 고양이들이 강가에 안전하게 도달할 수 있도록 돕고 있었다. 그녀가 스몰이어를 격려하며 불렀지만, 번개가 또다시 번쩍하는 순간 그는 뒤로 물러나 버렸다. 파이어하트는 덜덜 떨고 있는 원로에게 달려가 목덜미를 물고 강으로 뛰어들었다. 파이어하트가 가까스로 머리를 물 위로 내밀고 헤엄치는 동안 스몰이어는 비명을 지르며 허우적댔다. 불꽃의 열기를 겪은 뒤라 물은 더 차갑게 느껴졌다. 파이어하트는 호흡이 가빠졌지만, 그레이스트라이프가 이곳을 쉽게 헤엄쳐 건너던 모습을 떠올리며 꿋꿋하게 앞으로 나아갔다.

갑자기 빠른 물살에 휩쓸리면서 파이어하트와 스몰이어는 가던 방향에서 벗어나 버렸다. 파이어하트는 미친 듯이 발을 움직였다. 하지만 완만하게 경사진 기슭을 지나 가파른 진흙 벽이 나타나자, 그의 마음에 두려움이 솟구쳤다. 스몰이어도 함께 있는데, 저렇게 가파른 곳을 어떻게 기어오를 수 있단 말인가? 원로 고양이는 이제 버둥거리는 것도 멈추고 무거운 짐짝처럼 파이어하트의 입에 매달려 있었다. 귀에 들리는 거친 숨소리만이 그가 아직 살아 있고, 이 위기에서 살아남을 수도 있다는 것을 알려 주었다. 파이어하트는 물살과 맞서면서, 스몰이어의 주둥이가 물에 잠기지 않게 하려고 계속 허우적거렸다.

별안간 얼룩덜룩한 점무늬가 있는 머리 하나가 강둑에서 내려오더니 스몰이어를 받아 물었다. 그것은 강족의 부지도자인 레퍼드퍼였다! 그녀는 진흙 위에서 발 디딜 곳을 찾느라 허우적거리며, 스몰이어를 강에서 끌어내 바닥에 내려놓았다. 그리고 다시 파이어하트를 향해 몸을 숙여 미끄러운 기슭으로 끌어 올려 주었다. 파이어하트는 목덜미를 무는 날카로운 이빨을 느낄 수 있었다. 마른땅에 발이 닿자 안도감이 밀려들었다.

"이게 다인가?"

레퍼드퍼가 물었다.

파이어하트는 주변을 둘러보았다. 천둥족 고양이들은 모두 흠뻑 젖은 채 충격에 빠져서 자갈 위에 웅크리고 있었고, 그 사이로 강족 고양이들이 돌아다니고 있었다. 그들 가운데 그레이스트라이프의 모습도 보였다.

"그…… 그런 것 같습니다."

파이어하트는 더듬거리며 말했다. 그는 축 늘어진 버드나무 가지 아래에 누워 있는 블루스타를 발견했다. 흠뻑 젖은 털이 앙상한 옆구리에 착 달라붙어 있어서 유난히 작고 노쇠해 보였다.

"저쪽은?"

레퍼드퍼가 건너편 물가에서 움직이지 않는 흑백 형체를 코로 가리키며 물었다.

파이어하트도 고개를 돌렸다. 건너편에 있는 고사리 덤불이 불타면서 불티가 강으로 날아들었고, 깜빡거리는 불빛이 나무들을 비추었다.

"죽었습니다."

파이어하트는 낮은 목소리로 말했다.

레퍼드퍼는 아무 말도 없이 강으로 미끄러져 들어가더니 건너편으로 헤엄쳐 갔다. 깜빡이는 불꽃에 그녀의 황금색 털이 빛났다. 그녀는 패치펠트의 시신을 낚아채듯 물고 앞발로 검은 물을 힘차게 휘저으며 되돌아오기 시작했다. 그때 머리 위에서 천둥이 우르르 치는 바람에 파이어하트는 몸을 움찔했다. 하지만 강족 부지도자는 헤엄치는 것을 멈추지 않았다.

"파이어하트!"

그레이스트라이프가 그에게 달려와 몸을 바짝 댔다. 젖은 몸에 닿은 친구의 옆구리는 따뜻하고 부드러웠다.

"괜찮은 거야?"

파이어하트는 멍하게 고개를 끄덕였다. 레퍼드퍼가 패치펠트의 시신을 물가로 끌어 올려 파이어하트의 발치에 눕히고 말했다.

"가자, 진영에 묻어 줘야지."

"가…… 강족 진영에 말입니까?"

"천둥족 진영으로 옮길 생각이 아니라면."

레퍼드퍼가 차갑게 대꾸했다. 그녀는 몸을 돌려 앞장서서 비탈을 오르며 강과 불에서 멀어져 갔다. 천둥족 고양이들이 몸을 일으켜 그녀를 따라가기 시작했다. 굵은 빗방울이 나뭇가지와 잎사귀들 사이로 떨어지기 시작했다. 파이어하트는 귀를 휙 움직였다.

'이 비가 불타는 숲을 구할 수 있을까? 너무 늦은 건 아닐까?'

파이어하트는 그레이스트라이프가 패치펠트의 젖은 몸을 강인한 턱으로 어렵지 않게 들어 올리는 모습을 지켜보았다. 그는 그 어느 때보다도 피곤하고 지친 상태였다. 비가 더 세차게 쏟아지며 숲을 두드리기 시작했다. 파이어하트는 다른 고양이들 뒤로 줄지어 섰다. 발이 매끄러운 자갈에 걸려 휘청거렸다.

강족 부지도자는 검게 그을리고 흠뻑 젖은 무리를 이끌고 강기슭 옆으로 이어진 갈대밭을 통과해 나아갔다. 드디어 앞쪽에 섬이 나타났다. 다른 계절이었다면 물이 섬을 에워싸고 있었겠지만,

지금은 새로 내린 비에 길이 겨우 반짝이는 정도에 불과했다.

파이어하트는 이곳을 알고 있었다. 처음 왔을 때 이곳은 얼음에 둘러싸여 있었다. 그때는 얼어붙은 물을 뚫고 갈대가 비죽비죽 솟아 있었지만, 지금은 넓은 띠를 이루며 한들한들 흔들리고 있었다. 그리고 바스락거리는 갈대 줄기들 사이에서 은빛 버드나무가 자라고 있었다. 늘어지고 연약한 버드나무 가지를 타고 비가 모래 바닥으로 쏟아져 내렸다.

레퍼드퍼는 골풀 사이로 난 좁은 길을 따라서 섬으로 올라갔다. 아직 연기 냄새가 남아 있었지만, 불길이 타오르는 소리는 희미해졌다. 파이어하트는 갈대밭 너머 물속으로 빗방울이 떨어져 내리는 고마운 소리를 들을 수 있었다.

섬 한가운데에 있는 공터에 크룩트스타가 서 있었다. 그의 어깨 주위로 털이 쭈뼛 서 있었다. 파이어하트는 강족 지도자가 미심쩍은 눈초리로 그레이스트라이프를 살펴보는 것을 알아차렸다. 천둥족 고양이들은 절뚝거리며 진영으로 들어섰고, 레퍼드퍼는 지도자에게 걸어가 자초지종을 설명했다.

"천둥족이 불을 피해 달아나고 있었습니다."

"강족은 안전한가?"

크룩트스타가 즉각 물었다.

"불이 강을 넘어오지는 않을 겁니다."

레퍼드퍼가 대답했다.

"게다가 지금은 바람 방향이 바뀌었습니다."

파이어하트는 공기 냄새를 맡아 보았다. 레퍼드퍼의 말이 맞았다. 바람의 방향이 전과 달라져 있었다. 폭풍은 한동안 맡아 보지 못한 신선한 바람을 싣고 왔다. 바람이 젖은 털을 훑고 지나가자 머리가 맑아지는 것 같았다. 블루스타를 찾으려고 고개를 이리저리 돌리자, 수염을 타고 물이 흘러내렸다. 블루스타는 크룩트스타에게 격식을 차려 인사를 건넸어야 했다. 하지만 그녀는 종족 고양이들 사이에 섞여 눈을 반쯤 감은 채 고개를 숙이고 있었다.

파이어하트는 불안해졌다. 천둥족 지도자가 얼마나 쇠약해진 상태인지, 강족이 알게 할 수는 없었다. 그는 지도자를 대신해서 재빨리 앞으로 나섰다.

"레퍼드퍼와 순찰대가 친절과 용기를 발휘해 우리가 불을 피하는 것을 도와주었습니다."

그는 고개를 낮게 숙이며 크룩트스타에게 말했다. 머리 위에서는 번개가 흐린 하늘을 가르며 번쩍거렸고, 멀리서 천둥이 우르르 소리를 냈다.

"레퍼드퍼가 천둥족을 도운 것은 옳은 일이었다. 모든 종족이 불을 두려워하니까."

강족 지도자가 대답했다.

"우리 진영은 불타 버렸고 천둥족 영역은 아직도 불타고 있습니다."

파이어하트는 눈을 깜빡여 흘러드는 빗물을 떨어내며 말을 이었다.

"우리는 갈 곳이 없습니다."

그는 강족 지도자의 자비에 의지할 수밖에 없다는 것을 알고 있었다.

크룩트스타는 눈을 가늘게 뜨고 뜸을 들였다. 파이어하트는 낭패감으로 발이 화끈거렸다.

'설마 이 비참한 무리가 강족에게 어떤 위협을 가할 거라고 생각하는 건 아니겠지?'

마침내 크룩트스타가 입을 열었다.

"안전하게 돌아갈 수 있을 때까지 머물러도 좋다."

파이어하트는 온몸에 안도감이 흘러드는 것을 느꼈다.

"고맙습니다."

그는 감사의 뜻으로 눈을 끔벅였다.

"우리가 너희 원로를 묻어 주길 원하나?"

레퍼드퍼가 물었다.

"정말 고맙습니다. 하지만 패치펠트는 천둥족이 묻어 주어야 합니다."

파이어하트가 대답했다.

원로 전사가 자신의 영역에 묻히지 못하는 것만으로도 너무나 슬픈 일이었다. 천둥족 고양이들은 별족에게로 향하는 패치펠트의 마지막 여정만은 직접 준비해 주고 싶어 할 것이다.

"그래, 알았다."

레퍼드퍼가 말했다.

"시신을 진영 밖으로 옮겨 놓겠다. 천둥족 원로들이 밤새 평온하게 추모할 수 있도록."

파이어하트는 고맙다는 표시로 고개를 끄덕였다.

레퍼드퍼가 말을 이었다.

"그리고 머드퍼에게 천둥족 치료사를 도와주라고 말해 두겠다."

레퍼드퍼는 흠뻑 젖어 떨고 있는 고양이들을 훑어보았다. 웅크리고 있는 천둥족 지도자에게 눈길이 닿자, 그녀는 눈을 가늘게 뜨고 물었다.

"블루스타는 다친 건가?"

"연기가 아주 심했습니다."

파이어하트는 신중하게 대답했다.

"진영에서 거의 마지막으로 나왔거든요. 아, 저는 이만 동료들에게 가 보겠습니다."

그는 자리에서 일어나 클라우드포와 스몰이어가 나란히 앉아 있는 곳으로 걸어갔다.

"패치펠트를 묻어 줄 수 있겠습니까?"

"저는 괜찮아요."

클라우드포가 대답했다.

"하지만 스몰이어는 좀……."

"동료를 묻어 줄 힘은 남아 있다."

스몰이어가 연기 때문에 거칠어진 목소리로 말했다.

"더스트펠트에게 도우라고 하겠습니다."

파이어하트가 말했다.

강족의 치료사인 머드퍼가 신더펠트를 따라서 천둥족 고양이들 사이를 오가고 있었다. 신더펠트가 윌로펠트와 새끼 고양이들 옆에 멈추자, 머드퍼는 물고 있던 약초 다발을 축축한 바닥에 내려놓았다. 새끼 고양이들은 애처롭게 울부짖었다. 하지만 윌로펠트가 배에 바짝 붙여 주어도 젖을 물려고 하지 않았다.

파이어하트는 서둘러 그들에게 다가갔다.

"괜찮은 거야?"

신더펠트가 고개를 끄덕였다.

"머드퍼가 목을 편하게 해 주기 위해서 꿀을 주는 게 좋겠다고 했어요. 이 녀석들은 괜찮을 거예요. 하지만 연기를 들이마셔서 좋을 건 없으니까요."

신더펠트의 옆에 있던 머드퍼가 윌로펠트에게 물었다.

"새끼 고양이들에게 꿀을 줘도 괜찮을까요?"

회색 어미 고양이는 고마워하는 얼굴로 강족의 치료사를 바라보면서 고개를 끄덕였다. 머드퍼는 끈적끈적한 황금빛 액체가 떨어지는 이끼 뭉치를 내밀었다. 새끼 고양이들은 처음에는 머뭇거렸지만, 달콤한 냄새가 입 안으로 흘러들자 열심히 꿀을 핥아 먹었다.

파이어하트는 그 자리를 떠났다. 신더펠트는 모든 일을 잘 처리하고 있었다. 그는 공터 가장자리의 구석진 곳을 찾아가, 그곳에 앉아서 몸을 닦기 시작했다. 불에 그슬린 털가죽을 혀로 핥으니 역겨운 맛이 났다. 피곤해서 온몸이 쑤셨지만 그는 핥는 것을 멈추지 않았다. 잠들기 전에 연기의 흔적을 모두 닦아 내고 싶었다.

몸을 다 닦은 후 파이어하트는 진영을 둘러보았다. 강족 고양이들은 거처로 들어가 비를 피하고 있었다. 공터 가장자리에 남은 천둥족 고양이들은 퍼붓는 빗줄기를 피하기 위해 살랑거리는 갈대밭 아래에 무리를 지어 옹송그리고 있었다. 파이어하트는 종족 동료들 사이를 오가며 부드러운 말로 달래 주는 어두운 형체가 그레이스트라이프라는 것을 알아보았다. 고양이들을 돌보는 일을 마친 신더펠트는 녹초가 되어 애쉬포 곁에 웅크리고 있었다. 롱테일의 등 뒤에서 규칙적으로 오르락내리락하는 샌드스톰의 옅은 황갈색 옆구리도 간신히 알아볼 수 있었다. 블루스타는 화이트스톰 곁에서 잠들어 있었다.

파이어하트는 앞발에 주둥이를 올려놓고, 진흙 공터를 때리는 빗소리에 귀를 기울였다. 눈을 감으니 옐로팽의 겁에 질린 얼굴이 갑자기 떠올랐다. 가슴이 쿵쾅거리기 시작했지만, 그는 너무 지친 나머지 결국 잠으로 피신해 버렸다.

26

별족이 흘리는 눈물

잠에서 깨어났을 때, 파이어하트는 아주 잠깐 눈만 감았다 뜬 기분이었다. 시원한 바람이 털을 훑고 지나갔다. 비는 그쳤고, 머리 위 하늘에는 흰 구름이 피어오르고 있었다. 그는 낯선 주변 환경에 잠시 어리둥절했다. 그때 근처에서 소곤거리는 소리가 들려왔다. 스몰이어의 떨리는 목소리였다.

"내가 그랬잖아, 별족이 노하실 거라고! 우리 집이 사라졌어. 숲도 더 이상 없고."

"블루스타가 달이 가장 높이 뜨기 전에 부지도자를 임명했어야 해요. 그게 관례니까요!"

스페클테일이 짜증스럽다는 듯 대꾸했다.

파이어하트는 벌떡 일어났다. 귀가 화끈거렸다. 하지만 그가 무슨 말을 하기도 전에 신더펠트가 목소리를 높였다.

"어쩌면 그렇게 고마운 걸 모를 수가 있어요, 스몰이어? 무사히 강을 건넌 게 누구 덕분이죠?"

"그 덕분에 물에 빠져 죽을 뻔했잖아."

스몰이어가 불평했다.

"파이어하트가 데려오지 않았으면 그 자리에서 죽었겠죠."

신더펠트가 쏘아붙였다.

"애초에 파이어하트가 연기 냄새를 맡지 못했다면, 우리 모두 죽었을 거라고요!"

"패치펠트, 하프테일, 옐로팽도 몹시 고마워하겠지."

다크스트라이프의 비꼬는 목소리를 듣자, 파이어하트는 온몸에 분노가 일었다.

"옐로팽을 찾으면, 고맙다는 말은 직접 할 거라고요!"

신더펠트가 쉭쉭거렸다.

"옐로팽을 찾으면?"

다크스트라이프가 말했다.

"옐로팽이 그 불길에서 빠져나왔을 리가 없잖아. 파이어하트는 옐로팽이 진영으로 돌아가게 놔둬선 안 되는 거였어."

신더펠트의 목구멍 깊숙한 곳에서 으르렁거리는 소리가 났다. 다크스트라이프의 말은 너무 지나쳤다. 파이어하트는 그늘에서 재빨리 걸어 나왔다. 다크스트라이프 옆에 앉은 펀포가 겁에 질린 눈으로 스승을 올려다보고 있었다.

파이어하트가 입을 열었지만 먼저 말을 한 건 더스트펠트였다.

"다크스트라이프! 없어진 종족 동료를 두고 그렇게 말하면 안 됩니다. 그리고……."

더스트펠트는 겁먹은 펀포를 안쓰럽게 바라보았다.

"말조심 좀 해 주세요. 우리는 이미 충분히 고통받았으니까요!"

파이어하트는 어린 전사가 옛 스승을 대하는 당돌한 태도에 깜짝 놀랐다.

다크스트라이프도 당황한 눈으로 더스트펠트를 바라보았다.

"더스트펠트 말이 맞습니다."

파이어하트가 앞으로 나서며 조용히 말했다.

"말다툼을 벌일 때가 아닙니다."

다크스트라이프와 스몰이어, 그리고 다른 고양이들이 고개를 획 돌려 파이어하트를 바라보았다. 그들은 그가 대화를 들었다는 것을 깨닫고 어색하게 귀와 꼬리를 씰룩거렸다.

"파이어하트!"

그레이스트라이프의 목소리가 들렸다. 친구는 강물에 젖은 몸으로 공터를 가로질러 오고 있었다.

"순찰 나갔다 온 거야?"

파이어하트는 돌아서서 그레이스트라이프를 맞으러 갔다.

"응, 사냥도 좀 하고. 너도 알다시피 아침 내내 자고 있을 수는 없잖아."

그레이스트라이프가 대답했다. 그리고 파이어하트의 어깨를 툭 치면서 말했다.

"배고프지? 따라와 봐."

그는 파이어하트를 데리고 공터 끄트머리에 있는 먹이 더미로 향했다.

"레퍼드퍼가 이건 천둥족을 위한 거라고 했어."

파이어하트의 배에서 꾸르륵 소리가 났다.

"고마워. 종족에게 알려 줘야겠다."

그는 천둥족 고양이들이 모여 있는 곳으로 갔다.

"저 먹이 더미는 우리 몫이라고 합니다."

"고맙습니다, 별족이시여."

골든플라워가 말했다.

"다른 종족이 주는 먹이를 얻어먹을 필요는 없어."

다크스트라이프가 냉소적으로 말했다.

"원한다면 사냥을 나가세요."

파이어하트는 눈을 가늘게 뜨고 그에게 말했다.

"하지만 먼저 크룩트스타의 허락을 받아야겠죠. 어쨌든 여기는 강족 영역이니까."

다크스트라이프는 콧방귀를 뀌고 싱싱한 먹이 더미를 향해 걸어갔다. 파이어하트는 블루스타에게 시선을 돌렸다. 그녀는 먹이 소식에도 아무런 반응이 없었다.

"모두 빠짐없이 먹을 수 있도록 챙기겠습니다."

화이트스톰이 블루스타를 힐긋 보며 말했다.

"고맙습니다."

파이어하트가 대답했다.

그레이스트라이프가 다가오더니 파이어하트의 발치에 쥐를 내려놓았다.

"여기, 넌 보육실에서 먹으면 돼. 보여 주고 싶은 새끼 고양이들이 있거든."

파이어하트는 쥐를 물고 친구를 따라 갈대가 뒤엉켜 있는 곳으로 향했다. 그들이 다가가자 은빛 새끼 고양이 둘이 촘촘히 엮인 줄기 틈새로 빠져나와, 그레이스트라이프에게 달려들었다. 그레이스트라이프는 기어오르는 새끼 고양이들을 발톱을 감춘 발로 살살 토닥이며 행복하게 뒹굴었다. 파이어하트는 새끼 고양이들이 누구인지 단번에 알 수 있었다.

그레이스트라이프가 큰 소리로 가르랑거렸다.

"내가 오는 걸 어떻게 알았어?"

"냄새를 맡았어요!"

둘 중 덩치가 큰 녀석이 대답했다.

"아주 잘했어!"

그레이스트라이프가 칭찬해 주었다.

파이어하트가 쥐를 다 먹고 나자 회색 전사는 몸을 일으켰고, 새끼 고양이들은 구르듯 떨어져 내렸다.

"자, 이제 아빠의 오랜 친구를 만날 시간이야."

그레이스트라이프가 새끼 고양이들에게 말했다.

"우리는 훈련도 같이 받았단다."

새끼 고양이들이 파이어하트에게 고개를 돌리더니, 존경 어린 눈으로 올려다보았다.

"이분이 파이어하트예요?"

몸집이 작은 새끼 고양이가 물었다. 그레이스트라이프가 고개를 끄덕였다. 파이어하트는 친구가 새끼 고양이들에게 벌써 자신에 대해 이야기해 주었다는 사실에 기분이 좋아졌다.

"너희 둘, 이리 돌아와!"

삼색얼룩 고양이의 얼굴이 보육실 입구에 나타났다.

"다시 비가 올 거야."

새끼 고양이들은 짜증을 내며 눈을 찌푸렸지만, 순순히 돌아서서 보육실로 향했다.

"많이 컸네."

파이어하트가 말했다.

"응."

그레이스트라이프가 부드러운 눈빛으로 맞장구를 쳤다.

"사실은 나보다는 모스펠트 덕분이지. 모스펠트가 새끼 고양이들을 돌보고 있거든."

그레이스트라이프의 목소리에서 아쉬움을 느낀 파이어하트는 친구가 옛집을 얼마나 그리워하고 있을지 헤아려 보았다.

회색 전사는 자리에서 일어나 파이어하트를 데리고 진영 밖으로 나갔다. 그동안 둘은 아무 말도 하지 않았다. 그들은 갈대밭 사이에 작게 드러나 있는 맨땅에 자리를 잡고 앉았다. 머리 위로 드리워진 버드나무 가지가 신선한 바람에 살랑살랑 흔들렸다. 파이어하트는 털을 잡아끄는 바람을 느끼며, 버드나무 가지 사이로 멀리 숲을 바라보았다. 별족이 숲에 비를 더 내려 줄 모양이었다.

"옐로팽은 어디 있어?"

그레이스트라이프가 물었다.

파이어하트의 가슴에 또다시 슬픔이 차올랐다.

"패치펠트와 하프테일을 찾으려고 나와 함께 천둥족 진영으로 돌아갔었는데, 연기 속에서 옐로팽을 놓치고 말았어. 옐로팽이 진영에서 나오려고 할 때…… 나무가 진영 입구로 쓰러져 버렸어.”

옐로팽이 그 불길 속에서 살아남을 수 있었을까? 파이어하트는 덫에 갇혀 미친 듯이 날갯짓을 하는 비둘기처럼 간절한 희망을 걸어 볼 뿐이었다.

“혹시 순찰하던 중에 옐로팽의 냄새를 맡지 못했어?”

그레이스트라이프가 고개를 저었다.

“안타깝게도 못 찾았어.”

“폭풍이 지나갔는데도 불길이 살아 있을까?”

“잘 모르겠어. 연기가 조금씩 피어오르기는 하던데.”

파이어하트는 한숨을 쉬었다.

“진영이 조금이라도 남아 있을까?”

“곧 알게 되겠지.”

그레이스트라이프는 고개를 들고 나뭇잎 사이로 어두워지는 하늘을 쳐다보았다.

“모스펠트 말이 맞았어. 비가 더 오려나 봐.”

그 말을 하는 순간, 커다란 빗방울이 땅에 툭 떨어졌다.

“이 정도면 마지막 남은 불길도 꺼지겠다.”

파이어하트는 슬픔으로 머리가 어지러웠다. 더 많은 빗방울이 나무들 사이로, 연약한 갈대 위로 후두두 떨어졌다. 두 번째 비가 쏟아지고 있었다. 잃어버린 것들을 슬퍼하며 별족이 흘리는 눈물 같았다.

27

마지막 인사

늦은 오후가 되자 남아 있던 연기 냄새가 젖은 재의 악취로 바뀌었다. 하지만 파이어하트는 그 씁쓸한 냄새를 즐겼다.

"지금쯤이면 불은 다 꺼졌을 거야."

그는 갈대 밑에서 비를 피하고 있는 그레이스트라이프에게 말했다.

"종족이 돌아가기에 안전한지 먼저 가서 확인해 봐야겠어."

"옐로팽과 하프테일도 찾아보고."

그레이스트라이프가 대꾸했다. 그가 진영으로 서둘러 돌아가려고 하는 진짜 이유를 친구는 짐작하고 있었던 것이다. 그는 회색 전사에게 이해해 줘서 고맙다는 뜻으로 눈을 찡긋해 보였다.

"내가 같이 가도 되는지 크룩트스타에게 물어봐야 해."

그레이스트라이프가 덧붙였다.

그 말은 파이어하트에게 충격으로 다가왔다. 그는 그레이스트라이프가 이제는 다른 종족에 속해 있다는 사실을 잊고 있었던 것이다.

"금방 돌아올게."

회색 전사가 벌써 뛰어가면서 소리쳤다.

파이어하트는 공터 건너편을 내다보았다. 그곳에는 블루스타가 화이트스톰 곁에 웅크리고 있었다. 그녀의 불안한 정신과 종족에게 닥친 끔찍한 운명 사이에 놓인 유일한 방벽이 바로 화이트스톰인 것 같았다. 파이어하트는 지도자에게 자신이 어디로 가는지 말해야 할지 고민하다가, 하지 않기로 결정했다. 호기심을 보이는 강족 고양이들에게 지도자의 쇠약한 상태를 들키지 않으려면, 지금은 혼자 행동하는 게 좋을 것 같았다.

"파이어하트, 불이 다 꺼졌을까요?"

클라우드포가 그에게 다가오며 물었다.

"그레이스트라이프와 같이 가서 확인해 볼 거야."

"저도 같이 가도 돼요?"

파이어하트는 고개를 저었다. 천둥족 진영에서 무엇을 보게 될지 알 수 없었다. 게다가 클라우드포가 망가진 숲을 보고 다시 애완 고양이의 편안한 삶으로 돌아가고 싶어 할까 봐 걱정스러운 것도 사실이었다.

"시키는 대로 다 할게요."

클라우드포가 진지하게 약속했다.

"그러면 여기 남아서 종족을 보살피는 일을 돕도록 해. 화이트스톰에겐 네 도움이 필요할 거야."

클라우드포는 실망감을 감추느라 고개를 푹 숙이고 대답했다.

"네, 파이어하트."

"화이트스톰에게 내가 어디 갔는지 말해 줘. 달이 뜰 때까지는 돌아올 거야."

"알았어요."

파이어하트는 하얀 훈련병이 다른 고양이들에게 돌아가는 모습을 지켜보며, 이번만큼은 그가 자신의 명령에 따라 강족 진영에 머물러 있기를 간절히 바랐다.

그레이스트라이프는 크룩트스타와 함께 돌아왔다. 강족 지도자는 의심스럽다는 듯이 호박색 눈을 가늘게 떴다.

"그레이스트라이프가 너와 함께 천둥족 진영에 가겠다고 한다. 천둥족 전사들 중 하나를 데려갈 수는 없는 것이냐?"

"불이 났을 때 종족 동료 둘이 진영에 갇혔습니다."

파이어하트는 자리에서 일어나며 설명했다.

"혼자 그들을 찾고 싶지 않습니다."

강족 지도자는 그의 마음을 이해하는 것 같았다.

"그들이 살아남지 못했다면, 오랜 친구의 위로가 필요할 테지."

그가 부드럽게 말했다.

"함께 가도 좋다."

"고맙습니다, 크룩트스타."

파이어하트는 고개를 숙이며 말했다.

그레이스트라이프가 강으로 앞장서 걸어갔다. 빠르게 흐르는 강물 건너편에 까맣게 타 버린 숲이 보였다. 키가 큰 나무들은 가까스로 잎사귀 몇 장이 남아, 가장 높은 나뭇가지 끝에서 용감하게 흔들리고 있었다. 하지만 나머지 가지들이 모두 검게 그을리고 껍질이 벗겨져 속살이 드러난 것에 비하면, 잎사귀 몇 장 정도는 작은 승리에 불과했다. 별족이 불을 끄기 위해 폭풍을 보냈는지 모르겠지만, 숲을 구하기에는 너무 늦었던 것이다.

그레이스트라이프는 말없이 강으로 미끄러져 들어가 건너편으로 헤엄쳐 갔다. 파이어하트는 힘차게 물을 휘젓는 친구를 따라가느라 안간힘을 써야 했다. 맞은편 기슭으로 올라간 두 고양이는 그들이 사랑했던 숲의 잔해를 두려움에 사로잡힌 눈으로 바라볼 수밖에 없었다.

"강 건너에서 이곳을 바라보는 게 나에게 유일한 위안이었는데."
그레이스트라이프가 중얼거렸다.

파이어하트는 안쓰러운 마음으로 친구를 흘깃 보았다. 그레이스트라이프는 생각했던 것보다도 훨씬 더 옛집을 그리워하고 있는 것 같았다. 하지만 뭔가 물어보기도 전에 그레이스트라이프는 천둥족 경계를 향해 달려갔다. 회색 전사는 잠시 멈춰서 냄새 표시를 남긴 뒤, 맹렬한 기세로 경계를 넘어갔다. 파이어하트는 친구가 그것을 강족 경계로 여기는지, 아니면 천둥족 경계로 여기는지 궁금했다.

화재의 참상에도 불구하고 그레이스트라이프는 옛 영역에 돌아온 것을 즐기는 듯했다. 파이어하트가 진영을 향해 가는 동안, 그레이스트라이프는 뒤에서 이리저리 오가며 열심히 냄새를 맡다가 뒤를 따라왔다. 파이어하트는 아무것도 알아볼 수 없다는 사실에 경악했다. 숲은 믿을 수 없을 만큼 변해 버렸다. 덤불은 불타 버렸고, 공기에는 먹잇감의 냄새도, 소리도 없었다. 발밑에 닿는 땅은 끈적끈적했다. 털에 들러붙는 진흙에서는 빗물과 재가 섞인 매캐한 냄새가 났다. 젖은 털가죽에 빗방울이 후드득 떨어지자 파이어하트는 몸서리를 쳤다. 멀리서 용감한 새 한 마리가 노래하는 소리가 들려왔다. 그 소리에 파이어하트는 잃어버린 모든 것이 떠올라 가슴이 저려 왔다.

마침내 그들은 골짜기 꼭대기에 도착했다. 진영을 보호해 주던 덮개가 벗겨졌기 때문에 진영의 모습이 한눈에 들어왔다. 빗속에서 검은 돌처럼 반짝이는 단단한 바닥이 드러나 보였다. 변하지 않은 것은 오직 높은 바위밖에 없었다. 끈적끈적한 검은 재가 묻어 번들거리는 것만 빼면 높은 바위는 그 모습 그대로 서 있었다.

파이어하트는 먼지와 재를 흩날리며 빠르게 비탈을 내려갔다. 골든플라워의 새끼 고양이가 매달려 있던 나무는 이제 까맣게 타 버린 숯 더미와 다름없어서, 어렵지 않게 뛰어넘을 수 있었다. 파이어하트는 한때 진영의 공터로 이어지던 가시금작화 굴길을 찾아보았지만, 뒤엉킨 채 까맣게 타 버린 줄기의 흔적만이 남아 있었다. 그는 조심스럽게 그곳을 지나 연기에 그을린 공터로 향했다.

두근거리는 가슴으로 주위를 둘러보던 파이어하트는 그레이스트라이프가 툭 치는 것을 느꼈다. 회색 전사의 시선을 따라가던 그는 불타 버린 하프테일의 시신을 발견했다. 시신은 옐로팽의 거처로 통하는 고사리 굴길 입구였던 곳에 놓여 있었다. 치료사가 의식을 잃은 원로를 안전한 곳으로 옮기려 했던 모양이었다. 아마도 자신의 거처인 갈라진 바위틈에서 불길을 피할 수 있을 거라고 생각한 듯했다.

파이어하트가 불에 탄 시신을 향해 발걸음을 떼자, 그레이스트라이프가 말했다.

"하프테일은 내가 묻어 줄게. 넌 옐로팽을 찾아봐."

그레이스트라이프는 축 늘어진 갈색 몸을 물어 올려 진영 밖에 있는 무덤 자리로 끌고 가기 시작했다.

파이어하트는 친구가 멀어지는 모습을 지켜보며 두려움으로 심장이 얼어붙는 것 같았다. 그는 바로 이 일을 하려고 진영에 돌아온 것이었다. 하지만 다리에 힘이 풀려 움직일 수 없을 것 같았다. 그는 억지로 몸을 움직여 옐로팽의 공터로 이어지는 불타 버린 길로 향했다. 그곳에 이제 초록빛 굴길은 없었다. 치료사의 집은 아무런 보호도 받지 못한 채 하늘을 향해 열려 있었다. 끈적끈적한 땅을 두드리는 빗방울 소리만이 주위를 가득 메우고 있었다.

"옐로팽!"

파이어하트는 치료사의 공터로 들어서며 거친 목소리로 외쳤다.

치료사가 거처로 삼았던 바위는 그을려서 검게 변해 있었다. 하지만 파이어하트는 재 냄새 속에 섞여 있는 익숙한 냄새를 맡을 수 있었다.

"옐로팽?"

그는 다시 한 번 소리쳤다.

바위 안쪽에서 낮고 거친 신음 소리가 들렸다. 옐로팽이 살아 있었다! 파이어하트는 안도감에 몸을 떨면서 어두운 바위틈으로 들어갔다.

바위 안쪽에는 빛이 거의 들지 않았다. 파이어하트는 이곳에 들어와 본 적이 한 번도 없었다. 그는 잠시 멈춰 서서 어둠에 적응할 때까지 눈을 깜박였다. 한쪽 벽 아래에는 약초와 열매들이 줄줄이 놓여 있었다. 그을음이 묻긴 했지만 타지는 않았다. 그때 좁은 바위틈의 가장 안쪽에서 눈동자 한 쌍이 그를 향해 반짝였다.

"옐로팽!"

파이어하트는 황급히 치료사의 곁으로 달려갔다. 옐로팽은 축 늘어진 다리 위에 몸을 웅크리고 있었다. 재로 뒤덮인 채 숨을 쌕쌕거리는 그녀는 움직일 수도 없을 만큼 힘이 빠진 상태였다. 옐로팽은 파이어하트와 가까스로 눈을 맞추었다. 그녀는 가쁜 숨을 몰아쉬며 가냘픈 목소리로 말했다.

"파이어하트, 네가 와 줘서 기쁘구나."

그녀의 목소리가 갈라졌다.

"여기 남겨 두고 떠나면 안 되는 거였는데."

파이어하트는 그녀의 헝클어진 털에 주둥이를 가져다 댔다.

"정말 죄송해요."

"패치펠트는 구했느냐?"

파이어하트는 힘없이 고개를 저었다.

"연기를 너무 많이 마셨어요."

"하프테일도 마찬가지였다."

옐로팽이 말했다. 그녀의 눈꺼풀이 파르르 떨리다가 감기기 시작했다. 파이어하트는 다급하게 말했다.

"하지만 골든플라워의 새끼 고양이는 구했어요!"

"누구였느냐?"

옐로팽이 중얼거리듯 물었다.

"브램블킷이에요."

옐로팽의 눈이 감기는 것을 보면서 그는 피가 차갑게 식는 것 같았다. 이제 옐로팽은 그가 타이거클로의 새끼를 구하기 위해 위험에 처한 그녀를 내버려 두었다는 사실을 알게 되었다. 별족이 그녀에게 무엇을 알려 주었을까? 새끼 고양이가 살아남지 않았기를 바랄 만큼 두려운 무언가를 알려 준 걸까?

"너는 용감한 전사다, 파이어하트."

옐로팽이 갑자기 눈을 크게 뜨더니 그를 뚫어져라 바라보며 말했다.

"네가 내 아들이었더라도 이보다 더 자랑스럽지는 않았을 게다. 그리고 별족만이 아시겠지만, 네가 내 아들이기를 바란 적이 수없이 많단다."

옐로팽은 꺽꺽거리며 얕은 숨을 쉬었다. 한 마디 한 마디가 그녀의 목에 가시처럼 걸려 있는 것 같았다.

"브로큰테일 대신에 말이다."

파이어하트는 몸을 떨었다. 그림자족의 잔인한 지도자가 그녀의 아들이었고, 치료사는 새끼를 갖는 것이 허락되지 않았기 때문에 태어나자마자 아들을 포기해야 했다는 사실을 알고 있는 고양이는 거의 없었다. 자신의 아들이 지도자가 되기 위해 아버지를 죽이고 또 잔혹한 야망을 채우기 위해 종족을 파괴하는 모습을 지켜보며, 옐로팽이 견뎌 내야 했던 극심한 고통을 누가 이해할 수 있을까?

그녀가 천둥족에 온 브로큰테일을 보호하려고 했던 이유가, 태어나자마자 포기했던 아들을 돌볼 수 있는 마지막 기회를 얻고 싶어서였다는 사실을 그는 알고 있었다. 파이어하트는 옐로팽의 마음을 달래 주기 위해 몸을 숙여서 귀를 핥아 주었다.

"내가 아들을 죽였다. 독을 먹였지. 그 애가 죽기를 바랐거든."

옐로팽이 거친 목소리로 말했다. 그러더니 고통스럽게 기침을 하기 시작했다.

"쉿, 기운을 아껴야죠."

파이어하트가 말했다. 그는 그 사실 역시 알고 있었다. 그녀가 브로큰테일에게 독이 든 열매를 먹이는 모습을 숨어서 지켜보았던 것이다. 브로큰테일이 자신을 돌봐 준 천둥족을 배신하고 타이거클로의 무리가 천둥족을 공격하는 것을 도운 뒤에 일어난 일이었다. 그는 잔인한 전사가 어미의 발에 죽임을 당하는 장면을 직접 목격했다.

"물을 좀 가져다 드릴게요."

파이어하트가 말했다.

하지만 옐로팽은 천천히 고개를 저었다.

"지금 나에게 물은 아무 소용이 없단다."

그녀가 쉰 목소리로 말했다.

"너에게 모든 걸 말하고 싶구나. 내가 죽기 전……."

"죽지 않아요!"

파이어하트는 얼음 파편이 심장에 꽂히는 것 같았다.

"제가 어떻게 도우면 될지 말해 주세요."

"시간 낭비하지 말아라."

옐로팽이 다시 한 번 심하게 기침을 했다.

"네가 뭘 어떻게 하든 난 죽게 되어 있어. 하지만 두렵지 않단다. 그러니까 그냥 내 말을 들어라."

파이어하트는 제발 더 이상 말을 하지 말아 달라고 애원하고 싶었다. 숨을 아껴서 조금이라도 더 오래 살 수 있게 하고 싶었다. 그러나 그는 지금 이 순간조차 그녀의 말에 순종할 만큼 그녀를 무척 존경했다.

"난 네가 내 아들이기를 바랐다. 하지만 난 너 같은 고양이를 낳지 못했다. 별족이 내게 가르침을 주려고 브로큰테일을 주신 거야."

"어떤 가르침이 필요했는데요?"

파이어하트는 반발하듯 말했다.

"옐로팽은 블루스타만큼 현명하잖아요."

"난 내 아들을 죽였다."

"그는 그럴 만했어요!"

"하지만 난 그의 어미였다."

옐로팽이 속삭였다.

"별족이 판단하시겠지. 난 준비가 됐다."

파이어하트는 아무런 대답도 할 수 없었다. 그저 고개를 숙이고 미친 듯이 그녀의 털을 핥기 시작했다. 마치 이 나이 든 암고양이에 대한 자신의 사랑이 그녀를 숲에 조금 더 붙잡아 둘 수 있다는 듯이.

"파이어하트."

옐로팽이 속삭였다.

파이어하트는 움직임을 멈췄다.

"말씀하세요."

"날 천둥족에 데려와 줘서 고맙구나. 블루스타에게 전해 주렴. 블루스타가 내게 마련해 준 집에 대해 항상 감사하게 생각했다고 말이다. 여기는 죽기에 좋은 곳이구나. 다만 한 가지, 별족이 네게 정해 준 운명이 이루어지는 모습을 보지 못하는 게 아쉬울 뿐……."

나이 많은 치료사의 목소리가 차츰 희미해졌다. 연기로 그을린 폐에 힘겹게 공기를 채워 넣느라 그녀의 옆구리가 들썩거렸다.

"옐로팽, 죽지 말아요!"

파이어하트는 간절하게 말했다.

옐로팽의 고통스런 숨소리가 그의 심장을 할퀴었다. 그는 자신이 할 수 있는 일은 아무것도 없다는 것을 깨달았다.

"별족을 두려워하지 마세요. 브로큰테일에 관해서는 별족도 이해할 거예요."

그는 참담한 심정으로 약속했다.

"우리 전사 조상들은 종족 동료들에 대한 옐로팽의 충성심과 무한한 용기를 명예롭게 기릴 거예요. 당신에게 목숨을 빚진 고양이들이 너무나 많아요. 신더펠트가 그 사고를 당한 뒤에 옐로팽이 치료해 주지 않았다면, 살지 못했을 거예요. 그리고 초록기침병이 퍼졌을 때는 밤낮으로 열심히······."

치료사의 숨결이 영원한 침묵이 되어 사라졌다는 사실을 알면서도, 파이어하트는 쏟아져 나오는 말을 멈출 수가 없었다.

옐로팽은 죽었다.

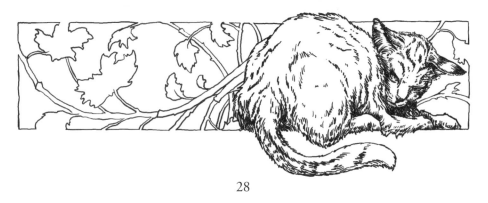

28
별족을 등진 지도자

파이어하트는 마지막으로 옐로팽의 눈을 부드럽게 핥아 감겨 주었다. 그리고 나서 그녀의 어깨에 머리를 대고 그녀에게서 온기가 빠져나가는 것을 느꼈다.

어두운 바위틈에서 자신의 심장이 홀로 뛰는 소리를 들으며 얼마나 오랫동안 있었는지 알 수 없었다. 그는 잠시 차가운 비바람에 스파티드리프의 익숙한 냄새가 실려 들어온 것 같다고 생각했다. 옐로팽을 별족에게 인도해 주려고 온 것일까? 파이어하트는 마음을 위로해 주는 생각에 몸을 맡겼다. 그러자 마음 한편에서 잠이 구름처럼 부풀어 오르는 것 같은 기분이 들었다.

"옐로팽은 우리와 함께 잘 지낼 거야."

스파티드리프의 부드러운 목소리가 귀를 스쳤다. 파이어하트는 고개를 들고 주위를 둘러보았다.

"파이어하트?"

그레이스트라이프가 입구에서 소리쳤다. 파이어하트는 간신히 몸을 일으켰다.

"하프테일을 묻어 주고 왔어."

회색 전사가 말했다.

"옐로팽이 죽었어."

파이어하트는 작은 소리로 말했다. 공허한 목소리가 바위에 메아리쳤다.

"내가 발견했을 때는 살아 있었는데, 지금은 죽었어."

"무슨 말이라도 남겼어?"

파이어하트는 눈을 감았다. 옐로팽의 비극적인 비밀은 어느 누구와도, 설사 가장 오랜 친구라 해도 함께 나눌 수 없었다.

"그냥…… 천둥족에 받아들여 줘서 고맙다고 블루스타에게 전해 달래."

그레이스트라이프가 바위틈으로 들어와 고개를 숙이고 치료사의 뺨을 핥아 주었다.

"내가 떠날 때, 옐로팽과 다시는 이야기하지 못할 거라고는 생각 못 했어."

그레이스트라이프가 슬픔이 짙게 밴 목소리로 말했다.

"묻어 줄까?"

"아니."

파이어하트는 단호하게 말했다. 머리가 갑자기 맑아졌다. 스파티드리프의 말이 머릿속에 맴돌았다.

'옐로팽은 우리와 함께 잘 지낼 거야.'

"옐로팽은 치료사일 뿐만 아니라 전사였어. 밤샘 추모를 하고 새벽에 묻어야지."

"하지만 먼저 강족 진영에 돌아가서 다른 고양이들에게 무슨 일이 있었는지 알려 줘야지."

그레이스트라이프가 일깨워 주었다.

"그래. 하지만 오늘 밤에 돌아와서 옐로팽 곁을 지킬 거야."

파이어하트가 말했다.

두 친구는 처참히 파괴된 숲을 말없이 걸어갔다. 오후의 어둑한 빛이 희미해질 즈음에 그들은 강족 진영으로 돌아왔다. 저녁 식사를 마친 고양이들이 무리를 지어 공터 가장자리에서 혀를 나누고 있었다. 천둥족 고양이들은 한쪽에 따로 떨어져서 웅크린 채 모여 있었다. 파이어하트와 그레이스트라이프가 나타나자마자 신더펠트가 일어나 절뚝절뚝 다가왔다.

화이트스톰 곁에 있던 블루스타도 자리에서 일어났다. 그녀는 신더펠트를 지나쳐 걸어와 그들을 가장 먼저 맞았다. 그녀의 눈에는 간절한 희망이 담겨 있었다.

"옐로팽과 하프테일을 찾았느냐?"

파이어하트는 귀를 쫑긋 세운 채 물러나 있는 신더펠트를 힐긋 보았다. 그녀 역시 지도자처럼 간절하게 소식을 기다리고 있었다.

"둘 다 죽었습니다."

파이어하트가 말했다.

신더펠트가 휘청거리는 모습을 보자, 가슴에 새로운 고통이 차올랐다. 신더펠트는 흐려진 눈으로 비틀비틀 뒤로 물러났다. 파이어하트는 그녀에게 가고 싶었지만, 블루스타가 길을 막고 있었다.

천둥족 지도자의 파란 눈동자에는 아무런 고통도 보이지 않았다. 대신 매섭고 차갑게 굳어 갔다. 파이어하트는 등줄기를 타고 흐르는 오싹한 전율을 느꼈다.

"스파티드리프는 불이 종족을 구한다고 했다!"

블루스타가 으르렁댔다.

"하지만 불이 우리를 파괴했어."

"아닙니다."

파이어하트는 입을 열었지만, 지도자를 위로해 줄 말을 찾을 수 없었다. 그의 시선은 다른 고양이들이 있는 곳으로 물러나는 신더펠트를 따라가고 있었다. 다행히 샌드스톰이 재빨리 앞으로 나와, 신더펠트의 옆구리에 몸을 바짝 대고 마른 몸을 부축해 주었다. 파이어하트는 다시 블루스타를 바라보았다. 돌처럼 굳어 버린 그녀의 표정에 가슴이 철렁했다.

"천둥족은 오늘 밤 집으로 돌아간다."

그녀가 얼음처럼 차가운 목소리로 말했다.

"하지만 숲은 텅 비었습니다. 진영은 파괴되었고요!"

그레이스트라이프가 반발했다.

"상관없다. 여기는 우리 영역이 아니다. 우리 영역으로 돌아가야 한다."

블루스타가 말했다.

"그럼 제가 호위하겠습니다."

그레이스트라이프가 제안했다.

파이어하트는 친구를 흘깃 보다가 문득 그의 눈에 담긴 갈망을 알아차렸다. 그레이스트라이프는 집으로 돌아가고 싶은 것이다. 마치 밤하늘을 환하게 밝히는 별똥별처럼, 깨달음이 파이어하트의 머릿속을 가득 채웠다. 파이어하트는 기대하는 마음으로 블루스타를 바라보았다. 천둥족으로 돌아가길 원하는 그레이스트라이프의 마음을 블루스타도 이해해 주지 않을까?

"왜 우리가 호위를 받아야 하지?"

블루스타가 눈을 가늘게 뜨고 따지듯 물었다.

"그러니까, 진영을 다시 짓는 걸 도울 수도 있고……."

그레이스트라이프가 자신 없는 말투로 말했다.

"어쩌면 한동안 머물면서……."

블루스타의 눈에 분노가 번득이자, 그레이스트라이프의 목소리가 흔들렸다.

"천둥족으로 돌아오고 싶다고 말하려는 것이냐?"

그녀가 버럭 소리쳤다.

"그럴 수 없다!"

파이어하트는 너무 놀라서 아무 말도 하지 못하고 지도자를 빤히 바라보았다.

"넌 종족보다 새끼들에 대한 충절을 지키기로 선택했다. 그러니 이제는 네 결정에 따라 살아야 한다."

지도자가 으르렁거렸다.

그레이스트라이프가 움찔했다. 파이어하트는 나이 든 지도자를 바라보았다. 자신이 방금 들은 말을 믿을 수가 없었다. 블루스타는 돌아서서 종족에게 명령했다.

"떠날 준비를 하십시오. 집으로 돌아갑니다!"

천둥족 고양이들은 즉시 벌떡 일어섰다. 하지만 파이어하트는 종족을 불러 모으는 블루스타를 바라보면서 오직 실망과 분노만을 느낄 뿐이었다.

지도자의 눈길은 공터 가장자리에 있는 고양이들 너머, 어느 한 지점에 고정되어 있었다. 그곳에는 천둥족 고양이들을 지켜보고 있는 미스티풋과 스톤퍼가 있었다. 파이어하트는 다 자란 자신의 새끼들을 바라보는 블루스타의 눈에 슬픔이 스치는 것을 보았다. 블루스타는 종족과 혈육 사이에서 괴로워하는 것이 어떤 것인지 누구보다 잘 알고 있었다. 그녀는 종족에 충성을 다하기 위해 새끼들을 포기했다. 그리고 그 선택은 적이 안긴 고통보다도 더 극심한 고통을 그녀에게 가져왔다.

그 순간 파이어하트는 그레이스트라이프의 요청에 그녀가 왜 그런 반응을 보였는지 이해했다. 지도자는 그레이스트라이프가 아니라 자기 자신에게 분노했던 것이다. 그녀는 수년 전에 새끼들을 떠나보낸 일을 아직도 후회하고 있었다. 한편으로는 그레이스트라이프가 자신과 똑같은 실수를 저지르지 않게 하려는 마음도 있었을 것이다.

점점 어두워지는 가운데 천둥족 고양이들은 둥글게 모여들어 초조하게 서 있었다. 블루스타가 크룩트스타에게 걸어갔다.

파이어하트는 돌아서서 그레이스트라이프의 어깨를 핥아 주었다.

"블루스타가 그렇게 말한 데는 이유가 있어. 지금 블루스타는 힘든 상태야. 하지만 회복될 거야. 그럼 아마 너도 집으로 돌아올수 있을 거야."

그레이스트라이프가 희망을 품은 눈빛으로 파이어하트를 바라보았다.

"그렇게 생각해?"

"응."

파이어하트는 그것이 진실이기를 별족에게 기도했다.

그는 서둘러 블루스타에게 향했다. 때마침 천둥족 지도자는 크룩트스타 앞에 서서, 강족의 관대함에 대해 격식을 갖추어 고마움을 표하고 있었다. 레퍼드퍼가 그들 옆에서 냉랭한 눈빛으로 천둥족 고양이들을 바라보고 있었다.

"천둥족이 큰 은혜를 입었습니다."

블루스타가 고개를 숙이며 말했다.

파이어하트는 블루스타의 말에 레퍼드퍼가 눈을 번득이며 가늘게 뜨는 것을 보았다. 갑자기 걱정이 밀려왔다. 강족이 이번 호의의 대가로 무엇을 요구할지 의심스러웠다. 그는 레퍼드퍼를 잘 알았다. 그녀는 보답으로 반드시 무언가를 요구할 것이다.

블루스타는 무리의 맨 앞으로 걸어가 종족을 이끌고 강족 진영을 빠져나갔다. 파이어하트도 블루스타를 따랐다. 뒤를 돌아보니 그레이스트라이프가 어둠 속에 혼자 서 있었다. 옛 동료들이 멀어지는 모습을 지켜보는 친구의 눈에는 고통이 가득했다.

파이어하트는 속으로 한숨을 쉬었다. 스몰이어가 강가에서 또

다시 머뭇거리고 있었던 것이다. 비 때문에 물이 불어나긴 했지만, 다크스트라이프와 화이트스톰은 벌써 건너가서 맞은편 물가에서 기다리고 있었다. 더스트펠트는 작은 회색 머리를 물 위로 내밀려고 애쓰는 펀포와 함께 헤엄쳐 건너고 있었다. 샌드스톰은 신더펠트와 함께 강을 건넜다. 샌드스톰은 파이어하트가 옐로팽의 소식을 전한 뒤로 신더펠트의 곁을 떠나지 않고 있었다.

"서두르십시오!"

블루스타가 참지 못하고 스몰이어에게 소리쳤다.

회색 수고양이는 지도자의 매서운 목소리에 놀라 어깨 너머로 힐긋 돌아보더니, 어두운 물속으로 들어갔다. 파이어하트는 그를 구조하기 위해 물에 뛰어들 준비를 하며 근육을 긴장시켰다. 하지만 그럴 필요가 없었다. 미친 듯이 첨벙거리는 원로의 양옆으로 롱테일과 마우스퍼가 나타나 튼튼한 어깨로 부축해 주었기 때문이다.

블루스타는 강으로 뛰어들어 어렵지 않게 반대편으로 헤엄쳐 갔다. 나약했던 모습은 어느새 사라지고 없었다. 마치 불길이 그녀의 허약함을 모두 태워 버리고, 강인함을 다시 타오르게 한 것 같았다. 파이어하트는 그녀를 뒤쫓아 물속으로 들어갔다. 나무 위로 보이는 구름들이 조금씩 걷히고 있었다. 강물에서 나오자 젖은 털 사이로 신선한 바람이 불어와 한기가 느껴졌다. 그는 신더펠트에게 걸어가 머리를 핥아 주었다. 샌드스톰이 그를 흘긋 보았다. 그녀의 눈동자에 그의 슬픔이 비치고 있었다. 다른 고양이들은 물가에 잠시 멈춰 서서, 두려움에 사로잡힌 눈으로 말없이 숲을 바라보고 있었다. 희미한 달빛 아래에서도 화재의 참상은 적나라하게 드러났다. 나무들은 벌거벗었고, 나뭇잎과 고사리 특유의 향기 대신 타 버린 나무와 그슬린 흙의 지독한 악취가 진동했다.

블루스타의 눈에는 그 모든 것이 보이지 않는 것 같았다. 그녀는 멈추지 않고 다른 고양이들을 지나쳐, 해 드는 바위와 진영으로 이어지는 비탈을 올라갔다. 종족은 그녀를 따라갈 수밖에 없었다.

"어딘가 다른 곳에 와 있는 것 같아."

샌드스톰이 속삭였다.

파이어하트도 동의하며 고개를 끄덕였다.

"클라우드포."

파이어하트는 무리의 뒤로 빠져 훈련병 옆에 나란히 섰다.

"내가 말한 대로 강족 진영에 머물러 줘서 고맙다."

"뭘요."

클라우드포가 어깨를 으쓱해 보였다.

"원로들은 좀 어떤 것 같니?"

"하프테일과 패치펠트의 죽음에 대한 충격에서 벗어나려면 시간이 좀 걸리겠죠."

클라우드포가 잠긴 목소리로 말했다.

"하지만 스승님이 없는 동안 싱싱한 먹이를 좀 드시게 했어요. 아무리 슬프다고 해도 기력이 떨어지면 안 되니까요."

"잘했다. 그것 참 잘했구나."

파이어하트는 지혜롭게 원로들을 챙긴 훈련병의 예상치 못한 행동이 자랑스러웠다.

골짜기가 마치 벌어진 상처처럼 눈앞에 펼쳐졌다. 파이어하트는 샌드스톰이 걸음을 멈추고 골짜기 아래를 내려다보면서 몸을 떠는 것을 볼 수 있었다. 강을 건너느라 젖었던 털은 이미 다 말라 있었지만, 그도 역시 떨고 있었다. 종족은 가파른 비탈을 천천히 줄지어 내려가, 블루스타를 따라서 진영으로 들어갔다. 공터로 들어선 고양이들은 한때는 그들의 집이었지만 지금은 아무것도 없이 비어 버린 검게 그을린 공간을 말없이 둘러보았다.

"옐로팽의 시신이 있는 곳으로 가야겠다!"

블루스타가 침묵을 깨며 날카롭게 말했다.

파이어하트는 털이 곤두섰다. 이것은 최근 몇 달 동안 그가 어떻게든 보호하려고 했던 약한 지도자의 모습이 아니었다. 그러나 그를 종족에 받아들이고 그의 스승이 되어 주었던 현명하고 너그러운 지도자의 모습도 아니었다. 그는 옐로팽의 거처를 향해 발걸음을 뗴었고, 블루스타가 뒤를 따랐다. 파이어하트는 어깨 너머로 신더펠트가 지도자의 뒤에서 절룩이며 따라오는 모습을 볼 수 있었다.

"옐로팽은 안에 있습니다."

그는 바위 앞에서 말했다.

블루스타가 바위 안쪽 어둠 속으로 들어갔다. 신더펠트는 자리에 앉아서 기다렸다.

"안 들어갈 거야?"

파이어하트가 물었다.

"전 나중에 슬퍼할래요."

신더펠트가 말했다.

"지금은 블루스타에게 우리가 필요한 것 같아요."

신더펠트의 침착한 목소리에 파이어하트는 깜짝 놀라 그녀의 눈을 들여다보았다. 두 눈에 말할 수 없는 슬픔이 깃들어 있었다. 하지만 그녀는 평온한 눈빛으로 그를 향해 부드럽게 눈을 깜빡이고 있었다. 파이어하트도 그녀에게 눈을 깜빡여 주었다. 끝없는 비극의 한가운데에서 그녀가 보여 주는 정신력이 고맙게 느껴졌다.

옐로팽의 거처에서 으스스한 울음소리가 울리더니, 블루스타가 비틀거리며 밖으로 나왔다. 그녀는 고개를 거칠게 흔들면서 검게 탄 나무들을 노려보았다.

"별족이 어떻게 우리에게 이럴 수가 있지? 그들에겐 동정심도 없단 말이냐?"

그녀가 버럭 소리쳤다.

"난 다시는 달바위에 가지 않겠다! 지금부터 별족과 꿈을 나누지 않을 것이다. 별족은 내 종족에게 전쟁을 선포했다. 난 절대로 그들을 용서하지 않을 것이다."

파이어하트는 공포에 휩싸여 지도자를 바라보았다. 신더펠트가 조용히 옐로팽의 거처로 들어가는 모습이 보였다. 옐로팽의 죽음을 애도하려고 가는가 싶었지만, 잠시 후에 그녀는 뭔가를 입에 물고 다시 나타났다.

"이걸 드세요, 블루스타. 통증을 덜어 줄 거예요."

"블루스타가 다친 거야?"

파이어하트가 물었다.

신더펠트는 그를 돌아보며 목소리를 낮추었다.

"어떤 면에서는요. 하지만 눈에 보이지 않는 상처죠."

그녀가 눈을 찡긋했다.

"이 양귀비 씨앗이 마음을 진정시키고 회복할 시간을 벌어 줄 거예요."

신더펠트가 다시 블루스타를 보면서 속삭였다.

"드세요."

블루스타는 고개를 숙이고 순순히 작고 검은 씨앗들을 핥았다.

"이제 따라오세요."

신더펠트가 부드럽게 말하며 천둥족 지도자를 이끌었다.

파이어하트는 신더펠트의 조용한 능력을 보면서 발에서 전율이 일었다. 옐로팽은 그녀의 제자를 무척 자랑스러워하리라. 파이어하트는 거처로 들어가 옐로팽의 목덜미를 물고 연기에 그을린 채 축 늘어져 있는 몸을 끌고 나왔다. 그는 달빛이 비치는 공터에 시신을 옮겨 놓고, 살아 있을 때와 마찬가지로 위엄 있게 잠들 수 있도록 자세를 바르게 잡아 주었다. 준비를 마친 그는 마지막으로 옐로팽을 핥아 주었다.

"별 아래서 자는 건 오늘 밤이 마지막이에요."

그는 이렇게 속삭이며, 약속한 대로 밤을 새며 추모하기 위해 그녀의 곁에 자리를 잡고 앉았다.

달이 사라지기 시작할 무렵 신더펠트가 옐로팽을 추모하기 위해 왔다. 지평선이 주황빛으로 물들면서 검게 변한 나무 꼭대기 위를 밝혔다. 파이어하트는 피곤한 다리를 쭉 펴고 일어나 처참한 공터를 둘러보았다.

"숲 때문에 너무 슬퍼하지 마세요."

신더펠트가 말했다.

"금방 다시 자랄 거예요. 고통을 겪은 덕분에 더 강하게 자랄 거예요. 부러진 뼈가 나아서 튼튼해지는 것처럼요."

파이어하트는 그녀의 말에 위로를 얻었다. 그는 고마워하며 고개를 끄덕인 후 다른 고양이들의 상태를 확인하러 자리를 떴다.

마우스퍼가 블루스타의 거처 밖에 앉아 경계를 하고 있었다.

"신더펠트가 당부했습니다."

화이트스톰이 어둠 속에서 걸어 나오며 설명했다. 전사의 털가죽에는 여전히 그을음이 묻어 있었고, 불과 피로 때문에 눈언저리가 벌겋게 변해 있었다.

"블루스타의 몸이 안 좋아서 곁에서 지켜봐야 한다고 말하더군요."

"네. 다른 고양이들은 어떤가요?"

파이어하트가 물었다.

"대부분은 누울 수 있는 마른자리를 찾아서 잠을 좀 잤습니다."

"새벽 순찰대를 내보내야 할 텐데요. 타이거클로가 이런 상황을 이용하려고 들지도 모르잖아요."

그는 생각나는 대로 말했다.

"누구를 보낼 겁니까?"

화이트스톰이 물었다.

"다크스트라이프가 가장 적당한 것 같긴 한데, 진영을 다시 만들려면 그의 힘이 필요할 겁니다."

파이어하트는 말을 하면서도, 꼭 그런 이유 때문만은 아니라는 걸 알고 있었다. 그는 다크스트라이프를 자신이 볼 수 있는 곳에 두고 싶었던 것이다.

"화이트스톰도 되도록 진영에 머물러 주시면 좋겠어요."

화이트스톰이 고개를 끄덕였다.

파이어하트는 말을 이었다.

"다른 고양이들에게 어떤 상황인지 알려 주어야 해요."

"블루스타는 자고 있습니다. 깨워야 할까요?"

화이트스톰이 걱정스럽게 얼굴을 찡그리며 물었다.

파이어하트는 고개를 저었다.

"아니에요, 블루스타는 그냥 두세요. 종족에게는 제가 말하겠습니다."

파이어하트는 단번에 높은 바위로 뛰어올라, 익숙한 소집 명령으로 종족을 불렀다. 거처의 잔해에서 졸린 듯 걸어 나와 그의 아래로 모인 고양이들은 깜짝 놀라 꼬리와 귀를 움직였다. 지도자가 종족에게 연설할 때 서는 자리에서 블루스타가 아닌 파이어하트가 그들을 기다리고 있었기 때문이다.

"진영을 다시 만들어야 합니다."

고양이들이 자리를 잡자, 파이어하트는 곧장 말을 시작했다.

"지금은 엉망으로 보인다는 건 저도 압니다. 하지만 초록잎 우거진 계절이 한창이니 숲은 빠르게 다시 자랄 겁니다. 고통스러운 상처 덕분에 더 강하게 자랄 겁니다."

그는 눈을 끔벅이면서 신더펠트가 해 준 말을 되풀이했다.

"왜 블루스타가 직접 말하지 않는 겁니까?"

무리 뒤편에서 다크스트라이프가 도발적으로 묻는 소리가 들려오자, 파이어하트는 순간 긴장했다.

"블루스타는 지쳤습니다. 잠을 푹 자고 회복할 수 있도록 신더펠트가 양귀비 씨앗을 드렸습니다."

고양이들이 걱정스럽게 웅성거리기 시작했다.

"많이 쉴수록 회복도 빠를 겁니다. 숲과 똑같습니다."

파이어하트가 그들을 안심시켰다.

"숲은 텅 비었어요. 먹잇감들은 달아났거나 불타 죽었어요. 우린 뭘 먹죠?"

브린들페이스가 초조한 듯 물었다. 그녀는 걱정스러운 눈빛으로 애쉬포와 펀포를 흘깃 보았다. 새끼 고양이들은 이미 보육실을 떠났지만, 어미 고양이의 얼굴은 걱정으로 그늘져 있었다.

"먹잇감들은 돌아올 겁니다."

파이어하트는 장담했다.

"우리는 평소처럼 사냥을 나가야 합니다. 싱싱한 먹이를 찾기 위해 좀 더 멀리까지 가야 한다면 그렇게 할 것입니다."

동의하는 소리가 공터에 울려 퍼졌다. 파이어하트는 자신감이 솟기 시작했다.

"롱테일, 마우스퍼, 쏜포, 더스트펠트는 새벽 순찰대를 맡아 주세요."

네 고양이는 파이어하트를 올려다보고 아무런 의심 없이 고개를 끄덕였다.

"스위프트포는 마우스퍼와 교대해서 블루스타의 거처를 지키고 아무도 들어가지 못하게 해야 합니다. 나머지는 진영을 정리하기 시작할 겁니다. 화이트스톰이 재료를 모아 올 조를 짜 주세요. 다크스트라이프, 진영 방벽을 다시 세우는 일을 맡아 주세요."

"어떻게 말입니까? 고사리들은 다 타 버리고 없습니다."

다크스트라이프가 따지듯 물었다.

"뭐든 쓸 수 있는 걸 쓰세요."

파이어하트가 대답했다.

"하지만 튼튼해야 합니다. 타이거클로의 위협을 잊지 마십시오. 한시도 경계를 늦춰서는 안 됩니다. 새끼 고양이들은 진영을 떠나서는 안 됩니다. 훈련병들은 진영 밖으로 나갈 때 반드시 전사들과 함께 움직여야 합니다."

파이어하트는 침묵하는 종족 고양이들을 내려다보았다.

"다들 동의하십니까?"

"네!"

무리가 큰 함성으로 답했다.

"좋습니다, 그럼 시작합시다!"

고양이들은 높은 바위에서 흩어졌다. 진영을 정리할 고양이들이 화이트스톰과 다크스트라이프 주변으로 모여들어 지시를 기다렸다.

파이어하트는 높은 바위에서 뛰어내려 샌드스톰에게 걸어갔다.

"옐로팽을 묻어 줄 고양이들이 필요해."

"옐로팽의 죽음에 대해서는 언급하지도 않았잖아."

샌드스톰이 어리둥절한 얼굴로 지적했다.

"하프테일에 대해서도요."

옆에서 클라우드포의 목소리가 들렸다. 어린 훈련병은 비난하는 목소리였다.

"그들이 죽었다는 건 종족 전체가 알고 있어."

파이어하트는 불편한 마음으로 말했다.

"격식을 갖춰서 그들을 기리는 건 블루스타가 할 일이야. 블루스타가 회복된 다음에 하면 돼."

"회복되지 않으면?"

샌드스톰이 조심스럽게 물었다.

"회복될 거야!"

파이어하트는 버럭 소리를 질렀다. 샌드스톰이 눈에 띄게 움찔하는 걸 보고 파이어하트는 자신을 탓했다. 그녀는 단지 모든 고양이들이 느끼고 있는 두려움을 입 밖으로 꺼낸 것뿐이었다. 블루스타가 정말로 별족을 등지기로 한 거라면, 옐로팽과 하프테일은 별 무리로 향하는 길에 마지막 인사를 듣지 못할 수도 있었다.

파이어하트는 자신감이 사라지는 것을 느꼈다. 잎 없는 계절이 오기 전까지 숲이 회복되지 않으면 어떻게 한단 말인가? 종족을 먹여 살릴 싱싱한 먹이를 충분히 발견하지 못한다면? 타이거클로가 공격해 온다면?

"블루스타가 회복되지 않으면 어떻게 해야 할지 나도 모르겠어."

그가 중얼거렸다.

샌드스톰의 눈에서 불꽃이 일었다.

"블루스타는 너를 부지도자로 임명했어. 네가 뭘 해야 할지는 스스로 알고 있을 거라 생각하실 거야!"

샌드스톰의 말이 파이어하트의 마음에 우박처럼 아프게 떨어져 내렸다.

"그렇게 발톱을 세우지 마, 샌드스톰!"

파이어하트는 성난 목소리로 쏘아붙였다.

"내가 최선을 다하고 있는 거 안 보여? 비난만 하지 말고, 가서 옐로팽을 묻어 줄 훈련병들이나 모아 와."

그는 클라우드포를 흘깃 보았다.

"너도 가. 이번만은 제발 문제를 일으키지 말고."

파이어하트는 놀란 표정으로 서 있는 두 고양이를 남겨 두고, 돌아서서 공터를 가로질러 갔다. 자신의 행동이 부당하다는 것을 잘 알고 있었다. 하지만 그들은 대답할 준비가 되지 않은 질문을 던졌다. 너무나 무서워서 생각조차 해 볼 수 없는 그런 질문이었다.

블루스타가 회복되지 않는다면 어떻게 할 것인가?

29

다시 일어서는 천둥족

며칠 동안 하늘은 흐리고 구름이 잔뜩 끼어 있었다. 하지만 소나기는 진영을 다시 짓는 데 전혀 방해가 되지 않았다. 파이어하트는 오히려 재를 씻어 내고 숲이 회복되는 데 도움을 주는 비가 반가웠다.

하지만 오늘 아침에는 해가 머리 위로 높이 떠올랐고, 구름은 지평선 너머로 밀려가고 있었다.

'오늘 밤 모임이 열릴 때는 하늘이 맑겠구나.'

파이어하트는 쓸쓸하게 생각했다. 이번만큼은 달이 가려져서 모임이 열리지 않기를 바라는 마음이었다. 블루스타는 여전히 예전의 모습과는 동떨어져 있었다. 그녀는 화이트스톰이 진영을 복구하는 일이 어떻게 진행되고 있는지 나와 보라고 설득할 때만 겨우 거처를 벗어났다. 그리고 열심히 일하고 있는 고양이들에게 멍하니 고갯짓을 하고는 다시 안전한 거처로 돌아가곤 했다. 파이어하트는 그녀가 오늘 밤에 모임이 열린다는 사실을 기억하고 나 있는지 의심스러웠다. 아마도 가서 확인해 봐야 할 것이다.

파이어하트는 공터 가장자리를 빙 둘러 걸어가며, 종족이 그동안 이루어 낸 성과에 뿌듯해했다. 진영은 벌써 예전 모습을 어느 정도 되찾았다. 원로들이 모이던 떡갈나무는 비록 몸통이 까맣게 그을리고 무성하던 가지가 다 타 버리긴 했지만, 여전히 그 자리에 남아 있었다. 가시덤불 속 보육실은 뒤엉킨 줄기만 남고 보호막이 되어 주던 잎사귀는 모두 사라진 상태였다. 하지만 지금은 불의 피해가 비교적 적었던 숲에서 가져온 잎이 많은 잔가지들로 꼼꼼하게 덧대어 놓았다. 진영 방벽은 그들이 찾을 수 있는 가장 튼튼한 가지들로 떠받쳐서 보강해 두었다. 다만 진영을 둘러싸고 있던 빽빽한 고사리를 대신할 만한 것은 찾기 힘들었다. 그러려면 숲이 회복되길 기다리는 수밖에 없었다.

파이어하트는 보육실 뒤에서 뭔가를 긁는 소리를 들었다. 누덕누덕 엮어 놓은 벽 사이로 낯익은 하얀 털가죽이 보였다.

"클라우드포!"

그가 외쳤다.

훈련병이 잔가지를 입에 물고 가시덤불 뒤에서 나타났다. 보육실 벽을 엮고 있었던 모양이었다. 파이어하트는 눈짓으로 인사를 건넸다. 클라우드포가 지난 며칠간 진영을 고치기 위해 얼마나 열심히 일했는지 알고 있는 고양이는 파이어하트 혼자만이 아니었다. 하얀 훈련병이 종족에 헌신할 수 있는지에 대해서는 더 이상 의심의 여지가 없었다. 화재처럼 심각한 일을 겪어야만 충성심의 진정한 의미를 깨닫게 되는 것일까? 파이어하트는 궁금했다. 어린 고양이는 말없이 그의 앞에 서 있었다. 재와 진흙으로 얼룩진 털은 납작하게 눌려 있었고, 눈에는 피곤함이 가득했다.

"가서 좀 쉬어. 그 정도 했으면 좀 쉬어도 돼."

파이어하트는 부드럽게 지시했다.

클라우드포가 잔가지 다발을 바닥에 내려놓았다.

"이것만 끝내고요."

"나중에 하면 돼."

"조금만 더 하면 되는걸요."

"넌 곧 쓰러질 것처럼 보여. 그만 가 봐."

파이어하트가 완강하게 말했다.

"네, 파이어하트."

자리를 뜨려고 몸을 돌리던 클라우드포가 쓰러진 떡갈나무를 쓸쓸하게 바라보았다. 그곳에는 스몰이어가 대플테일, 원아이와 함께 앉아 있었다.

"원로들의 거처가 너무 텅 빈 것 같아요."

"패치펠트와 하프테일은 이제 별족과 함께 있으니까."

파이어하트가 말했다.

"오늘 밤 별 무리 가운데서 너를 지켜보실 거다."

파이어하트는 안타까움에 마음이 무거워졌다. 죽은 종족 동료들을 위해 치러야 할 의식을 블루스타가 거부했다는 사실이 떠올랐기 때문이다.

"나는 그들을 별족의 발에 맡기지 않을 것이다. 전사 조상들은 천둥족 고양이들과 함께할 자격이 없다."

블루스타는 그에게 단호하게 말했다.

413

그래서 결국 화이트스톰이 강족 진영에서 패치펠트에게 했던 것처럼, 옐로팽과 하프테일이 별 무리에 있는 옛 친구들에게 안전하게 갈 수 있도록 기원하는 말을 하는 것으로 불안해하는 종족을 달래 주었다.

클라우드포는 고개를 끄덕였지만, 완전히 믿는 것 같지는 않았다. 파이어하트는 별 무리의 빛이 오랜 사냥터를 보살피는 전사 조상들의 영혼이라는 것을 훈련병이 믿기 어려워한다는 것을 알고 있었다.

"가서 쉬도록 해."

그는 다시 한 번 말했다.

어린 고양이는 발을 질질 끌며 까맣게 탄 나무 그루터기를 향해 걸어갔다. 훈련병들이 모여서 먹이를 먹고 혀를 나누는 곳이었다. 브라이트포가 서둘러 친구에게 다가가 인사를 건넸다. 클라우드포는 다정하게 주둥이를 비비며 그녀를 맞았다. 하지만 벌써 눈꺼풀이 무겁게 감기고 있었고, 인사를 하다가도 크게 하품을 했다. 클라우드포는 그 자리에 주저앉아 바닥에 머리를 대고 피곤한 눈을 감았다. 브라이트포가 그 곁에 웅크리고 앉아 클라우드포의 꾀죄죄한 털을 부드럽게 핥아 주기 시작했다. 파이어하트는 그 모습을 바라보며 문득 외로움을 느꼈다. 그도 한때 두 훈련병처럼 그레이스트라이프와 우정을 나누던 때가 있었던 것이다.

파이어하트는 다시 블루스타의 거처로 발길을 돌렸다. 거처 밖에 앉아 있던 롱테일이 파이어하트를 보고 고개를 끄덕여 보였다.

파이어하트는 입구에 멈춰 섰다. 이끼 장막은 불에 타서 사라져 버렸고, 바위는 검게 그을려 있었다. 그는 조용히 인기척을 내고 안으로 들어갔다. 이끼 장막이 없으니 바람과 햇빛이 쏟아져 들어왔다. 블루스타는 잠자리를 동굴 안쪽의 그늘로 끌어다 놓았다.

웅크린 지도자 옆에는 신더펠트가 앉아 있었다. 치료사는 블루스타 앞으로 약초 다발을 밀어 주고 있었다.

"이걸 드시면 기분이 한결 나아질 거예요."

신더펠트가 격려하듯 말했다.

"지금도 나쁘지 않다."

블루스타가 모래 바닥에 시선을 고정한 채 쏘아붙이듯 말했다.

"그럼 여기 두고 갈게요. 나중에 드세요."

신더펠트가 일어나서 거처 입구 쪽으로 절룩절룩 걸어왔다.

"좀 어때?"

파이어하트가 속삭였다.

"고집불통이에요."

신더펠트가 그를 지나쳐 거처 밖으로 나가며 대꾸했다.

파이어하트는 조심스럽게 지도자에게 다가갔다. 블루스타는 이제 더욱 낯설어 보였다. 그녀는 타이거클로뿐만 아니라 별족의 전사 조상들 모두에 대한 두려움과 의심에 사로잡힌 채 혼자만의 세계에 갇혀 있었다.

"블루스타."

파이어하트는 머뭇거리며 고개를 숙였다.

"모임이 오늘 밤에 열립니다. 누가 가야 할지 결정하셨습니까?"

"모임이라고?"

블루스타가 역겹다는 듯이 내뱉었다.

"누구를 데려갈지는 네가 결정해라. 난 가지 않을 테니. 나에겐 더 이상 별족에게 예를 갖출 이유가 없다."

그녀가 말하는 사이에 활짝 트인 거처 입구로 구름처럼 재가 몰려왔다. 블루스타는 한바탕 기침을 해 대느라 말을 중단해야 했다.

파이어하트는 당황해서 어쩔 줄 몰라 하며, 경련에 시달리는 그녀의 쇠약한 몸을 바라보았다. 블루스타는 종족의 지도자였다! 그에게 별족에 대해 가르쳐 주고, 전사의 영혼이 숲을 보살핀다고 알려 준 것이 바로 블루스타였다. 그런 그녀가 삶을 지탱하고 있던 믿음을 거부하다니 믿을 수가 없었다.

"꼭…… 별족을 기릴 필요는 없습니다."

파이어하트는 마침내 더듬거리며 입을 뗐다.

"종족을 대표해서 그 자리에 있어 주시기만 하면 됩니다. 블루스타의 종족이지 않습니까. 지금은 지도자의 힘이 필요합니다."

블루스타가 그를 한참 동안 바라보았다.

"내 새끼들도 한때 나를 필요로 했지. 하지만 난 그들을 다른 종족에게 줘 버렸다."

그녀가 속삭였다.

"왜냐고? 별족이 나에게 다른 운명이 있다고 말했으니까. 그런데 이게 그 운명이란 말이냐? 반역자들에게 공격당할 운명? 내종족이 곁에서 죽어 가는 것을 지켜볼 운명? 별족이 틀렸다. 그럴 만한 가치가 없었어."

파이어하트는 피가 얼음처럼 굳어지는 기분이었다. 그는 돌아서서 멍하니 거처 밖으로 나왔다. 샌드스톰이 롱테일과 교대해서 거처를 지키고 있었다. 파이어하트는 희망을 품고 샌드스톰을 바라보았다. 하지만 그녀는 그가 뱉은 모진 말들을 아직 용서하지 않은 듯, 그가 옆을 지나가는데도 말없이 눈을 내리깔고 자신의 발만 노려보고 있었다.

파이어하트의 불안감이 점점 커져 갔다. 그때 순찰을 마치고 진영으로 돌아오는 화이트스톰의 모습이 보였다. 그는 화이트스톰에게 꼬리로 신호를 보냈다. 순찰을 나갔던 다른 고양이들이 먹이와 쉴 곳을 찾아 흩어지는 동안 화이트스톰은 파이어하트를 향해 다가왔다.

"블루스타는 모임에 참석할 만한 상태가 아닌 것 같습니다."

파이어하트가 말했다.

나이 많은 전사는 별로 놀랍지도 않다는 듯, 고개를 절레절레 내저었다.

"그 어떤 것도 블루스타가 모임에 참석하는 것을 막을 수 없었던 때가 있었는데."

그가 조용히 말했다.

"어쨌든 우리는 모임에 참석해야 합니다."

파이어하트가 말했다.

"다른 종족들에게 타이거클로에 대해 주의를 줘야 하니까요. 타이거클로가 이끄는 떠돌이 무리는 모든 종족에게 위협이 될 것

417

입니다."

화이트스톰이 고개를 끄덕였다.

"블루스타는 몸이 안 좋다고 말하면 되겠지요. 하지만 지도자가 약하다는 것을 알리면 문제를 자초하는 꼴이 될 겁니다."

"아예 가지 않는 것보다는 나을 겁니다. 다른 종족들도 불이 났었다는 사실을 알고 있을 겁니다. 우리는 최대한 강하게 보여야 합니다."

파이어하트가 말했다.

"바람족은 여전히 적대적이겠지요."

화이트스톰이 말했다.

"샌드스톰과 클라우드포와 제가 바람족 영역에서 그들과 싸워서 이겼으니 더 그렇겠죠."

파이어하트가 인정했다. 그리고 덧붙였다.

"강족 문제도 생각해 봐야 합니다."

화이트스톰이 호기심 어린 눈으로 그를 바라보았다.

"하지만 강족은 우리에게 피난처를 마련해 주지 않았습니까."

"그렇지요. 하지만 그 대가로 레퍼드퍼가 뭘 요구할지 알 수 없습니다."

파이어하트가 대답했다.

"우리는 줄 게 없는데요."

"해 드는 바위가 있지 않습니까. 강족은 그쪽 지역을 공공연히 탐내 왔습니다. 그리고 지금 우리는 사냥을 할 수 있는 곳이라면 어느 구석이라도 다 필요한 상황입니다."

"적어도 그림자족은 병 때문에 약해져 있습니다. 한동안 위협을 끼치지 않을 유일한 종족이지요."

화이트스톰이 말했다.

"맞습니다."

파이어하트는 그의 말에 동의하면서도, 다른 종족의 불행에 의지해야 한다는 사실에 죄책감을 느꼈다.

"사실은 타이거클로에 대한 소식이 우리에게 유리하게 작용할 수도 있습니다."

파이어하트가 말했다.

화이트스톰이 의아한 표정으로 그를 바라보았다.

"만일 다른 종족들을 설득할 수 있다면 말입니다. 타이거클로가 천둥족뿐만 아니라 모든 종족에게 위협이 된다고 설득하면, 자신들의 영역 경계를 지키는 일에만 전력을 집중할 수도 있을 것입니다."

화이트스톰이 천천히 고개를 끄덕였다.

"우리가 힘을 회복하는 동안 다른 종족이 우리 영역을 넘보지 않게 하려면, 그 방법이 최선일 수도 있겠군요. 맞습니다, 파이어하트. 블루스타가 함께 가지 못하더라도 모임에 반드시 가야겠습니다."

화이트스톰의 파란 눈이 파이어하트의 눈과 마주쳤다. 파이어하트는 그들이 같은 생각을 하고 있다는 것을 알 수 있었다. 블루스타는 모임에 가지 못하는 것이 아니라, 가지 않기로 결정했다는 것을⋯⋯.

해가 지자 고양이들은 자신들이 모아 놓은 얼마 안 되는 먹이 더미에서 먹이를 가져가기 시작했다. 파이어하트는 아주 작은 뒤 쥐를 골라 쐐기풀 더미로 가져가 허겁지겁 삼켰다. 벌써 며칠째 종족은 배불리 먹지 못하고 있었다. 먹잇감들은 숲으로 돌아오고 있었지만, 속도가 더뎠다. 파이어하트는 먹이를 너무 많이 잡지 않도록 조심해야 한다는 것도 알고 있었다. 다시 배불리 먹으려 면 먼저 숲이 원래대로 먹잇감을 채워 놓을 기회를 주어야 했다.

보잘것없는 식사를 마치자, 파이어하트는 몸을 일으켜서 공터 로 나갔다. 그는 높은 바위로 뛰어오르면서 종족의 시선이 자신 을 따라 움직이는 것을 느낄 수 있었다. 그들을 불러 모을 필요도 없었다. 희미해져 가는 저녁 햇살 속에서 그들은 이미 궁금증 가 득한 눈으로 바위 아래에 모여들고 있었다.

"블루스타는 이번 모임에 참석하지 않을 것입니다."

그가 소식을 알렸다.

놀라서 웅성거리는 소리가 공터에 번져 나갔다. 파이어하트는 화이트스톰이 그들 사이를 누비고 다니며 진정시키는 모습을 볼 수 있었다. 종족 고양이들은 지도자의 상태에 대해 어느 정도나 짐작하고 있을까? 강족 진영에서 그들은 서로 단결하여 호기심 어 린 시선으로부터 블루스타를 보호했다. 하지만 진영으로 돌아온 지금, 지도자의 약한 모습은 종족을 두렵고 무력하게 만들었다.

타이거클로의 얼룩무늬 새끼가 보육실 밖에 앉아 동그란 눈으 로 높은 바위를 응시하고 있었다. 파이어하트는 잠시 새끼 고양 이의 노란 눈동자에 정신을 빼앗겼다. 그의 머릿속에 타이거클로의 형상이 어슬렁거리며 돌아다니기 시작했다.

"천둥족이 이번 모임에 참석하지 않는다는 뜻입니까?"

다크스트라이프의 목소리에 파이어하트는 정신이 들었다. 줄무늬 전사는 무리를 헤치고 앞으로 나와서 물었다.

"지도자가 없는 종족이라니, 그게 종족입니까?"

파이어하트는 다크스트라이프의 눈에서 불길한 번득임을 보았다.

"천둥족은 오늘 밤 나무 네 그루로 갈 것입니다."

그는 종족 전체를 향해 말했다.

"화재를 겪었지만 우리는 여전히 강하다는 것을 다른 종족들에게 보여 주어야 합니다."

여기저기서 동의하며 고개를 끄덕이는 모습이 보였다. 훈련병들은 발을 이리저리 움직이며 기대에 찬 눈으로 서로를 바라보았다. 그들은 지도자 없이 모임에 참석하는 것이 얼마나 심각한 일인지 이해하기에는 너무 어렸다. 다만 혹시라도 자신들이 선택되어 같이 갈 수 있을지도 모른다는 희망에 부풀어 있었다.

"우리는 어떤 약한 모습도 보여서는 안 됩니다. 블루스타를 위해서도, 종족 전체를 위해서도 그렇습니다."

파이어하트는 말을 이었다.

"기억하십시오, 우리는 천둥족입니다!"

그는 가슴속에 차오르는 강렬한 의지에 스스로 놀라며, 마지막 말을 힘차게 외쳤다. 종족은 몸을 꼿꼿하게 펴고 재로 뒤덮인 털을 핥아 내며 그슬린 수염을 정돈하는 것으로 답했다.

"저와 함께 다크스트라이프, 마우스퍼, 샌드스톰, 화이트스톰, 애쉬포, 클라우드포가 모임에 갈 것입니다."

"남아 있는 고양이들끼리 진영을 지킬 수 있겠습니까?"

다크스트라이프가 따지듯 물었다.

"오늘 밤 모임이 있다는 걸 타이거클로도 알고 있을 겁니다. 이 기회를 틈타 공격해 오면 어떻게 합니까?"

롱테일이 거들었다.

"평소보다 더 많은 수가 남아 있을 수는 없습니다. 우리가 모임에서 얕보인다면, 다른 종족들의 공격을 자초하는 것이나 다름없습니다."

파이어하트가 강하게 주장했다.

"그 말이 맞습니다."

마우스퍼가 동의했다.

"다른 종족에게 약한 모습을 보일 수는 없어요!"

"강족은 불이 우리 진영을 파괴했다는 것을 이미 알고 있어요. 그들에게 우리가 그 어느 때보다 굳건하다는 것을 반드시 보여 줘야 해요."

윌로펠트가 말했다.

"그럼 모두 동의한 겁니까?"

파이어하트가 물었다.

"롱테일, 더스트펠트, 프로스트퍼, 브린들페이스, 그리고 브래큰퍼가 진영을 지킬 것입니다. 원로들과 어미 고양이들은 안심하십시오. 이들이 여러분을 잘 지켜 줄 것입니다. 우리는 최대한 빨리 돌아오도록 하겠습니다."

파이어하트는 웅성거리는 말소리와 자신을 바라보는 눈빛들을 살폈다. 다행히도 고개를 끄덕거리는 모습이 보이기 시작했다.

"자, 됐습니다."

그는 높은 바위에서 뛰어내렸다.

파이어하트에게 선택받은 전사들과 훈련병들은 벌써 진영 입구에 둥글게 모여 초조하게 꼬리를 흔들고 있었다. 그들 사이에서 눈에 익은 길고 하얀 털가죽도 보였다. 이번이 클라우드포에게는 첫 번째 모임이었다. 파이어하트는 새끼 고양이였던 클라우드포를 진영에 데려오던 날부터 이 순간을 기다려 왔다. 그는 자신의 첫 번째 모임을 아직도 생생하게 기억하고 있었다. 건장한 전사들에게 둘러싸여 나무 네 그루로 이어지는 비탈을 달려 내려갔었다. 클라우드포가 따라가야 할 고양이들의 모습을 보니, 어쩔 수 없는 실망감이 들었다. 그들은 모두 연기로 그을리고 굶주려 있었다. 하지만 여느 때와 다름없이 전사들에게서는 억눌려 있던 격렬한 기운과 흥분이 느껴졌다. 샌드스톰은 앞발로 땅을 뭉개고 있었고, 마우스퍼의 눈은 어둠 속에서 반짝였다.

파이어하트는 서둘러 무리를 향해 걸어가면서 잠시 갈색 전사 옆에 멈춰 섰다.

"롱테일, 남아 있는 전사 중 가장 노련한 전사이시니, 종족을 잘 지켜 주세요."

롱테일이 파이어하트에게 고개를 숙였다.

"안전하게 지키겠습니다."

파이어하트는 롱테일의 정중한 몸짓에 만족감이 들었다. 하지만 그것도 잠시, 진영 입구에 서 있는 다크스트라이프의 경멸 어린 눈빛에 좋았던 기분은 싹 사라졌다. 다크스트라이프는 마치 파이어하트의 자신만만한 겉모습 안에 숨겨진 불안을 꿰뚫어 보는 듯했다. 샌드스톰의 곁을 지나갈 때 그녀와 눈이 마주쳤다. 그녀는 그를 골똘히 바라보고 있었다.

'블루스타는 너를 부지도자로 임명했어. 네가 뭘 해야 할지는 스스로 알고 있을 거라 생각하실 거야!'

그녀의 도전적인 말이 당시에는 살무사에게 물린 것처럼 그를 아프게 했지만, 지금은 그를 강하게 만들어 주었다. 파이어하트는 다크스트라이프에게 도발적인 눈빛을 보낸 뒤 무리를 이끌고 진영을 나섰다.

고양이들은 묵묵히 숲을 지나갔다. 타 버린 나무들이 마치 고부라진 발톱처럼 어두워지는 하늘에 가지를 뻗고 있었다. 파이어하트는 축축하고 끈적끈적한 잿더미 속으로 발톱이 푹푹 빠지는 것을 느꼈다. 하지만 공기 중에는 재를 뚫고 움튼 초록 새싹의 희망찬 냄새가 깃들어 있었다.

파이어하트는 뒤를 돌아보았다. 클라우드포는 잘 따라오고 있었다. 샌드스톰이 앞으로 밀고 나오며 점점 가까워지더니, 그의 곁에서 속도를 맞추며 나란히 달렸다.

"높은 바위에서 말을 아주 잘하더라."

샌드스톰이 헐떡이며 말했다.

"고마워."

파이어하트는 짧게 대답하고는 가파른 언덕에서 속도를 내며 먼저 올라가 버렸다. 하지만 언덕 꼭대기에 다다랐을 때 샌드스톰이 다시 그를 따라잡았다.

"미…… 미안해. 블루스타에 대해 말한 거 말이야."

그녀가 조용히 말했다.

"난 그냥 걱정이 되어서 그랬던 거야. 그래도 진영은 훌륭하게 회복되었어. 걱정했던 것보다……."

"걱정했던 것보다? 내가 부지도자라서 걱정했나 보지?"

파이어하트는 시큰둥하게 말했다.

"너무 심하게 망가져서 걱정했다고."

샌드스톰이 곧바로 덧붙여 말했다.

"블루스타가 너를 자랑스러워하실 거야."

파이어하트는 움찔했다. 그는 블루스타가 진영을 회복시키는 일에 관심이나 있는지 의심스러웠다. 하지만 샌드스톰의 말은 고마웠다.

"고마워."

파이어하트가 말했다.

언덕을 내려가면서 파이어하트는 고개를 돌려 샌드스톰의 부드러운 연녹색 눈을 들여다보며 입을 열었다.

"네가 그리웠어, 샌드스톰……."

하지만 그는 다음 말을 이을 수가 없었다. 그들의 뒤에서 발소리가 시끄럽게 울려 댔기 때문이다. 이어서 다크스트라이프의 으르렁거리는 목소리가 들렸다.

"그래서 다른 종족에게는 뭐라고 할 작정입니까?"

파이어하트가 대답을 하기도 전에 앞에 쓰러진 나무가 불쑥 나타났다. 그는 순간적으로 펄쩍 뛰어올랐지만, 나뭇가지 하나가 발에 걸리는 바람에 볼썽사납게 비틀거리며 바닥에 떨어지고 말았다. 다른 고양이들은 그를 지나쳐서 달려갔지만, 파이어하트가 뒤처지니 본능적으로 속도를 줄였다.

"아이고, 괜찮으십니까?"

파이어하트가 속도를 내서 따라잡자, 다크스트라이프가 물었다. 줄무늬 전사의 눈이 달빛에 번득였다.

"괜찮습니다."

파이어하트는 발에 느껴지는 통증을 들키지 않으려고 애쓰며 짧게 대답했다.

그들은 나무 네 그루로 이어지는 언덕 꼭대기에 다다랐다. 파이어하트는 욱신거리는 발을 멈추고 숨을 고르며, 다른 종족들을 만나기 전에 생각을 정리했다. 언덕 아래는 불길이 닿지 않은 것 같았다. 떡갈나무 네 그루도 상처 하나 없이 별이 반짝이는 하늘을 향해 치솟아 있었다.

파이어하트는 주위에 있는 고양이들을 둘러보았다. 그들은 꼬리를 씰룩거리고 귀를 쫑긋거리며 기대감에 찬 눈으로 그의 명령을 기다리고 있었다. 그들은 파이어하트가 모임에서 블루스타의 자리를 대신하고, 최근에 일어난 비극에도 천둥족이 약해지지 않았음을 다른 종족에게 확인시켜 줄 거라고 믿고 있었다. 그는 자신이 그런 믿음을 받을 만한 자격이 있다는 걸 증명해야 했다. 마침내 파이어하트는 꼬리를 휙 움직였다. 블루스타가 이전에 수없이 보여 주었던 모습 그대로, 파이어하트는 종족에게 신호를 보내고 거대한 바위를 향해 질주했다.

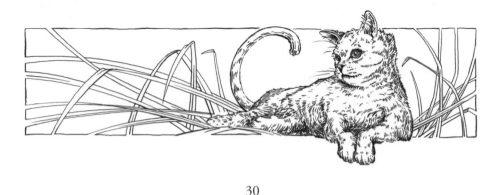

30

새로운 지도자

공터의 공기에는 바람족과 강족의 냄새가 짙게 배어 있었다. 파이어하트는 불안감에 몸이 떨려 왔다. 잠시 후 그는 거대한 바위 위에 올라서서 여기 모인 고양이들에게 연설을 해야 했다. 그림자족의 흔적은 보이지 않았다. 병이 너무 심각하게 퍼져서 모임에도 오지 못하는 걸까? 화이트스로트에 대한 안타까운 마음은 타이거클로를 떠오르게 했다. 천둥길 가장자리에 나타난 육중한 고양이를 보고 어린 전사의 눈에 드리워진 공포가 생각났다. 파이어하트는 갑자기 거대한 바위로 올라가고 싶어 발이 근질거렸다. 숲을 위협하는 타이거클로의 존재에 대해 다른 종족들에게 한시라도 빨리 알리고 싶었던 것이다.

"파이어하트!"

원위스커가 파이어하트의 옆으로 달려왔다. 그는 원위스커의 친근한 목소리에 조금 놀랐다. 그가 마지막으로 보았던 바람족 고양이는 격분해서 소리치며 히스 덤불로 사라지던 머드클로였다. 하지만 원위스커는 파이어하트가 바람족을 찾아 데려온 일을 잊지 않고 있는 것이 분명했다. 두 전사는 그 여정을 통해 가까운 사이가 되었고, 그때 다져진 관계를 둘 다 아직까지 소중히 여기고 있었다.

"잘 지냈어, 원위스커?"

파이어하트는 갈색 얼룩무늬 전사에게 인사를 건넸다.

"나와 이야기하는 모습을 머드클로에게 들키지 않는 게 좋을 거야. 평화 협정과 상관없이 말이야. 지난번에 만났을 때 별로 좋은 모습으로 헤어지지 않았거든."

"머드클로는 영역을 지키는 일에 자부심이 대단해."

원위스커가 안절부절못하며 말했다. 바람족이 자신들의 영역에서 천둥족 고양이들을 두 차례 공격한 일에 대해 들은 것이 틀림없었다.

"그럴 수도 있겠지."

파이어하트가 인정했다.

"하지만 그게 높은 돌산으로 가려는 블루스타를 막을 이유가 되진 않아."

파이어하트는 그날 블루스타가 달바위에서 별족과 꿈을 나누지 못한 것을 아쉬워하고 있었다. 블루스타가 전사 조상들이 자신에게서 등을 돌리지 않았다는 확신을 얻을 수만 있었어도 상황은 많이 달라졌을 것이다.

"톨스타도 그 소식을 듣고 언짢아했어. 천둥족이 브로큰테일을 보호하고 있긴 했지만, 그래도……."

"브로큰테일은 그때 이미 죽고 없었어."

파이어하트가 그의 말을 끊고 불쑥 끼어들었다. 하지만 원위스커가 불편한 듯 귀를 씰룩거리는 것을 보니, 너무 격하게 말한 것이 후회되었다.

"미안해, 원위스커."

그는 이번에는 좀 더 부드럽게 말했다.

"다시 만나서 정말 반가워. 어떻게 지내?"

"잘 지내."

원위스커가 안심하는 표정으로 대답했다.

"불이 났다는 소식은 들었어. 정말 안됐어. 집에서 쫓겨나는 것이 종족에게 얼마나 비참한 일인지 나는 잘 알잖아."

그는 안타까운 눈빛으로 파이어하트와 눈을 맞추었다.

"지금은 진영으로 돌아왔고, 그 뒤로 최선을 다해 진영을 복구했어. 숲이 다시 살아날 날도 멀지 않았어."

파이어하트는 자신감을 드러내려고 애쓰며 말했다.

"정말 다행이야."

원위스커가 말했다.

"우리도 그래. 지금은 언제 진영을 떠난 적이 있었나 싶다니까. 이번 초록잎 우거진 계절에는 새끼 고양이들도 아주 많이 태어났어. 모닝플라워의 새끼는 이제 훈련병이 되어서 오늘 모임에도 참석했고. 오늘이 첫 모임이야."

파이어하트는 두발쟁이 영역에서 나와 바람족 영역으로 돌아올 때 빗속을 뚫고 그가 물고 온 자그맣고 촉촉한 새끼 고양이를 기억하고 있었다. 원위스커의 시선을 따라가던 그는 공터 건너편에 있는 어린 수고양이를 발견했다. 다른 바람족 고양이들과 마찬가지로 덩치는 작았지만, 짧고 굵은 털 아래로 드러난 훈련병의 근육은 벌써 제법 발달되어 있었다.

파이어하트는 원위스커가 갑자기 고개를 숙이는 것을 알아챘다. 돌아보니 톨스타가 다가오고 있었다.

"요즘 자주 나타나는군, 파이어하트."

바람족 지도자가 눈을 가늘게 뜨고 파이어하트를 보며 말했다.

"우리가 집에 돌아오는 걸 도와줬다고 해서 우리 영역을 마음대로 돌아다닐 권리를 얻은 건 아닐 텐데."

"알고 있습니다."

파이어하트가 대답했다. 그는 침착함을 유지하려고 안간힘을 썼다. 바람족이 블루스타를 부당하게 대우한 것에 대한 분한 마음은 드러내지 않으려 애썼다. 어쨌든 모임은 휴전 상태에서 열리는 것이고, 톨스타는 두발쟁이 영역을 함께 빠져나오며 그가 존경심을 느꼈던 전사였다. 파이어하트는 바람족 지도자의 시선을 마주 보면서 단호하게 말했다.

"하지만 저는 종족에게 무엇이 필요한지를 가장 먼저 생각해야 합니다."

톨스타가 눈을 번득이며 그를 바라보았다. 그러고는 아주 살짝 고개를 끄덕였다.

"진정한 전사다운 대답이었다. 너와 함께 힘든 여정을 겪은 후라서, 블루스타가 너를 부지도자로 임명했다는 소식을 들었을 때도 난 놀라지 않았다."

바람족 지도자는 공터를 휙 둘러보더니 덧붙여 말했다.

"어린 고양이는 그렇게 막중한 책임을 감당하지 못할 거라 생각하는 고양이들도 있지. 난 그렇지 않다."

파이어하트는 깜짝 놀랐다. 바람족의 지도자로부터 그렇게 굉장한 칭찬을 들으리라고는 전혀 생각하지 못했던 것이다. 그는 너무 기뻐서 가르랑 소리가 나오려는 것을 꾹 참으며, 고개를 끄덕여 감사를 표했다.

"블루스타는 어디 있지? 천둥족 고양이들 사이에서는 보이지 않던데."

톨스타의 목소리는 자연스러웠지만, 눈에는 예리한 관심이 드러나 있었다.

"아직은 이동할 만한 상태가 아닙니다."

파이어하트는 가볍게 대답했다.

"불이 났을 때 부상을 당한 건가?"

"회복 못 할 정도는 아닙니다."

파이어하트는 자신이 진실을 말하고 있는 것이기를 간절히 바라면서 대답했다.

옆에 있던 원위스커가 급히 고개를 들었다. 파이어하트는 그의 시선을 좇아 맞은편 언덕의 비탈을 바라보았다. 그림자족 고양이 셋이 공터로 달려 들어오고 있었다. 선두에는 러닝노즈가 있었다. 파이어하트는 치료사의 뒤를 따르는 두 전사 중 하나를 알아보고 안도감을 느꼈다. 그것은 리틀클라우드였다. 신더펠트 덕분에 병이 다 나은 것이 틀림없었다.

그림자족 고양이들이 거대한 바위 앞에 미끄러지듯 멈춰 서자, 다른 종족의 고양이들이 주춤주춤 뒤로 물러났다. 그림자족이 병에 걸렸다는 소식이 숲에 퍼진 것이 틀림없었다.

"괜찮습니다."

러닝노즈가 다른 고양이들의 마음을 읽기라도 한 듯 헐떡거리며 말했다.

"그림자족의 병은 다 나았습니다. 저는 모임을 시작하기 전에 잠시 기다려 달라는 말을 전하려고 먼저 왔습니다. 그림자족 지도자가 지금 오고 있습니다."

"나이트스타는 왜 이렇게 늦는 건가?"

톨스타가 소리쳐 물었다.

"나이트스타는 죽었습니다."

러닝노즈가 담담하게 말했다.

숲에 부는 바람처럼, 놀라서 웅성거리는 소리가 고양이들 사이에 퍼져 나갔다. 파이어하트는 눈을 끔벅였다. 어떻게 그림자족 지도자가 죽을 수 있단 말인가? 그는 최근에야 아홉 개의 목숨을 받았다. 얼마나 끔찍한 병이었으면 그런 그를 죽음으로 몰고 갔단 말인가! 리틀클라우드와 화이트스로트가 진영으로 돌아가기를 주저했던 데에는 다 이유가 있었던 것이다.

"그럼 신더퍼가 대신 오는 건가?"

화이트스톰이 그림자족 부지도자의 이름을 언급했다.

"신더퍼는 병으로 가장 먼저 목숨을 잃은 고양이들 중 하나입니다."

러닝노즈가 고개를 숙이고 발을 내려다보며 말했다.

"그렇다면 그림자족의 새 지도자가 누구란 말이냐?"

거대한 바위의 한쪽 그늘에서 나타난 크룩트스타가 다그치듯 물었다.

러닝노즈는 강족 지도자를 힐긋 보았다.

"곧 직접 보게 될 겁니다. 곧 도착할 테니까요."

"먼저 실례하겠습니다."

파이어하트는 톨스타와 원위스커를 돌아보며 말했다.

"러닝노즈에게 꼭 알려야 할 것이 있어서요."

파이어하트는 그림자족 치료사가 서 있는 곳으로 걸어갔다. 그림자족의 새 지도자가 누구인지 궁금해서 안달이 난 전사들과 훈련병들이 그의 주위를 둘러싸고 있었다. 파이어하트는 러닝노즈가 옐로팽이 죽었다는 소식을 들으면 어떤 반응을 보일지 궁금했다. 러닝노즈는 최근에 너무 많은 죽음을 겪었기 때문에 이 소식이 별로 와닿지 않을 수도 있었다. 하지만 거대한 바위에서 공식적으로 발표하기 전에 러닝노즈에게 따로 알려 줘야 할 것 같았다. 어쨌든 옐로팽은 그녀가 그림자족 치료사였던 시절에 러닝노즈를 가르친 스승이었다. 비록 브로큰테일이 옐로팽을 종족에서 쫓아내기 전까지 아주 잠깐 동안이었다 해도, 둘 사이는 틀림없이 무척 가까웠을 것이다.

파이어하트는 그림자족 치료사에게 꼬리로 신호를 보냈다. 러닝노즈는 호기심 가득한 얼굴들에서 벗어날 수 있어 안도하는 것 같았다. 그는 파이어하트를 따라 떡갈나무 아래 조용한 장소로 이동했다.

"무슨 일입니까?"

러닝노즈가 물었다.

"옐로팽이 죽었습니다."

파이어하트는 조용한 목소리로 말했다. 가시처럼 날카로운 슬픔이 새삼스레 심장을 찌르는 것 같았다.

러닝노즈의 눈이 슬픔으로 흐려졌다. 파이어하트가 말을 이어 가는 동안 치료사는 고개를 숙였다.

"불이 났을 때 동료를 구하려다가 죽음을 맞이했습니다. 별족이 그녀의 용맹함을 높이 살 것입니다."

러닝노즈는 고개를 이리저리 천천히 흔들 뿐, 아무런 대꾸도 하지 않았다. 파이어하트는 슬픔으로 목이 메어 왔지만, 모임 장소에서 슬픔에 빠져 있을 수만은 없었다. 그는 러닝노즈의 머리에 코를 살짝 댄 뒤에 재빨리 자리를 벗어났다.

고양이들이 초조하게 주변을 서성거리기 시작했다. 그들의 목소리가 점점 커졌다.

"더는 기다릴 수 없어! 곧 달이 질 거야."

강족 전사 하나가 가까이 있는 고양이에게 투덜거리는 소리가 들렸다.

"새 지도자가 늦는다면, 그건 그가 감당할 문제지."

마우스퍼가 동의했다.

파이어하트는 그녀가 빨리 모임을 끝내고 진영으로 돌아가고 싶어 하는 진짜 이유를 알고 있었다. 타이거클로가 숲을 자유롭게 활보하는 한, 어떤 종족도 안전하지 않았다.

공터 한가운데로 하얀 털이 휙 지나가는 모습이 보였다. 톨스타가 거대한 바위 위로 뛰어오른 것이었다. 그림자족 지도자 없이 회의를 시작하기로 마음먹은 모양이었다. 크룩트스타도 바위를 향해 걸어가기 시작했다. 파이어하트는 처음으로 종족을 대표하는 모임에 임할 마음의 준비를 했다. 숲을 돌아다니는 위협적인 존재에 대해 다른 고양이들에게 어서 빨리 알리고 싶었다.

"잘해."

파이어하트는 귀 털에 스치는 샌드스톰의 숨결을 느꼈다. 그는 그녀의 따뜻한 뺨에 주둥이를 부드럽게 스쳤다. 그들의 말다툼은 어느새 잊혀 있었다. 그는 고양이들을 헤치고 거대한 바위를 향해 나아갔다.

그때 뒤쪽 비탈에서 외침이 들려왔다.

"그림자족 지도자가 왔다!"

파이어하트는 몸을 돌렸다. 다크스트라이프가 그의 옆에서 목을 길게 빼고 있었다. 하지만 무리를 헤치고 지나가는 그림자족의 새 지도자를 보기 위해 뒷다리로 버티고 선 다른 고양이들 때문에 시야가 가로막혔다. 갑자기 다크스트라이프의 귀가 놀라움으로 번쩍 섰다. 줄무늬 전사는 거대한 바위를 뚫어져라 보고 있었다. 그의 눈은 감출 수 없는 흥분으로 번득였다. 파이어하트는 종족 동료가 무엇을 보고 그렇게 강렬하게 반응했는지 확인하기 위해 고개를 돌렸다.

차가운 달빛에 둘러싸여 바위 위로 뛰어오르는 고양이의 강인한 어깨와 넓적한 머리가 보였다. 그 고양이는 톨스타의 옆으로 다가갔다. 그 육중한 몸집 옆에서 다른 지도자는 보잘것없고 나약해 보일 뿐이었다. 오싹한 공포가 온몸을 관통하는 가운데, 파이어하트는 그림자족의 새 지도자가 누구인지 알아보았다. 바로 타이거클로였다!

〈5권에 계속〉

전 세계가 열광한 베스트셀러 작가, 에린 헌터의『전사들』시리즈 제5부!

WARRIORS 전사들

다섯 번째 이야기 종족의 탄생(출간중)

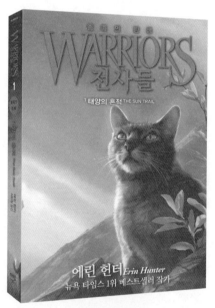

¹ 태양의 흔적

부족 고양이들은 산에서 오랫동안 평화롭게 살아왔다. 하지만 먹이는 귀해지고 추운 계절을 나기는 점점 힘들어진다. 용감한 젊은 고양이 무리는 스톤텔러가 본 신비로운 환영을 따라, 먹이와 물이 풍부한 새 보금자리를 찾아 산을 떠난다. 하지만 누구도 예상치 못한 위험과 도전이 그들을 기다리고 있는데……. 다 함께 평화롭게 사는 방법을 찾거나, 흩어지는 위험을 감수하거나!
〈전사들〉 시리즈의 프리퀄, 종족의 첫 새벽이 열린다!

전 세계가 열광한 베스트셀러 작가,
에린 헌터의 『전사들』 시리즈 제1부!

WARRIORS 전사들

첫 번째 이야기 **예언의 시작** (완간)

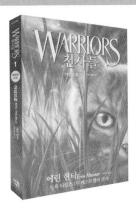

¹ 야생으로

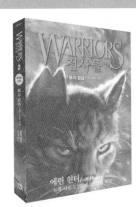

² 불과 얼음

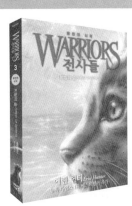

³ 비밀의 숲

⁴ 폭풍 전야

⁵ 위험한 길

⁶ 짙은 어둠의 시간

거친 숲에서 자유롭게 살아가는 전사 고양이들이 있다. 그리고 안락한 삶을 버리고 야생으로 뛰어든 애완 고양이 한 마리가 있다. 그의 운명을 예견한 전사 조상들의 예언은 이루어질 것인가? 애완 고양이에서 종족 지도자가 된 파이어스타의 흥미진진한 성장기!

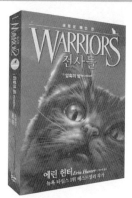
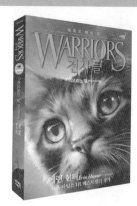
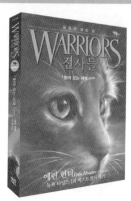

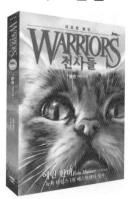
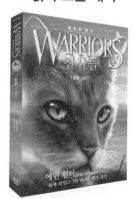

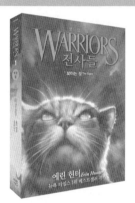

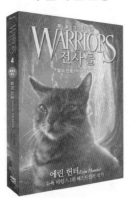

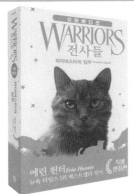

생생한 만화로 재탄생한 전사 고양이들의 이야기
『전사들』 그래픽 노블!

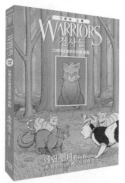

전 세계가 열광한 베스트셀러 작가, 에린 헌터의 『별을 쫓는 자들』 시리즈!

여 정 의 시 작

SEEKERS
별을 쫓는 자들

¹ 미지의 세상으로

² 위대한 곰의 호수

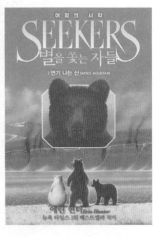

³ 연기 나는 산

어릴 때 가족과 헤어진 새끼 곰 칼릭과 토클로와 루사.
잔혹한 야생에서 홀로 살아가기로 결심한 세 마리의 어린 곰은 인간의 간섭과 괴롭힘 없이 평화롭게 살 수 있는 곳을 찾아 떠난다. 그리고 그 여행을 안내하는 변신 곰 어주락의 운명은 셋의 운명을 완전히 바꾸어 놓는데……. 아름답고 위험한 야생에서 미지의 세상을 향해 한 발 한 발 내딛는 어린 곰들의 예측 불가능한 모험이 펼쳐진다.

전 세계가 열광한 베스트셀러『전사들』작가
에린 헌터의 극한 생존 판타지

SURVIVORS
살아남은 자들

첫 번째 이야기 | 개들이 야생을 지배하는 때가 왔다!

1 텅 빈 도시   2 숨어 있는 적   3 또 다른 시작

4 어긋난 길   5 분노의 심판   6 대결전

두 번째 이야기: 다가오는 어둠 | 적은 보이지 않는 곳에 숨어 있다!

1 분열된 무리   2 깊은 밤   3 그림자 속으로

4 붉은 달   5 고독한 개의 여정   6 최후의 전투

전 세계가 열광한 베스트셀러『전사들』작가
에린 헌터의『용기의 땅』시리즈 제1부!

BRAVELANDS
용기의 땅

¹ 흩어진 무리

² 자연의 법칙

³ 피와 뼈

⁴ 어둠의 그림자

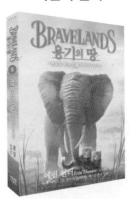

⁵ 영혼을 먹는 자들

⁶ 맹세

무리를 빼앗긴 사자, 사건을 파헤치는 개코원숭이, 죽은 이들의 뼈를 읽는 코끼리…….
먹는 자와 먹히는 자 사이의 균형이 세 마리 어린 동물들에게 달려 있다.